클링조르를 찾아서

EN BUSCADE KLINGSOR by Jorge Volpi

ⓒ 1999 Jorge Volpi

Korean Translation Copyright ⓒ 2006 by Dulnyouk Publishing Co.

All right reserved.

The Korean language edition published by arrangement with

Antonia Kerrigan Literary Agency through MOMO Agency, Seoul.

클링조르를 찾아서 1

ⓒ 들녘, 2006

초판 1쇄 발행일 · 2006년 3월 24일
초판 2쇄 발행일 · 2006년 5월 3일

지은이 · 호르헤 볼피
옮긴이 · 박규호
펴낸이 · 이정원

펴낸곳 · 도서출판 들녘
등록일자 · 1987년 12월 12일
등록번호 · 10-156

주소 · 경기도 파주시 교하읍 문발리 출판문화정보산업단지 513-9
전화 · 마케팅 (031)955-7374 편집 (031)955-7381
팩시밀리 · (031)955-7393
홈페이지 · www.ddd21.co.kr

＊값은 뒤표지에 있습니다. 잘못된 책은 구입하신 곳에서 바꿔드립니다.

ISBN 89-7527-528-0 (04870) (전2권)
       89-7527-529-9

En Busca de Klingsor

1

클링조르를 찾아서

호르헤 볼피 지음 | 박규호 옮김

들녘

차례

2부

과학은 게임이다. 날카로운 칼을 사용하는 현실의 게임. 하나의 그림을 조심스럽게 수천 개의 조각으로 잘라낸 뒤, 잘라진 조각들을 모두 모아서 하나의 그림을 다시 완성할 때 이 퍼즐게임은 끝난다. 이 게임에서 당신의 상대는 신이다. 신은 게임뿐만 아니라 게임의 규칙들도 만들어냈다. 이 규칙들이 무엇인지는 아직 완전히 알려지지 않았다. 규칙의 절반은 당신 스스로 발견하거나 유추해내야 한다. 실험은 날을 세운 검이다. 이 검을 휘둘러 어둠의 악령들을 몰아내거나 아니면 치욕스럽게 몰락해야 한다. 신이 얼마나 많은 규칙들을 만들어냈는지, 그리고 얼마나 많은 규칙들이 인간의 게으름 때문에 생겨났는지는 분명치 않다. 해법은 당신이 자신의 한계를 뛰어넘을 때만 가능하다. 이것이 이 게임의 가장 흥미로운 점이다. 당신은 당신과 신 사이에 놓여 있는 상상의 한계에 맞서 싸워야 한다! 그런데 어쩌면 이러한 상상의 한계는 애당초 존재하지 않는 것일지도 모른다.

_에르빈 슈뢰딩거

프롤로그

"불 꺼!"

갈라진 목소리로 내뱉은 그 말 한마디에 세상은 순식간에 차가운 암흑시대로 돌아갔다. 먹물 같은 어둠은 적막함으로 한결 더 짙어졌다. 지금 이 순간에는 그를 환호하는 사람도, 욕하는 사람도, 속이는 사람도 없었다. 시계조차도 멈추어버린 듯했다. 죽음도 이와 비슷하리라고 생각했다. 귀에 자신의 목소리가 들리는 순간 비로소 그는 이 세계가 더 이상 자기 것이 아님을 느꼈다.

"다시 처음부터. 한 번 더 봐야겠어!"

영사기사는 필름을 되감아 다시 영사기에 끼웠다. 그가 손잡이를 돌리자 기계는 천천히 움직였다. 총통은 곧 영사기가 흘려보내는 화면과 소리 속으로 빠져들었다. 어둠과 함께 분노는 이미 사라졌다. 강력한 광선이 홀을 가로질러 스크린에 명중했다. 적의 가슴을 꿰뚫은 총알처럼. 빛의 섬광은 홀의 계단과 커튼 주름과 좌석의 윤곽을 희미하게 드러내주었다. 매일 밤 그랬던 것처럼 홀은 최전방의 싸움터로 바뀌었다.

빛의 입자들이 사납게 뒤섞이다가 흩어졌다. 빛은 벽과 카펫에 부딪히고, 삐죽 튀어나온 입과 귀에 매달리고, 머리카락을 어지럽게 쓸어내린 뒤 마침내 구석에 조용히 머물렀다. 이제 스크린은 세상을 다시 찍어내고 있다. 그곳의 빛과 그늘은 처절한 피의 의식을 다시 한 번 거행하기 시작했다. 죽음과 사투를 벌이는 얼굴들을 되살려내고, 이미 오래전에 사라진 몸뚱이들에게 다시 생명을 불어넣어 주었다. 재미있는 이야기에 열중하는 어린아이처럼 히틀러는 이미 수없이 되풀이해서 본 그 드라마에 다시금 빠져들었다.

또다시 시작되는 원인과 결과의 엄숙한 의식. 히틀러는 전선의 소식을 듣고 기분이 상할 때면 늘 이 의식을 반복했다. 스크린 속의 인간들은 한 대씩 때릴 때마다 비명을 터뜨렸다. 그들의 상처에서는 핏줄기가 솟구쳤다. 미동도 하지 않으면 이미 죽은 것이다. 매일 밤 그의 눈앞에서 펼쳐지는, 적들에 대한 이 가혹한 응징은 병적인 탐닉이 아니라 일종의 치료였다. 그는 이 마약을 눈에 몇 방울 떨어뜨리지 않고서는 절대로 잠들지 못했다. 그는 모든 장면들을 하나하나 머릿속에 아로새겼다. 자기가 좋아하는 배우와 첫 키스를 하려고 기다리는 팬처럼 몹시 흥분했다.

"브라보!"

비틀린 입술에서 탄성이 터져나왔다.

그는 자신이 직접 감독하여 찍고 검열한 이 작품을 날마다 같은 시간에 반복해서 감상했다. 그리고 그는 매번 열광했다. 그를 호위하는 SS 장교에게는 '벙커극장의 영사기사'라는 영예로운 새 직책이 주어졌다. 역사적 정의를 생생하게 담아낸 이 예술작품은 그에게 극단적인 아름다움을 느끼게 해주었다. 그것은 비방자들의 배반과 형리의 나무랄 데 없는 성실성이 한데 어우러져 만들어낸 풍경이었다. 그가 젊은 시절에 그렸던 수채화보다도 훨씬 더 인상적인.

"브라보!"

그는 썩은 이와 훤히 드러난 잇몸이 카메라에 영원히 담겨지길 바라는 듯 입을 커다랗게 벌리고 연거푸 부르짖었다.

"브라보!"

영화가 막바지에 이르자 그는 마치 오르가슴에 빠진 사람처럼 신음했다. 어쩌면 이것이 그가 아는 유일한 오르가슴일지도 모른다. 눈앞에는 고문으로 짓이겨져 더 이상 인간이라고 볼 수 없는 몸뚱이들이 있었다.

영화가 끝나자 영사기사가 다시 불을 켰다. 그는 이 의식이 총통의 우울함을 조금이라도 덜어주었으면 하고 바랐다. 총통은 아무 말 없이 텅 빈 스크린을 응시하고 있었다. 수십 채의 집과 건물들을 순식간에 폐허로 만들 폭격이 지금 바로 머리 위에서 벌어지고 있다는 사실 따위는 전혀 안중에 없다는 듯이. 이 순간만큼은 완전히 패배를 잊었다.

"한 번 더!"

영광은 이미 사라져버렸다. 몇 달 전부터 그는 대중의 환호와 경례를 받지 못했다. 아름다운 프랑스의 안뜰을 군화로 마구 짓밟았던 찬란한 아침의 기억도 이젠 희미해졌다. 지금 그는 자신 때문에 죽어간 수많은 사람들처럼 익명의 존재가 되어, 영화가 선사하는 꿈의 세계에만 빠져 있다. 그곳은 그의 권력이 아직 살아 있는 유일한 제국이었다. 불이 다시 꺼졌다. SS 장교는 포병으로서의 능력을 십분 발휘해 빛을 목표지점에 정확히 발사했다. 빛을 명중시키자 총통은 만족스럽게 의자에 몸을 기대었다.

1944년 7월 20일, 독일군 장교 몇몇이 외부 인사들과 손을 잡고서 히틀러의 암살을 기도했다. 그때 히틀러는 베를린에서 6백 킬로미터 정도 떨어진 라스텐부르크 사령부에서 회의를 주재하는 중이었다. 북아프리카 전선에서 중상을 입고 돌아온 젊은 장교 클라우스 폰 슈타우펜베르크는 폭탄 두 개를 넣은 가방을 가지고 회의장으로 들어갔고, 그것을 총통 곁의 탁자 밑에 놓아두었다. 거사에 성공하기만 하면 그는 쿠데타를 일으켜 나치 정권을 무너뜨리고 기나긴 전쟁을 끝내버릴 생각이었다.

그러나 사소한 시행착오 때문에 계획은 수포로 돌아갔다. 가방이 히틀러의 자리에서 너무 멀리 떨어져 있었고, 폭탄은 한 개밖에 터지지 않았다. 히틀러는 가벼운 찰과상만 입었다. 나치와 군의 고위급 인물들 중에도 심하게 다친 사람은 아무도 없었다. 모반자들은 암살시도가 실패한 뒤에도 계획을 계속 밀어붙이려 했다. 하지만 다음 날 새벽 나치는 재빠르게 사태를 수습했다. 루트비히 베크, 프리드리히 올브리히트, 베르너 폰 헤프텐, 알브레히트 메르츠 폰 크비른하임, 폰 슈타우펜베르크 등 모반의 핵심 가담자들을 베를린의 벤들러 가에 있는 반란본부 건물에서 즉각 처형했다. 그리고 대대적인 체포령이 내려졌다. 이를 지휘한 인물은 새로이 내무부장관에 임명된 SS친위대 총책임자 하인리히 히틀러였다.

놀랍게도 모반에 가담한 인물들 중에는 장군도 있었다. 그리고 소장파 장교에서부터 기업가, 외교관, 비밀정보요원, 기술자, 상인 등 광범위한 계층이 여기에 가담했다. 히틀러는 나쁜 피에 대한 자신의 이론을 따랐다. 그는 모반에 직접 가담한 사람들뿐만 아니라 그들의 가족까지도 모두 체포했다. 1944년 8월 말까지 6백 명이 넘는 사람들이 모반에 동조했거나 아니면 단순히 그들의 친척이라는 이유로 체포되었다.

증오와 복수심에 사로잡힌 히틀러는 어느 때보다도 힘겨운 시기에 그를 등진 모반자들에게 무자비한 보복을 가했다. 연합군이 노르망디에 상륙한 지 몇 주도 채 지나지 않았는데, 벌써 자신의 목숨을 노리고 제국을 무너뜨리려는 자들이 생겨났다는 사실에 그는 몹시 분노했다. 히틀러는 스탈린이 1937년 모스크바에서 그랬듯이 대대적인 공개재판을 열어 고발된 자들의 비열함을 만천하에 알리려고 애썼다. 그는 특별재판소 소장인 롤란트 프라이슬러와 형 집행인을 볼프스샨체에 있는 야전사령부로 불러들여 말했다.

"난 그자들이 도살된 짐승처럼 매달려 있는 꼴을 보고 싶소."

재판은 8월 7일 베를린의 특별재판소에서 열렸다. 피고는 에르빈 폰 비츠레벤, 에리히 회프너, 헬무트 슈티프, 파울 폰 하제, 로베르트 베르나르디스, 프리드리히 카를 클라우징, 페터 폰 바르텐부르크, 알브레히트 폰 하겐 등 여덟 명이었다. 그들에게는 넥타이를 매거나 바지멜빵을 착용하는 것조차 허락되지 않았다. 변호사들까지도 그들에게 죄를 인정하라며 다그쳤다. 나치 깃발이 사방에 걸려 있는 홀 안에서 재판장 프라이슬러는 그 어떤 이의나 반론 행위를 일절 허용하지 않았다. 피고들의 말 따위는 애당초 들을 생각도 없었다. 그들의 비열한 행위는 이미 명백했다. 프라이슬러는 여덟 명의 피고에게 곧장 사형을 언도했다. 마지막으로 그는 피고들에게 선언했다.

"그대들로 인해 이제 우리는 다시 삶과 투쟁에 헌신할 수 있게 되었다. 독일 민족은 다시 정화되었다. 그대들과 공유한 것은 이제 아무것도 없다. 우리는 싸운다. 독일 군대여, 하일 히틀러! 독일 민족이여, 하일 히틀러! 우리는 총통과 함께 싸운다. 독일의 영광을 위해 그를 따를 것이다!"

카메라맨은 피고들의 일거수일투족을 한 장면도 놓치지 않고 화면에 담았다. 옷을 갈아입는 동안에도 그들의 벌거벗은 몸을 찍었다. 공포와 충격과 위엄이 교차하는 매순간의 표정을 하나도 놓치지 않았다. 고통과 긍지가 교차하는 눈빛도 찍었고, 지난 2주 동안 당한 잔혹한 고문의 흔적도, 비틀거리며 교수대로 걸어가는 모습도 모두 찍었다. 그들의 움직임 하나하나는 총통이 직접 내린 명령에 따라 세심하고 정확하게 카메라에 담겼다. 총통은 그들이 처형되는 장소에 몸소 모습을 드러냈다. 그들에게 영예를 선사할 마음이 있어서가 아니었다. 다만 처형 장면을 만끽할 기회를 놓치고 싶지 않았기 때문이다.

무대는 완벽했다. 첫 번째 배우가 등장하자 두 개의 강렬한 조명이 켜졌다. 머리카락이 온통 헝클어진 창백한 남자가 형편없는 나막신을 신고 마치 늪지대를 헤매는 듯한 걸음걸이로 화면에 나타났다. 조명과 함께 갑자기 모든 것이 순수하게 정화된 듯했다. 아니 적어도 그런 순결함의 후광이 보였다. 남자의 두 눈이 한순간 반짝였다. 잠시 뒤면 한 줌의 재로 바뀔 그를 비추는 조명이 지금 그의 눈에 반사되고 있는 것이다. 남자의 얼굴에는 나중, 아주 오랫동안 자신을 향하게 될 무수한 눈을 예감한 듯 수치심이 드러났다. 몇몇 사람들이 그의 마지막 순간까지 동행했다. 검찰총장, 플뢰첸제 형무소 소장, 장교와 기자 몇 사람 그리고 카메라맨이었다.

형무소장의 신호가 떨어지자마자 사형집행인이 죄수에게 다가섰다. 카메라는 이 얼음장처럼 냉정한 사형집행인이 죄수의 목에 질긴 피아노 줄을 감고 있는 모습을 미국 영화 스타일로 박진감 넘치게 찍었다. 사형집행인의 굳은살 박인 손이나 죄수의 턱에 맺힌 땀방울을 클로즈업했더라면 더 극적인 효과가 있었을 것이란 아쉬움마저 들도록. 천재적인 감각으로 화면을 구성할 줄 알았던 레니 리펜슈탈 감독이 이 자리에 없는 게 한스러울 정도였다. 때문에 여기서는 그럭저럭 화면 전체가 차분하게 균형이 잡힌 것만으로 만족해야 했다. 사형집행인은 죄수의 수갑을 풀어준 뒤 작은 발판 위에 올라서게 했다. 그러고는 매끈한 밧줄을 그의 목에 걸었다. 순간 죄수는 마치 패배의 기념비처럼 보였다. 연극은, 아니 영화는 절정으로 치달았다. 시간이 멈추어버린 듯한 침묵의 순간, 모든 사람들은 굳어버렸다. 어느 누구도 움직이거나 반응하지 않았다. 모두들 형무소장의 신호를 기다렸다.

마침내 거의 알아차릴 수 없을 만큼 미세한 몸짓으로 신호가 떨어졌고, 죄수의 몸은 발레라도 하듯 부드럽게 허공으로 미끄러졌다. 카메라는 육체가 죽음과 벌이는 힘겨운 싸움을 단 한순간도 놓치지 않고 포착했다. 그 싸움은 몇 분 동안 계속되었다. 먼저 동공에 충격과 경악이 나타나고, 목을 조인 밧줄에서 진한 갈색의 출혈이 비치더니, 피와 침으로 범벅이 된 거품이 헐떡이는 입과 코에서 흘러나왔다. 그리고 한 번의 격렬한 몸부림. 꼭 노련한 어부의 그물에 잡힌 거대한 철갑상어가 요동을 치는 듯했다.(아, 이 무슨 끔찍한 연상이란 말인가!) 희생자는 이제 종에 매달린 추처럼 이리저리 흔들릴 뿐이다.

하지만 그것은 끝이 아니었다. 멋진 반전이 기다리고 있었다. 권력자는 적들을 물리치고 승리를 거두는 데에만 만족하지 않았다. 그들을 웃음거리로 만들어야 했다. 자신에게 대항하는 자들은 그 어떤 도덕적 위엄도 간직할 수 없다는 것을 보여주고 싶었다. 형무소장이 다시 손짓했다. 사형집행인은 미소를 지으며 시체 앞으로 다가갔다. 그는 단번에 시체의 바지를 벗겨버렸다. 카메라는 마치 포르노영화를 찍듯 희생자의 쪼그라든 성기를 자세히 비추었다. 총통에게 반기를 든 자들이 숨기고 있는 극단적인 열등감을 상징적으로 보여주려는 연출이었다.

길게 늘어진 허연 다리와 다리 사이로 보이는 듬성듬성한 치모가 화면에 나타나자 히틀러는 열렬하게 박수를 치기 시작했다. 표현주의 영화예술의 극치를 보여주는 이 장면에서 그는 언제나 열광했다. 하지만 그것은 겨우 1막의 마지막 장면이다. 1막이 끝나면 형무소의 사형집행인과 장교들은 잠깐 휴식을 취했다. 카메라는 그 장면도 놓치지 않았다. 그들은 작은 식탁에 둘러앉아 코냑을 채운 잔을 들고 승리의 축배를 들었다. 교수대에서 내려진 시체는 화장터로 향했다. 재는 한 줌도 남김없이 바람에 날려갔다. 하지만 다행히, 아직도 일곱 번의 처형이 더 남아있었다! 총통은 시계를 바라보며 흐뭇한 표정을 지었다.

그들은 9월 5일에 나를 체포하러 왔다. 그때 나는 루트비히 가에 있는 집에서 몇 주 전에 하이젠베르크가 보내온 수학 공식을 푸느라 정신이 없었다. 7월 20일, 라디오에서 히틀러의 목소리가 흘러나왔다. 총통이 아직 살아 있다는 것은 쿠데타가 실패했다는 뜻이었다. 내게 그다지 시간이 많이 남아 있지 않다는 걸 알았다. 사방에서 들려오는 소식들도 나를 두려움으로 떨게 만들었다. 슈타우펜베르크 등의 총살, 특별재판소의 재판, 전국적으로 파급되는 대대적인 검거.

그들이 내게 언제 들이닥칠지 모른다는 두려움 속에서도 나는 가능한 한 평정심을 유지하려고 몹시 애를 썼다. 어린 시절부터 친구였던 하인리히 폰 뤼츠의 체포 소식을 들었을 때쯤에는 이제 나의 체포도 시간문제란 사실에 몸서리를 쳤다. 그렇지만 내가 할 수 있는 일은 아무것도 없었다. 독일을 떠나? 어딘가에 몸을 숨겨? 도망쳐? 전쟁이 최고조로 치열해진 상황에서 그건 거의 불가능했다. 나는 그저 두 손을 무릎 위에 올려놓은 채 SS나 게슈타포가 집으로 찾아올 때까지 기다리는 수밖에 도리가 없었다. 예상대로 추적자들은 금세 들이닥쳤다. 나는 플뢰첸제에 있는 형무소로 끌려갔다.

1945년 2월 3일, 내가 벨레뷰에 가에 있는 특별재판소 법정에 섰을 때 프라이슬러는 이미 수십 명의 사람들을 교수형에 처한 뒤였다. 그날은 다섯 명의 피고에게 판결이 내려질 예정이었다. 첫 번째 피고는 저항그룹의 지도자들 사이에서 연락책을 맡았던 파비엔 폰 슐라브렌도르프였다. 그는 7월 20일 직후에 체포되어 다카우와 플로센뷔르크 집단수용소에 수용되어 있었다. 프라이슬러는 늘 하던 대로 법정에 나온 우리들을 웃음거리로 만들었다. 그는 계속해서 우리를 돼지 혹은 배반자라고 불렀다. 그는, 너희들 같은 쓰레기들을 제대로 처분하고서 독일은 반드시 승리할 것이라며 '필승 1945!'를 부르짖었다.

그런데 그때 도저히 믿기지 않는 일이 벌어졌다. 내 눈으로 직접 보지 않았다면 나 역시 거짓말이라고 했을 것이다. 갑자기 공습경보가 울리고 법정 안에 빨간불이 켜졌다. 잠시 세찬 폭풍이 몰아치는가 싶더니 잇달아 폭탄이 터졌다. 재판소 건물이 요동치듯 흔들렸다. 그 무렵 공습과 폭격은 이미 베를린의 일상이었으므로 나는 별로 개의치 않았다. 그저 어서 공습이 끝나기만을 기다렸다. 그때까지도 나는 그날의 폭격이 전쟁이 시작된 이래 연합군이 퍼부은 최대의 폭격이란 사실을 알지 못했다. 재판소 건물의 지붕 위로 폭탄이 떨어졌다. 연기와 먼지가 뒤섞인 거대한 장막이 홀 안을 뒤덮었다. 회칠을 한 벽에서 하얀 가루들이 떨어져 나와 마구 흩날렸다. 꼭 폭설이 내리는 것 같았다. 하지만 피해는 그다지 심각한 것 같지 않았다. 나는 아마도 곧 다시 재판이 이어지거나 아니면 판사가 다음 날로 재판을 연기할 것이라고 생각하면서 고개를 들었다. 그런데, 커다란 돌 파편이 판사석에 박혀 있었고, 롤란트 프라이슬러 판사의 머리는 수박처럼 으깨져버렸다. 머리에서 흘러나온 피가 그의 얼굴을 뒤덮었다. 그뿐만이 아니다. 그 피는 우리들의 사형선고까지 온통 뒤덮어버렸다. 프라이슬러 판사 외에는 어느 누구도 다치지 않았다.

경비병들이 의사를 부르러 뛰쳐나갔다. 몇 분쯤 지난 후 그들은 프록코트를 걸친 작은 남자를 데리고 돌아왔다. 그는 재판소 현관 앞에서 폭격을 피하던 사람이었다. 시체를 본 의사는 손을 쓸 수 없다고 말했다. 프라이슬러는 그 자리에서 즉사했던 것이다. 경비병들은 분노에 찬 얼굴로 우리들을 노려보았고, 우리는 당혹스러워하면서도 묵묵히 서 있었다. 경비병들은 어찌할 바를 모르는 듯했다. 그때 의사가 큰 소리로 말했다.

"나는 더 이상 협조하지 않겠소. 나를 체포한다 해도 어쩔 수 없소. 나는 이 사람의 사망진단서를 발부해줄 생각이 없으니 다른 의사를 찾아보도록 하시오."

그 의사의 이름은 롤프 슐라이어였다. 제국 항공청에 근무하던 그의 형 뤼디거 슐라이어가 바로 몇 주 전 이곳에서 프라이슬러 판사에게 사형선고를 받았다.

프라이슬러가 죽은 뒤 재판은 계속 연기됐다. 연합군의 폭격은 도시를 폐허로 만들었다. 1945년 3월, 나는 다른 형무소로 이송되었는데, 독일이 항복하자 연합군이 나를 풀어주었다. 친구나 동료들은 거의 다 사형을 당했지만 나는 이렇게 살아남았다.

1944년 7월 20일 오후에 히틀러는 천행으로 죽음을 모면했다. 만약 슈타우펜베르크의 두 번째 폭탄이 제대로 터져 연쇄폭발이 일어났더라면, 가방이 좀 더 총통 가까이에 있었더라면, 슈타우펜베르크가 총통 곁에 좀 더 가까이 앉았더라면, 그랬다면 사태는 완전히 달라졌을 것이다. 1945년 2월 3일 아침에 나 또한 천행으로 죽음을 모면했다. 내가 만약 다른 날에 재판을 받았더라면, 폭격이 정확히 그 시간에 시작되지 않았더라면, 커다란 돌 파편이 불과 몇 센티미터만 옆에 떨어졌더라면, 프라이슬러가 그때 몸을 숙이거나 피했더라면……! 나는 이 두 가지 사건을 합리적으로 연결시키는 것이 어느 정도나 가능할지 여전히 잘 모른다. 벌써 수십 년이 지난 일인데, 사실 아무런 상관관계도 없는 일인데 이 두 가지 우연을 연결시키려고 지금까지 이렇게 애쓰는 이유는 무엇일까? 어째서 나는 그것들이 동일한 어떤 의지 때문에 생긴 사건으로 보고 싶어 하는 것일까? 왜 그 뒤에 아무것도 감춰진 게 없다고, 인간의 운명적 사건들 뒤에 감춰져 있는 것은 아무것도 없다고 생각하지 못하는 것일까? 어째서 나는 운명이나 행운과 같은 개념에 계속 집착하는 것일까?

아마도 그것은 사형선고 사건 못지않게 놀라운 또 다른 우연이 이 글을 쓰도록 만든 것과 관련이 있을 것이다. 언뜻 보기에 아무런 연관성도 없는 이 두 가지 사건을 내가 굳이 서로 연결시켜보려고 애쓰는 이유는, 우리 인류가 그처럼 가까이서 재앙의 게임방식을 경험한 적이 그전에는 없었기 때문이다. 다른 시대와 비교해볼 때 우리의 시대는 통제할 수 없는 혼돈의 제국에서 나온 이런 재앙들에 의해 그 어느 때보다도 더 강력하게 지배당했다. 그래서 나는 지금부터 이 시대의 드라마를 이야기하려고 한다. 나의 세기에 대해서, 그 세기를 바라보는 나의 시각에 대해서, 또 우연이 어떻게 이 세계를 지배했으며 우리 과학자들이 그 우연의 분노를 통제하기 위해 어떻게 노력했는지, 그리고 그것이 어떻게 헛수고로 돌아갔는지에 대해서 말할 것이다. 이것은 또한 80년 동안 지탱해온 내 삶의 이야기이며, 우연의 소산인 나와 함께했던 사람들의 인생 이야기이기도 하다. 가끔씩 나는 내 자신이 이러한 역사의 도입부에 불과하며, 나의 삶과 기억 그리고 이 이야기는 실타래처럼 복잡하게 얽힌 이론의 작은 실마리에 불과하리란 생각에 잠기곤 한다. 그리고 나는 그 복잡한 이론이야말로 우리를 하나로 묶어주는 끈이 무엇이었는지 설명해줄 수 있으리라고 기대한다. 나의 시도는 무모한 과욕에서 나온 미친 짓인지도 모른다. 하지만 죽음이 일상이 되고 세상의 모든 희망이 사라지고 오로지 소멸만이 남은 요즈음, 이렇게 하는 것만이 남아 있는 나날들에 조금이라도 의미를 부여해주는 한 가지 방법이라고 믿는다.

1989년 11월 10일

라이프치히 대학 수학자 구스타프 링스 교수

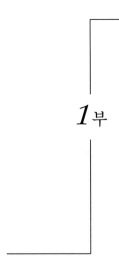

*1*부

이야기의 운동법칙

제1법칙   모든 이야기는 이야기꾼에 의해 만들어진다

언뜻 보면 이 말은 동어반복인데다 아무런 의미도 전달해주지 못하는 것 같다. 하지만 여기에는 생각보다 훨씬 더 심오한 의미가 담겨 있다. 일인칭 형식의 소설을 읽을 때(이것은 그냥 예로 든 것이고 이 책이 그런 장르에 속한다는 뜻은 아니다) 우리는 이야기의 미로 속에서 출구로 이끌어주는 손이 존재하지 않는다고 생각한다. 이야기는 마치 그것이 삶 그 자체인 양 우리 앞에 등장한다. 우리가 스스로의 힘으로 통과해야 하는 또 다른 우주라는 착각마저 불러일으킨다. 나는 작가들의 이런 잔꾀를 늘 혐오해왔다. 그들은 자기 말 뒤에 숨어 그것이 자신에게서 나온 것이 아닌 척하면서 우리에게 객관성이란 환각제를 주입하려고 든다. 작가의 이런 교활함을 지적하는 사람이 내가 처음은 아니다. 하지만 최소한 나는 이런 기상천외한 방식으로 범죄행위의 흔적을 지우려는 작가들의 시도에 공개적으로 이의를 제기하고 싶다.

논리적 귀결 1

앞에서 제시한 근거에 따라 나는 내가 여러분과 마찬가지로 살과 피로 이루어진 인간인 동시에 이 글의 작가임을 선언한다. 그러면 '나'는 누구인가? 앞의 표지에서 확인할 수 있듯이, 물론 출판사에서 나의 글을 출판하는 수고를 거절하지 않았을 경우에만 확인이 가능하겠지만, 아무튼 나의 이름은 구스타프 링스이다. 지금까지 여러분은 그밖에 어떤 추론을 더 끄집어낼 수 있겠는가? 잠시 나를 제쳐두고 표지를 다시 한 번 자세히 살펴보자. 이 책은 1989년에 쓴 것은 아니지만 어쨌든 그해에 완성되었다. 그리고 또 내가 지금까지 이야기한 얼마 안 되는 내용들, 즉 내가 1944년 7월 20일에 있었던 히틀러 암살사건에 관여했고, 그 때문에 체포되어 법정에 섰으며, '운명'이 마지막 순간에 나의 목숨을 살렸다는 사실도 쉽게 추론할 수 있을 것이다.

지금 나의 생애를 여러분 앞에 주절주절 늘어놓으려는 생각은 없다. 전혀 그럴 생각이 없다. 이미 많은 사람들이 나보다 앞서 그렇게 한 것처럼, 나는 그저 여러분이 이 이야기 안에서 길을 잃지 않도록 이끌어주는 안내자 역할을 할 생각이다. 저 늙고 귀먹은 베르길리우스가 그랬던 것처럼. 운명은, 아니면 섭리, 역사, 우연, 신 등등 여러분이 뭐라고 부르든 상관없지만 내가 그 사건들을 함께 겪는 것을 원했던 것 같다. 그러나 나는 이제 거기서 벗어나고 싶다. 맹세컨대 나는 여러분을 속여 넘길 생각은 추호도 없다. 그러므로 지금부터 내가 말하고자 하는 중대한 사건들에 행여 내가 관여하지 않았다거나 아니면 아예 나란 사람이 존재하지도 않았을 거라는 엉뚱한 추측은 삼가기를 바란다.

제2법칙　　　모든 이야기꾼은 오직 한 가지 진실만 제공한다

혹시 에르빈 슈뢰딩거에 대해서 들어보았는지 모르겠다. 그는 천재적인 두뇌를 지닌 위대한 물리학자로 파동역학의 수립자이자 이 이야기에 등장하는 주요인물 중 한 사람이다. 그는 깡마른 학교선생 같은 외모를 지녔지만 그의 내면에는 돈 후안이 숨어 있었다.(지금은 이렇게 허물없이 말할 수 있지만 그를 처음 만났을 때만 해도 그에 대해서 이런 식으로 말한다는 것은 감히 꿈도 못 꿀 불경스러운 일이었다.) 그는 둥근 은테안경을 낀 부드러운 인상의 소유자였다. 그래서인지 그는 언제나 아름다운 여자들에 둘러싸여 지냈다. 물론 이런 사실은 여기서 그리 중요하지 않다. 이 이야기에서 나는 반드시 필요한 경우를 제외하고는 이런 종류의 개인적인 일상사를 거의 언급하지 않을 생각이다. 에르빈 슈뢰딩거가 과학적으로 제시한 현실에 대한 이론은 고대 그리스의 소피스트들의 생각과 흡사하다. 백여 년 전 미국 작가 헨리 제임스도 그와 같은 생각을 했다. 그 이론은 매우 인상적이었다. 그것을 모두 세세히 설명하기는 어렵지만, 그중에서 가장 놀라운 성과 한 가지를 소개하겠다. 슈뢰딩거는, "우리는 우리가 보는 만큼만 존재한다"고 말했다. 이건 현실이 상대적이라는 의미다. 모든 관찰자는, 그가 전자의 운동을 관찰하든 우주 전체를 관찰하든 상관없이 항상, 슈뢰딩거가 '파동다발'이라고 부른 것의 일부다. 하지만 이 파동다발은 원래 관찰되는 대상으로부터 나오는 것이다. 그러므로 주체와 객체는 명확히 정의내릴 수 없는 방식으로 뒤섞여 있다. 결국 사람들은 누구나 자신의 세계 안에서 살아가고 있는 것이다.

논리적 귀결 2

앞의 사실이 어떤 이들에게는 해와 달처럼 명백하게 여겨질지도 모르겠다. 하지만 진리는 오직 나의 진리일 뿐이라는 이런 주장은 역사상 가장 오랜, 그리고 가장 유명한 변명거리로 많은 사람들이 애용해왔다. 관찰행위를 통해서 생겨나는 양자陽子상태는 유일무이하고 절대불변이다. 여기서 자세히 설명하긴 힘들겠지만 아무튼 불확정성원리, 상보성원리, 배타원리 등 많은 이론들이 이를 뒷받침해주고 있다. 따라서 어느 누구도 자기가 남보다 더 나은 진리를 소유하고 있다고 주장할 수는 없다. 거듭 말하지만, 이 이야기에서 나는 단지 내가 가진 카드만을 꺼내 보일 것이다. 만일 내 이야기가 듣기에 불쾌하거나 잘못되었다고, 혹은 아예 내가 거짓을 말하고 있다고 생각되더라도, 그것은 내 의도가 아니라 내가 도저히 벗어날 수 없는 필연적인 물리 법칙의 탓이다. 그러므로 내가 용서를 빌 이유는 전혀 없다.

제3법칙　　　이야기꾼이 이야기를 하는 데는 분명한 이유가 있다

공리公理의 문제는 그것이 언제나 끔찍할 정도로 명쾌하게 들린다는 점이다. 그래서 몇몇 사람들은 자신도 하루아침에 수학자가 될 수 있으리라고 생각한다. 물론 그런 생각 자체를 바꿔줄 도리는 없다. 우리가 제1법칙을 받아들여 모든 텍스트에는 그것을 쓴 사람이 있다고 주장하거나, 제2법칙에 따라 글쓴이가 배타적 진리의 소유자라는 점을 인정하기란 그다지 어려운 일이 아니다. 하지만 이 세 번째 법칙은 누구나 쉽게 받아들이기가 어렵다. 어떤 것이든 아무것도 없는 무에서 생겨나지

는 않는다. 그 배후에는 반드시 누군가가 있게 마련이다. 물론 이 세상이 반드시 그렇지만은 않다는 것도 안다. 적어도 누군가가 무슨 이유로이 세상을 창조할 생각을 했는지 곧 알게 될 것 같지는 않으니까. 그렇다고 이 글의 바깥 세계에 존재하는 불확실성들 중 그 어느 하나도 내책임은 아니다. 작가들은 끊임없이 사악한 신학의 유혹을 받는다. 문학비평가와 학자들은 텍스트를 성경의 현대적 버전으로 보고 싶어서 안달이 난 것 같다. 하지만 분명히 말하건대 작가는 신과 같을 수 없다. 어떤 글도 언약궤나 복음서를 흉내내서는 안 된다. 펜으로 묘사된 작중인물들도 당연히 우리와 똑같은 존재가 아니다. 비유를 너무 좋아하다가는 큰코다치는 수가 있다. 최고의 신비라 할 수 있는 우주와는 달리, 우리가 쓰는 책들은 아무리 하찮은 것이라도 확실한 이유가 없었다면 애초에 생겨나지 않았을 것이다.

논리적 귀결 3

하지만 나에게서 그 이유를 알아내는 것이 아주 간단하리라고 속단하지 말기를. 내가 여러 해 동안 몰두해왔고 이제 곧 여러분도 참여하게 될 탐구는 할머니가 전수해준 요리법에 따라 음식을 만드는 것처럼손쉬운 일은 아니다. 그동안 그런 지침서 같은 것이 있기를 얼마나 바랐던가! 그랬다면 수많은 어려움과 부작용을 피해갈 수 있었을 텐데.여러분도 내게 그런 걸 기대하지 않는 편이 좋다. 여러분에게 내 모든의도를 곧장 밝힐 생각은 전혀 없으니까. 설사 그럴 마음이 있어도 내가 그렇게 할 능력이 있을지 또한 의문이다. 그러므로 그건 여러분 각자가 인내심을 발휘하여 직접 찾아내야 할 것이다. 슈뢰딩거를 생각해보라. 진짜 인식행위가 가능하려면 관찰자와 관찰대상 사이에 상호작용이 이루어져야 한다. 그런데 지금부터 나는 다소 유쾌하지 못한 후자의 위치에 설 것이다. 내가 수많은 작품들에서 얻었던 것처럼 여러분도 여기에 제시된 결과들을 분석해 그 원인을 추적해나가는 재미를 만끽하길 바란다. 사실 이런 재미야말로 과학적 성과를 얻어내는 열쇠다. 내가 미리 사건에 대한 내 자신의 버전과 그에 따른 추론을 여러분에게 친절하게 설명해준다거나, 간단히 나의 진실을 모조리 밝힌다면 여러분의 과제가 한결 덜어질 수는 있을 것이다. 하지만 여든이 넘은 나이에 이르고 보니 그렇게 하는 것이 과연 좋은지 확신이 서지 않는다. 만약 여러분이 사십 년 전에 내게 요구했더라면, 아니 이십 년 전에만 요구했더라면 나는 주저 없이 그렇게 했을 것이다. 하지만 암흑 속으로 떠나간 오랜 친구가 내일이라도 당장 눈앞에 나타날지 모르는 지금, 숨을 쉬는 것에도 초인적인 힘을 발휘해야 하고, 밥을 먹고 몸을 씻고 화장실에 가는 등 지극히 일상적인 행위들이 기적에 버금가는 일이 되어버린 지금, 내가 전에 지녔던 신념들이 아직도 그대로인지 더 이상 확신할 길이 없다. 그러므로 여러분이 이 도전에, 아니 조금 덜 거창하게 말해서 이 게임에 응한다면, 그래서 내가 한 행위가 옳았는지 아닌지를 내게 말해줄 수 있게 된다면, 그건 전적으로 여러분의 뜻과 의지에 의한 것일 터이다.

전쟁 범죄

    미전략정보국(OSS) 전 요원이자 독일에 주둔한 미점령군의 과학고문인 프랜시스 P. 베이컨 중위가 1946년 10월 15일 오전 8시 뉘른베르크에 도착했을 때, 그를 마중 나온 사람은 아무도 없었다. 르로이 H. 왓슨 준장 휘하의 방첩대 요원인 군터 자델이 그를 나치 전범들이 처형될 법원 건물로 데리고 가기로 되어 있었지만, 그의 모습은 어느 곳에서도 보이지 않았다. 베이컨이 기차에서 내려섰을 때 역은 텅 비어 있었다.

    베이컨은 끓어오르는 화를 억누르며 몇 분 더 기다려보았지만 아무런 소용이 없었다. 하는 수 없이 역을 경비하고 있는 헌병에게 물어보았다. 그도 어떻게 해야 할지는 설명해주지 않았다. 갑자기 모두 벙어리가 되었나? 선로를 점검하는 노동자 몇 사람을 제외하고는 손가락 하나 까딱하는 사람이 없었다. 그들 대부분은 POW라고 부르는 전쟁포로들이었다. 베이컨은 경비병 뒤쪽에 장교 두 사람이 서 있는 것을 발견했다. 하지만 그들 역시 별로 도움이 될 것 같지는 않았다. 하는 수 없이 그는 법원 건물까지 걸어서 갔다.

    쌀쌀한 가을바람이 얼굴을 때리자 그는 슬슬 화가 치밀었다. 거리도 역처럼 텅 비어 있었는데, 도시는 마치 아직도 공습경보가 두려워 떨고 있는 것처럼 보였다. 베이컨은 점점 더 화가 나서 폐허로 변해버린 도시조차 거의 눈에 들어오지 않았다. 마이스터징거 오페라의 요람이며 나치 권력의 본산이기도 했던 이 도시는 전쟁이 끝나기 직전 열한 번에 걸쳐 퍼부은 연합군의 폭격으로 완전히 폐허가 되었다. 한때 교회였고, 궁전이었고, 기념비였던 그 폐허들이 그에게는 그저 발걸음을 가로막는 장애물로만 보였다. 폭격은 응당 받아야 마땅한 벌이었고 불평할 수 없는 손실이었다. 자신이 지금 걷고 있는 길 바로 옆에 독일의 가장 중요한 박물관이 서 있다거나 그 뒤에 잿더미로 변해버린 작은 집이 르네상스의 대표 화가 알브레히트 뒤러가 1528년경 죽을 때까지 살았던 곳이란 사실은 그의 관심 밖이었다.

그에게 보이는 뉘른베르크는 갈색 셔츠를 입은 수천의 젊은이들이 독수리가 그려진 깃발과 거대한 횃불을 치켜들고 히틀러와 하켄크로이츠에 열광했던 혐오스러운 나치의 성지에 불과했다. 당시에 하켄크로이츠는 마치 알을 품은 선사시대의 거대한 거미처럼 붉은 현수막 위에 웅크린 채 모든 공공건물들에 달라붙어 있었다. 뉘른베르크에서는 매년 9월마다 나치 전당대회가 열렸다. 1935년에 총통은 악명 높은 반유대법을 선포할 장소로 이 도시를 선택했다. 게다가 이곳에는 아리안 권력의 상징이었던 독일제국 통치자의 홀과 인장이 보관되어 있었다. 히틀러는 오스트리아를 합병한 후 비엔나 왕궁에서 강탈한 역대 황제들의 유품도 이곳으로 가져왔다. 그중에는 성물 '롱기누스의 창'도 있었다. 그래서 베이컨에게 진짜 수치스럽고 가슴 아픈 일은 아우슈비츠와 다카우의 강제수용소에서 수백만 명의 유대인들이 죽음을 당했다는 사실이었지, 제3제국의 보루였던 이곳에 내려진 징벌이 아니었다.

베이컨은 이제 겨우 스물일곱 살이었다. 그는 1943년 유럽으로 건너온 후부터 줄곧 자신이 노련하고 강인한 인물로 보이도록 애썼다. 그는 자신에게서 풍기는 유약한 인상을 하루빨리 지워버리고 싶었다. 이건 그가 미국을 떠난 이유이기도 했다. 이곳에서 그는 전처럼 단정하고 이성적인 사람으로 행동하지 않았다. 그가 프린스턴의 '고등연구소'를 박차고 나와 이 일에 뛰어든 이유는 오로지 자신의 복수욕을 충족시키고, 자신이 달라졌다는 걸 스스로에게 증명해보이기 위해서였다. 그는 승자의 자리에 서기로 결정했기 때문에 패자에 대한 연민 따위는 허락할 수 없었다.

베이컨의 외모는 점령지에 주둔해 있는 미국 병사들과 별반 다르지 않았다. 짧게 깎은 짙은 갈색머리, 밝은색 눈동자와 뾰족하게 치솟은 귀가 스스로도 마음에 들었다. 제복을 입은 모습이 조금 경직되어 보이긴 했어도 아주 당당했다. 그는 이런 자신의 모습을 한껏 과시하고 싶었다. 상대방이 그 때문에 고통을 받더라도 상관없었다. 어깨에 멘 두툼한 배낭에는 그의 모든 소유물이 담겨 있었다. 제복 몇 벌과 속옷들, 뉴저지를 떠난 이후로 한 번도 들여다본 적이 없는 사진들, 그동안 들렀던 도서관들에서 뽑아온 해묵은 〈물리학 연감〉 몇 권 등등. 〈물리학 연감〉은 그의 전공분야에서 가장 중요한 잡지니까.

베이컨이 뉘른베르크를 찾은 진짜 이유는 전범들의 처형을 참관하기 위해서가 아니었다. 나중에 알았지만 참관은 통틀어 삼십 명만 허락되었다. 그는 왓슨 장군의 초청으로 뉘른베르크로 왔다. 그를 왓슨 장군에게 소개해준 사람은 OSS의 설립자이자 한동안 뉘른베르크 재판에도 참여했던 윌리엄 J. 도노반 장군이었다(도노반은 얼마 전에 미국측 수석검사이자 전직 대법원 판사였던 로버트 잭슨과의 극심한 불화로 검사단에서 탈퇴했다. 문제의 발단은 그가 잭슨의 허락을 받지 않고 마음대로 괴링과 접촉했기 때문이다). 베이컨에게 부과된 임무는 사실 아주 사소한 것이었다. 소송기록들을 읽어보고 그중에서 제3제국의 과학연구와 관련이 있는 '혐의점들'(그의 상관은 이 표현을 즐겨 썼다)을 찾아내는 것이다.

법원 건물은 OSS를 위해 일하고 있는 하버드 출신의 젊은 건축가 다니엘 킬리 대위가 바로 얼마 전에 복구한 것이었다. 뉘른베르크 시에서 비교적 온전한 모습으로 서 있는 얼마 안 되는 공공건물 중 하나다. 시내로 들어선 베이컨은 어렵지 않게 법원 건물을 발견했다. 법원 건물은 1층에 있는 수많은 아케이드들과 거대한 유리창, 가파르게 경사진 지붕이 돋보이는 커다란 복합건물이었다. 전에는 건물 주위로 나무들이 늘어서 있어서 널찍한 광장이 조성되어 있었다. 건물 뒤편은 형무소와 맞닿아 있었다. 형무소는 네 개의 정사각형 건물이 마치 조각난 별처럼 서 있고, 그 주위로 반원형의 방벽이 빙 둘러쳐져 있었다. 나치 전범들은 C동에 수감되어 있었다. 거기서 별로 떨어지지 않은 곳에 넓고 납작한 사각형의 건물이 보였는데, 그곳은 한때 체육관으로 사용되었지만 지금은 교수대가 설치되어 있었다.

오전 9시 15분 베이컨은 마침내 뉘른베르크 군형무소에 도착했다. 경비병들은 그가 내민 신임장을 꼼꼼히 살펴본 뒤, 처형이 끝날 때까지는 아무도 건물 안으로, 특히 교수대가 있는 체육관 안으로는 절대로 들이지 말라는 명령이 내려졌다고 말했다. 베이컨은 왓슨 장군의 초청으로 왔노라며 거듭 설명했지만 그들은 들은 척도 하지 않았다. 군터 자델을 찾아달라는 요청에도 경비병들은 귀를 기울이지 않았다. 그들은 오직 리카드 장군의 명령에만 따른다고 되뇌었다.

형무소 앞 광장에는 수십 명의 기자들이 몰려와 있었다. 전속사진사 이외에 추첨으로 뽑힌 두 명의 기자만이 처형장 안으로 입장했다. 나머지 사람들은 기자실에서 서성이며 베이컨처럼 처형소식이 전해지기만 기다려야 했다. 남보다 조금이라도 앞서가기 위해 일부 신문사들은 사전보도를 싣기도 했다. 뉴욕의 〈헤럴드트리뷴〉은 다음과 같은 제목의 4단짜리 기사를 미리 내보냈다.

11명의 나치 수뇌부 뉘른베르크 형무소에서 교수형
괴링 일당 자신들이 저지른 전쟁범죄의 죗값 치러

처형은 정오 이후에 집행될 예정이니까 아직 몇 시간 정도는 더 기다려야 했다. 베이컨은 그때까지 자신을 저 건물 안으로 들여보내줄 수 있는 사람을 찾아봐야겠다고 마음먹었다. 일단 그는 자신의 이름으로 방이 예약되어 있을 그랜드 호텔로 갔다. 그런데 호텔 담당자는 빈방이 없다고 손을 내저었다. 베이컨은 자신이 특수임무를 띠고 이곳에 왔다면서 그곳에서 제일 높은 장교를 불러달라고 했다. 점잖게 보이는 대위가 나타났다. 호텔 경영자라는 새로운 지위를 이미 완전히 체득한 것처럼 보이는 그 장교는 즉시 문제를 해결했다. 그는 베이컨의 도착을 내일 아침으로 알고 있었으며 내일이 되면 객실이 텅텅 빌 거라고 말했다.

"아시다시피 오늘이면 볼거리가 모두 끝나거든요."

그렇지만 그는 베이컨에게 14호실에서 묵을 수는 있다고 말했다.

"히틀러가 항상 사용하던 방입니다."

베이컨은 14호실을 택했다. 방은 거대한 스위트룸이었다. 비록 나치 시대의 호화로움은 거의 남아 있지 않았지만 그래도 그곳은 지난 몇 달 동안 묵었던 방들 중에서 가장 멋진 방이었다. 자신을 둘러싼 벽들이 한때 총통의 몸뚱이를 가려주었으리라는 생각을 하자 기이한 느낌이 들었다. 전에 이런 걸 생각이나 해보았나? 엘리자베스가 이 이야기를 듣는다면 뭐라고 할까? 물론 이런 물음은 아무런 소용도 없다. 다행인지 불행인지 엘리자베스는 이제 더 이상 그를 만나고 싶어 하지 않으니까. 베이컨은 혐오와 병적인 흥분에 빠져 침대 위로 몸을 던졌다. 불현듯 신성모독의 느낌과 동시에 가구에 오줌을 갈기고 싶다는 생각이 들었다. 하지만 순간적인 감상 때문에 애꿎은 호텔 청소부에게 고생을 시킬 이유는 없다. 그는 벌떡 일어나 화장실로 갔다. 그는 널찍한 욕조와 세면대, 변기, 비데 따위를 둘러보았다. 이 모든 것에 총통의 끈적끈적한 맨살이 닿았을 터였다. 여기서 총통은 욕조에 발을 들여놓기 전에 벌거벗은 채 축 늘어진 자신의 성기를 내려다보았을 테고, 변기의 구멍으로 배설물을 쏟아냈을 것이다.

베이컨은 가만히 거울을 쳐다보았다. 눈 밑에 깊은 고랑이 파여 있었다. 그는 나이보다 늙어 보였다. 양손으로 머리카락을 쓸어올린 뒤 자세히 거울을 들여다보니 흰 머리카락들이 여기저기에 삐죽삐죽 솟아 있었다. 그는 더 이상 촉망받는 어린 수재가 아니었다. 그런 기대가 그를 세상과 떨어뜨려 놓았다. 그는 제복을 벗기 시작했다. 얼마 전까지만 해도 자신이 얼마나 다른 사람이었던가 하는 생각이 들었다. 프린스턴 고등연구소의 평화로운 담장 안에서 보호를 받으며, 사랑하지도 않는 한 아름다운 여자와 이제 막 결혼을 하려던 참이었다. 그는 박물관 유리 상자 안에 핀으로 고정되어 있는 곤충처럼 현실과 단절되어 있었다. 그 모든 것으로부터의 도주는 드라마틱한 스캔들거리가 되었을 터였다. 하지만 도피는 그에게 찾아온 기적이고 계시였다. 처음으로 그는 피부로 삶을 느꼈다. 책상과 칠판, 지루한 학회, 세미나 따위와는 거리가 먼 생생한 삶. 그가 군인이 되어 기꺼이 목숨을 내놓고 나라를 위해 싸우게 될 줄은 정말이지, 한 번도 생각해본 적이 없었다. 하지만 이제 그는 자신이 올바른 결정을 내렸다고 생각했다. 다시 학문의 세계로 돌아갈 시간은 아직도 충분하다. 그리고 그는 깃발을 던져버리고 도망친 비겁자로서가 아니라 영웅으로서 당당하게 귀환할 것이다.

수도꼭지를 틀고 뜨거운 물이 쏟아져 나오기를 기다렸다. 물은 약하게 졸졸 흘러나왔고 미적지근했다.

'총통이 이걸 보면 꽤나 언짢을 거야.'

그는 미소를 지으며 향긋한 새 비누와 수건으로 몸을 씻기 시작했다. 목욕을 끝내고 침대에 누운 베이컨은 어느 결엔가 깊은 잠에 빠져들었다. 악몽을 꾸었다. 거의 숨을 쉴 수 없을 정도로 기분 나쁜 꿈이었다. 어둡고 축축한 숲 속을 방황하는 그의 앞에 비비안이 나타났다. 비비안은 프린스턴 시절 오랜 기간 은밀한 관계를 가졌던 흑인 여자다. 질척질척한 웅덩이가 곰팡내가 진동하는 칙칙한 수렁으로 바뀌었다. 비비안에게 키스를 하는데 갑자기 약혼녀 엘리자베스가 눈앞에 서 있다.

"입술에 루즈가 묻었어!"

엘리자베스가 손수건을 꺼내 그의 입술을 닦아주었다.

"어떻게 이럴 수가 있지? 너무해, 정말 나빠."

그녀를 뿌리치려고 애썼지만 이미 늦어버렸다. 비비안은 어느새 사라지고 없었다. 그가 다시 깨어났을 때는 오후 세 시가 다 되어 있었다. 그는 몹시 놀랐다. 이런 실수를 하다니! 그는 자기 임무를 완전히 잊은 채 총통의 침대에서 늘어지게 한잠 잔 뒤였다. 그는 정신없이 옷을 입고서 법원에 마련된 기자실로 달려갔다.

그로부터 몇 시간 뒤, 중세 장터가 있던 폐허의 골목길에서 전염병처럼 전 세계로 퍼져나가기 시작한 그 놀라운 소식을 그는 다른 사람들과 함께 들었다. 국제군사법정에서 유죄판결을 받은 나치 전범들 중 최고위급인 총사령관 헤르만 괴링이 교수형에 처해지기 몇 시간 전 자신의 감방 안에서 죽은 채로 발견되었다는 소식이었다. 소문으로는 괴링이 청산가리 캡슐을 삼켰다고 했다. 그는 이 마지막 행동으로 재판관과 자신에 대한 판결을 비웃어주었다.

언젠가는 독일 전국에 내 동상이 서 있고 집집마다 내 초상화가 걸려 있는 모습을 보게 될 것이다, 라고 그 총사령관은 오만하게 미래를 예언해왔다. 역사가 자기편이 되어줄 것이라고 굳게 믿었던 모양이다. C

동 5호에 있는 그의 감방에서 차분한 필체로 깨알같이 써내려간 한 다발의 편지가 발견되었다. 첫 번째 편지에서 괴링은 자살의 동기를 이렇게 밝혔다.

연합군 통제위원회 귀중

총살형이라면 기꺼이 받아들였을 것이오! 하지만 독일제국의 총사령관을 교수대에 세워 목을 매다는 건 가당치 않소! 나는 독일을 위해서 그것을 받아들일 수 없소. 게다가 내게는 적들의 처벌을 따라야 할 아무런 도덕적 의무도 없소. 그래서 나는 위대한 한니발처럼 죽음의 방식을 내 스스로 선택했소.

전범의 처형을 감독하는 4개국위원회의 일원인 로이 V. 리카드 장군 앞으로 보낸 또 다른 편지에서 괴링은 자신이 항상 청산가리 캡슐을 몸에 지니고 다녔노라고 밝혔다. 그는 아내에게도 편지를 썼다.

"수많은 생각 끝에, 또 하느님을 향한 내면의 기도를 통해서 나는 적들에게 처형당하느니 스스로 목숨을 끊기로 결심했소. 내 심장의 마지막 박동은 우리의 영원한 사랑을 위해 뛸 것이오."

마지막으로 그는 독일 전범들을 돌보는 개신교 목사인 헨리 게렉에게도 짧은 메모를 남겼다. 게렉 목사는, 괴링이 말도 안 되는 정치적인 이유로 이런 끔찍한 취급을 받는다며 그에게 용서를 구했던 인물이다.

이튿날 군터 자델은 자신이 알고 있는 내용을 베이컨에게 모두 말해주었다. 경비병의 보고에 따르면 처형 전날인 10월 14일 오후 9시 35분 괴링은 루트비히 플뤼커 박사가 준 수면제를 먹고 간이침대 위에서 조용히 잠들었다고 한다. 여느 때처럼 병사 한 사람이 그의 감방 문 앞에 서서 다음 날 아침까지 경비를 섰는데, 그것이 결국 그의 마지막 야간 경비가 되었다. 형무소장인 버튼 앤드류 대령이 형무소 내부와 외부의 접촉을 철저히 금했기 때문에 경비들은 중앙사무실로 전화를 걸어 '월드시리즈'의 경기상황을 물어보고 있었다.

그러는데 갑자기 게렉 목사를 찾는 다급한 목소리가 들려왔다. 그레고리 티미신 상사였다. 괴링에게 무슨 일이 생겼다는 거였다. 목사는 급히 감방으로 달려갔다. 한때 당당한 풍채를 자랑했던 총사령관의 몸뚱이는 이미 더는 어찌해볼 도리가 없는 상태가 되어 있었다. 수많은 남자들과 여자들을 매혹시켰던 눈빛, 추종자들의 존경과 분노를 동시에 끌어모았던 그 눈빛은 이제 초점을 잃은 채 허공을 향하고 있었다. 한쪽 눈만 고집스럽게 뜨고서. 불그스레하던 혈색은 초록색으로 바뀌었다. 뚱뚱하던 몸은 체포된 뒤부터 25킬로그램이나 줄어들어 지금은 꼭 마른 나무토막 같았다. 게렉은 맥박을 짚어본 뒤 짧게 소리쳤다.

"믿을 수 없어, 이 사람이 죽다니!"

연대본부에서 사람들이 속속 도착했다. 비겁함 때문이든 자긍심 때문이든 괴링은 그들에게서 승리를 가로챘다. 방 안에서 쏩쓸한 땅콩 냄새가 났다.

베이컨은 믿을 수가 없었다. 악당이 마지막 순간에 도망친 것이다. 연합군측 사람들도 몹시 실망했다. 몇몇 신문은 심지어 머릿기사로 이 사건을 올렸다.

괴링, 자신의 사형집행인들에게서 승리를 거두다

"도대체 그 약은 어디서 난 걸까요?"

베이컨이 자델 쪽으로 돌아서며 물었다.

"전 세계가 궁금해하는 일이지. 철저한 조사가 진행 중인데 아직 누구의 소행인지 밝혀지지 않고 있어. 앤드류는 이제 끝장났네."

그는 형무소장에 대해서도 한마디 덧붙였다.

"사람들은 책임을 온통 그에게 돌리고 있어. 형무소에 있는 전범이 자살한 게 처음도 아닌데…… 어떻게 그걸 막을 수 있겠나?"

"하지만 다른 사람도 아니고 괴링이잖아요! 그것도 처형을 하루 남기고! 이건 말도 안 돼요."

베이컨은 머리를 흔들며 언성을 높였다.

"이건 틀림없이 독일인 의사 짓이야, 안 그래요?"

"플뤼커 박사가? 그럴 리 없어. 그건 불가능해. 경비병들이 철저히 검사하고서 감방에 들여보내는걸. 게다가 그가 괴링에게 준 약은 진정제뿐이었어. 청산가리 캡슐은 괴링이 사물함에 든 자기 소지품 속에 감춰두었던 걸 거야. 누군가가 은밀히 건네주었겠지."

"도대체 누가 그런 악당을 도우려 했을까요?"

베이컨이 손가락 마디를 뚝뚝 꺾으며 물었다.

"그걸 알아내는 건 겉보기처럼 간단하지 않아. 내가 직접 만나볼 기회는 없었지만 사람들 말을 들어보면 그는 꽤 인품이 좋았던 모양이야. 재판이 진행되는 동안 독일인뿐만 아니라 미국인조차도 그에게 연민을 품게 만들었으니까. 태도가 어찌나 침착하고 빈틈이 없는지 쉽사리 미워하기가 힘들었나 봐."

베이컨은 이상한 생각이 들었다. 하필이면 이 사람의 입에서 그런 말이 나오다니. 자델의 절반은 유대인이었다. 그는 열세 살 때 독일을 빠져나와 아버지가 있는 미국으로 피신했다. 그후로 그는 어머니의 소식을 듣지 못했다. 유대인이었던 그의 어머니는 자식을 떠나보내고 베를린에 홀로 남아야 했다. 자델은 왓슨 장군을 따라 독일로 돌아올 때까지 어머니의 생사여부를 알지 못했다. 장군은 그에게 어머니를 찾아보도록 허락했다. 지금 그의 어머니는 원고측 증인으로 재판에 참여하고 있었다.

"현재 가장 의심이 가는 인물은 텍스 휠리스야. 죄수들의 소지품을 관리하는 장교인데 그동안 괴링과 각별히 친하게 지냈다더군. 그래서 그가 괴링에게 도움을 주었을 거라고들 생각하지. 하지만 그걸 증명할 방법은 없을걸. 위에서는 이 문제를 한시라도 빨리 처리하고 싶어해. 그건 정말 재수 없는 돌발사태였어. 다른 사람들도 그렇게 받아들이기를 원하고."

"재수 없는 돌발사태라고요?"

베이컨은 점점 더 화가 치밀었다.

"그를 교수대로 보내기 위해 수백 명의 사람들이 몇 달 동안 얼마나 고생을 했는데…… 그는 마지막 순간에 비겁하게 빠져나가 버린 거예요. 생각해보세요. 히틀러가 베를린에서 자살한 것도 그저 우연한 돌발 사태였단 말입니까? 그렇다면 그 결말은요? 그 모든 노력이 다 허사가 된 것 같은 느낌이 들지 않나요? 우린 지금 우리의 머리 위까지 치고 올라왔던 악의 세력과 싸우고 있는 겁니다."

"재판을 하는 목적은 '진실'을 가리기 위해서야. 제3제국에 대한 진실을 만천하에 공개해서 아무도 그들의 잔혹한 행위를 미화하지 못하도록 말야. 이 사진들을 보고 난 뒤에도 나치의 테러와 가스실 그리고 수백만의 죽음을 부인하는 사람들이 과연 있을까?"

"그렇다면 우리가 언젠가는 정말로 진실을 알게 될 거라고 생각하시나요? 천만에! 우리는 그저 우리가 믿을 수 있는 만큼의 진실만 알 수 있을 뿐입니다."

다음 날 아침 베이컨 중위는 나치 수뇌부 11명의 시체가 군용트럭에 실린 채 무장 차량의 호위를 받으며 뮌헨 동부공동묘지로 운반되는 걸

먼발치에서 지켜보았다. 시체들은 그곳에서 화장되었다. 시체는 각각 한 구씩 가짜 이름이 적힌 자루에 담겨졌다. 소각장에서 일하는 독일인들에게는 전쟁터에서 사망한 미국 병사들의 시체라고 했다. 혹시라도 이들의 유해가 빼돌려지는 걸 막기 위해서였다. 아무도 이 시체들이 뉘른베르크의 국제군사법정에서 사형을 받은 나치 수뇌부임을 알아서는 안 되었다. 그들은 외무부장관 요아힘 폰 리벤트로프, 점령지 폴란드의 총독 한스 프랑크, 체코 방위사령관 빌헬름 프리크, 히틀러의 작전참모이자 독일군총참모장 알프레드 요들, 히믈러의 오른팔이었던 보안사령관 에른스트 칼텐브룬너, 육군총사령관 빌헬름 카이텔, 나치의 이론가이자 동부점령지 관할장관 알프레드 로젠베르크, 노동력투입 총책임자 프리츠 자우켈, 점령지 네덜란드 담당 특별의원 아르투어 자이쓰-인크바르트, 〈슈튀르머〉지 발행인 율리우스 슈트라이허, 그리고 제국총사령관 겸 공군총사령관이며 히틀러에 이어 나치 정권의 제2인자였던 헤르만 괴링이었다.

그동안 도시를 지배해온 긴장이 갑자기 풀려버린 듯했다. 비록 어느 누구에게도 만족스러운 결말은 아니었다. 하지만 어쨌든 일은 종결되었다.(처음부터 재판 방식을 불신했던 소련은 미국인들과 영국인들이 괴링의 자살을 방조했다고 비난했다.) 아직 크고 작은 재판들이 많이 남아 있었지만 세계의 관심은 더 이상 이 도시의 법정에 집중되어 있지 않았다. 그리고 이미 말했듯이 프랜시스 P. 베이컨 중위는 전범 처형을 지켜보기 위해 뉘른베르크로 온 것이 아니었다. 그의 임무는 과학자로서의 능력과 관련된 것이었다.

전쟁이 한창이던 때 프린스턴 고등연구소에서 일하고 있던 베이컨은 군대에 지원하기로 결정했다. 그는 1943년에 영국 과학자들과 접촉하기 위해 영국으로 파견되었고, 1945년에는 '알소스 특명'이라고 부르는 작전에 참여했다. 네덜란드 출신의 물리학자 사무엘 A. 호우트스미트가 주도한 이 작전의 임무는 원자탄 연구와 관련하여 아직 남아 있는 독일 연구 프로그램들의 정보를 수집해 그 분야에서 활동한 과학자들을 모두 다 찾아내는 것이었다.

베이컨은 이 임무를 끝마치는 대로 미국으로 다시 돌아갈 예정이었다. 그러나 그의 귀국일정은 계속 미루어졌다. 패전국을 통치하고 있는 연합군 통제위원회가 그에게 과학과 관련된 여러 분야에서 고문으로 계속 일해줄 것을 요청했기 때문이다. 국제군사법정에서 나치 수뇌부에 대한 판결이 내려지기 며칠 전인 1946년 10월 초 베이컨은 방첩대 사무실로 오라는 호출을 받았다. 그에게 떨어진 임무는 재판기록들 몇 가지를 검토한 뒤 중요한 내용들을 간추려 보고하라는 것이었다. 재판과정에서 발견된 몇 가지 사소한 단서들이 군의 의혹을 불러일으킨 탓이다.

1946년 7월 30일 뉘른베르크 법정에서는 나치당 정치지도단, 제국내각, 친위대(SS), 비밀경찰(게슈타포), 보안대(SD), 돌격대(SA), 독일군참모부 등 독일의 7개 단체에 대한 재판이 시작되었다. 몇 주일 전에 법정은 이 재판을 독일 전역에 공표하도록 결정했다. 가능한 한 많은 관련자들이 증언할 수 있도록 하기 위해서였다. 30만 건이 넘는 답변이 법정에 도착했다. 그에 따라 603명의 증인을 뉘른베르크로 소환했다. 최종적으로 법정은 재판에서 그들 중 90명에게 진술을 하도록 허락했다. 이들 대부분은 주어진 의무를 수행했을 뿐 결코 불명예스런 짓이나 범죄행위를 저지르지 않았다고 주장하는 SS 요원들이었다.

그런데 이들이 진술한 증언들 중 하나가 정보국의 흥미를 끌었다. 증언대에 오른 사람은 태도가 몹시 괴상한 볼프람 지버스였다. 그는 독일 국방과학연구소의 연구원으로, 나중에 밝혀진 사실에 따르면 SS에서 추진하던 비밀연구팀 '선조의 유산'을 이끌던 팀장이었다. 지버스는 무척 불안정한 모습이었다. 증인석에 앉은 몇 시간 동안 그는 끊임없이 양손과 뺨을 비벼댔다. 말 그대로 땀으로 목욕을 하고 있었다. 그러면서 그는 쉴 새 없이 갈피를 잡을 수 없는 말들을 횡설수설하면서 같은 말을 수도 없이 반복하고 몹시 더듬기까지 해서 인류 역사상 처음 등장한 동시통역사들을 무척이나 애먹였다.

검사측의 질문이 시작되었을 때 지버스는 정보국의 의심을 불러일으킨 첫 번째 진술을 했다. 히믈러의 명령으로 SS가 '유대계 볼셰비스트들'의 두개골을 자신에게 보냈으며, 그것을 실험실에서 연구했다는 것이었다. SS가 그 두개골들을 어디서 구했는지 알고 있었느냐는 질문에 지버스는 동부전선의 포로들 것이었다고 대답했다. 그는 SS가 살아 있는 포로들을 그 때문에 일부러 죽였다고 했다.

"그러면 당신이 했다는 '연구'의 목적은 대체 무엇이오?"

검사가 계속해서 캐묻자 지버스는 또다시 말을 더듬으며 이해할 수 없는 진술들을 쏟아내기 시작했다. 판사가 똑바로 말하라고 다그치자 그는 골상학과 옛 민족들의 신체발달에 대해서 한참 동안 혼잣말로 횡설수설했다. 그는 전설적인 고대민족인 톨테케족과 아틸란티스족을 들먹였고, 아리안족의 우수성에 대해 자신의 견해를 피력했으며, 아르가타나 샴발라 같은 신화적 지명도 언급했다. 그 모든 말들을 종합해볼 때 그의 임무는 셈족의 생물학적 열등성을 입증하고, 그들의 생리학적 발달과정을 연구해 그들이 지닌 결점을 가장 효과적으로 제거할 수 있는 방법을 찾는 것이었다.

마침내 그가 진술을 끝마쳤을 때 지버스의 몰골은 차라리 그가 연구했다고 실토한 두개골에 더 가까웠다. 흰자위가 드러난 눈은 금방 튀어나올 것 같았고, 두 손은 도저히 스스로 통제할 수 없을 정도로 떨리고 있었다. 검사도 차츰 당혹스러워졌다. 그의 원래 의도는 SS와 나치 정부가 이 연구를 진행하는 과정에서 저지른 만행을 입증하는 것이었지, 지버스 박사의 임무가 무엇이었는지를 캐내는 것이 아니었다. 그가 인류에게 저지른 개인적인 범죄사실에 대해서는 나중에 다시 법정에서 심판을 받게 하면 될 것이다.

"이 작업에 대한 재정지원은 어디서 나온 것입니까, 지버스 박사?"

"SS에서요. 그건 벌써 말했는데요."

지버스가 더듬거리며 대답했다.

"SS에서 그런 연구를 맡기는 경우가 많았습니까?"

"네."

"그리고 SS가 재정지원도 했다고 말했죠?"

"직접 했죠, 네."

"여기서 '직접' 했다는 건 무슨 뜻이죠, 지버스 박사?"

드디어 검사는 추궁할 거리를 찾았다고 생각했다.

지버스가 헛기침을 했다.

"말씀드리죠. 독일의 모든 연구 작업은 일단 제국학술연구위원회의 검토와 통제를 받게 되어 있습니다."

바로 그거였다! 이것이 검사가 듣고 싶었던 내용이었다. 제국학술연구위원회는 총사령관 헤르만 괴링의 감독하에 있었던 여러 기관 중 하나였다.

"고맙습니다, 지버스 박사. 이제 됐습니다."

지버스는 규칙을 어기고 다시 뭐라고 한마디 더 덧붙였지만 판사가 변호인단의 요구를 받아들여 기록에서 삭제할 것을 지시했다. 하지만 군정보국이 베이컨에게 건네준 기록에는 그 마지막 한마디가 그대로 남아 있었다. 베이컨 중위는 빨간색으로 밑줄이 그어진 그 부분을 눈여겨보았다.

"돈을 지원받기 위해서는 어떤 프로젝트든 총통의 학술고문으로부터 허가를 받아야 했습니다. 누가 총통의 학술고문인지는 몰랐지만 상당히 고위급 인사일 거란 소문이 있었지요. 그는 클링조르라는 가명으로 불렸어요. 아마 학계에서 크게 인정받는 과학자 중 한 사람일 겁니다."

며칠 뒤인 8월 20일, 재판정은 사람들로 꽉 들어찼다. 재판의 명실상부한 주인공인 헤르만 괴링이 출석하는 날이었기 때문이다. 흰색 상의를 걸친 괴링은(그가 권력의 정점에 있을 때 입고 있었던 흰색 제복은 이미 전설이 되었다)붉게 상기된 얼굴과 불같은 기질로 재판정을 압도했다. 그는 명쾌하고 직선적인 사람으로 수년간 단 한 번도 반대를 경험한 적이 없는 지휘관이었다. 괴링은 마치 회고록을 집필하고 있는 듯 오만하게 행동했다. 이 운명의 시간 속에서 그는 매섭고 통렬한 유머를 뱉어냈다. 어떤 순간에는 철창에 갇힌 맹수처럼 변해 자기의 변호사까지 물어뜯으려고 들었다. 그의 변호사인 오토 슈타머는 재판과정에서 다음과 같은 촌극을 연출했다.

"당신은 인간에 대한 의학실험을 실시하도록 명령한 적이 있습니까?"

괴링은 숨을 깊이 들이마신 뒤 대답했다.

"아니요."

"공군을 위해 다카우 수용소에서 인체실험을 했다는 죄목으로 기소된 라셔 박사를 압니까?"

"아니요."

"포로들에게 그런 끔찍한 실험을 실시하도록 명령한 적이 있습니까?"

"아니오."

"당신은 제국학술연구위원회의 회장으로서 대량섬멸전을 위한 연구를 진행하도록 지시한 적이 있습니까?"

"아니요."

그러자 영국측 검사 데이비드 맥스웰-파이퍼 경이 자리에서 일어났다.

그는 괴링을 향해 공손하게 말했다.

"당신은 뛰어난 조종사였습니다. 복무기록도 아주 우수합니다. 이런 당신이 어떻게 공군제복의 성능을 테스트했던 실험에 대해 전혀 기억하지 못합니까?"

괴링 역시 공손한 태도로 그 물음에 답했다.

"나는 무척 많은 일을 처리했습니다. 수만 가지의 명령들이 내 이름으로 내려졌으니까요. 잭슨 검사가 비난했듯이 모든 반죽에 내 손자국이 찍혀 있습니다. 그런 까닭에 제국에서 실시된 크고 작은 모든 과학 실험까지 다 아는 것은 불가능했습니다."

맥스웰-파이퍼는 증거물로 괴링의 오른팔이었던 야전군사령관 에르하르트 밀히와 하인리히 히믈러 사이에 오간 편지를 제시했다. 편지는 밀히가 라셔 박사의 고공비행 실험을 지원해준 데 대해 히믈러에게 감사한다는 내용이었다. 이 실험에서 실시된 테스트 중 하나는 산소통 없는 유대인 죄수를 9천 미터 상공으로 데려가는 것이었다. 그 죄수는 13분이 지나자 바로 숨졌다.

"당신의 직속 부하였던 밀히가 이 실험에 대해 이렇게 잘 알고 있었는데 당신이 몰랐다는 것이 말이 됩니까?"

"내가 감독한 일들은 보통 세 가지로 분류됩니다."

괴링은 미소까지 지으며 대답했다.

"'긴급', '중요', '보통'의 세 가지죠. 그리고 공군 의료진이 실시하는 실험들은 그 세 번째에 속하는 것으로 내가 신경을 쓸 일은 아닙니다."

제국의 연구 프로젝트들을 승인하는 과학자의 존재나 클링조르라는 이름에 대해서는 누구도 거론하지 않았다. 괴링은 그 이름을 단 한 번도 언급하지 않았다. 지버스 역시 다시 심문을 받을 때는 그 이름을 언급했던 사실조차 부인했다. 결국 첫 번째 심문 때 그가 저지른 말실수가 베이컨에게 주어진 유일한 단서였다.

　베이컨 중위는 재판기록을 덮었다.

가설:
양자 물리학자에서
첩보요원으로

가설 1   베이컨의 어린 시절에 대하여

1919년 11월 10일자 〈뉴욕타임스〉 1면에 다음과 같은 기사가 실렸다.

휘어진 천체의 빛
일식의 관찰 결과는 모든 과학자들을 충격에 빠뜨렸다.

아인슈타인 이론의 승리
별들은 우리가 눈으로 보거나 계산을 통해 확인한 위치에 있지 않다.

그러나 그렇다고 해서 문제될 것은 하나도 없다.

열두 현자를 위한 글
자신의 논문을 출판하겠다는 용감한 발행인이 나서자

아인슈타인은 전 세계에서 오직 이 정도의 사람들만이

그 의미를 이해할 수 있을 거라고 말했다.

이때 알베르트 아인슈타인의 나이는 이미 마흔이었다. 그의 이름이 〈뉴

욕타임스〉에 등장한 것은 이때가 처음이다. 유명한 공식 $E=mc^2$이 등장하는 특수상대성이론에 대한 첫 번째 글을 「운동하는 물체의 전기역학에 대하여」(1905년)라는 제목으로 발표한 지 벌써 15년이나 지났고, 일반상대성이론의 마지막 손질을 끝낸 것도 거의 4년이 되어가는 시점이었다. 그런데 대중들은 이제야 비로소 그의 존재를 알게 되었다. 곧 아인슈타인은 현대의 상징이자 일종의 신탁과도 같은 존재로 떠올랐다. 그의 입에서 나오는 말 한마디 한마디는 곧장 전 세계의 신문을 장식했다. 그보다 불과 몇 달 전에 체결된 베르사유 조약은 세계를 급격히 변화시켰다. 지구 어느 곳에서나 새로운 분위기가 감지되었다. 사람들은 아인슈타인을 예언자로 떠받들며 그의 말에 귀를 기울였다. 상대성이론을 최초로 옹호한 과학자들 중 한 명이자 그의 절친한 친구이기도 했던 막스 보른에게 보낸 편지에서 아인슈타인은 특유의 유머로 이와 같은 상황에 대한 불만을 털어놓았다.

"손대는 것마다 황금으로 변하는 신화 속의 왕처럼, 내겐 모든 것들이 신문의 호들갑으로 바뀌고 있다네."

1916년과 1917년에 아인슈타인은 일반상대성이론을 증명해줄 방법을 찾기 위해 생각에 생각을 거듭했다. 하지만 그 이론의 타당성을 증명할 방법은 별로 많지 않았다. 한 가지 가능한 방법은 질량이 아주 큰 물체에 접근할 때 빛이 휘어지는 현상을 측정하는 것뿐이었다. 이와 같은 측정은 일식이 발생할 때만 가능했다. 그런데 불행하게도 유럽은 전쟁 중이어서 독일과 다른 나라의 과학자들이 서로 소통할 수 있는 길이 막혀 있었다. 이런 탓에 그 당시 물리학자들은 아인슈타인의 계획을 알 수 없었다. 전쟁이 끝날 때까지 그는 자신의 가설을 증명해줄 사람을 찾지 못했다.

아인슈타인은 전쟁 전부터 아서 에딩턴 경과 교류가 있었다. 아인슈타인이 그에게 편지를 보냈을 때, 영국의 이 유명한 천체물리학자는 상대성이론을 실험으로 증명하겠다는 생각에 열렬한 호응을 보냈다. 측정 날짜는 휴전협정이 체결되고 몇 달 뒤인 1919년 5월 29일로 정해졌다. 그는 이날 적도에 인접한 지점에서 멋진 일식을 관찰할 수 있을 것이라고 기대했다. 그해 초 에딩턴은 이미 '왕족 천문학자'인 프랭크 다이슨 경으로부터 수천 파운드의 지원을 받아내는 데 성공했다. 이로써 적도로 이동하는 데 드는 경비도 쉽게 마련되었다.

에딩턴은 원정대를 두 팀으로 조직했다. 그가 직접 이끄는 첫 번째 팀은 아프리카 서부해안에 있는 프린시페 섬으로 갔고, 두·번째 팀은 브라질 북부 수브랄로 떠났다. 그의 계산에 따르면 이 두 지점은 별에서 오는 빛이 태양을 지나는 순간 휘어지는 모습을 측정할 수 있는 최적의 장소였다. 아인슈타인은 이때 빛이 휘는 각이 1.745초에 이를 것이라고 예측했다. 이것은 고전물리학에 따른 계산보다 두 배 정도 더 큰 값이었다. 다이슨 경의 지원하에 에딩턴은 그해 3월 프린시페 섬으로 출발했다.

일식날인 5월 29일, 꼭두새벽에 일어난 에딩턴은 섬이 온통 구름으로 뒤덮여 있는 것을 보았다. 실험은 불가능했다. 그렇게 많은 준비와 노력을 기울였건만 자연은 그를 외면했다. 수브랄로 간 팀의 실험결과에 희망을 걸 수도 있었다. 하지만 그러한 가능성도 에딩턴의 우울한 기분을 바꿔놓지는 못했다. 이 실험이 가져다줄 명성 때문이 아니었다. 그는 다만 새로운 세계관을 최초로 여는 만족감을 누리고 싶었을 뿐이다. 잠시 뒤 그를 조롱하려는 듯 아예 폭우가 쏟아지기 시작했다. 그가 태어나서 처음 겪어보는 거센 폭우였다. 천둥이 대포 소리를 내며 귓전을 때렸다. 이렇게 계속된다면 에딩턴은 고작 태풍에 휘어진 야자수나 보게 될 것이다. 폭풍우를 피해 망원경과 카메라를 일단 안으로 들여놓았다. 마구 난리를 쳐대는 하늘 앞에서 이런 도구들은 이제 아무런 쓸모가 없었다.

에딩턴이 절망과 체념 속으로 빠져들고 있을 때, 오후 1시 30분쯤 기적이 일어났다. 상쾌한 바람에 밀려 구름이 걷히기 시작한 것이다. 에딩턴은 사람들을 재촉했다. 일식이 시작될 때까지는 고작 8분밖에 남지 않았다. 잠시 후면 우주의 역사를 체험할 수 있으리라는 기대감에 모두들 뻣뻣하게 긴장했다. 드디어 태양이 강렬한 빛을 발하며 오만한 모습을 드러냈다. 하지만 곧 달의 그늘에 가려질 운명이었다. 갑작스레 어둠이 밀어닥치자 새들은 푸드덕거리며 둥지로 날아갔고 원숭이들과 도마뱀들은 때 이른 잠을 청했다. 마법 같은 깊은 침묵이 이 어둠의 막간극을 내리덮었다. 오직 카메라들만이 부지런히 그 순간을 포착하고 있었다.

그후 사흘 동안 에딩턴은 임시로 만든 암실에 틀어박혀 16장의 사진을 현상했다. 사진들이 마치 유령처럼 현상액 속에서 모습을 드러내자 에딩턴은 실험이 성공했음을 직감했다. 그는 곧바로 계산을 실시했다. 측정결과를 여러 차례에 걸쳐 검토한 에딩턴은 새로운 왕의 머리에 왕관을 씌워주는 주교처럼 자부심에 가득 차 암실 문을 박차고 나왔다. 비록 사소한 오차가 있었지만 결과는 명백했다. 아인슈타인의 승리였다. 하지만 그의 승리가 세상에 알려지려면 아직도 몇 달의 시간이 더 흘러야 했다. 1919년 11월 10일, 첫 실험이 성공하고 다섯 달이 지나서야 비로소 〈뉴욕타임스〉는 이 소식을 세상에 알렸다.

그날 아침 7시 30분경 미국 뉴저지 주에 있는 뉴어크의 작은 병원에서 한 사내아이가 새로운 우주의 첫 세대로 세상에 태어났다. 아기는 곧 프랜시스 퍼시 베이컨이라는 이름으로 세례를 받았다. 여러 개의 점포를 거느린 찰스 드렉서 베이컨과 그의 아내인, 코네티컷 주 뉴캐넌 출신의 은행가 레이먼드 리처즈의 딸 레이첼 리처즈 사이에서 태어난 아기였다.

어느 유월 오후 베이컨의 어머니는 아이에게 셈하는 법을 가르쳐주었다. 어머니는 그를 무릎에 앉힌 뒤 낮은 목소리로 수학의 비밀을 설명해주었다. 그의 어머니는 천사와 괴물들에 대한 이야기를 들려줄 때도 그렇게 평온한 목소리로 말했다. 그녀는 마치 시편을 기도하거나 십자가의 길 14처를 하나씩 낭송하듯이 숫자들을 하나씩 아이의 귀에 대고 읊조렸다. 창문 바깥의 나무들이 초여름 태풍에 마구 흔들렸다. 창밖에서 사납게 요동치는 폭풍은 방 안의 어머니와 아이에게 하느님의 크나큰 자비가 항상 함께함을 느끼게 해주었다. 이날 어린 프랭크는 폭풍으로부터 자신을 보호하는 법과 함께 숫자가 사람보다 훨씬 더 믿을 만하다는 사실을 배웠다. 사람들과는 달리 숫자는 항상 신뢰할 수 있었다. 그는 항상 불같이 화를 내는 아버지와 그것을 묵묵히 견뎌내는 오만한 어머니를 생각했다. 숫자는 기분에 따라 화를 내지 않았다. 또 약자를 기만하거나 때리지도 않았다.

몇 년 뒤 고열에 시달리는 와중에서 그는 숫자도 착각과 혼란을 불러올 수 있으며 온화하면서도 확고부동한 공동체를 형성해주지 않는다는 사실을 처음으로 깨달았다. 의사가 어머니에게 벌거벗겨 얼음찜질을 시키라고 할 만큼 고열에 들뜬 어린 프랭크는 처음으로 숫자들의 은밀한 욕망을 눈치 챘던 것이다. 그가 그때까지 알았던 사람들과 마찬가지로 숫자들도 결코 먼저 물러서지 않았다. 그들은 서로 끈질기게 싸워댔다. 나중에 그는 숫자들이 얼마나 천태만상으로 행동하는지 확인했다. 그들은 괄호 안에서 서로 사랑을 나누었고, 곱하기에서 결합했고, 빼기에서 소멸되었다. 그들은 피타고라스의 도형을 가지고 궁전을 지었고,

유클리드 기하학을 춤추게 하였으며, 미적분을 통해 유토피아를 발명했고, 제곱근의 심연 속에서 죽음을 맞이했다. 숫자들의 지옥은 더 끔찍했다. 그곳에서 그들을 맞이한 것은 유치하기 짝이 없는 방식으로 단순화된 영이나 음수가 아니라 모순과 불규칙 그리고 확률이라는 음산한 유령이었다.

어머니에게 처음 수학의 비밀을 배운 이후로 숫자로 만들어진 것은 언제나 그에게 가장 큰 위안거리였다. 그것들 안에서 그는 유일하게 참된 존재를 발견했다고 믿었다. 참을성 있게 그 존재에 귀를 기울이지 못하는 사람들은 그것들이 도착적이고 탐욕스런 피조물이라고 여겼다. 숫자들이 그의 뇌를 갉아먹었다거나, 그로 하여금 세상을 다듬어지지 않은 수학적 가설로 보게 만들었다는 말은 사실이 아니다. 마찬가지로 그가 오직 논리의 독재에만 복종했으며 인간의 규칙을 거부했다는 말역시 사실이 아니다. 그는 단지 기하학의 나라를 떠나 자기 집의 초라한 일상으로 돌아가기를 거부했을 뿐이다.

다섯 살 때는 대수학의 악령이 그를 유괴한 적도 있었다. 어머니는 어린 아들을 어두운 지하실에서 찾아냈다. 11월 추위에 꽁꽁 언 그는 거의 넋이 나간 상태로 지하의 도관장치를 응시하고 있었다. 그의 입에서는 침이 끈끈한 거품처럼 흘러나왔다. 굳어진 몸은 장작처럼 아무것도 느끼지 못했다. 부모는 그를 신경과 의사에게 데려갔다. 의사는 기다리는 수밖에 없다고 말했다.

"아마 곧 깨어날 겁니다."

의사는 꼭 최면이나 자폐증에 걸린 것처럼 보이는 아이의 상태에 대해서는 설명도 없이 이렇게만 말했다. 의사의 예언은 이틀째 되는 날 실현되었다. 프랭크는 마치 나비가 고치에서 나오려고 애쓰는 것처럼 침대에서 꿈틀거렸다. 전날부터 줄곧 그의 곁에 매달려 있던 어머니는 그를 껴안으며 자신의 사랑이 자식을 죽음에서 구해냈다고 믿었다. 몇 분 뒤 아이가 입술을 달싹였다.

"난 수학 문제를 풀고 있었어."

모두들 깜짝 놀라고 있는데 아이가 미소 지었다.

"그런데 이제 다 풀었어."

프랭크의 아버지는 아들에게 단 한 번 선물을 주었다. 프랭크는 그 기억을 마치 보물처럼 간직했다. 그가 여섯 살 때였다. 어느 일요일, 아버지가 소파에서 일어서더니 먼지로 뒤덮인 검은색 가죽상자를 그에게 내밀었다. 그것은 몇 년 동안 장롱구석에 처박혀 있던 선대의 유품이었다. 이것은 두고두고 아버지가 아들을 위해서 마련해준 최고의 정신적 재산이 되었다. 찰스는 아이 앞에 상아와 나무로 만들어진 멋진 체스판을 꺼내놓고 그 위에 용, 무사, 승려, 탑(이것을 그는 한사코 나이트, 폰, 비숍, 룩이라고 불렀다) 등 여러 가지 조그만 형상들을 펼쳐놓았다.

프랭크는 체스 두는 법을 가르쳐주려는 아버지의 갑작스런 열의가 놀라웠다. 아버지는 말들이 어떻게 움직이는지, 캐슬링이라고 불리는 교묘한 계략을 어떻게 이용하는지 따위를 설명해주었다. 늙은 찰스에게 이 게임은 강했던 자신의 옛 모습을 떠올려주었다. 조그만 널빤지 위에서 벌어지는 격렬한 싸움은 이제 고작 상점의 점원들하고나 툭탁거리는 지금의 자기 신세를 까맣게 잊게 해주었다.

"좋아, 규칙을 이해했으면 당장 한판 붙어볼까?"

"네."

프랭크가 곧바로 대답했다.

그냥 심심풀이로 하는 것이었지만 찰스는 온 힘을 체스경기에 쏟아부었다. 격자무늬의 체스판은 그의 명예가 걸린 전장으로 바뀌었다. 그는 여섯 살짜리 아들에 맞서 전열을 가다듬었다. 처음부터 그는 매우 신중하게 말을 옮겼다. 마치 지도를 펼쳐놓고 참모들과 전투를 상의하는 야전사령관 같았다. 프랭크는 그런 아버지의 모습이 불안해서 전략을 짜는 데 집중할 수가 없었다. 아버지는 핏줄이 튀어나오고 굳은살이 박인 손으로 마치 병에서 코르크 마개라도 뽑듯이 힘주어 말들을 움켜쥐었다. 말을 하나씩 움직일 때마다 석고로 된 일본 기생과 중국 고관은 금방 부서져버릴 것 같았다. 무자비한 아버지는 그날 오후 어린 아들에게 무려 일곱 번이나 연거푸 이겼다. 그중에는 단 세 수 만에 끝난 게임도 있었다. 그는 절대로 일부러 져주는 법이 없었다. 남자가 되길 원한다면 아들은 패배를 감사히 받아들여야만 했다. 프랭크는 인생의 지뢰밭에서 살아남는 법과 참호 밖으로 나와 매일 새로운 적과 맞서 싸우는 법을 배워야 했다.

"실수했구나."

프랭크에게 처음으로 졌을 때 찰스는 시가에 불을 붙이며 중얼거렸다. 하지만 그는 스포츠 정신을 보여주기 위해 이렇게 덧붙였다.

"그렇지만 네 실력도 그리 나쁘진 않군."

다음 날 찰스는 아들이 게임을 하자고 조를 때까지 기다리지 않았다. 여덟 살짜리 프랭크가 학교에서 돌아왔을 때, 아버지는 벌써 말들을 장기판 위에 세워놓고 있었다. 그는 군기가 빠진 부대원들을 점호하듯 수건으로 말을 하나하나 깨끗이 정성껏 닦았다.

"시작할까?"

프랭크는 고개를 끄덕이고 책가방을 바닥에 던져버렸다. 그건 그냥 게임이 아니라 생사를 건 싸움이었다. 몇 시간이 지나자 승자는 아들임이 밝혀졌다. 그는 첫째, 셋째, 넷째, 다섯째 판을 이겼다. 아버지는 겨우 둘째와 여섯째 판을 이기는 데 그쳤다. 그나마 마지막 판을 이긴 것이 위안이라면 위안이었다. 결국 그는 '시간이 너무 늦었다', '중요한 일이 있다'라고 하며 자리를 털고 일어섰다.

프랭크는 아버지의 이런 태도를 보고 승리가 반드시 좋은 것만은 아니란 사실을 배웠다. 그때 이후로 찰스는 끝없이 패했다. 그에게 이 패배는 점점 더 큰 상처가 되었다. 결국 몇 달 뒤 그는 만성우울증에 걸리고 말았다. 승리를 거두고 난 뒤에 마주치게 되는 아버지의 무기력한 눈빛은 프랭크로 하여금 비록 사소한 것이었지만 복수의 기쁨을 느끼게 해주었다. 하지만 아버지는 굴욕을 견디며 살아갈 수 있는 사람이 아니었다. 그 다음 해에 들어서도 패배의 횟수가 승리의 횟수를 훨씬 앞지르게 되자 아버지는 아들과 겨루기를 포기해버렸다. 그리고 몇 달 뒤 찰스는 심장마비로 생을 마쳤다. 프랭크는 이 속 좁고 의심 많은 아버지가 단 한 번이라도 자신을 대견하게 생각한 적이 있었는지 끝내 알 수 없었다.

열 살이 될 때까지만 해도 그의 이름은 한 번도 문제가 된 적이 없었다. 항상 뉴저지의 풍습을 고수하고자 했던 어머니는 그를 계속해서 프랭크나 프랭키라고 불렀다. 세례 때 끼어든 불청객에 불과했던 퍼시라는 이름으로 그를 부르는 사람은 아버지가 죽은 이후로 아무도 없었다. 그것은 관청서류에서도 P라는 이니셜로만 찍혀 있었다. 아무도 그 의미를 묻지 않았다. 하지만 상급학교에 진학하자 상황이 달라졌다. 그의 이름은 입학한 첫 해에 이미 몇몇 선생님들의 시선을 끌었다.

"프랜시스 베이컨?"

선생님은 웃음을 머금은 채 커다란 소리로 이렇게 호명했다.

"네."

베이컨은 아무것도 모른 채 대답했다. 그는 늘 가급적이면 남에 눈에 띄지 않기를 바랐다. 하지만 그때부터 그는 새 학년이 시작될 때마다 이름 때문에 선생님과 학생들의 웃음거리가 되어야 했다.

처음에는 자기 이름이 자신만의 것이 아니란 사실이 그다지 큰 문젯거리가 아니었다. 수많은 존과 메리와 로버트들이 있었기 때문이다. 어머니의 두 번째 남편 이름은 토비아스 스미스였다. 그런데 그는 자신이 스미스란 이름을 수천 명이 넘는 사람들과 함께 공유하고 있다는 사실을 전혀 모르는 것처럼 보였다.

"너도 이제 곧 대단한 천재가 되겠지, 베이컨?"

그는 자주 이렇게 조롱했다. 하지만 그보다 더 심각한 문제는 베이컨 자신이 정말로 그렇게 되리라고 믿었다는 사실이다. 그렇지만 베이컨이란 이름을 공유했다고 해서 그 역시 뛰어난 과학자가 되리라고 자연스럽게 믿는 사람이 도대체 어디에 있는가? 사람들은 이 첫 번째 우연을 오히려 두 번째 우연의 가능성을 부정하는 쪽으로 몰고 갔다. 이에 대항하기 위해서 베이컨은 항상 자신의 능력을 증명해 보이려고 애를 썼다. 하지만 그가 자랑스럽게 내놓은 성과들은 선생님들의 비웃음을 사기만 했다. 그들은 그것이 엉뚱하고 과장된 발상이지, 천재적인 재능과는 거리가 멀다고 말했다. 그러면서도 그들은 그를 항상 진짜 베이컨과 비교해서 말했다. 그는 늘 사라진 원본을 왜곡하는 조악한 위작 취급을 당했다.

베이컨의 어린 시절이 고독했다고 말하는 것은 너무 완곡한 표현이다. 그는 자신이 남과 다르다는 사실을 잘 알고 있었기 때문에 되도록 사람들과의 접촉을 피했다. 그를 극도로 예민한 상태에 빠뜨려 빛이나 소음을 도저히 견딜 수 없게 만드는 집요한 편두통도 그의 이런 비사교적인 태도를 부추겼다. 그는 대부분의 시간을 방에 틀어박혀 수학공식이나 이론을 만드는 데 몰두했다. 의붓아버지가 그의 방으로 와 질질

끌고 나가기 전까지는 밥도 먹으려 들지 않았다. 급기야 그의 어머니는 아들에게 숫자를 가르친 것을 후회했다. 그는 교만하고 자아도취적일 뿐만 아니라 자신의 지적 수준에 못 미치는 사람들을 경멸했다.

베이컨은 점차 자신의 이름에 대한 조롱 따위엔 신경을 쓰지 않게 되었다. 오히려 그는 그 영국인 과학자에 대해 흥미를 느끼기 시작했다. 그는 자신의 삶을 힘들게 한 동명의 선조를 좀 더 잘 알고 싶었다. 그 또래의 남자아이들이 거울을 들여다보며 어른이 되어가는 조그만 변화의 징후를 찾아내려고 골몰하는 것과 같이 그는 조급하게 그 과학자를 탐색하느라고 시간을 보냈다. 수많은 책들 속에서 보이는 자기 이름이 자신의 것이 아니란 사실은 불쾌하기 짝이 없었지만 어느새 베이컨은 아랑곳하지 않았다. 그는 그의 선조가 지녔던 열정 속으로 점점 더 깊이 빠져들었다. 그는 이것이 자신을 나락으로 몰아간다는 것을 어렴풋이 느끼고는 있었다. 하지만 곧 그는 주변사람들의 잔소리가 사실이었음을 확인하는 대신 자신에게 주어진 소명을 깨닫게 되었다. 그는 동명의 선조에 대한 존경과 흠모를 느끼며 자신의 운명이 어떤 형태로든 그와 결합되어 있음을 확신했다. 비록 윤회를 믿지는 않았지만(사실 이런 것은 그의 머릿속에 떠오른 적조차 없었다)그는 운명의 부름을 믿었고 인과법칙을 믿었다. 우연의 산물이 명백한데도!

베룰럼의 남작 프랜시스 베이컨 경의 일대기는 프랜시스 P. 베이컨의 삶을 바꾸어놓았다. 그에 대해서 알면 알수록 프랭크는 자신이 그의 업적을 어떤 식으로든 계속 이어나가야 한다고 굳게 믿게 되었다. 그가 다른 사람들에게 얼마나 불쾌한 인물이었는가는 상관이 없었다. 베이컨 경은 오늘날 불멸의 명성을 획득했다. 그들 두 사람에겐 동시대인들의 몰이해에 시달린다는 공통점이 있었다. 어머니와 의붓아버지와 동급생들이 언젠가는 자신에게 함부로 대했던 것을 후회할 것이라는 생각이 들면 프랭크는 몹시 기뻤다. 그는 셰익스피어의 작품들이 자신의 작품이라고 주장하는 인물과 같은 이름을 지녔다는 사실이 무척 자랑스러웠다. 프랜시스 베이컨 경과 마찬가지로 프랭크가 지식을 쌓기 위해 노력하는 이유 역시 호기심, 확실성의 추구, 타고난 재능 등 여러 가지를 꼽을 수 있다. 하지만 가장 큰 이유는 증오였다. 그것 역시 그의 선조와 다르지 않았다. 그가 매일매일 수학의 정확한 데이터들과 씨름하는 것은 운명적으로 어긋나 있는 저 혼돈의 세계에 맞서는 유일한 방법이었다. 그는 엘리자베스 시대를 살았던 그의 영웅이 했던 말을 약간 바꾸어 이렇게 주장했다.

"내가 연구한 것은 숫자이지 인간이 아니다."

자연법칙에 대한 경외심이 커갈수록 학교 친구들에 대한 거부감도 점차 사그라졌다. 그 경외심에는 인류에 대한 것도 포함되어 있었기 때문이다. 과학은 비록 모든 것들을 완벽하게 이성적으로나 합리적으로 설명해주지는 않았지만 그가 인식에 이르는 가장 확실한 길이었다. 그는 세계를 지배하는 법칙들을 탐구함으로써 그밖의 것들도 통제할 수 있었다. 근원적인 불신을 모두 버린 것은 아니었지만 그것들을 기억의 한 구석에 밀쳐두고 자주 찾지 않게끔 되었다.

어느 날 아침 그는 약간 들뜬 기분으로 잠에서 깨어났다. 그러고는 아무런 이유도 없이 결심했다. 인식의 저편에 있는 수학의 추상성에서 벗어나 물리학의 확고하고도 구체적인 영역에 들어서겠다고. 그가 기술자로 나서기를 바랐던 어머니는 이 결정을 그다지 반기지 않았다. 그래도 그 결정은 아들과 어머니를 좀 더 가까이 다가서게 해주었다. 그는 이제 더 이상 정신분열 환자처럼 숫자를 가지고 이상한 곡예를 부리지 않았다. 그 대신 우주의 구성요소들인 원소, 빛, 에너지 따위에 파고들었다. 어쩌면 그는 이렇게 해서 가족이 바랐던 사회의 유익한 구성원이 될 수도 있었다. 그러나 그는 역시 이 분야에서도 어머니의 기대를 충족시켜주지 못했다. 그에게 구체적인 문제에 몰두하는 것은 애당초 불가능한 일이었다. 베이컨은 전자공학에 몸 바치는 대신 물리학의 가장 새로운 분야이자 현실과 가장 동떨어진 양자이론에 관심을 가졌다. 이 분야도 수학과 마찬가지로 확실하게 파악할 수 있는 것은 아무것도 없었다. 연구대상을 지칭하는 개념인 전자, 기질, 물리량 따위는 숫자 못지않게 불확실한 존재들과 관련되어 있었다.

1940년, 프랭크는 어머니와 의붓아버지의 뜻을 어기고 몇 년 동안 이 분야와 씨름한 끝에 프린스턴 대학의 양전자 분야를 '뛰어난 성적으로' 끝마쳤다. 갓 스물한 살이 된 그의 앞날은 더할 나위 없이 창창해 보였다. 그는 이 분야의 몇 안 되는 전문가로 손꼽혔다. 여러 대학에서 초청장이 쇄도했다. 베이컨은 세 가지의 가능성을 놓고 고심했다. 하나는 오펜하이머가 있는 캘리포니아 공과대학(Caltech)이었고, 또 하나는 모교인 프린스턴 대학이었고, 세 번째 가능성은 같은 도시의 고등연구소였다. 최종적으로 그의 마음을 움직인 것은 세 번째 가능성이었다. 고등연구소는 뉴어크에서 백화점을 경영하던 뱀버거 형제가 1930년에 설립해 1933년부터 정식으로 운영되기 시작한 연구소였다. 그후 연구소는 빠르게 발전하여 지금은 세계에서 중요한 연구센터의 하나로 자리잡았다. 이곳에는 독일에서 나치가 승리한 뒤 미국으로 거처를 옮긴 알베르트 아인슈타인과 수학자 쿠르트 괴델, 존 폰 노이만 등과 같은 인물들이 활동하고 있었다.

1940년 가을이 막바지에 이른 어느 날 베이컨은 프린스턴의 넓은 캠퍼스를 가로질러 학장의 연구실로 향했다. 곧 그의 미래를 바꾸어놓을 결정이 내려질 터였지만 베이컨은 그것을 의식하지 못했다. 길가에 죽

늘어선 물푸레나무들은 마치 오랜 세월이 흘러 지붕이 사라져버린 신전의 기둥들 같았다. 살을 에는 찬바람이 여러 학과들이 옹기종기 모여 있는 연구소를 빠르게 휩쓸며 지나갔다. 옥스퍼드와 케임브리지를 본 딴 중세풍의 건물은 구름 한 점 없는 하늘 아래에서 권위를 뽐내며 서 있었다. 회색 정장 차림의 교수들과 학생들의 모자를 날려버릴 듯한 세찬 바람을 피해 이 시대착오적인 건물 안으로 서둘러 스며들었다. 베이컨은 학장이 어떤 일로 자신을 불렀는지 짐작하고 있었지만 초조하지는 않았다. 그는 어디가 되었건 과학이 자신을 최선의 곳으로 인도하리라고 믿고 있었다. 게다가 그는 학장이 부르기 이틀 전에 이미 자신의 행로를 굳힌 상태였다. 그리고 그것은 최선의 결정이었다.

새 학장은 키가 작고 수다스러운 남자였다. 그는 베이컨을 곧장 맞아들였다. 가슴까지 올라오는 커다란 책상 뒤에서 학장은 백발이 성성한 턱수염을 운명의 실마리라도 풀어내려는 듯 쉴 새 없이 쓰다듬어댔다. 손을 내밀어 베이컨에게 자리를 권한 학장은 두툼한 서류더미를 집어들더니 내용은 살펴보지도 않은 채 말했다.

"프랜시스 베이컨, 이 이름은 절대로 잊어버리지 않겠군. 수석졸업이라, 아주 훌륭해. '논문 성적 최우수, 탁월한 분석가, 결정을 내리는 게 다소 느리지만 뛰어난 이론가. 동년배 중에서 가장 재능 있는 학생의 한 사람으로 사료됨'이라고 적혀 있군. 자네는 이런 평가에 대해 어떻게 생각하나?"

학장의 목소리는 장난감 기차의 기적소리 같았다.

"모두들 자네를 최고라고 추천했네. 정말 놀라운 일이야!"

베이컨은 조금도 귀를 기울이지 않았다. 그의 눈길은 이 작은 연구실의 서가를 가득 채우고 있는 〈물리학연감〉, 〈물리학 저널〉, 〈자연과학〉 등과 같은 독일 잡지들을 좇고 있었다. 그것들만 빼면 온통 깡통과 병들로 가득 찬 학장의 방은 물리학자의 연구실이라기보다는 곤충학자의 실험실에 더 가까웠다. 뒤편 벽에 걸린 사진 한 장이 베이컨의 눈에 들어왔다. 학장이 아인슈타인과 함께 찍은 사진이었다. 자랑스러운 표정을 짓고 있는 학장은 상대성이론의 발견자 옆에서 마치 거대한 나무를 기어오르려는 다람쥐처럼 배를 내밀고 있었다.

"과찬이십니다, 학장님."

"그건 내 생각이 아닐세. 난 그저 여기에 적혀 있는 것을 말했을 뿐이네. 나도 자네와 좀 더 가까이 사귀어보고 싶네만 이제 그건 힘들겠지? 자네 지도교수보다 더 열렬하게 자넬 칭찬할 수는 없을 테니까. 아쉽지만 어쩌겠나? 자, 그럼 본론으로 들어가지. 자네를 오라고 한 건 전할 말이 있어서네. 그 문제에 대해선 아마 자네가 나보다 더 잘 알고 있으리라고 생각하네만."

"무슨 말씀을 하시려는지 알 수 있을 것 같습니다, 학장님."

"우리 고등연구소는 오스왈드 베블렌 교수의 추천에 따라 자네를 연구원으로 채용할 생각이네."

베이컨은 흘러나오는 미소를 감출 수 없었다.

"물론 우리는 기꺼이 자네를 받아들이고 싶네만 최종 결정은 아직 남아 있어. 자네가 다른 대학이나 연구소로 옮기고 싶다면 반대하지는 않겠네. 우리 연구소가 자네에게 제시하는 자리는 박사과정이 아니라 연구원 자리란 점을 다시 한 번 밝히고 싶네. 그게 무슨 의미인지는 자네도 잘 알지? 이 문제를 좀 더 생각해볼 텐가, 아니면 지금 바로 마음을 결정하겠나?"

고등연구소는 독자적인 공간을 확보할 수 있는 자금이 모아질 때까지 임시로 프린스턴 대학의 수학과가 있는 파인드홀에 머물다가 1939년에 이곳 풀드홀로 이전했다. 대학 캠퍼스에서 멀찌감치 떨어져 있는 풀드홀은 붉은 벽돌로 지어진 거대한 건축물로 정신병원이나 시청으로 사용하면 안성맞춤일 건물이었다. 고등연구소가 이 건물을 사용하게 된 것은 그때까지 해소되지 않은 두 대학기관 사이의 불화와 관계가 있었다. 고등연구소가 설립되었을 때 초대 소장 에이브러햄 플렉스너는 프린스턴 대학의 교수진을 빼내오지 않겠다고 천명했는데, 베블렌 교수나 헝가리 출신의 수학자 존 폰 노이만은 모두 프린스턴 대학에서 재직하다가 고등연구소로 자리를 옮겼다.

"저는 연구소의 제안을 받아들일 생각입니다, 학장님."

"잘 생각했네."

베이컨은 이미 모든 장점과 단점을 계산해본 뒤였다. 비록 연구소가 자신에게 박사학위를 수여할 수는 없지만 세계 최고의 물리학자와 수학자들과 교류할 수 있는 가능성을 제공할 것이다. 그는 조금도 망설이지 않았다.

"좋아, 이제 다 끝난 셈이군. 자네, 올해 몇 살인가?"

"스물한 살입니다."

"아직 젊군, 아주 젊어. 아마도 나중에 더 나은 계획이 있겠지? 그래도 시간을 낭비해서는 안 되네. 젊음은 물리학자에게 대단히 중요한 재산이거든. 여기에도 인생의 다른 모든 분야처럼 불공평한 법칙이 작용하고 있다네. 자네도 아마 그것을 잘 알고 있을 걸세. 서른 살이 지나면 물리학자의 생명은 끝이지. 정말 끝이야. 이건 경험에서 하는 말일세."

"충고의 말씀 고맙습니다."

하지만 베이컨은 그 순간 폰 노이만 교수와 화요일 세 시에 만나기로 한 약속을 떠올리고 있었다. 학장은 그의 생각을 중단시켰다.

"자, 그럼 이만 가보게."

가설 2　　　폰 노이만과 전쟁에 대하여

"저는 프랜시스 베이컨이라고 합니다, 교수님."

프랭크는 약속한 시간에 연구소에 도착했다. 자신의 가장 좋은 옷인 쥐색 양복에 점박이무늬 넥타이를 매고 있었다.

"아 그래, 베이컨! 그는 1561년 1월 22일 요크하우스에서 태어나 1626년에 사망했지. 불행하게도 그는 아주 괴팍한 인물일세. 물론 지능은 아주 뛰어났어. 난 지금 당장 베이컨의 '신 오르가논'에 대해서 조목조목 설명해줄 수도 있겠네만 그건 자네에게 너무 지루하고 재미없을 게야. 게다가 나는 다음 약속이 있거든."

당대의 학자들 중에서 폰 노이만 교수만큼 까다롭고 사나운 숫자의 본성을 이해하고 있는 사람은 별로 없었다. 프린스턴 대학에서 수학과 교수로 몇 달 재직하는 동안 이 젊은 학자는 세계에서 가장 지능이 높은 인물인 동시에 최악의 교수로 순식간에 명성을 날렸다. 그의 원래 이름은 요하네스였는데, 이것은 헝가리 이름인 야노슈를 독일식으로 바꾼 것이다. 그는 새로운 체류지의 방식에 맞추어 요하네스를 다시 존으로 바꾸는 것에 조금도 주저하지 않았다. 그는 스스로를 조니 폰 노이만이라고 부르며, 스코틀랜드 위스키와 체코 맥주의 짬뽕이라고 말하곤 했다. 폰 노이만은 1903년 부다페스트에서 태어났으니까 지금 서른일곱이었다. 하지만 일찌감치 천재성을 드러낸 폰 노이만은 이미 당대의 가장 중요한 수학자 중 한 사람으로 손꼽히고 있었다. 몇 달 전에 그는 최연소로 고등연구소 교수직에 취임했다. 베이컨은 그의 강의를 직접 들어본 적이 아직 없었지만 캠퍼스 내에 떠도는 그의 기행에 대한 이야기들은 이미 여러 번 듣고 있었다. 그의 영어발음은 유럽식 억양과도 다른, 매우 독특한 것이었다. 그가 직접 만들어낸 발음이라는 소문도 있었다. 그는 언제나 말쑥한 커피색 정장 차림이었는데, 이런 차림 새는 무더운 여름철이나 야외 소풍 때에도 예외가 없었다. 그는 믿을 수 없을 만큼 빠른 계산력에 사진으로 찍어놓은 듯한 정확한 기억력을 지니고 있었다. 그냥 곁눈으로 흘낏 본 글이나 단숨에 읽어 내려간 장 편소설을 단 한 자도 틀리지 않고 처음부터 끝까지 정확하게 인용할 수 있는 사람이었다. 그가 디킨스의 『두 도시 이야기』 앞부분 절반을 자신 의 강의에서 정확하게 인용한 사건은 아주 유명하다.

폰 노이만은 천성적으로 참을성이 없어 학생들을 몹시 싫어했다. 그 는 학생들의 머리회전이 너무 느려 터져 농부가 닭들에게 모이를 뿌려 주듯 똑같은 말을 계속 반복시킨다고 불평했다. 하지만 그가 무엇보다 도 참을 수 없어 했던 것은 자신의 아름다운 방정식을 놀란 표정으로 끙끙대면서 풀고 있는 겁에 질린 학생들의 모습이었다. 사실 그의 수업 을 제대로 따라갈 수 있는 학생은 아무도 없었다. 이유는 간단했다. 문 제를 풀어내는 그의 속도가 초인적으로 빠른 탓이었다. 그가 백묵을 가 지고 춤을 추듯 휘갈기는 긴 공식을 학생들이 겨우 받아적고 있을 때, 벌써 이 번개 같은 교수는 지우개로 쓱쓱 그것을 지우고 다음 공식을 써내려갔다. 그의 칠판은 브로드웨이의 현란한 전광판 같았다. 그가 대 학에 재직하는 동안 단 한 명의 박사과정 학생만 그의 밑에서 논문을 끝마쳤다. 폰 노이만은 학생들의 엉터리 증명들을 읽고 쓸데없이 방만 한 산술적 가설들을 해독해주느라 고생했던 참담한 경험을 되풀이하고 싶은 생각이 없었다. 그래서 고등연구소의 플렉스너 소장이 연구원 자 리를 제안하며 학생들을 지도할 의무를 면제해준다고 했을 때, 이것은 물론 다른 교수들에게도 똑같이 제안한 것이지만, 그는 몹시 기쁘게 이 제안을 받아들였다. 이렇게 해서 폰 노이만은 모차르트와 베토벤조차 구별할 줄 모르는 귀찮은 돌대가리들로부터 영원히 해방되었다.

"난 곧 가봐야 하네. 교수회의가 있어. 다 알 만한 이름들이 모여서 차나 홀짝거리는 회의 말일세. 물론 자네 이름에야 비길 수 없겠지만, 그래도 너무 늦지 말아야 할 만큼은 되는 이름들이니 난들 어쩌겠나."

잠시 침묵이 흘렀다. 그는 다부진 몸집의 소유자였다. 조금 뚱뚱한 편이라고 할 수 있었다. 타원형의 매끈한 턱 끝은 둘로 갈라져 있었다. 실제로 그의 억양은 정말 독특했다.

"그럼 이제 자네 얘기를 해보기로 할까, 베이컨? 난 우리가 함께 뭘 해야 할지 아직 생각해보지 못했다네. 미안하지만 그런 제안은 내게 뜻밖이었어. 아무튼 우리가 어떻게 했으면 좋을지 자네가 한번 먼저 말해보게."

베이컨은 자신에 대해서 뭔가 의미 있는 말을 하려고 애썼지만 아무런 소용이 없었다. 폰 노이만의 말은 『이상한 나라의 앨리스』에 나오는 애벌레의 혼란스러운 장광설처럼 들렸다.

"그래, 그거야. 아주 좋은 생각이네, 베이컨. 그런데 나는 내일 조그마한 파티를 열 생각이라네. 이곳 생활은 끔찍하게 지루하거든. 그래서 기회 있을 때마다 그런 파티를 열지. 난 아내에게 부다페스트에 있는 것 같은 바를 하나 열자고 하지만 아내는 내 말을 진지하게 받아들이지 않는다네. 좋아, 그럼 난 이만 가보겠네, 베이컨. 내일 손님들이 오기 전인 다섯 시 정각에 내 집으로 오게나. 권태를 몰아내는 우리들의 작은 파티가 시작되기 전에 말이지, 알겠나? 그 파티에 대해선 자네도 틀림없이 들어보았을 거야. 미안하지만 난 이제 정말 가봐야 하네. 내일 다섯 시 정각이야, 잊지 말게."

"저, 교수님……."

"이미 말했지만 우리의 문제에 대해서는 나중에 자세히 말하도록 하게나. 난 이만 실례하겠네."

오만한 여비서와 여러 시간 동안 실랑이를 벌인 끝에 그는 간신히 폰 노이만 교수의 집 주소를 알아냈다. 그는 다섯 시 정각에 그의 집에 도착했다. 웨스트코트 로드 26번지에 있는 폰 노이만의 집 앞에서는 파티 서비스 회사 직원들이 차에서 음식을 내리고 있었다. 그들은 먹이를 나르는 일개미들처럼 줄지어서 부엌으로 음식을 날랐다. 프린스턴의 학자들이 많이 참가한다는 폰 노이만의 파티에 대해서는 베이컨도 이미 여러 번 들은 적이 있었다. 가끔 아인슈타인도 참석한다고 했다. 비록 사방에서 전쟁의 분위기가 무르익고 있었지만(진주만 공습까지는 아직 1년도 더 남은 시점이었다) 사람들은 세상에 아무 일도 일어나지 않는 듯 행동했다. 어쩌면 그들은 폭풍전야의 마지막 순간을 만끽하려는 것인지도 모른다.

　　베이컨은 초인종을 누르고 잠시 기다렸다. 아무런 대답이 없었다. 그는 급사들을 따라 집으로 들어가 1미터 앞의 사람도 듣기 힘들 정도로 기어드는 목소리로 "교수님, 폰 노이만 교수님" 하고 불렀다. 몇 분이 지나서야 하녀 한 사람이 그를 발견하고 위층으로 올라가 그의 도착을 알렸다. 잠시 후 폰 노이만이 콤비 정장을 입다 만 채 넥타이를 손에 들고 나타났다.

　　"베이컨!"

　　"네, 교수님."

　　"또 자네군, 그래."

　　그는 소파에 털썩 주저앉더니 그에게도 자리를 권했다. 그는 굵은 손가락을 움직이며 부지런히 셔츠 단추를 채웠다.

　　"매사에 집요한 게 나쁜 건 아니라고 생각하네. 하지만 어느 정도 매너를 갖출 필요는 있어, 친구. 난 지금 막 파티를 열 참이거든. 물리학에 대해 떠들어대기에 적당한 때가 아니란 건 자네도 인정하겠지?"

"저를 오늘 오라고 하신 분은 교수님인데요."

"그건 말도 안 돼, 베이컨."

그는 이제 넥타이와 씨름 중이었다.

"하지만 좋아. 기왕 이곳까지 왔으니 빈손으로 돌아가게 할 순 없지, 안 그래? 아무튼 미국인들에겐 매너가 부족해. 물론 이건 절대로 자넬 두고 하는 말은 아닐세. 하지만 점점 더 그런 생각이 드는 건 사실이야."

폰 노이만은 해부를 시작하려는 병리학자처럼 그를 유심히 바라보았다.

"그러니까 내가 지금 해야 할 일은 자네를 우리 연구소에 받아들일지 말지를 결정하는 것이겠지, 그렇지 않나? 결국 자네의 장래가 내 손안에 있는 셈이군. 그건 끔찍한 일이야, 친구. 자네가 천재인지 멍청이인지를 내가 도대체 어떻게 알 수 있겠나!"

"교수님께 이미 제 이력서를 보냈는데요."

"자넨 물리학 전공이지?"

"그렇습니다."

"그것 보게. 정말 어이가 없군!"

폰 노이만이 투덜거렸다.

"내가 양자이론에 관한 조그만 책을 한 권 썼다고 해서 이 분야를 공부해보겠다고 날뛰는 어린 멍청이들을 전부 검사해보라니 그게 말이 되냐고? 그런 표정 지을 필요 없네, 친구. 자넬 두고 하는 말이 아니야. 아무튼 저 바보 같은 놈들이 아직 내게 자네에 관한 어떤 정보도 보내지 않았다는 걸 솔직히 말해야겠네."

폰 노이만은 양송이 파이를 가져오겠다고 일어서더니 아예 한 접시를 통째로 가져왔다. 그가 조금 먹어보라고 권했지만 베이컨은 사양했다.

"생각해보게. 아무것도 보내지 않고서 뭘 어쩌라는 거야? 더 웃기는 건 내가 며칠 내로 자네에 대한 내 판단을 위원회에 보내야 한다는 걸세, 베이컨. 내가 도대체 어떻게 해야겠나?"

"모르겠습니다, 교수님."

"맞았어!"

그가 갑자기 기뻐하며 소리쳤다.

"자네도 우리가 지금 전쟁에 참여하려 한다는 건 알고 있겠지?"

베이컨은 폰 노이만이 갑자기 주제를 바꾸는 이유를 이해할 수 없었다.

"네."

베이컨은 일단 이렇게 공손히 대답했다.

"그러니까 자넨 미국이 독일하고 일본과 전쟁을 벌일 거라고 말하는 것이로군, 베이컨."

"물론 많은 사람들이 참전에 반대하고 있습니다."

"혹시 자네 두려운 겐가? 자넨 이 세계를 저 악마 같은 자들의 손아귀에서 구해낼 생각이 없는 건가?"

베이컨은 이 대화의 의도가 무엇인지 전혀 알 수가 없었다. 폰 노이만이 그를 놀리고 있는 것일까? 그래서 그는 될 수 있는 한 약점을 보이지 않으려고 애를 썼다.

"말해보게, 베이컨. 전쟁이란 무엇인가?"

"잘은 모르겠습니다만, 둘이나 그 이상의 적들 사이에서 벌어지는 싸움이라고 생각됩니다."

"그리고?"

폰 노이만은 점점 더 참을성을 잃어갔다.

"왜 그들은 서로 싸우지, 베이컨? 무엇 때문에?"

"서로 이해가 상충되기 때문입니다."

폰 노이만이 벌떡 일어서며 소리쳤다.

"맙소사, 아니야. 그 정반댈세!"

"서로 같은 이해를 가졌기 때문이라고요?"

"당연하지! 그들은 같은 의도와 같은 목표를 지녔어. 다만 둘 중 하나만이 그것을 획득할 수 있기 때문에 싸움이 벌어지는 거라네."

베이컨은 혼란스러웠다. 폰 노이만은 치미는 조급증과 짜증을 참을 수 없는지 계속 음식을 주워 삼켰다.

"간단한 예를 한 가지만 들어주지. 한번 이렇게 질문해보세. 나치와 영국인들의 공동 목표는 무엇일까? 바로 유럽이라는 한 개의 파이라네, 베이컨. 1933년에 권좌에 오른 이래로 히틀러는 줄곧 영토를 확장하는 일에만 매달렸어. 처음에는 오스트리아, 그 다음엔 체코, 다음엔 폴란드, 벨기에, 네덜란드, 프랑스, 노르웨이 등등, 이런 식으로 넓혀가다가 결국 파이 전체를 차지했지. 처음에 영국인들은 그가 하는 짓을 내버려두었어. 뮌헨으로 달려가 치욕스러운 협정도 맺어주었지. 하지만 어느 순간 독일이 너무 많이 먹으려 한다고 생각하게 된 걸세. 이제 이해하겠나?"

"무슨 말씀인지 알겠습니다, 교수님. 그러니까 전쟁은 게임이로군요."

"혹시 내가 1928년에 이 문제에 대해 쓴 글을 읽어본 적이 있나?"

폰 노이만은 미심쩍은 표정이 되었다.

"사회적 게임이론에 관한 글 말씀인가요? 몇 번 들은 적은 있지만 아직 읽어보지는 못했습니다."

"그럼 자네 말을 믿기로 하세. 히틀러와 처칠 사이의 전쟁이 하나의 게임이라고 가정해보게나. 여기서 우리가 확인해야 할 것은—이 경우 아주 명백하게 확인할 수는 없겠지만 그래도 상관없어—그 게임에 참가한 사람들이 '합리적으로' 행동하는지의 여부라네."

"잘 알겠습니다. 그들은 승리라는 목표에 도달하기 위해 모든 수단을 다 동원하려고 들겠군요."

"바로 그거야!"

폰 노이만이 처음으로 웃었다.

"내가 내 친구인 경제학자 오스카 모르겐슈테른과 공동으로 개발한 이론에 따르면, 모든 합리적인 게임은 수학적 해解를 지녀야 한다네."

"전략 말씀이로군요."

"드디어 이해했군, 베이컨. 게임이나 전쟁에서 최선의 전략은 승리의 가능성이 가장 큰 전략을 말해. 아주 좋아."

폰 노이만은 위스키로 목을 축였다.

"내가 알기로 게임에는 두 가지 종류가 있네. 제로섬 게임과 논제로섬 게임이지. 어떤 게임의 결산이 제로가 되는 것은 게임 참가자들이 얻을 수 있는 이득이 한정되어 있어 한쪽이 이겨서 하나를 얻으면 다른 쪽은 반드시 하나를 잃을 수밖에 없을 때야. 파이가 한 개밖에 없다면 내가 한 조각을 얻을 때마다 상대방은 반드시 한 조각을 잃어야 하지."

"그렇다면 다른 게임에서는 한쪽이 이득을 취한다고 해서 반드시 다른 쪽이 손해를 보는 건 아니겠군요."

베이컨이 만족스러운 표정을 지었다.

"그렇다네. 하지만 나치와 영국인들 사이의 이 전쟁은……."

"제로섬 게임이로군요!"

"맞았어. 그걸 연구가설로 삼아서 계속 생각해보게. 그러면 현재의 전쟁은 실제로 어떤 상황일까? 히틀러는 현재 유럽의 절반 이상을 지배하고 있고, 영국은 간신히 버티고 있는 형세야. 또 소련은 독일과 불가침협정을 맺고 사태를 관망하고 있지. 자, 베이컨, 이런 전제하에서 총통의 다음 전략은 무엇일까?"

폰 노이만이 상기된 표정으로 물었다. 그의 가슴은 마치 송풍기처럼 공기를 통과시키고 있었다. 미묘한 문제였다. 베이컨은 이것이 유도심문이란 걸 잘 알고 있었다. 그는 자기 직관에 따르지 않고 시험관의 수학적 기대치에 맞추어 대답했다.

"히틀러는 파이 조각을 더 요구할 것입니다."

"바로 그걸세! 우린 그 얘기를 이미 여러 번 루스벨트 대통령에게 전달했다네. 그러면 히틀러가 원하는 파이 조각은 어떤 것이겠나?"

여기엔 두 가지 가능성이 있었지만 베이컨은 주저하지 않고 대답했다.

"소련일 거라고 생각합니다."

"왜?"

"현재로선 가장 약한 상대니까요. 게다가 히틀러는 스탈린에게 무장할 시간을 주지 않으려고 할 겁니다."

"훌륭해! 그럼 이제 가장 어려운 부분으로 넘어가도록 하지."

폰 노이만은 이제 이 총명한 젊은이와 대화하는 것을 즐기기 시작했다.

"이 문제에 대한 우리의 태도, 즉 미합중국의 행동에 대해서 말해보세. 우리는 아직 사태에 깊이 관여하지 않으면서 객관적인 태도를 유지하고 있는 중이지. 다시 말하면 합리적으로 게임에 임하려고 노력하는 중이야."

베이컨과 폰 노이만은 벌써 30분이 넘도록 대화를 나누고 있었다. 그동안 하녀들은 방문 옆의 식당을 분주히 오가면서 식탁을 차리고 있었다. 한 번은 계단 위쪽에서 교수의 부인, 정확히 말하면 두 번째 부인인 클라라가 나타나 도대체 아직도 뭐 하고 있는 거냐며 불평을 해댔다. 폰 노이만은 무뚝뚝한 몸짓으로 아내를 쫓아버린 뒤 베이컨에게 신경쓸 것 없다는 표정까지 지었다. 이런 모습들이 약간 우스워 보이기도 했지만 베이컨은 폰 노이만의 유머와 진지함을 존중했다. 그것은 그에게 어린 시절 내내 몰두했던 체스게임을 떠올리게 했다. 언뜻 단순해 보이는 이 대화의 뒤편에서 그와 교수 사이의 치열한 전투가 벌어지고 있었다. 그것은 적대관계인 두 스파이나 서로를 불신하는 두 연인 사이에서 오갈 법한 암시와 함정으로 가득 차 있었다. 말 한마디 한마디에는 상대방의 생각을 앞질러 선수를 치려는 의도가 담겨 있었다. 두 사람은 모두 자신의 전략은 감추면서 동시에 상대방의 것을 탐색해내려고 노력했다. 그들은 지금 게임을 하는 중이었다.

"내 이론은 이렇다네."

폰 노이만이 먼저 시작했다. 그는 종이 한 장을 탁자 위에 펴놓고 도표를 그렸다.

"독일과 우리 사이에는 제로섬 게임이 벌어지고 있는 게 아닐세. 전 세계라는 더 큰 파이를 분배하는 문제라면 우리는 각자 어떤 방식으로 이익을 추구하느냐에 따라 상이한 수치가 나온다네. 각자가 취할 수 있는 전략은 두 가지이고 그에 따라 얻게 되는 결과는 네 가지가 되지. 미국은 전쟁에 참여하거나 참여하지 않을 수 있네. 그리고 주축국인 독일, 이탈리아, 일본도 그들 편에서 우리를 공격하거나 공격하지 않을 수 있어. 이 경우, 네 가지의 가능한 결과는 어떤 것일까?"

베이컨은 확신에 차서 대답했다.

"첫째, 우리가 먼저 그들을 공격합니다. 둘째, 그들이 우리를 먼저 공격합니다. 셋째, 우리와 그들이 동시에 서로를 공격합니다. 넷째, 양측 모두가 현 상태를 유지합니다."

"훌륭한 분석일세, 베이컨 대령. 이제 각 경우를 선택했을 때의 결과를 서로 비교해보도록 하세. 우리가 먼저 선제공격을 한다면 우리는 그들을 놀라게 할 수 있을 것이네. 하지만 수많은 미국 젊은이들이 생명을 잃게 되겠지. 반대로 그들이 선제공격을 해온다면 깜짝 놀라게 하는 효과는 그들 차지가 될 거야. 이 경우 그들은 두 개의 전선에서 동시에 전쟁을 수행해야만 하지. 우리 이론이 옳다면 그들은 곧 소련을 공격하게 될 테니까 말일세. 세 번째 시나리오에서처럼 양측이 동시에 선전포고를 하고 전쟁을 개시한다면 모두 불시에 공격을 당할 가능성은 없어지지만 여전히 수많은 생명들이 희생되어야 할 것이네. 마지막으로 양측이 모두 현재 상태에 그대로 머문다면 히틀러는 아마도 유럽의 지배자가 될 것이고 우리는 아메리카 전체의 지배자가 될 걸세. 하지만 길게 보면 이런 상태는 다시 대치국면으로 바뀌겠지."

"교수님의 분석에 전적으로 동의합니다."

"그렇다니 기쁘네, 베이컨. 그럼 각각의 가능성들을 한 번 평가해보세. 우리와 그들 모두를 위해서 말이야."

"좋습니다!"

베이컨은 이렇게 대답하고 종이에 적어내려가기 시작했다.

1. 미국과 주축국이 동시에 서로를 공격한다 = 미국 : 1, 주축국 : 1

2. 미국이 먼저 공격하여 주축국을 놀라게 한다 = 미국 : 3, 주축국 : 0

3. 미국은 기다리고 주축국이 선제공격을 한다 = 미국 : 0, 주축국 : 3

4. 현 상태가 유지된다 = 미국 : 2, 주축국 : 2

다음과 같은 도표도 그렸다.

	주축국이 공격한다	주축국이 기다린다
미국이 공격한다	1:1	3:0
미국이 기다린다	0:3	2:2

"문제는, 우리가 어떻게 해야 하는가일세."

폰 노이만이 흥분해서 말했다.

베이컨은 자신이 그린 도표를 르네상스 회화를 감상하듯 바라보았다. 그것의 단순명료함은 그에게나 그의 스승에게나 정말 아름답게 보였다. 그것은 하나의 예술작품이었다.

"가장 나쁜 선택은 그냥 기다리고 있다가 상대방의 선제공격을 당하는 것입니다. 그 경우 우리는 빵점이고 히틀러만 3점을 얻게 되니까요. 문제는 우리가 저 악당이 어떻게 나올지 전혀 예측할 수 없다는 점입니다. 이렇게 볼 때 가장 합리적인 해법은 우리 쪽에서 먼저 공격하는 것입니다. 나치를 놀라게 할 수 있다면 우리는 3점을 얻게 되고, 양측이 동시에 공격한다고 해도 최소한 1점은 얻을 수 있으니까요. 머뭇거리다가 빵점을 맞는 것보다야 훨씬 낫지요."

베이컨이 자신 있게 말했다.

"물론이야. 그렇게 하면 적어도 그냥 기다리다가 당하는 일은 없지."

폰 노이만은 이 젊은 학생이 점점 더 마음에 들었다. 그는 뛰어난 재능을 보여주었을 뿐만 아니라 루스벨트 대통령의 전쟁정책과 관련하여 자신이 품고 있는 정치적 견해에도 동의하고 있었다. 1939년 우라늄 분열 실험에 성공한 뒤, 미국에는 핵연구 프로그램을 국가적 차원에서 실시해야 한다고 강력히 주장하는 세력들이 생겨났다. 폰 노이만이 그 대표적인 인물 중 한 사람이었다. 원자폭탄만 개발하면 그것은 독일과 일본을 놀라게 할 뿐만 아니라 아예 전쟁을 완전히 끝내버릴 수 있었다. 그러나 불행히도 그의 요구는 아직 대통령의 마음을 움직이지 못했다.

"이젠 매일같이 풀드홀에서 자네의 성가신 얼굴과 마주칠 수밖에 다른 도리가 없겠군."

폰 노이만은 이렇게 말하고 소파에서 무겁게 몸을 일으켰다.

"그게 그리 달콤하지만은 않을 걸세. 난 자네를 두더지처럼 혹사시킬 생각이야. 아마도 자넨 머지않아 내가 제시하는 계산문제들을 증오하게 될 걸세. 다음 월요일에 연구실로 오게."

폰 노이만이 계단을 올라갔다. 위층에서 클라라의 짜증난 목소리가 다시 들려왔다. 방으로 사라지기 전에 폰 노이만은 다시 한 번 베이컨 쪽을 돌아보며 소리쳤다.

"다른 일이 없으면 파티를 즐기고 가게나."

존 폰 노이만이 예상한 대로 미국은 1941년에 전쟁에 참여했다. 루스벨트 대통령은 마지막 순간까지도 중립을 지키려고 노력했지만 일본은 최선의 전략인 기습공격을 선택했다. 12월 7일 오전 3시에 일본 폭격기들이 아무런 사전경고도 없이 진주만에 주둔한 미국 함대를 공격했다. 미국의 반응은 격렬했다. 계층과 지위고하를 막론하고 모든 사람들이 일본의 비열한 행위에 치를 떨었다.

가설 3 　　　　 아인슈타인과 사랑에 대하여

1933년 말 아인슈타인이 미국으로 건너왔을 때쯤 그는 이미 세계적인 현자로 추앙받고 있었다. 물리학이라고는 전혀 들어본 적이 없는 사람들조차 그의 말에 귀를 기울였다. 그 신화적 명성에 걸맞게 상대성이론의 창시자는 사람들의 소박한 물음에 마치 불교의 선문답과도 같은 수수께끼와 모순으로 가득 찬 대답을 하곤 했다. 백발이 성성한 헝클어진 머리와 주름이 깊게 파인 두 눈은 현대가 요구하는 전형적인 은자의 모습이었다. 저널리스트들은, 그중에서도 특히 〈뉴욕타임스〉는, 머셔 가에 있는 그의 집 앞에서 진을 치고 기다리다가 그가 나타나기만 하면 달려가 사람의 머릿속에 떠오를 수 있는 모든 주제들을 들이대고서 그의 코멘트를 구했다. 반은 소크라테스고 반은 공자가 되어버린 아인슈타인은 마치 지식에 목말라하는 수줍은 학생을 가르치듯이 그들을 맞아주었다. 그의 기자회견 내용은 즉시 나라 전체에 퍼졌고, 그의 특이한 대답들은 불교나 수피교의 설화 혹은 탈무드의 비유처럼 받아들여졌다. 한 번은 어떤 리포터가 아인슈타인에게 이렇게 물었다.

"인생의 성공을 위한 공식이 존재할까요?"

"있고말고요."

"어떤 겁니까?" 리포터가 다시 물었다.

"성공을 A라고 한다면 공식은 $A = X + Y + Z$라고 말할 수 있습니다. 여기서 X는 일이고, Y는 유희입니다."

"그럼 Z는 뭐죠?"

아인슈타인은 웃으며 천천히 대답했다.

"입을 다무는 것입니다."

간결하고 명쾌한 이 대화는 아인슈타인의 명성을 더욱 높여주었지만 적대자들의 비난 역시 그에 못지않게 거세졌다. 세계는 그를 신격화하는 사람들과, 나치와 마찬가지로 그를 증오하는 사람들로 양분되었다.

아인슈타인이 캘리포니아 공대에서 강연하려고 패서디나를 찾았던 1931년에 대학 개혁가 에이브러햄 플렉스너는 처음으로 그에게 고등연구소로 올 것을 제안했다. 그때는 고등연구소가 프린스턴 안에서 막 둥지를 튼 상태였다. 1932년 플렉스너는 옥스퍼드에서 아인슈타인과 재회하고서 다시 한 번 같은 제안을 했다.

플렉스너와 아인슈타인은 옥스퍼드 크라이스트처치 칼리지의 정원을 함께 산책했다.

"아인슈타인 교수님, 감히 당신에게 우리 연구소의 교수 자리를 제안하겠다는 말은 하지 않겠습니다. 다만 우리 연구소로 오실 의향이 있다면 우리는 교수님이 제시하는 모든 조건을 수용할 준비가 되어 있다는 것을 말씀드리고 싶습니다."

1930년대 초, 히틀러의 나치당은 의회의 의석 대부분을 차지했다. 1932년에는 이백 명이 넘는 나치당 소속 의원들이 의회에 진출했다. 의회는 교활한 헤르만 괴링에 의해 좌지우지되었다. 아인슈타인과 그의 두 번째 부인인 엘사는 자신들이 곧 독일을 떠나야 하리라는 걸 직감했다. 플렉스너가 베를린에 있는 아인슈타인에게 전화를 걸어 세 번째로 초청을 제안했을 때 아인슈타인 부부는 대서양을 건너가기로 결심했다. 아인슈타인은 플렉스너에게 미국 강연 중에 고등연구소를 방문해 최종 결정을 내리겠다고 약속했다. 집을 나서던 아인슈타인이 아내에게 비장한 목소리로 말했다.

"한 번 돌아봐요. 아마 다시는 보지 못할 테니까."

아인슈타인이 패서디나에 있던 1933년 1월에 히틀러는 힌덴부르크 대통령에 의해 수상으로 임명되었다. 그로써 아인슈타인이 아내에게 했던 예언은 사실이 되었다.

독일을 떠난 아인슈타인 부부는 그 전에 이미 예정되어 있던 학술일정들을 소화하기 위해 마지막으로 유럽의 도시들을 여행했다. 베를린 의회의 헤르만 괴링은 이 '유대인 과학자'의 배신행위에 대해 열변을 토하며 성토했다. 괴링은 그의 생활뿐만 아니라 업적에 대해서도 맹비난을 퍼부었다. 곧 돌격대 대원들이 카푸트에 있는 아인슈타인의 집으로 들이닥쳐 공산주의자들이 숨겨놓은 무기를 찾겠다며 소동을 피웠다.

아인슈타인이 벨기에 해안에 잠시 머무는 동안 플렉스너로부터 그가 내건 조건들을 모두 수용하겠다는 연락이 왔다. 아인슈타인의 조건은 15만 달러의 연봉과 그의 오랜 조수 한 사람을 함께 채용해주는 것이었다. 아인슈타인은 마침내 프린스턴 행을 수락했다. 1933년 10월 17일, 증기선 '웨스트모어랜드 호'를 타고 대서양을 건넌 아인슈타인은 드디어 뉴욕 출입국관리소에 도착했다. 거기서부터 뉴저지 해안까지는 작은 보트로도 눈 깜짝할 사이면 도착하는 짧은 거리였다. 아인슈타인은 곧바로 프린스턴으로 직행해 피코크 여관에 짐을 풀었다.

새 연구소는 마치 그를 위해 설립된 듯했다. 플렉스너는 그곳에서 그가 '현실의 소용돌이에 휘말리지 않고' 오로지 연구에만 전념할 수 있으리라고 말했다. 세계의 여타 대학들과 달리 고등연구소에서 다루는 물리학은 순수하게 이론적인 것으로 학생들을 지도할 필요도 없었다. 프린스턴에서 아인슈타인은 오직 한 가지, 사유의 의무에만 충실하면 되었다.

그가 미국에서 어떻게 활동했는지 보여주는 일화가 하나 있다. 어떤 저널리스트가 아인슈타인에게 물었다.

"교수님, 당신의 이론은 우리들의 세계관을 완전히 바꾸어놓았을 뿐만 아니라 과학에도 엄청난 진보를 가져왔습니다. 그런데 교수님의 실험실은 대체 어디에 있지요?"

"바로 여깁니다."

아인슈타인은 양복 주머니에 꽂혀 있는 만년필을 가리켰다.

아인슈타인은 '사고실험'이라고 불리는 독특한 방식을 개발해 다른 방법으로는 도저히 해결할 길이 없는 과학적 문제에 접근했다. 언뜻 역설적으로 들리는 이 개념은 사실은 고대 그리스에서도 이미 사용되었던 기법이다. 현대의 모든 과학은, 그중에서도 특히 물리학은, 가설을 세우고 실험을 통해 이를 입증하는 과정을 거친다. 물리학 이론은 실제와 모순되지 않아야 하며 그 예측이 엄격해 예외 없이 실현될 수 있을 때만 타당한 것으로 받아들여진다. 하지만 19세기 말엽부터 이론적 성향의 물리학자들 사이에서는 실험실에 틀어박혀 실험기구들과 씨름하면서 그가 '이미 알고 있는 것'을 확인하는 작업을 꺼려하는 경향이 생겨났다. 이론가와 실험가 사이의 골은 기왕에 존재하던 수학자와 공학자 사이의 골보다 더 깊이 파이기 시작했다. 두 진영은 서로를 싫어했다. 어쩔 수 없이 공동작업을 해야 할 경우가 아니면 서로 왕래하는 일도 없었다. 그들은 상호의존적 관계에 있었지만 가능하면 접촉을 피했다. 상대편의 학회에는 갖은 구실을 대고서 거의 참석하지 않았다.

아인슈타인의 가장 중요한, 동시에 논란의 여지가 가장 많았던 사고실험으로는 1935년에 발표된 'EPR역설'이라는 것이 있다(EPR은 아인슈타인의 이니셜과 프린스턴에서 그와 함께 일했던 두 과학자 포돌스키와 로젠의 이니셜로 이루어진 명칭이다). 자신의 가설을 입증할 아무런 도구도 사용하지 않고 이루어진 순수한 사고실험인 EPR역설을 통해서 아인슈타인은 오랫동안 골치를 아프게 만들었던 양자물리학의 모순을 완전히 입증했노라고 주장했다(사실 양자물리학이 생겨나게 된 데에는 아인슈타인의 공헌이 적지 않다). 덴마크의 물리학자 닐스 보어가 이른바 '코펜하겐 해석'을 통해서 강력하게 옹호했던 양자역학은 우연이 단순한 우연이 아니라 그 자체로 물리적 법칙의 일부라고 주장했다. 아인슈타인은 이런 주장을 받아들이지 않았다. 그는 친구 막스 보른에게 보낸 편지에서 "신은 주사위놀이를 하지 않는다"라고 썼다. EPR역설은 양자역학의 이런 근본적인 모순을 밝혀주는 하나의 방법으로 제시되었다. 이에 대해 보어와 그의 추종자들은 아인슈타인이 이성적 사고능력을 완전히 상실했다고 맹비난했다.

베이컨은 아인슈타인과 같은 이론가 그룹에 속했다. 일찌감치 순수수학의 매력에 빠진 이후로 그는 모든 구체적인 문제들을 멀리했고, 점점 더 추상화되어 현실로부터 멀어진 공식과 방정식에만 몰두했다. 입자 가속기나 분광기와 씨름하는 대신에 베이컨은 상상력의 평화로운 공간에 머무는 것을 훨씬 더 좋아했다. 여기서는 손을 더럽히거나 방사능이나 X선에 오염될 위험 같은 건 전혀 없었다. 연구를 위해 필요한 건 좋은 머리와 집중력뿐이었다. 이런 종류의 물리학은 베이컨에게 체스게임을 연상시켰다.

거대한 교육의 전당이 자리 잡고 있었는데도 프린스턴은 어떤 의미에서 정신이 결핍된 도시였다. 그곳은 너무 작고, 너무 미국적이고, 너무 단순하고, 너무 위선적이었다. 대학도시로서의 깊은 전통을 지녔지만, 아니면 바로 그 때문에, 이곳 사람들은 작위적이고 성가신 도덕관념에 지배되고 있었다(하지만 이 대학은 반유대적이며 인종차별적인 대학이라는 명성도 누리고 있었다). 유럽에서 벌어지고 있는 전쟁은 이곳 사람들이 그들 특유의 단순한 삶을 마음껏 누리는 것을 자꾸만 방해했다.

베이컨은 이런 도시 분위기에 휩쓸리지 않으려고 애썼다. 순수한 개인적 판타지로 바뀌어버린 이론은 비생산적일 뿐만 아니라 도착적이다. 그 사실을 가장 잘 드러내주는 분야가 바로 섹스다. 그는 일찌감치 이 사실을 터득하고 있었다. 그러나 안타깝게도 도시 주민의 대다수를 차지하고 있는 교수들과 그들의 부인들, 시 의원, 경찰관 그리고 수많은 학생들은 이런 기초적인 전제를 전혀 이해하지 못했다. 그래서 그들은 아주 적절하지 못한 장소에서, 가령 교회에서 예배를 드릴 때나 강의를 하는 도중에, 가족들 모임이 있을 때, 아이를 유치원에 데려다주면서, 점심식사 때, 저녁 무렵 애견과 함께 산책을 하는 등등의 시간에 특유의 사고실험을 감행하면서 나름대로 만족을 얻곤 했다.

이렇듯 프린스턴의 폐쇄적인 지역사회는 그들이 감히 행동으로 실현할 수 없는 만족을 머릿속에서만 그리도록 만들었다. 베이컨이 이웃사람들을 싫어하는 건 바로 이런 이유 때문이었다. 그가 보기에 그들은 모두 정직하지 못했으며 어리석고 편협했다. 이 분야에서 그는 그들처럼 추상성과 판타지만으로 만족하지 않았다. 여자들의 다채로운 세계를 발견하는 일은 두뇌만으로 되지 않았다. 그것이 천하의 아인슈타인의 두뇌라 할지라도. 사고는 법칙과 이론을 발견하고 가설과 추론을 생각해낼 수는 있지만, 만족과 희열을 가져다주는 다양한 향기와 자극은 단 한순간도 포착하지 못한다. 솔직히 말해 베이컨이 2년 전부터 이 세상에서 가장 오래된 직종에 돈을 낭비한 까닭은, 자기 사회계층에 속하는 여자들과의 관계가 불가능했기 때문이다.

이런 일상이 피곤해질 때쯤 그는 비비안을 알게 되었다. 그녀는 완벽한 육체의 소유자였다. 그녀의 가슴은 당구공같이 탄력이 있었고, 쓰다듬을 때 한 손에 가득 잡히는 그 느낌은 완벽한 만족감까지 주었다. 그녀가 찾아올 때면(그의 성화에도 불구하고 그녀는 한사코 미리 연락하지 않았다) 베이컨은 장롱 속에서 가장 깨끗한 흰색 시트를 꺼내 침대 위에 깔았다. 그는 비비안의 검은 피부와 하얀 시트가 만들어내는 선명한 대조를 즐겼다. 정반대의 것이 말없이 결합하여 이루어내는 이 내밀한 하모니를 마음껏 유린하는 것이 그에게 쾌락을 주었다.

그는 비비안과 거의 말을 나누지 않았다. 그녀의 생활이나 말에 관심이 없는 탓이 아니었다(사실 다른 여자들의 경우도 관심이 없기는 마찬가지였지만 그들과는 잘도 떠들어댔다). 그것은 그가 요람처럼 엉덩이가 불룩하게 튀어나온 이 여인의 내면에 무언가 은밀하고 놀라운 것이 감추어져 있으리라고 믿고 싶었기 때문이다. 마치 일식 때 코로나에 둘러싸인 달과도 같은 그녀의 두 눈은 지난날의 비밀을 감추고 있는 게 틀림없어 보였다. 그건 어떤 숙명적인 사건이거나 아니면 끔찍한 범죄행위일지도 몰랐다. 유난히 경계심이 많은 그녀의 성격도 바로 거기에서 생긴 것이리라! 물론 전혀 그런 것이 아닐 수도 있었다. 그는 아직 한 번도 그녀에게 그것을 물어본 적이 없었다. 그는 뭔가 복잡한 내막을 감춘 인물과 함께 지낸다는 상상만으로 몹시 즐거웠다. 그녀를 볼 때마다 느껴지는 이유 모를 불안감조차 그는 소중한 보물처럼 조심스레 보듬었다. 불상처럼 머리 위에 수많은 갈색 달팽이들이 올라앉아 있는 것 같은 비비안의 머리카락들 사이를 헤집으며 그는 마음껏 그 낯선 세계로 빠져들었다.

그녀와 더없이 뜨거웠지만(사실 이제껏 그는 자신의 인생에서 이때보다 더 가까이 사랑에 근접한 적은 한 번도 없었다) 베이컨은 비비안과 함께 프린스턴의 거리를 거닐지 않았다. 그는 언제나 집안에서만 그녀를 맞이했다. 그녀는 신의 노여움을 달래기 위해 주일마다 제물을 바치듯 엄숙하게 그의 집으로 들어서곤 했다. 금기를 어긴다는 유치한 죄책감이 이제껏 맛보지 못했던 흥분상태로 그를 몰고 갔다. 이것이 그의 '비비안에 대한 이론'이었다. 침대 시트 위에서 그는 실험물리학자들에게나 있을 법한 집요함과 끈기를 가지고서 자신의 이론을 증명하려고 노력했다. 그녀는 그녀대로 거의 무관심에 가까울 정도로 태연하게 그 모든 행위들을 받아들였다. 그녀는 신문판매대에서 일했다. 어쩌면 그녀는 늘 무시무시한 경고들로 가득 찬 기사들을 대한 탓에 이제 더 이상 그 어떤 것에도 놀라지 않게 되었을지도 모른다. 비비안과 나누는 사랑은 땀으로 끈적거렸지만 격렬하지는 않았다. 그것은 사납고 관능적인 아프리카식 춤이 아니라 끈끈한 블루스였다. 그녀의 무표정한 얼굴을 대할 때마다 베이컨은 실험용 토끼나 나뭇잎에 매달린 애벌레를 떠올렸다. 약탈자의 아가리 앞에서도 무심하게 흔들거리고 있는 애벌레.

그녀가 옷을 모두 벗으면 베이컨은 곧장 그녀를 침대에 엎드리게 한 뒤 불을 모두 켜놓고 몇 분 동안이나 꼼짝하지 않고서 그녀와 시트가 만들어내는 흑백 대비효과를 즐겼다. 그러고 나면 몸을 숙여 천천히 애무를 시작했다. 그의 혀는 활처럼 휘어진 매끈한 등을 핥으며 조금씩 허리 쪽으로 내려갔다. 그 깊은 골짜기에 침의 호수를 남기려는 듯이. 그의 입술은 천천히 선을 따라가며 이 곡선방정식의 완벽성을 하나하나 증명해나갔다. 하지만 그는 자신이 이 방정식을 결코 완전히 풀지 못하리라는 것도 알고 있었다. 잠시 뒤 그는 꼭두각시 인형을 다루듯 그녀의 자세를 바꾸었다. 그러고 나서야 비로소 자신의 옷을 벗기 시작했다. 그는 조심스럽게 비비안의 다리를 벌렸다. 그녀의 허벅지는 마치 두 갈래의 이글거리는 용암 줄기 같았다. 그는 여자의 축축하고 부드러운 음부에 얼굴을 묻었다. 이 전희는 갖가지 다양한 공식들을 유도해내는 하나의 공리로서, 그가 얼마나 노련하게 분석해내느냐에 따라 그를 그녀의 더럽고 작은 발로, 젖꼭지로, 눈두덩으로, 배꼽으로 유도해갔다. 이건 성행위라기보다는 그녀의 가능성들에 대한 탐구이면서 동시에 그 자신의 쾌락 방식에 대한 탐구였다. 마지막 순간의 오르가슴은 그가 처음에 세워놓은 가설의 필연적인 귀결이었다.

"이제 가야 할 시간이군."

잠시 후 그가 그녀에게 말했다.

그는 그녀를 정말 사랑했지만 모든 것이 끝난 뒤에도 그녀가 계속해서 자기 침대에 누워 있는 걸, 그런 그녀를 다시 안아야 하는 걸 끔찍하게 싫어했다. 그녀의 몸에서 뿜어져 나오는 열기와 작고 투명한 눈알들처럼 피부에 송골송골 맺혀 있는 땀방울들은 조금 전의 흥분만큼이나 심하게 역겨웠다. 갑자기 자신과 그녀가 짐승으로 변한 것 같은 느낌까지 들었다. 그는 자신들이 자기 오물 속에서 허우적거리는 한 쌍의 돼지 같다는 생각을 떨쳐버릴 수가 없었다. 자신의 이론을 증명하고 난 그는 비비안에게 최소한의 휴식만을 허락하고서 어서 빨리 가줄 것을 요구했다. 그는, 여전히 무심한 얼굴로 옷가지들을 챙겨 입는 그녀를 말없이 지켜보았다. 비비안의 모습은 마치 생명이 없는 인형이 옷을 입는 것처럼 보였다. 마침내 혼자가 된 베이컨에게 언제나처럼 까닭 모를 슬픔이 밀려왔다. 증명은 끝났다. 그는 깊은 잠에 빠져들었다.

  베이컨은 어릴 때부터 뉴저지 상류사회의 예절을 익히며 자랐지만 주변의 여자들과 거의 어울리지 못했다. 그의 관심을 끄는 여자들은 한결같이 콧대가 높아 그에게는 눈길조차 주지 않았다. 그녀들은 모두 머리를 공들여 다듬은, 종교적인 엄격함과 범접할 수 없는 아름다움을 지닌 여성들이었다. 처음에 베이컨은 그들을 무시하려고 애썼다. 그가 그 여자들을 제곱근 표시와 난초 뿌리모양도 구별하지 못하는 멍청이들이라고 여겼던 것은 거절의 위험 속에서 자신을 보호하기 위한 '방어적인' 행동이었다. 그들 중 누구와 대화라도 할라치면 그는 오 분도 채 지나지 않아 역겨움과 슬픔으로 뒤범벅이 되어 더 이상 견딜 수 없는 상태가 되었다. 어느 누구도 자신을 이해하지 못한다고 느꼈다. 사랑하는 건 고사하고 말이다. 이런 생각에 빠져 있던 그는 처음으로 허풍쟁이 대학 친구가 늘 떠들어대던 홍등가를 찾아갔다. 그곳에서는 말을 하지 않아도 되었고, 날씨나 무도회, 값비싼 옷 따위에 대해 거짓된 관심을 내보일 필요도 없었다. 그 친구가 말했던 대로 거기선 침묵 아래에서 오직 한 가지의 은밀한 과정, 아무런 의무도 따르지 않는 쾌락의 분출만이 있었다. 첫 번째 시도 때 베이컨은 뭔지 모를 두려움을 느꼈다. 그는 불안을 떨쳐버리려고 속으로 수학공식을 외워댔다. 그 덕분인지 그의 몸은 결정적인 순간에 그를 외면하지 않았다. 그는 가냘프고 수줍어 보이는 여자를 골랐다. 그녀가 자신보다도 더 수줍음을 타는 것 같아 조금 위안이 되었다. 하지만 침대에 들어가자 그녀는 무감각한 기계덩어리로 돌변했다. 그녀는 단 한 번의 손놀림으로 옷을 전부 벗어버렸다. 밋밋한 가슴에 겨우 새싹처럼 솟아난 젖꼭지를 베이컨은 몇 번 혀로 핥았다. 그러고 나서 모든 것은 그녀의 뜻에 따라 일사천리로 진행되었다. 마지막에는 아무런 양심의 가책이나 공허감도 느끼지 못했다. 오히려 그는 그것을 즐기고 있었다. 그는 '진정으로' 그것을 즐기고 있었다.

그것은 그 허풍쟁이 친구가 말해주었던 것보다 훨씬 좋았다. 자기 안에 있는 육욕의 악령을 몰아내고 양자물리학과 같은 보다 더 중요한 일에 집중하기 위해서는 더없이 이상적인 행위였다. 육체에 대한 욕구가 생겼을 때 그에게 필요한 것은 겨우 몇 달러의 돈이었다. 곤충학자들처럼 베이컨도 미세한 차이와 다양성을 존중했다. 여자들에게서 발견되는 다양성들은 매번 경이로웠다. 이 극히 미세한 차이들은 그에게 무한히 샘솟는 흥분을 주었다. 새로 찾아낸 곡선이나 사마귀, 이상한 모양의 배꼽 따위가 주는 희열은 수학문제를 풀 때나 느낄 수 있었던 것이었다. 그는 전문수집가처럼 표본들을 하나씩 분석하며 탐구해나갔다. 이런 탐구적인 태도는 대상에 대한 호감이나 애정이 생기는 것을 막아주었다.

그러나 비비안은 왠지 다른 여자들과 달랐다. 그녀의 무표정하고 슬픈 얼굴이 처음으로 그의 눈에 들어온 것은 몇 달 전이었다. 나중에 그는 관계의 출발점을 찾기 위해 처음으로 만난 정확한 날짜와 시간을 떠올려보려고 애썼지만 아무런 소용이 없었다. 그때가 여름이었는지 가을이었는지, 그의 스무 살 생일 전이었는지 후였는지조차 기억해낼 수 없었다. 그에게는 오로지 한 여자에게 말을 걸었을 때 들려왔던 그녀의 목소리만이 어렴풋한 기억 속에 남아 있었다. 당시 그녀는 그저 그런 평범한 젊은 여자로 보였다. 그런데 어느 날, 평소처럼 가판대에서 〈뉴욕타임스〉를 직접 뽑아들고 동전을 동전통에 집어넣는 대신 그는 여점원에게 직접 신문을 달라고 말했다. 그녀가 신문을 건네주었을 때 베이컨은 신문 뒤편에 있는 어떤 말없는 고통의 몸짓을 감지했다. 그것은 단 몇 초 동안에 벌어진 일이었지만 섬세하고도 어두운 그녀의 얼굴은 그의 뇌리에 각인됐다. 그때 본 여자의 아름다움을 그는 쉽게 잊지 못했다. 검둥이였음에도 불구하고(그는 천박하게도 이런 식으로 생각했다) 그녀의 얼굴에는 우아한 기품 같은 것이 흘러넘쳤다. 그녀의 넓은 코와 두툼한 입술은 아프리카 가면이나 그것을 흉내낸 피카소의 거친 모작에 담긴 원초적인 힘이 아니라 밀림 속에 깃든 여명의 불안한 고요함을 연상시켰다(이런 비유가 떠오른 것은 탐험영화와 멜로영화를 선호하는 그의 취향 탓이다). 그날부터 그는 일요일마다 그녀를 보러 일부러 가판대에 들렀다. 혹시라도 그녀와 좀 더 가까워질 기회가 있지 않을까 하는 막연한 희망으로.

여자의 눈빛은 불편함과 호기심을 동시에 던져주었다. 사실 그동안 그는 자신이 흑인 여자에게 관심을 갖게 되리라고는 전혀 생각하지 못했다. 이건 이제껏 그의 정신 안에 한 번도 존재한 적이 없었던 생각이었다. 그런데 지금 그는 그녀에게 빠져버렸다. 처음 그의 관심은 신기한 우표가 나오면 구입하지 않고서는 못 배기는 수집가와 같은 것이었다. 하루는 1면에 실린 기사에 대해서 그녀와 이야기를 나눠보려고 했다. 전쟁은 언제나 좋은 이야깃거리였으니까. 하지만 헛수고였다. 여자는 입술도 떼지 않은 채 가볍게 미소를 짓더니 곧바로 자신의 상념 속으로 돌아갔다.

"혹시 벙어리예요?"

베이컨은 이렇게 유치한 말투로 묻고 나서 곧 후회했다.

"몇 살이에요?"

"열일곱 살요."

그녀가 대답했다. 그녀의 목소리는 탁하고 깊었다. 베이컨은 신문값을 주고 그곳을 떠났다. 천천히. 마지막 순간에 그녀가 다시 불러주기를 기다리면서. 하지만 그녀는 느닷없이 자신의 나이를 물어본 낯선 남자의 얼굴을 한 번도 쳐다보지 않았다. 다음 날에도 베이컨은 그곳에 들렀다. 다리가 떨렸지만 태연한 척 그녀에게 말을 걸었다. 뒤늦게 깨달았지만 그때 그의 입에서는 남부 출신 노동자의 코맹맹이 억양이 튀어나왔다.

"영화 보는 거 좋아해요?"

그의 기습적인 물음에 여자의 작은 눈이 의아한 듯 그를 쳐다보았다. 농담을 하는 것일까? 처음으로 그녀는 베이컨을 향해 어색한 미소를 지어 보였다. 입술 사이로 드러난 이는 신문지가 노랗게 보일 정도로 새하얬다.

"전 안 돼요."

"왜 안 돼죠?"

"그냥 안 돼요."

"내가 무서워요?"

"아뇨."

두 달 동안이나 이런 장면이 계속되었다. 베이컨은 〈뉴욕타임스〉를 사며 그녀에게 근처 극장에서 상영하는 영화에 대해서 이야기했다. 그녀의 허락이 떨어지기만을 고대하며. 그런데 그녀는 언제나 귀찮은 파리를 쫓듯 고개를 가로저었다. 베이컨은 포기하지 않았다. 그녀와의 이런 대화는 이제 일상이 되어버렸다. 어느 날 아침 그녀가 그의 제안을 받아들였을 때 누구보다도 놀란 사람은 바로 그 자신이었다. 저녁 때 두 사람은 거리에 있는 극장매표소 앞에서 다시 만났다(사람들이 말하듯이 그 거리는 그다지 권할 만한 지역이 아니었다). 상영하고 있는 영화는 그 즈음에 막 개봉한 「바람과 함께 사라지다」였다. 베이컨이 그걸 어떻게 잊어버리겠는가! 그것은 그가 난생처음으로 본 컬러영화였다. 비록 줄거리는 정확하게 기억할 수 없었지만(영화가 상연되는 동안 내내 옆에 앉은 여자의 어슴푸레한 옆모습을 곁눈질하느라 정신이 없었다) 여주인공 비비안 리의 이름과 모습만큼은 또렷하게 뇌리에 새겨졌다. 그는 이 여자를 비비안으로 부르기로 결심했다. 나중에 그녀는 자신의 진짜 이름을 그에게 알려주었지만(돌로레스 바바라 아니면 레오나였다) 그는 계속해서 그녀를 비비안으로 부르겠다고 고집했다. 이렇게 해서 그는 자신이 마음대로 속성을 결정할 수 있는 새로운 존재를 만들어냈던 것이다.

다음 일요일에도 똑같은 장면이 되풀이되었다. 관성의 법칙에 따라서. 그들은 「바람과 함께 사라지다」를 다시 한 번 보았다. 두 사람은 거의 말을 하지 않았다. 이것은 그들의 관계에서 불변의 항수로 자리 잡았다. 그들은 단지 시간만 함께 보내기로 무언의 협약을 맺은 것 같았다. 그 이상은 없었다. 극장으로 가는 길에서 그는 처음으로 그녀에게 키스했다. 그녀의 입술은 마치 막힌 곳을 뚫어주는 거대한 흡입관처럼 느껴졌다. 이 키스 역시 사랑보다는 과학적 호기심에서 시작됐다. 몇 주가 지나자 두 사람은 그들의 무대에 새로운 레퍼토리를 추가했다. 그들은 그의 아버지가 유일한 유산으로 남겨준 시골별장으로 함께 갔다. 하지만 그곳에서도 그들은 반드시 필요할 때 이외에는 아무런 말도 나누지 않았다. 처음에 그는 이런 침묵에 절망했다. 그녀가 자기만큼 희열을 느끼는지, 아니면 그저 그를 기쁘게 해주려고 이런 육체적 요구에 복종하는지 몹시 궁금했다. 그는 자신들을 묶어주고 있는 감정이 어떤 것인지 전혀 짐작할 수 없었다. 두 사람의 관계를 직접 입으로 말하는 것은 금기사항처럼 여겨졌다. 공연히 쓸데없는 문제를 일으킬 필요는 없었다. 그런 식으로 시간은 계속 흘러갔다. 결국 그는 침묵을 비비안과의 관계를 지속하는 고정된 틀로 받아들이게 되었다.

베이컨이 통계학 강의를 듣고 돌아왔을 때 집안에 뜻밖의 방문객이 기다리고 있었다. 이젠 레이첼 스미스로 이름이 바뀐 그의 어머니였다. 첫 번째 남편이 죽은 뒤 그녀는 돈 많고 오만한 여자로 돌변했다. 그녀는 뉴욕의 벼락부자 사모님들처럼 꽉 끼는 검은색 옷을 입고 이미 유행이 지난 '미소년 헤어스타일'을 하고서 살았다. 이때 그녀의 목을 문 것은 불쌍할 정도로 흐리멍덩한 눈빛의 다 늙어빠진 늑대였다. 그러나 이 두 번째 결혼은 미국 중산층 출신에 불과한 어머니를 오만한 귀족 사회로 편입시켜주었다. 지체 높은 귀부인들과 어울리게 된 그녀는 자신의 위상이 한껏 높아진 것처럼 여겼다. 그녀는 귀부인들의 말투와 행동을 따라하면서 금세 상류층에 만연된 위장된 인종주의에 휩쓸렸다. 남편이 남긴 유산으로 두 명의 흑인 하녀를 거느린 그녀는 그들을 거지처럼 대하며 경멸했다. 베이컨은 어머니가 관청의 흑인 직원을 대하는 모습을 보고서야 비로소 이런 변화를 알아차렸다. 그 흑인이 곁을 지나치자 그녀는, '어휴, 이게 웬…… 끔찍한 냄새야'라고 말하면서 프랑스제 향수를 뿌린 손수건을 코로 가져갔다.

"도대체 넌, 왜 내게 이런 망신을 시키는 거니?"

어머니는 거의 울먹이면서 터키옥색 핸드백으로 베이컨의 책상을 두드렸다. 밖에서는 그렇게 당당하고 오만한 그녀였지만 지금은 꼼짝없이 소심하고 겁 많은 어머니였다.

"공부는커녕 아버지의 돈으로 깜둥이 창녀와 흥청대고 있다니!"

"그애는 창녀가 아니에요, 엄마."

"거짓말 마라, 프랭크."

그렇게 몇 분을 옥신각신하다가 결국 어머니가 울음을 터뜨렸다. 베이컨은 더 이상 비비안을 만나지 않겠다고 어머니에게 약속했다. 물론 그는 그 약속을 지킬 생각이 전혀 없었다. 다음번 비비안을 만났을 때 그는 앞으로 둘이 함께 밖으로 나갈 수 없다고 말했다. 비비안의 눈에 눈물이 고였지만 예상한 대로 그의 말에 반대하지는 않았다. 그녀는 단 한마디의 비난이나 불평도 하지 않았다. 언제나처럼 슬픈 표정만을 지었다. 베이컨이 주말에 그녀와 함께 극장에 갈 계획을 취소했을 때에도 비비안은 아무런 말도 하지 않았다. 그날 이후 두 사람은 더 이상 함께 외출하지 않았다. 베이컨은 이런 갑작스런 변화에 대해서 그녀에게 아무런 설명도 하지 않았다. 비비안은 그 이유를 짐작했겠지만 그의 거짓말을 듣는 것으로 또 한 번 모욕감을 느끼고 싶지 않았을 것이다. 베이컨이 그녀 같은 여자가 신문 가판대에서 일하는 게 어울리지 않는다고 하자, 비비안은 식당으로 일자리를 바꿨다.

얼마 안 가 베이컨은 사랑하는 여자를 경멸하게 될 때 그 애정은 잔인하고도 쓸쓸한 악덕으로 바뀐다는 사실을 깨달았다. 그는 그녀를 믿고 있었지만 그녀가 보여주는 굴종의 몸짓 아래에서 서서히 증오가 싹트고 있는 것을 느꼈다. 비비안은 애인의 생각이 낯설게만 보였다. 그래도 그녀는 그들 사이에 아무런 일도 없었던 양 일주일에 두 번씩은 계속 그를 찾아왔다. 언젠가는 주인의 식탁에 오르리란 사실을 알면서도 열심히 자신을 살찌우는 토끼처럼 무심하게!

베이컨이 어머니의 파티에 참석했을 때, 어머니는 주근깨투성이의 쾌활한 소녀를 그에게 소개시켜주었다. 어머니의 자랑처럼 그녀는 '필라델피아 최고 가문 출신'인데다 그와의 대화에 진지한 관심까지 보였다. 베이컨은 아무 생각도 하지 않고 그녀와 춤을 추었다. 그는 그녀에게 자신이 아직 매인 곳 없는 몸이라고 털어놓았다. 그의 뇌리에 비비안의 모습은 조금도 떠오르지 않았다. 그녀는 마치 에로틱한 꿈처럼 침대에만 나타나는 섹스의 유령으로 변해버렸다. 그후 2주일 동안 비비안은 그를 찾아왔다가 여러 번 헛걸음을 쳤다. 그는 그녀에게 아무런 설명도 하지 않은 채 집을 비웠다. 바로 그 시각에 그는 나무랄 데 없이 완벽한 약혼녀의 저택에서 그녀의 가족과 저녁을 먹고 있었다.

"날 버리지 말아요."

다음번에 만났을 때 비비안이 말했다.

"어차피 우리는 오래 갈 수 없어. 정말 미안해."

"뭐가 미안해요?"

"나도 더 이상 어쩔 수가 없어."

"우리 관계를 아무한테도 말하지 않겠다고 약속할게요."

비비안과 대화를 나누는 동안, 그녀에 대한 베이컨의 경멸감은 점점 더 커져만 갔다. 하지만 그와 동시에, 스스로 전혀 이해할 수 없었지만, 그녀에 대한 사랑도 깊어졌다.

"사실은 네가 모르는 것이 있어."

베이컨은 그녀를 쳐다보지 않은 채 말했다.

"난 약혼을 했어. 그 여자의 이름은 엘리자베스야."

목소리가 떨렸다.

"어쩔 수 없었어. 이해해줘. 비비안, 날 용서해주겠지? 난 네게 솔직하고 싶어. 그래서 지금 얘기하는 거야."

물론 그녀는 그를 용서할 것이다. 베이컨은 이미 그걸 알고 있었다. 그는 그녀가 어떻게 반응할지 하나하나 모두 다 알 수 있었다. 만약 그렇지 않았다면 그는 그녀에게 이 사실을 말하지 않았을 것이다. 적어도 이렇게 거친 방식으로는 말이다. 물론 비비안이 평소와 달리 증오에 차서 자리를 박차고 나가버릴 수도 있었다. 하지만 베이컨은 그녀가 그렇게 하지 않으리란 걸 너무나 잘 알고 있었다. 그는 그녀가 다시 자신에게 돌아올 거라고, 그래서 두 사람이 다시 말없이 사랑을 나누면서 지금처럼 불행하게 지내리라고 확신했다. 그는 그렇게 생각하면서 한편으로는 자신의 결혼식에 대해서 생각했다.

"좋아, 비비안. 네가 원하는 대로 해."

고등연구소는 어둡고 음습했다. 그곳에는 실험실도 없고 시끄럽게 떠들어대는 성가신 학생들도 없었다. 그곳에서 일하는 사람들의 연장은 오직 칠판과 백묵과 종이뿐이었다. 사고실험을 하기에는 더할 나위 없이 적합한 장소였다. 풀드홀의 두터운 담장 너머에는 베블렌, 괴델, 알렉산더, 폰 노이만 등 그곳에서 교수로 활동하는 세계 최고의 두뇌들과 멀리서 찾아온 저명한 학자들이 머물고 있었다. 또 물리학의 수호성자인 아인슈타인도 있었다. 그런데도 베이컨은 그곳이 지겨웠다.

벌써 몇 달 동안이나 폰 노이만 밑에서 일하고 있었지만 그는 아직 특별한 자극을 발견하지 못했다. 이 헝가리 출신 수학자와의 작업은 대부분 똑같은 과정의 연속이었다. 물론 그러한 작업 자체가 불만족스러워서 좀 더 나은 곳으로 자리를 옮겨야겠다는 생각이 든 것은 아니다. 하지만 베이컨은 순수 사변에서 벗어나길 원하는, 아니면 적어도 이곳에서 진행되는 소리 없는 연구로부터 해방되기를 원하는 욕망이 자기 내부에서 꿈틀거리고 있는 것을 느꼈다. 그래서 처음에는 교수 사회에 접근하려는 시도를 하기도 했다. 교수들은 늘 오후 서너 시쯤이면 함께 모여서 차를 마시곤 했기에, 그들 중 누군가와 대화를 하려고 말을 걸어보았지만 번번이 무관심의 벽에 부딪혀 좌절했다. 그들은 자기 분야에 대한 '명상'에 지친 탓인지 야구경기나 유럽 와인의 수입, 너무 기름진 미국식 식사와 같은 과학적 문제를 초월한 테마들에 대해서만 줄기차게 떠들어댔다. 베이컨이 제기하는 '진지한' 물음들에 대해서는 신경질적인 웃음소리와 흥이 깨진 썰렁한 분위기만이 되돌아왔다. 그를 높이 평가해주었던 베블렌 교수조차도 언제나 깔보는 듯한 태도로 그를 바라보면서 가능한 한 거리를 두려고 했다. 폰 노이만에게서는, 그 자신이 이미 예고했듯이, 그의 존재를 묵인하는 것 이상을 기대할 수 없었다. 그가 잘 모르는 나머지 과학자들은 아예 그의 존재 자체를 무시했다.

이제까지 항상 눈에 띄는 능력을 보였던 그로서는 이런 무관심이 도저히 견딜 수 없었다. 그는 어린 시절에 겪었던 우울증 같은 무력감에 빠져들었다. 어느 순간에는 다른 대학으로 옮기는 것이 더 낫겠다는 생각도 들었다. 캘리포니아 공대로 가면 적어도 인생의 중요한 문제들을 놓고 다른 학자들과 갑론을박을 벌일 수 있을 터였다. 폰 노이만은 1932년에 『양자역학의 수학적 기초』라는 제목으로 현대물리학에 대한 대단히 중요한 저서를 발표한 바 있지만, 지금은 게임과 컴퓨터 프로그래밍에 정신이 팔려 있었다. 그런 테마들은 베이컨의 관심을 끌지 못했다. 그가 스승의 높은 정신적 수준을 흠모한 것은 사실이지만 그렇다고 해서 그런 정신 나간 생각들까지 높이 평가할 수는 없는 노릇이었다.

엘리자베스와의 관계도 날이 갈수록 심각해졌다. 약혼과 같은 공식적인 관계가 주는 압박이 그를 깜짝깜짝 놀라게 했다. 사실 처음에 그는 약혼을 가벼운 시도 정도로 여겼다. 그와 같은 계층의 여자가 그에게 사랑을 고백한 것이 처음이었던 탓도 있었다. 그러나 그녀와의 관계가 그렇게 빨리 발전하리라고는 미처 생각하지 못했다. 그렇다고 약혼을 취소하고 비비안을 공개적으로 선택할 수도 없었다. 그렇게 되면 엄청난 스캔들이 터지고, 그는 더 이상 대학 사회에 발을 붙이지 못하게 될 것이다. 연구소로 들어갈 때 꿈꾸었던 화려한 미래는 이제 빠져나갈 수 없는 함정이 되고 말았다. 하지만 이대로 몰락할 수는 없었다. 캘리포니아로 가려면 최소한 1년은 더 여기서 버텨내야 했다.

"요즘 자네 무슨 고민이 있나, 베이컨?"

하루는 폰 노이만이 물었다. 늘 그렇듯이 직설적으로.

"무슨 곤란한 문제라도 생긴 거 같군. 아, 알겠다. 여자 문제야, 안 그래? 남자에겐 항상 여자가 문제니까. 이를테면 이게 바로 오늘날의 핵심문제지. 이 문제로 머리를 썩이느라고 공중에 날려버리는 시간이 과연 얼마나 되는지, 자네 한 번 생각해보았나? 남자들이 애정문제에 쏟아붓는 시간의 사분의 일만 물리학이나 수학에 몰두한다면 과학은 눈부신 속도로 진보할 걸세. 그런데 젠장! 그건 너무나 재미있단 말이야, 안 그런가?"

"재미있고도 고통스럽지요, 교수님."

베이컨이 중얼거렸다.

"물론 그렇지. 그래서 흥미로운 거야. 솔직히 말하자면 나도 이 문제 때문에 시간을 낭비한다네. 이미 결혼한 몸이면서도 말이야, 알겠나? 자네도 파티에서 내 아내와 인사를 나누었을 거야. 하지만 난 아직 젊어. 내겐 클라라의 것 말고 다른 몸뚱이를 쳐다봐도 좋은지 스스로에게 질문할 권리가 있단 말이지. 그렇게 생각하지 않나?"

폰 노이만은 얼굴을 붉혀가며 말했다.

"일을 끝내고 한잔하면서 이 문제에 대해 좀 더 얘기해보는 건 어떨까? 알겠나, 베이컨? 하지만 그때까진 일단 열심히 일하도록 하게."

노을이 걸리자 연구소의 벽돌들이 분홍색과 자주색으로 불타올랐다. 구름은 마지막 햇살을 아름답게 투과시키고 있었다. 지난번과 마찬가지로 폰 노이만은 베이컨을 자기 집으로 불렀다. 클라라는 이웃에서 열리는 브리지파티에 가고 없었다. 두 사람은 거리낌없는 대화를 주고받을 수 있었다. 베이컨은 그 집의 널찍한 거실이 점점 더 편안하게 느껴졌다.

"미국에 금주령이 내려졌다는 소리를 처음 들었을 때 나는 정말 농담인 줄 알았다네."

폰 노이만이 잔 두 개를 꺼내며 말했다.

"원 세상에, 그게 사실이더라고. 아무튼 미국인들은 모두 정신 나간 친구들이야! 그래서 나는 오직 한 대학의 객원교수 자리만 받아들였지. 그러면 여름마다 유럽으로 떠날 수 있을 테니까. 일 년 내내 말짱한 정신으로 이곳에 앉아 있을 필요가 어디 있어?"

그는 버번 위스키 병을 기울여 황금빛 액체를 두 개의 큰 잔에 가득 따랐다. 그의 술 따르는 솜씨는 아주 능숙했다.

"천만다행으로 그들은 자기들의 실수를 금방 깨달았다네. 물을 섞겠나? 난 스트레이트로 마시는 게 더 좋아. 자, 마시게. 그럼 자네 문제가 뭔지 한번 들어나 보세, 베이컨."

"저도 잘 모르겠습니다."

모른다는 건 거짓말이다.

"이곳에서의 생활을 전 조금 다르게 상상했나 봅니다. 물론 연구소가 마음에 들지 않는다는 건 아닙니다, 교수님. 하지만 제가 때와 장소를 제대로 찾은 것인지 요즘은 무척 걱정이 됩니다."

"자네가 원하는 곳은 어디인가?"

"그게 문제입니다. 첫째로, 이곳보다 더 나은 곳은 없지요. 교수님을 비롯해 이곳에서 일하는 모든 분들이 다 대단하신 분들이니까요. 둘째로는, 바로 그 때문에 제가 하는 일이 이곳에서는 별 의미가 없다는 생각이 자꾸 듭니다."

"자네도 몹시 성급하군, 베이컨. 나 역시 그랬지, 이건 정말이야. 그래서 자넬 잘 이해할 수 있어."

폰 노이만 교수는 정말 기분이 우울해진 듯 머리를 가볍게 가로저었다.

"전에도 말했지만 수학적 능력은 이십육 세부터 줄어들기 시작한다네. 그러니까 자네에게는 아직……"

"사 년이 남아 있습니다."

"사 년이라! 끔찍한 일이군, 안 그런가? 난 벌써 서른여덟 살이지만 아직까지는 그걸 잘 감출 수 있어."

그는 술을 몇 모금 더 마신 뒤 아마포 냅킨으로 입술을 닦았다.

"하지만 친구, 내 생각에 자네 문제는 연구소만이 아닌 듯 보여. 틀림 없이 여자 문제가 있을 거야, 안 그래?"

"사실은 그렇습니다."

이 지도교수의 조언은 베이컨에게 늘 도움이 되었다. 하지만 그에게 자신의 사생활을 털어놓아야 할지 말지 확신이 서지 않았다. 원래 폰 노이만은 남의 사생활 따위에 대해서는 별 관심이 없는 사람이었다.

"어서 얘기해보게, 무엇이 문젠가?"

"두 여자가 있습니다."

"내 그럴 줄 알았어! 내 눈이 얼마나 정확한지 알겠나, 베이컨? 사람 들은 흔히 우리 같은 수학자들이 세상일을 잘 모른다고 생각하지만, 전 혀 그렇지 않아. 우리는 보통사람들보다 오히려 더 뛰어난 관찰자들이 지. 우린 남들이 보지 못하는 것을 볼 수 있거든."

그는 잠시 뜸을 들였다가 다시 물었다.

"두 여자를 모두 사랑하나?"

"그렇다고도 말할 수 있습니다만, 저도 잘 모르겠습니다. 한 사람은 제 약혼녀입니다. 상냥하고 소탈한 여자죠."

"그렇지만 사랑하지는 않는군."

"네."

"그러면 다른 여자와 결혼하면 간단하겠군."

"그것 역시 가능하지가 않습니다. 이걸 어떻게 설명해야 할지 잘 모 르겠습니다, 교수님."

베이컨은 버번을 한 모금 삼킨 뒤 용기를 내어 말했다.

"다른 여자는 좀 다릅니다. 전 제가 그녀를 정말 제대로 알고 있기나 한 건지도 모르겠습니다. 그녀를 사랑하는지의 여부는 고사하고 말입니다. 우린 거의 아무런 말도 나누지 않으니까요."

"문제군, 문제야. 자넬 이해하겠네. 이건 정말 문제야!"

폰 노이만이 그의 말을 자르며 말했다.

"이것 봐, 벌써 또 내 말이 들어맞았지 않았나? 아무리 부정하려 해도 우리는 항상 그 문제 때문에 머리를 썩이게 되어 있다니까. 하지만 수학이 이럴 때 도움이 되지 않을 거라고 속단하지는 말게."

폰 노이만 교수는 잔을 비운 뒤 곧바로 다시 술을 채웠다. 베이컨의 잔은 아직 거의 그대로였다.

"게임이론이 내 흥미를 끄는 것도 바로 그 때문이야. 아니면 혹시 자네도 내가 동전던지기나 포커 같은 게임으로 시간을 보내는 게 편집증적인 성격 탓이라고 생각하고 있는 겐가? 아닐세, 베이컨. 게임에서 진짜 흥미로운 건 그것이 인간의 행태를 정확히 재현해낸다는 점일세. 특히 본성의 매우 유사한 세 가지 영역이라 할 수 있는 경제와 전쟁과 사랑에 대한 관찰을 가능하게 해준다네. 난 지금 그저 농담을 하려는 게 아닐세. 이 세 가지 영역에서는 우리가 타인과 벌이는 싸움이 선명하게 드러나. 세 사람만 모이면 그중에 적어도 두 사람의 의지는 언제나 서로 충돌하게 되어 있지. 사람들은 누구나 남에게서 가능한 한 많은 이익을 얻어내려고 하거든. 자신에게 너무 큰 위험부담을 주지 않으면서 말이지."

"지난번 전쟁의 경우처럼 말이군요."

"바로 그렇다네, 베이컨. 내가 요즘에는 주로 경제 응용분야를 연구하고 있네만, 자네의 경우를 연구해보는 것도 좋은 연습이 될 것 같네.

자, 한 번 보세나. 게임자는 모두 세 명일세. 자네와 두 여자. 두 여자는 구별을 위해서 A와 B라고 부르겠군. 그럼 자네는 C가 되겠군. 그러면 각 게임자가 의도하는 바가 무엇인지 자네가 설명해보게."

"그럼 가능한 한 간단히 요약해보겠습니다."

베이컨의 손에 땀이 뱄다. 마치 고해성사라도 하는 것 같았다.

"교수님께서 A라고 부르는 첫 번째 여자는 저의 약혼녀입니다. 그녀는 저와 결혼하기를 원합니다. 그녀는 제게 늘 그것을 암시하며 압박을 가하죠. 그녀는 온통 결혼 생각뿐입니다. 여자 B는 저와 함께 있는 것 외에는 아무것도 원하지 않습니다. 하지만 만약 제가 A와 결혼하기로 결정한다면 그 관계는 더 이상 가능하지 않습니다."

"알겠네. 그럼 자네가 원하는 건 뭔가?"

"그것이 바로 문제입니다. 저도 정확히 모르겠거든요. 저는 지금 이대로가 제일 좋은 것 같습니다. 어느 방향으로든 더 이상 진행되지 않는 거요."

폰 노이만은 자리에서 일어나 방안을 왔다갔다하기 시작했다. 그러다가 갑자기 손뼉을 치고는 아버지처럼 근엄한 표정으로 베이컨을 쳐다보았다.

"이보게 친구, 내 생각에 자네는 고착성에 빠진 것 같네. 이런 게임에서 발생할 수 있는 가장 위험한 상황이지. 물론 자네는 자신이 원하는 대로 할 수 있네. 그러나 그건 물리적 법칙에 역행하는 짓이야! 게임에 참여한 사람들은 항상 앞으로 나아가고, 새로운 목표에 도달하고, 계속해서 적을 무찌르기 위해 노력해야 한다네. 그건 자네의 두 여자도 마찬가지야. 자네가 수동적인 방어자세를 취하고 있는 동안 두 사람은 자네를 서서히 구석으로 몰아갈 걸세."

다시 자리에 앉은 폰 노이만은 묵직한 손을 베이컨의 팔에 얹었다.

"친구로서 난 지금 자네의 전략이 패배를 향해 가고 있다는 걸 말해 줘야겠네. 머지않아 두 여자 중 한 사람은 자네를 이기고 승리할 걸세. 사실 진짜 싸움은 두 여자가 서로 상대가 있는지도 모른 채 벌이고 있는 거지. 여기서 자넨 게이머가 아니야, 친구. 자넨 그저 승리자의 전리 품에 불과하다네!"

"그럼 저는 어떻게 해야 합니까?"

"맙소사, 베이컨! 내가 말하는 건 단지 게임이론이지 현실이 아니야. 자네도 이미 알고 있겠지만, 이성과 의지는 전혀 다른 것이거든. 내가 말할 수 있는 건 자네의 경우, 출구는 오직 하나뿐이란 사실이네."

"그게 어떤 것인지 말씀해주실 수 없나요, 교수님?"

"미안하네, 베이컨. 난 수학자이지 심리학자는 아닐세."

두 뺨이 벌개진 폰 노이만의 얼굴에 고양이같이 교활한 미소가 번졌다.

"그건 자네 스스로 찾아야 한다네. 한 잔 더 들겠나?"

베이컨은 아인슈타인이 베를린 시절부터 산책을 무척 즐겼다는 걸 잘 알고 있었다. 아인슈타인은 집에서 연구소로 오가는 길을 항상 걸어 다녔다. 그는 이 시간을 기꺼이 다른 사람과의 대화에 할애했다. 비록 짧은 시간이었지만 사람들은 고귀한 깨달음의 순간으로 소중히 여겼 다. 프린스턴을 방문하는 물리학자들 모두가 아인슈타인의 산책길에 동행하려고 무진 애를 썼다. 그 만큼 이 저명한 교수와의 대화는 그들 의 정신을 고양시켜주는 것이었다. 베이컨은 아직껏 직접 아인슈타인 을 만날 기회를 갖지 못했다. 그에게도 아인슈타인과 가까이서 대화를 나누고 싶은 소망이 있었다. 혹시 운이 좋아 그의 마음에 들면 정기적 으로 그의 산책에 동행하게 될 수도 있었다.

어느 날 아침 베이컨은 아인슈타인의 연구실인 풀드홀 109호 앞에서 그를 기다렸다. 건물 계단 구석에 숨어서 기다리는 동안 그는 두려움과 함께 은밀한 수치심을 느꼈다. 사인을 받아내기 위해 스타들 뒤를 졸졸 따라다니는 열성팬들의 감정과 같은. 그는 절대로 그냥 물러서지 않을 것이다. 그가 프린스턴을 택한 건 그와 같은 인물과 사귀기 위해서였지, 폰 노이만의 이상한 설교를 듣거나 동료들의 무관심에 시달리기 위한 게 아니었다.

아인슈타인의 생각을 재빠르게 대중들에게 전달하는, 혹은 잘못 해석하는 저널리스트들처럼 베이컨도 이제 시간의 상대성을 직접 확인하게 되었다. 기다리는 시간은 고대 그리스의 거대한 물시계인 클렙시드라의 관이 막혀버린 것처럼 한없이 길게 늘어지고 있었다. 그는 사십 분이 넘도록 스파이나 경비병처럼 꼼짝도 하지 않은 채 물리학자의 출현을 눈이 빠지게 기다렸다. 마치 기적을 기다리듯이. 지나가는 사람과 마주칠 때마다 베이컨은 수줍게 인사를 건네면서, 이곳에 온 이유가 그제야 생각난 듯 이마를 만지작거리고 위험이 사라질 때까지 반대 방향으로 걸음을 옮겼다. 시대를 알 수 없는 복장을 하고서 고등연구소 정문 앞에 서 있는 경비원처럼 서툰 보디가드가 된 기분이 들었다.

마침내 문이 열렸다. 아인슈타인은 검은 양복을 입고 있었다. 머리는 사진에서 보았던 것처럼 백발이 성성하거나 헝클어져 있지도 않았다. 그는 빠른 걸음으로 방을 나와 현관 쪽을 향했다. 오랫동안 기다렸던 순간이었다. 하지만 베이컨은 너무 오래 머뭇거렸다. 벌써 계단을 내려가기 시작하는 아인슈타인 교수와 그의 거리는 점점 더 멀어졌다. 아인슈타인은 그가 뒤에 서 있다는 걸 의식하지 못한 채 길을 걸어갔다. 베이컨이 자신의 미숙함을 깨달았을 땐 이미 너무 늦어버렸다. 아인슈타인은 벌써 건물을 벗어나 캠퍼스의 뜰 사이로 난 오솔길로 접어들었다. 그의 뒤를 쫓아가서 무작정 말을 붙이는 건 곤란했다. 만남은 우연인 것처럼 이루어져야 한다. 그렇지 않으면 아인슈타인은 그와의 대화를 빨리 끝내려 할 것이다. 베이컨은 자신에게 몹시 화가 났지만 그렇다고 계획을 완전히 포기할 생각은 없었다. 그는 몽유병자처럼 아인슈타인의 뒤를 쫓아갔다. 외투 깊숙이 몸을 감추고 적당한 거리를 둔 채. 풀드 홀이 점점 멀어졌다.

홍분과 두려움에 휩싸인 베이컨은 지금 자신의 행동이 얼마나 엉뚱한 것인지 생각하지 못했다. 그는 자동차나 길가의 가로수 뒤에 몸을 감추고 지금 자기가 어떤 행동을 하고 있는지 분명하게 의식하려고 노력했다. 그런데 이제 몇 미터만 더 가면 아인슈타인은 소란스러운 머서가 112번지에 도착할 것이다. 그곳에서 그는 여비서인 헬렌 뒤카스와 함께 살고 있었다. 그가 마침내 집 안으로 사라지자 베이컨은 안도의 한숨을 내쉬었다. 이마에 맺힌 땀을 옷소매로 문지르고 얼른 연구소로 발걸음을 돌렸다.

다음 날 베이컨은 자신의 어리석음을 만회하려고 했다. 그는 아인슈타인을 찾아가 어제 벌였던 자신의 어리석은 행동을 솔직히 고백하려고 했다. 과학자들이란 독특한 유머감각의 소유자이므로 이게 자신들 사이의 얼음을 깨는 최선의 방법이라고 스스로에게 납득시키면서. 오후가 되자 베이컨은 다시 아인슈타인의 연구실로 향했다. 그는 명령을 받은 군인처럼 확고하게 자신의 사명을 수행하기로 결심했다. 계단을 막 내디뎠을 때 아인슈타인은 몹시 바쁜 걸음걸이로 연구실에서 튀어 나왔다. 이런 기습공격은 미처 예상치 못했다. 또다시 아인슈타인은 그에게 눈길 한 번 주지 않은 채 그의 옆을 스쳐 현관 쪽으로 내려갔다.

베이컨은 자신의 소심함을 저주했다. 말 한마디 나누자는 말이 자신에게는 왜 이토록 어렵단 말인가? 이제 더는 참을 수 없었다. 곧바로 그를 쫓아가 말을 나누고 말리라. 그는 허겁지겁 아인슈타인을 뒤쫓아갔다. 그러나 그의 바로 뒤에 이르렀을 때 베이컨은 문득 자신이 그의 앞에서 제대로 말을 꺼내지 못하리란 것을 알았다. 결국 그는 아인슈타인의 눈에 띄지 않으려고 다시 길가의 우체통 뒤로 몸을 숨겼다. 정말 어처구니없는 일이다. 그와 아인슈타인의 포물선은 결코 만날 수 없는 운명을 지니고 있는 것일까? 아인슈타인은 여유 있는 걸음걸이로 집 안으로 들어갔다. 그는 추적자의 정신적인 갈등은 전혀 알지 못한 채 점심을 먹을 것이다. 이런 바보 멍청이! 베이컨은 연구소로 돌아오는 길 내내 계속 이렇게 중얼거렸다. 도대체 어떤 불행한 운명이 그의 행동을 이토록 우스꽝스럽게 만드는 것일까? 이런 유치한 충동을 억제할 수는 없었을까?

자신도 그 이유도 모른 채 아인슈타인을 뒤따르는 일은 이제 폰 노이만의 계산풀이나 엘리자베스의 전화, 비비안의 밤늦은 방문 등과 함께 베이컨의 일상이 되어버렸다. 누군가에게 이런 사실을 털어놓는다 해도 아무도 그의 고백을 믿지 않을 것이다. 그는 이 상대성이론 창조자의 그림자인가, 허깨비인가? 그의 주변을 흐르는 파동에 불과한가? 그럴 수는 없다! 그러면서도 그는 자신의 행동을 점점 더 완벽하고 치밀하게 다듬어나갔다. 얼마 지나지 않아 그는 완전히 눈에 띄지 않게 몸을 숨기고 아인슈타인을 뒤따를 수 있게 되었다. 시간이 흐르면서 머서가 112번지로 가는 길은 이제 오후 세 시의 티타임이나 수열계산처럼 자명한 일이 되었다. 필연? 아니면 나쁜 습관? 아인슈타인은 거의 언제나 혼자 집으로 향했다. 물론 가끔 동행이 있기도 했다. 그중에는 젊은 이와 늙은이, 유명한 사람과 그렇지 않은 사람 등등 다양한 부류의 사람들이 있었다. 그런데 사실 그들의 자리는 '원래' 그의 가장 충실한 추종자인 베이컨에게 돌아가야 했다.

단 한 번 아인슈타인이 그를 발견했다. 하지만 이 돌발적인 사건은 그 이상의 관계로 이어지지 못했다. 마치 수면에 퍼진 기름띠처럼 누런색을 띤 안개가 불쾌하게 행인들의 얼굴을 휘감던 날이었다. 어디선가 새들의 지저귐이 화재경보가 울리듯 시끄럽게 들려왔다. 그때 갑자기 아인슈타인이 아무런 예고도 없이 뒤를 돌아보았다. 그는 베이컨과 정면으로 마주쳤다. 베이컨은 들짐승처럼 화들짝 놀라 그 자리에 멈춰 섰다. 그의 유치한 장난도 그것으로 끝이었다. 그는 패배했다.

"자네도 연구소에서 일하나?"

아인슈타인이 물었다.

베이컨은 이게 자신이 여태껏 기다려온(비록 맥빠지는 형태로지만) 마침내 이 남자와의 교분이 시작되는 순간이라고 생각했다. 최근 다른 어느 누구보다도 더 자주 보았고, 더없이 강력하지만 비합리적인 경외심마저 불러일으켰던 바로 그 사람이 베이컨에게 직접 말을 걸었다.

"그렇습니다."

베이컨은 이렇게 대답하고서 그의 다음 말을 기다렸다. 신탁을 기다리듯이.

"더럽게 춥군."

아인슈타인이 몸을 부르르 떨며 말했다.

그가 말한 것은 이게 전부였다. 단 한마디도 더는 말하지 않았다. 계시나 예언 따위는 없었다. 그에게 이름이 뭐냐고 묻지도 않았다. 아인슈타인은 가볍게 고개를 까딱이고 가던 길을 계속 갔다. 깊은 생각에 잠긴 그는 자신이 그렇게 열심히 탐구해온 희미한 빛 속으로 걸어갔다. 아, 이제 베이컨도 대가의 지혜를 한 조각 받았노라고 온 세상에 자랑할 수 있게 되었다. 그리고 하느님이 내린 계시나 되는 것처럼 그 멋진 말을 영원히 간직할 것이다! 더럽게 춥군! 베이컨은 낄낄거리며 웃었다. 덜덜 몸을 떨면서. 그러고는 아인슈타인의 어슴푸레한 형상이 멀리

서, 그가 자주 말했던 별빛처럼 점점 희미하게 사라져가는 것을 지켜보
았다. 다음 날도 베이컨은 그의 뒤를 쫓았다. 하지만 그에겐 이미 임무
를 완수한 자의 느긋함이 엿보였다.

가설 4   괴델과 결혼에 대하여

마음이 평온할 때 엘리자베스의 두 눈은 올리브처럼 반짝였다. 그러
나 그녀의 눈이 구릿빛을 띠게 되면 베이컨은 곧 폭풍이 휘몰아치리라
는 걸 짐작할 수 있었다. 그러면 말없이 기다리는 수밖에 달리 뾰족한
수가 없었다. 엘리자베스의 입에서 어서 폭포수처럼 거친 말들이 쏟아
져 나오기를. 그렇게 한참을 내뿜어 남김없이 고갈되기를. 그녀의 손목
은 그가 한 손으로 완전히 감싸쥘 수 있을 만큼 가늘었고, 목은 해바라
기 줄기처럼 곧고 꼿꼿했다. 그러나 화가 머리끝까지 나면(이런 경우는
자주 있었다) 그녀의 가녀린 목덜미는 독이 오른 코브라의 것처럼 한껏
부풀어올랐다. 사교계에서 보이던 상냥함과 공손함은 이미 오간 데 없
이 사라졌고 맹렬한 비난과 협박이 쏟아지다가 급기야는 제풀에 못 이
겨 탈진했다. 그녀의 뺨 위로 애처로운 눈물을 흘러내리면, 마음이 약
해진 베이컨은 그녀의 연약해 보이는 턱을 쓰다듬고 헝클어진 머리카
락을 쓸어주며 그녀가 다시 기력을 회복해 새롭게 공격할 때까지 기다
렸다.

베이컨은 이런 장면이 천문학적인 정확성과 함께 4주에 한 번씩 반복
된다는 사실을 알게 되었다. 그것은 둘의 관계가 지속된 시간을 알려주
는 생리 시계와 같았다. 한 번은 그녀의 분노가 토요일에 폭발했음을
기억해두었다가 정확히 4주 뒤 토요일이 되자 폰 노이만과 중요한 약속

이 있다는 핑계를 대고서 그녀를 찾아가지 않았다. 하지만 헛수고였다. 엘리자베스의 질투는 그 다음 날인 일요일까지 끈기 있게 그를 기다렸다. 토요일 밤 내내 오로지 그 생각만 한 듯했다. 그때부터 베이컨은 이 월례행사를 약혼기간의 불가피한 현상으로 치부했다. 화가 가라앉은 엘리자베스가 선사하는 달콤하고 부드러운 키스도 충분한 보상이 되지 못했다.

그녀는 항상 패션잡지의 표지모델 같은 차림새로 그의 앞에 나타났다. 꽉 끼는 옷에 곤충 액세서리를 달고 영화에서 보았던 깃털장식 모자를 쓰고 있었다. 자주색 메이크업과 붉은색 볼터치가 엘리자베스의 어린애 같은 얼굴을 돋보이게 하는 것은 사실이었다. 그녀는 어머니의 화장품을 몰래 바르고 어른의 흉내를 내는 어린 소녀 같았다. 그녀의 이런 모습은 항상 묘한 감상을 불러일으켰다. 사치와 순수, 허영과 소박함의 어색한 결합은 약혼녀의 오만한 영혼 뒤편에 감추어진 예민함을 드러내주는 징표였다.

베이컨의 어머니는 브리지파티에서 몇 시간 동안 그녀와 수다를 떤 뒤 그에게 그녀를 만나보라고 졸랐다.

"아주 훌륭한 처녀란다."

사실 그녀가 어머니 마음에 든 것은 아름다운 외모나 예술적 재능보다는(그녀는 뉴욕 미술아카데미에서 회화를 전공했다) 귀족혈통 때문이었다. 어머니는 그녀가 필라델피아 출신인 부유한 은행가의 무남독녀로 귀여움을 독차지하고 자라 버릇이 없다고 설명했다. 5번가의 프랑스 식당에서 그녀를 처음 만난 베이컨은 단박에 그녀가 자신의 삶에서 중요한 자리를 차지할 거란 느낌을 받았다. 물론 어머니가 말한 것과는 전혀 다른 이유에서였다. 그의 마음을 끈 것은 그녀의 소녀 같은 몸매와 한 가닥의 긴 곱슬머리였다. 나무랄 데 없이 예의바른 태도에도 불구하고 그녀는 말을 하는 동안 손가락으로 쉬지 않고 그 곱슬머리를 돌려댔다. 그때 이후로 베이컨은 이 버릇없는 처녀의 공격적인 성격에 놀라곤 했다. 그녀의 그런 행동은 일상적인 문제들에 대한 자신의 무능력을 감추려는 시도였다. 그녀는 어느 모로 보나 비비안과는 정반대였다. 그는 그런 그녀가 마음에 들었다.

그날 저녁 엘리자베스는 바다가재에서 초콜릿케이크로 이어지는 시공간 사이에서 그에게 완전히 마음을 빼앗겼다. 그녀는 베이컨과 같은 자유주의적 과학자가 여자로부터 듣고 싶어 할 것 같은 말들만 골라 했다. 그녀는 자신이 화가라고 밝히면서 자유와 예술에 대해 말했다. 돈은 행복을 얻기 위한 여러 조건들 중 하나에 불과하다고도 했다. 그날 베이컨이 그녀의 진짜 목소리를 알아채지 못한 것은 전적으로 샴페인 탓이었다. 엘리자베스의 목소리는 원래 날카롭게 떨리는 고음이었지만 그날은 가능한 한 관능적인 음색을 연출했다. 그는 오직 체리색 블라우스 아래의, 아마도 세련된 유럽산이 분명할 속옷 밑에 감추어진 그녀의 가슴이 대체 어떻게 생겼을지 상상하느라 골몰했다. 그는 단 한 번도 그녀의 눈을 마주 쳐다보지 않았다. 반면 엘리자베스는 미술사에 대해 장광설을 끝도 없이 늘어놓으면서 이 미래의 석학이 자신의 이지적인 아름다움에 홀딱 반할 거라고 믿었다.

만남이 끝나갈 무렵 베이컨은 그녀의 개방적인 태도를 한번 시험해 보았다. 그는 그녀의 손을 잡은 뒤 길 한가운데에 서서 키스를 하려고 했다. 엘리자베스는 그녀답게 남편감을 낚아올리는 전통적인 기술을 사용했다. 그녀는 지나가던 사람들이 돌아볼 정도로 호되게 그의 따귀를 때렸다. 그리고 신사다운 예절을 지켜 자신을 집에까지 데려다줄 것을 요구했다. 그녀의 전략은 주효했다. 베이컨은 그녀의 강렬한 행동에 감명을 받고서 다시 만나고 싶다고 말했다. 엘리자베스는 한참 동안 불안하게 망설이는 척하다가 어쩔 수 없다는 듯 그의 요청을 받아들였다. 그때부터 두 사람은 거의 일주일에 두 번씩, 주로 토요일 아침과 일요일 오후에 만나게 되었다. 베이컨의 음탕한 입술이 그녀의 꽉 다문 입술에 닿아도 좋다는 허락을 받아내는 데만 거의 한 달이 걸렸다. 그녀는 숭고하고 순수한 예술적 자유와 분별 있는 사람이 지켜야 할 예의범절은 다른 차원의 것이라고 그에게 조언했다.

베이컨은 원래 이런 놀이를 전혀 좋아하지 않았다. 그는 늘 사탕발림이나 시민윤리 같은 것들을 비판해왔다. 하지만 막상 그런 것과 대면하게 되자 그는 자신의 가설이 아무런 근거도 없었다는 것을 알았다. 그는 일주일에 세 번 비비안과 잠을 자면서(그때마다 그들은 아무런 시시덕거림이나 지분거림도 없이 곧장 본론으로 들어갔다) 엘리자베스와의 관계를 즐겼다. 그녀가 자신의 육체적 접근을 거부한다는 바로 그 이유 때문에. 부조리하게 전도된 본성에 따라 그는 비비안의 풍만함을 만끽하며 엘리자베스의 가녀린 몸을 떠올렸고, 엘리자베스의 끝없이 지루한 재잘거림을 들으며 비비안의 침묵을 동경했다.

베이컨은 고전역학에서 나온 사회규칙들이 너그럽지 못하다는 걸 알고 있었다. 그는 머지않아 이런 이중관계를 끝내야 할 테고 그때 그의 선택은 오직 하나라는 것도 알고 있었다. 엘리자베스. 그가 이 매력적인 처녀를 걷어찬다면 아무도, 그의 어머니나 친구, 동료들, 심지어는 지도교수조차도 그를 용서하지 않을 게 뻔했다. 그들은 처음부터 그녀를 그의 신부로 점찍었다. 가난한 흑인 여점원이 들어설 자리는 없었다. 베이컨은 그를 뒤쫓는 운명과 손을 잡았다. 푸른색의 조그만 다이아몬드 반지를 산 베이컨은 1942년 3월 쌀쌀한 저녁 달빛 아래에서 엘리자베스에게 건네주었다. 로맨스의 표본에 나와 있는 대로. 엘리자베스는 처음으로 그녀의 가는 혀를 베이컨의 입안에 밀어넣었다. 그러고는 그동안의 완고함을 한꺼번에 무너뜨리려는 듯 그의 혀를 이리저리 거칠게 휘감았다. 작별의 포옹을 할 때도 약혼자의 손을 잡아끌어 왼쪽 가슴을 덮고 있는 핑크색 블라우스 위로 가져갔다. 블라우스의 반질반질한 공단이 손끝에 느껴졌을 때에야 비로소 그는 자신이 방금 돌이킬 수 없는 협정을 맺었다는 걸 깨달았다.

결혼날짜는 아직 정해지지 않았지만(베이컨이 방학을 맞으면 즉시 필라델피아로 가 엘리자베스의 아버지에게 허락을 얻어내기로 했다), 그날 이후 그녀는 상점에 들러 결혼식 때 입을 예복을 고르는 일 이외에 아무것도 하지 않았다. 그리고 약혼자와 만나서는 초현실주의와 아방가르드를 분석할 때와 똑같은 장광설로 다양한 디자인과 복잡한 레이스 장식의 차이에 대해 설명해주었다. 어떤 것은 중세풍의 늘어진 옷소매가 멋있지만 색상이 너무 흐릿한 우윳빛이고, 어떤 것은 화려한 금사가 멋지게 수놓아져 있지만 주름장식이 없어서 틀렸고, 또 어떤 것은 이상한 주름 장식만 없었더라면 완벽했을 텐데 안타깝다고 재잘거렸다. 그녀가 그 중 하나를 결정하는 것은 둥근 사각형을 만드는 것보다 더 어려울 것 같았다.

결혼식이 점점 가까이 다가오자 예복에 대한 강박 말고도 엘리자베스가 지닌 또 다른 비밀이 드러났다. 바로 질투심이었다. 개인적 자유와 부부에게 부과된 상호간의 절대적인 헌신은 전혀 다른 차원의 것이었다. 그녀는 그에게 더 자주 찾아와달라고 요구했다. 그는 토요일과 일요일은 물론 주중에도 한 번씩 프린스턴과 뉴욕을 오가야 했다. 겨우 몇 시간을 함께 보내기 위해. 이렇게 찾아간다고 해서 그에게 더 많은 보상이 기다리고 있는 것도 아니었다. 그녀는 지금까지 기다렸는데 결혼식 때까지 조금 더 기다리지 못할 이유가 어디 있느냐며 그를 설득했다. 그녀는 자폐아 소녀의 손에 쥐어진 요요처럼 그를 그냥 계속해서

왔다갔다하게 만들었다.

엘리자베스는 이번에 뉴욕으로 오면 결혼식 피로연에 참석할 손님들에 대해 설명해주겠다고 했다. 그러나 베이컨은 처음으로 방문을 거절했다. 드디어 발작적인 질투가 폭발했다. 그것은 그들의 생활 전체를 뒤흔들었다. 물론 엘리자베스는 그가 자신을 속이고 있다고는 꿈에도 생각하지 못했다(그건 차마 생각할 수도 없는 우스운 일이었다). 그녀는 다만 약혼자가 앞으로 자신의 뜻을 거역하지 못하도록 확실하게 해두고 싶었다. 결국 자신은 그의 여자가 될 것이다. 그런데 그가 이 멋진 선물에 대한 대가를 치르려면 그녀가 원하는 모든 소망을, 그것이 아무리 이상한 소망이라 하더라도 다 들어줘야만 한다고 생각했던 것이다.

그가 복종하지 않자 엘리자베스는, 악을 쓰고 또 어떤 때는 애교를 부리며, 그가 매일같이 하는 일들을 하나도 빠짐없이 세세하게 말해줄 것을 요구했다. "어디 있었어요?" "무엇 때문에요?" "누구와요?" 이런 물음은 이제 그녀가 개종자처럼 열성을 다해 매달리는 신앙의 버팀목이 되었다. 베이컨의 뜻밖의 말 한마디나 애매한 얼버무림은 몇 시간이고 계속되는 추궁거리가 되었다. 그나마 전화로 끝나면 다행이었다. 그녀와 연관되지 않은 모든 행동들은 사랑의 배신행위로 간주되었다. 연구소에서 베이컨에게 부과한 세미나, 강의, 실험조차 엘리자베스에게는 그의 배신을 감추기 위해 동원된 가짜 알리바이에 불과했다.

베이컨이 약혼녀의 이러한 공격을 한결같이 선량한 설득과 사죄로 대한 것은 정말 놀라운 일이다. 몇 달 동안 베이컨은 종종 자신이 왜 이렇게 자기 성격과 전혀 맞지 않는 전투적인 분야에 얽혀들게 되었는지 되물었다. 대답은 간단했다. 그건 죄책감 때문이었다. 그는 엘리자베스가 신경질을 부리며 악을 쓸 때에도 그녀가 여전히 자신을 믿고 있다는 걸 잘 알고 있었다. 그녀의, 기본적으로 연극적인 의심은 실제로는 충분한 근거가 있지 않은가! 폰 노이만에게 고백한 대로 그는 현 상태를 유지하기 위해 엘리자베스의 관심을 연구소의 과중한 업무 쪽으로 돌리려고 애썼다. 그래야만 그가 뉴욕으로 가지 못하는 진짜 이유를 눈치채지 못할 테니까. 시간이 지나면서 그는 자신의 이중생활이 거짓에 불과한 게 아니라 반쪽의 진실은 갖고 있다고 여기게끔 되었다. 마치 세계가 적대적이면서 동시에 상호보완적인 두 진영으로 나뉜 것과 다를 바 없었다.

1942년 3월 말, 폰 노이만은 저명한 수학자 쿠르트 괴델이 고등연구소에 며칠 간 머물면서 새로운 연구내용을 발표할 것이라고 베이컨에게 말했다. 공교롭게도 그 기간은 그가 엘리자베스와 함께 필라델피아에 가기로 한 날짜와 겹쳤다. 베이컨은 약혼녀에게 그 세미나가 자신에게 얼마나 중요한지 이해시키려고 진땀을 흘리면서 다음 달에는 반드시 함께 그곳에 가겠노라고 약속했다. 그러자 엘리자베스는 그놈의 연구소와 함께 지옥에나 가라며 분노했다. 그녀가 그에게 이런 식의 독설을 퍼부은 게 그때가 처음은 아니었다. 끝에 가면 항상 그녀가 이겼다. 하지만 이번만큼은 그녀의 말을 듣지 않기로 결심했다. 괴델과 친분을 쌓는 일은 너무나 중요했다. 게다가 몇 주 정도 약혼녀의 성화에서 벗어나 휴식을 취하면서 장래에 대해 생각해볼 절호의 기회였다.

"미안해, 엘리자베스."

그는 전화에 대고 말했다.

"진짜 못 가."

비록 이 자유의 나날들이 앞으로 영원한 노예상태를 약속하는 불길한 전주곡임을 알았다 하더라도 베이컨은 그날이 영원히 지속될 것처럼 마음껏 만끽하기로 결심했다.

*　　　*　　　*

논리학의 천재인 괴델 교수는 가는 막대기 같은 체격에 생쥐를 연상시키는 모습이었지만 과묵하고 수수한 남자였다. 그는 2년 전에도 고등연구소를 방문한 적이 있었다. 그가 단 한 편의 논문으로 현대수학의 기초를 새롭게 수립한 지 어언 8년이 지나버렸다.

지난 수천 년 동안 수학은 가지가 아무렇게나 뻗어나와 마구 뒤엉켜버린 나무처럼 무질서하게 성장했다. 바빌로니아, 이집트, 그리스, 아랍, 인도 등지에서의 발견과 그 뒤를 이은 근대 서양에서의 진보 등으로 수학은 수천 개의 머리를 지닌 괴물로 바뀌었다. 본래의 모습이 무엇인지 아무도 알 수 없게 되어버렸다. 수학은 인류가 가진 가장 객관적이며 가장 광범위하게 발전된 학문적 도구인데도(실제로 매일같이 수백만의 사람들이 수학을 사용해 일상의 문제를 해결하고 있다) 그 무한한 다양성 내부에 혹시 썩은 씨앗을 담고 있는 것은 아닌지, 바이러스에 감염되거나 곰팡이가 피어 그 계산결과를 신뢰할 수 없는 것은 아닌지 정확히 알 수 있는 사람은 이제 아무도 없었다.

고대 그리스인들은 역설을 발견하고서 처음으로 그런 가능성에 주목했다. 제논 이후로 수학자와 기하학자들은 논리를 엄격하게 적용하는 것이 오히려 명확한 해결이 불가능한 역설이나 배리背理에 빠질 수 있다는 사실을 깨달았다. 운동의 법칙을 부정하는 아킬레우스와 거북의 역설은 유명하다. 또 에피메니데스는 동시에 거짓이고 참인 명제를 말하기도 했다. 하지만 중세 끝 무렵이 되자 이런 역설은 점차 심각한 골칫거리가 되었다. 그것은 피타고라스의 추종자들뿐만 아니라 기독교의 교부들까지도 혼란에 빠뜨려 학문이 진리를 잘못된 길로 이끌 수 있다는 이단적 주장까지 펼치게 했다.

혼돈으로 치닫는 이런 경향에 맞서려고 많은 학자와 연구자들은 수학의 지배적인 법칙들을 체계화하려고 했다. 처음으로 노력을 기울인 사람이 바로 유클리드다. 그는 '기하학 원본'에서 기하학의 모든 규칙을 다섯 개의 기본 공리로 분류했다. 나중에 르네 데카르트, 임마누엘 칸트, 조지 불, 고틀로프 프레게, 주세페 페아노 등의 철학자와 수학자들은 천문학과 미적분학같이 아주 동떨어진 분야에서도 그와 같은 노력을 기울였다. 하지만 결과는 그리 신통치 않았다. 그러는 와중에 게오르크 칸토어는 집합론에서 새로운 역설을 발견했다.

20세기 초에 이르렀을 때 상황은 그 어느 때보다 더 혼란스러웠다. 칸토어의 이론이 초래한 혼란된 의식 속에서 버트런드 러셀은 앨프리드 노스 화이트헤드와 함께 공동으로 전체 수학을 몇 개의 기본원칙들 위에 새롭게 세우고자 했다. 2천 년 전에 유클리드가 했던 것과 같이. 두 사람은 그것을 '계형이론'이라고 명명했다. 이 노력의 성과는 1919년에 발표된 기념비적 논문 「수학원리」로 나타났다(이 글은 이미 1910년에서 1913년 사이에 러셀의 소논문을 토대로 작성되었다). 두 사람은 그때까지 학자들을 괴롭혀온 수학적 모순들을 한꺼번에 제거하려고 했다.

그러나 이 작품은 너무나 복잡하고 포괄적이어서, 결국 배리에 빠지지 않는 수학적 증명의 토대를 수립하겠다는 애당초의 목표가 제대로 충족되었는지 아무도 확신할 수 없게 되었다. 그보다 조금 앞선 1900년에는 괴팅겐 대학의 수학자 다비드 힐베르트가 파리에서 열린 수학자 회의에서 '힐베르트 프로그램'이라고 불리게 될 역사적인 기조강연을 했다. 여기서 그는 수학이 그때까지 해결하지 못한 일련의 기본난제들을 미래의 연구과제로 소개했다. '무모순성의 공리'도 그러한 과제 중하나였다. 여기서 중요한 것은 모든 공리체계가 정합적이고 무모순적인 것이 될 수 있는지, 그리고 모든 수학적 정리가 그 결과로부터 도출될 수 있는지를 밝히는 것이었다. 힐베르트는 파리에 모인 동료 수학자들 앞에서 그것이 충분히 가능하다는 견해를 밝혔다.

"모든 수학적 문제들이 해결될 수 있다는 이런 확신은 우리의 작업을 독려하는 강력한 에너지로 작용합니다. 우리 내부에서는 이런 외침소리가 끊임없이 들려옵니다. '여기 문제가 있다, 그 해解를 찾아라. 넌 순수한 사유로 그것을 찾을 수 있다. 왜냐하면 수학에 알지 못할 것이란 없기 때문이다!'라고 말입니다."

"힐베르트 프로그램은 전 세계 모든 수학자들과 논리학자들에게는 성서와도 같았어."

폰 노이만이 베이컨에게 말했다.

"그가 제시한 문제들 중 단 한 개만 풀어도 그 사람은 곧 유명인사가 되었지. 어때, 굉장하지 않은가? 수백수천의 뛰어난 젊은이들이 힐베르트의 거대한 퍼즐에서 단 한 조각만이라도 맞는 부분을 찾아내려고 머리를 싸매고 끙끙댄 거야. 자넨 물리학자니까 이런 도전이 얼마나 굉장한지 아마 이해하지 못할 거야. 한마디로 그건 최고임을 증명받는 거였어. 그 경주는 미지의 경쟁자들뿐만 아니라 시간을 상대로도 싸워야 했다네. 정말 환상적이지 않은가!"

"교수님도 그 경주에 참여했겠군요."

베이컨은 이미 답을 알고 있었지만 폰 노이만에게 한껏 뽐낼 기회를 주기 위해 이렇게 물었다.

"물론이지. 우린 너나 할 것 없이 모두 그 문제에 달려들었어. 사실 우리는 아직도 그 문제를 풀고 있는 중이라네. 나도 수학의 완전성을 입증하려고 몇 달 동안이나 완전히 거기에 빠져서 지냈지."

폰 노이만은 턱을 문지르며 비밀스런 범죄사건이라도 말하듯 목소리를 낮추었다.

"나중에 시도했던 괴델 교수는 아주 운이 좋았지. 처음엔 나도 제대로 된 길을 찾았다고 생각했어. 나의 직관은 목표에 도달하는 것이 사람들이 말하는 것처럼 그렇게 불가능한 건 아니라고 소리치고 있었거든. 손톱으로 칠판을 긁을 때처럼 온몸에 소름이 쫙 돋는 기분을 느껴본 적이 있나? 그건 아주 대단하지, 대단해."

"그래서 어떻게 되었습니까?"

"나는 벽에 가로막혔어. 작업을 중단해야 했지."

폰 노이만은 실제 눈앞에 벽이 있는 듯 두 손으로 허공을 휘저었다.

"내 머리는 마비된 듯 텅 비어버렸어. 완전히 맥이 풀려버렸던 거야. 심연 속으로 추락한 거지, 알겠나? 내게 남은 일은 침대로 가서 다음 날까지 계속해서 자는 것뿐이었다네. 잠에서 깨었을 때 나는 뭔가 놀라운 일이 벌어졌다는 걸 느꼈어. 꿈속에서 증명을 계속 풀어나갈 방법을 발견했던 거야. 난 그걸 꿈으로 꾸었어. 예언자가 꿈속에서 조물주의 음성을 듣고 깨달음을 얻듯이! 난 미친 사람처럼 그걸 종이에 옮겼다네. 난 마침내 해냈다고 확신했지."

그는 트로피를 들어올리듯 두 손을 높이 치켜올렸다.

"하지만 정점에 도달했을 때 내 영감은 또다시 나를 외면했어. 나는 다시 출발점으로 되돌아오고 말았네. 한 걸음도 더 못나가고 말일세."

"저런!"

베이컨은 이 지점에서 적절하게 한숨을 내쉬었다.

"그래서 어떻게 됐습니까?"

"나는 다시 밤이 될 때까지 기다렸고, 다시 깊은 잠에 빠져들었다네."

"그래서 잃어버린 실마리를 다시 발견하셨나요?"

"그렇다네! 그건 정말 기적과 같았지. 내 증명은 엄격하고 완벽한 선을 따라 이루어졌네. 난 내가 곧 유명해질 것이고 힐베르트 프로그램의 해결자라는 명성이 약력에 추가될 것으로 확신했어."

"그런데 왜 그렇게 되지 않았죠, 교수님?"

"이보게, 친구."

폰 노이만의 두툼하고 꺼칠꺼칠한 입술 위로 미소가 번졌다.

"내가 더 이상 아무런 꿈도 꾸지 못한 것은 수학을 위해선 커다란 행운이었어."

괴델이 1931년에 마침내 문제를 해결했을 때 그는 거의 알려지지 않은 젊은 수학자에 불과했다. 「수학원리와 그와 연관된 형식적으로 결정 불가능한 명제들에 대하여 I」이란 제목으로 발표한 그의 논문은 힐베르트의 낙관론에 찬물을 끼얹었다. 거기서 괴델은 '수학원리'에 참이면서 동시에 증명이 불가능한 '결정 불가능'한 진술들이 존재할 수 있을 뿐만 아니라, 이런 결정 불가능성이 필연적으로 모든 공리체계는 물론 현존하는 그리고 앞으로 존재하게 될 모든 종류의 수학에 해당된다는 사실을 증명했다. 모든 전문가들이 예측했던 것과는 반대로 수학은 더 이상 의심의 여지없이 '불완전'했다.

수학이 세계를 총체적으로 표현한다거나 철학의 모순들로부터 자유롭다는 낭만적인 생각들은 괴델의 간단한 논증을 통해 단칼에 궤멸되었다. 괴델의 증명은 너무 설득력이 있었기 때문에 스스로 계획했던 논문 'II권'의 집필을 실행에 옮길 필요조차 없었다. 괴델의 폭발력은 대단했다. 특히 충격적인 것은 목표에 도달하기 위해 그가 사용한 해법의 단순성이었다. 그는 에피메니데스의 거짓말쟁이 역설을 새롭게 차용해 (실제로 이것은 모든 수학적 역설의 토대를 구성한다) 자신의 가설을 증명하는 정리를 만들어냈다. 그것의 내용은 다음과 같다.

> 모든 ω-무모순성의 귀납적 집합 k에는 각각의 k에 대응하는 귀납적 집합 r이 존재한다. 단, νGen r과 Neg(νGen r)는 모두 Flg(k)에 속하지 않는다(ν는 r의 자유변수다).

이것을 다른 말로 바꾸면, '자연수의 모든 무모순적 공리계는 결정 불가능한 진술을 지닌다'는 뜻이다. 여기에 대해서 괴델은 이렇게 간단히 말했다. "자연수의 이런 (무모순적) 정리에 대한 증명은 '수학원리'의 체계 안에는 존재하지 않는다." 이것을 우리는 다시 다른 말로 '자연수의 이런 정리에 대해 자연수 안에는 아무런 증명도 존재하지 않는다', 또는 '이런 논리적 정리는 동일한 논리적 법칙을 가지고 증명할 수 없다' 등으로 바꿀 수 있다. 이것은 심지어 심리학 분야로도 확장되어 '내 생각을 나의 내부에서 출발해서 증명할 수는 없다'는 식으로 변형해 사용하게 되었다.

괴델의 주장을 요약해보면 학문, 언어, 정신 등 모든 시스템 안에 참인 진술이 존재하지만 증명은 불가능하다는 것이다. 우리가 아무리 많은 노력을 기울여 완벽한 시스템을 만들어낸다 하더라도, 그 안에는 항상 증명 불가능한 허점이 발견되고 흰개미처럼 우리의 확신을 모조리 갉아먹는 모순된 논리가 등장하게 된다. 아인슈타인의 상대성이론과 보어 계열의 양자이론을 통해서 물리학이 완벽하게 결정론적인 과학이 아니라는 사실을 증명했다면, 괴델은 수학을 송두리째 뒤집어놓았다. 불확정성이 지배하는 세계에서 확실한 것은 이제 더 이상 아무것도 없었다. 괴델 덕택에 진리는 그 어느 때보다도 불안정하고 가변적인 것이 되었다.

비비안의 몸은 갈색 얼룩처럼 베이컨의 침대 시트 위로 휘감겨 들었다. 어두워질 무렵 그녀가 그의 집으로 찾아왔다. 그녀는 훤히 드러난 긴 팔에 밤의 흔적을 묻혀왔다. 내내 걷히지 않던 안개는 밤이슬이 되어 검은 두 팔에 달라붙어 있었다. 베이컨이 엘리자베스와 수도 없이 다툰 끝에 필라델피아 행을 포기하고 괴델의 강연에 참석하기로 한 것은 사흘 전이었다. 그는 비비안의 귓바퀴로 입술을 옮기면서 이 기간 동안 그녀를 만나지 않겠노라고 굳게 결심했던 일을 떠올렸다. 그러나 막상 그녀를 대하자 그녀를 소유하고픈 유혹을 영원히 뿌리칠 수 없으리란 걸 깨달았다.

형벌에서 풀려난 기분이 든 그는 그녀를 부드럽게 사랑해주고 싶었다. 지금 그녀는 슬프거나 비밀스럽게 보이지 않았다. 오히려 연약하고 청순하게 보였다. 그는 요 몇 달 동안 자신이 그녀에게 저지른 배신행위를 보상해주고 싶었다. 아니, 그 자신이 그런 다정함을 간절히 원하고 있었다. 전처럼 그녀의 모습을 천천히 관찰하는 대신 곧바로 다가가 천천히 옷을 벗기기 시작했다. 마치 어린 소녀를 목욕시킬 때처럼. 그는 그녀의 입술에 키스했다(이건 그가 늘 회피하던 행위였다). 길고 부드럽게, 그녀의 곱슬곱슬한 검은머리를 쓰다듬으면서. 그는 숫처녀를 다루듯 조심스럽게 그녀와 사랑을 나누었다. 물론 다른 때와 마찬가지로 말은 나누지 않았다. 그는 점점 더 깊이 그녀의 몸속으로 파고들었다.

"그 여자를 사랑해요?"

침대시트에 파묻힌 비비안은 거대한 파도를 피하려고 용을 쓰는 난파선 같았다. 베이컨은 자기가 바로 그 거대한 파도라는 사실을 의식하지 못한 채 그녀의 어깨를 끌어당겨 감싸안았다.

"아니, 나도 잘 모르겠어. 그냥 날 이해해줘, 비비안."

베이컨이 머뭇거리며 말했다.

"그녀와 결혼할 거예요?"

"응."

"사랑하지도 않는다면서요?"

"묻지 마. 이런 일들은 원래 그런 거야. 살아가면서 피할 수 없는 일들도 있어. 결혼하고, 아이 낳고, 죽고 하는 것들. 그녀는 예뻐. 어머니의 마음에도 들고. 그리고 부자야."

"그리고 백인이죠."

"그건 중요하지 않아."

"그게 중요하단 건 당신도 잘 알고 있어요!"

"처음부터 알고 있었잖아, 우리 사이엔……. 난 널 속인 적이 없어, 비비안."

"내 진짜 이름조차 기억하지 못하면서 어떻게 날 속일 수 있겠어요?"

비비안은 베이컨의 품에서 빠져나가 벌떡 일어섰다. 그녀는 화가 난 것도 실망한 것도 아닌 듯했다. 그녀는 방바닥에 흩어져 있는 옷들을 집어 주섬주섬 입기 시작했다.

"다 소용없는 일이에요."

그는 오랫동안 잊고 있었던 상자를 발견하고서 그 안에 있는 옛 사진들을 들춰보며 잃어버린 기억들을 회상하는 사람처럼 그녀를 바라보았다.

"부탁이야."

그가 침대에 누운 채 말했다.

"가지 마, 비비안. 오늘 한 번만 여기서 자고 가. 비도 오잖아? 아침에도 네 얼굴을 보고 싶어."

베이컨은 일찍 일어났다. 비비안이 한 침대에 누워 있는 것도 신경이 쓰였지만 이른 아침부터 괴델 교수의 강연이 시작될 예정이었기 때문이다. 잠시 곤히 잠든 비비안의 몸을 바라보았다. 아침 햇살에 비친 그녀의 모습은 그 어느 때보다도 아름다웠다. 베이컨은 조용히 일어나 나갈 채비를 했다. 아침에 일어나 곁에서 잠들어 있는 비비안을 보았을 때 느꼈던 마음의 평화는 샤워를 하는 동안에도 내내 사라지지 않았다. 잊어야 한다고 다짐하면 할수록 그녀의 향기는 더욱더 깊이 그의 피부

속으로 파고들었다. 물과 비누로는 씻어낼 수 없는 것이었다. 그는 급히 면도를 하고 옷을 입은 뒤 곧바로 연구소로 향했다. 문을 나서기 직전 그는 비비안의 이마에 키스하고픈 유혹을 뿌리치지 못했다.

요 며칠 동안 그는 괴델의 생애가 이번 강연의 주제인 양 그의 삶에 대한 모든 것을 알고 싶어 했다. 연구소의 교수들 모두가 경탄의 눈으로 괴델을 바라보았다. 괴델의 성격이 그의 이론만큼이나 까다롭고 복잡하다는 사실을 이미 알고 있는 사람들도 그랬다. 괴델은 몇 명 안 되는 아인슈타인의 절친한 친구 중 하나였다.

괴델은 비엔나 대학에 재직 중이던 1933년 말에 객원교수로 처음 고등연구소를 방문했다. 그는 수학의 불완전성에 대한 강연으로 거의 광적인 열렬한 호응을 받았다. 이토록 청중들의 뜨거운 관심을 한 몸에 받은 학자는 아인슈타인을 제외하곤 아무도 없었다. 그 행사를 마련한 오스왈드 베블렌은 괴델이 불러일으킨 열기에 대단히 흡족해했다. 괴델은 논리학의 기본 주제들을 무덤덤한 어조로 지루하게 설명해나갔을 뿐이었는데, 학생들은 대가의 놀라운 정신세계를 조금이라도 더 깊이 통찰하겠다는 열망으로 그의 말을 단 한마디도 놓치지 않으려고 열심히 귀기울였다.

강연 일정은 계획대로 잘 진행되고 있었다. 그런데 어느 날 갑자기 괴델은 당장 유럽으로 돌아가겠다고 베블렌에게 일방적으로 통보했다. 남은 강연 일정도 더는 계속할 수 없다고 말했다. 집으로 돌아가고픈 견딜 수 없는 충동 때문에 미안하지만 자기로서도 어쩔 수 없다는 말 이외에 다른 변명은 하지 않았다. 그는 연구소의 다른 몇몇 교수에게 사의를 표한 뒤 곧장 유럽으로 가는 배에 몸을 실었다. 얼마 뒤인 1934년 가을, 사람들은 그가 고질적인 우울증으로 비엔나 외곽에 있는 요양원에서 정신과 치료를 받고 있다는 소식을 들었다.

1년 만에 프린스턴으로 다시 돌아온 괴델은 새로운 주제로 강연회를 열어 지나간 일을 보상했다. 오스트리아가 합병된 직후인 1939년에 괴델은 비엔나 대학에서 쫓겨났다. 그는 몹시 건강이 좋지 않았는데도 군에 입대해야 했다. 1940년 1월이 되자, 괴델은 갓 결혼한 아내 아델레 님부르스키를 데리고 미국으로 건너갈 결심을 했다. 그러나 괴델 부부의 미국행은 오디세이아를 방불케 하는 고난의 여정이었다. 대서양을 곧바로 건너는 게 위험하다고 판단한 그들은 러시아 쪽으로 방향을 바꾸어 시베리아 횡단열차를 타고 대륙의 동쪽 끝까지 수천 킬로미터를 여행했다. 그런 뒤에 배를 타고 일본으로 건너갔다. 두 사람은 요코하마에 닿았고, 거기서 마침내 샌프란시스코 행 여객선을 잡아탔다. 1940년 3월 4일, 부부는 미국에 도착했다. 며칠 뒤 그들은 프린스턴에서 아인슈타인의 영접을 받았다.

　연구소에 도착한 베이컨은 강의실 맨 뒷자리에 앉아서 괴델의 도착을 기다렸다. 그는 비비안의 방문을 기다릴 때처럼 흥분했다. 강의실에 들어선 젊은 교수는(그는 서른여섯 살로 폰 노이만보다 세 살이 더 적었다) 수학자라기보다는 사제나 랍비처럼 보였다. 코는 칠면조 부리에 달린 혹처럼 생겼고, 두껍고 희뿌연 안경 너머로 보이는 작은 눈은 번뜩이는 지성 따위와는 거리가 멀었다. 하지만 베이컨은 이 우울하고 깡마른 남자가 놀라운 재능 때문에 정신의 건강을 해칠 수밖에 없었던 천재임을 조금도 의심하지 않았다.

　'괴델의 정리'는 천재와 광인을 구별하는 게 불가능하다는 사실을 보여주었다. 모든 시스템이 참된 진술을 담고 있지만 증명할 수는 없다는 전제에서 출발할 때, 참된 사고과정 역시 존재할 수는 있지만 증명은 불가능하다. 정신 역시 수학과 마찬가지로 모순에서 벗어날 수 없다. 그가 제정신인지 미쳤는지 결코 확실하게 단정할 수가 없다. 왜냐? 자신의 뇌 이외에 다른 기준점을 갖고 있지 않기 때문이다. 미친 사람은 미친 사람의 논리에 따라 판단하고 천재는 천재의 논리에 따라 판단한다.

이번 강연에서 괴델이 발표한 내용은 그가 처음 프린스턴에서 강의했던 기본 주제와 직접 연결된 것이었다. 그는 미동도 않고 서서 다 죽어가는 목소리로 말했다. 그가 제시하는 예들은 하나같이 화려하거나 암시가 풍부한 비유와는 거리가 멀었다. 한마디로, 그는 폰 노이만의 상극점에 있었다. 폰 노이만의 설명이 유머와 기지로 넘친다면, 괴델의 강연은 그 자신만큼이나 황량하게 지루하고 음습했다. 강연이 끝났을 때 베이컨은 다른 동료들과 함께 그에게 다가갔다. 폰 노이만이 괴델에게 그를 소개했다.

"쿠르트, 여기 이 젊은이의 이름을 들으면 당신도 깜짝 놀랄 거요."

그러나 괴델은 아무런 호기심도 내비치지 않았다. 베이컨이 그에게 악수를 청하려고 했지만 그는 이런 제스처조차 알아채지 못했다.

"프랜시스 베이컨이라오. 어떻소?"

폰 노이만이 웃으며 말을 이었다.

"바로 그 프랜시스 베이컨이란 말이오! 그런데 이 젊은이는 물리학자라오."

"난 자연과학을 신뢰하지 않습니다."

괴델의 말에는 독선이 아니라 지성이 느껴졌다.

"그래도 재미있지 않소, 쿠르트?"

괴델의 시선이 한순간 베이컨에게 머물렀다. 그를 관찰하려는 게 아니라 지금 자기 동료가 어떤 농담을 던진 건지 이해하려는 눈빛이었다. 곧 폰 노이만은 외국의 박물관에서 임대해온 스핑크스를 옮기듯 그의 팔을 잡고서 다른 곳으로 데려갔다. 동료들도 저마다 다른 곳으로 흩어졌다. 베이컨 혼자만 괴델의 노골적인 무관심에 상처를 받고 복도 한가운데에 멈춰 서 있었다.

저녁 무렵 집으로 돌아왔을 때 비비안이 다시 와 있었다. 조금 전까지만 해도 간절하게 그녀를 필요로 했건만 베이컨은 마치 그녀가 자신이 허약해진 틈을 타 약속을 깨고 제 맘대로 그의 약점을 이용하는 것처럼 느꼈다. 그녀는 그가 돌아오기 전에 방과 욕실을 깨끗이 청소했다. 베이컨이 그때그때 떠오르는 생각들을 메모해 아무렇게나 벽에 압정으로 붙여놓은 종이쪽지들은 모두 치워졌다. 먼지가 쌓였던 책상도 말끔해졌다. 언제나처럼 비비안은 침대시트 위에 길게 누워서, 오늘은 자주색 블라우스와 검은 재킷을 그대로 입은 채, 그가 도착하기를 기다리고 있었다. 도살자를 기다리고 있는 제물처럼 무심한 얼굴로. 베이컨은 다른 사람이 자기 일에 간섭하거나 자신의 생활방식을 파괴하는 걸 끔찍이 싫어했다. 그가 지겹게 되풀이해온 말이기 때문에 그녀도 잘 알고 있었다. 하지만 그녀는 이 협정을 파기했다. 그가 냉정의 규칙을 깨뜨렸듯이 그녀도 똑같은 방식으로 되갚았다. 베이컨은 눈에 띄게 깨끗해진 집안 분위기에 아무런 반응을 보이지 않았다. 놀람도 기쁨도 나타내지 않았다. 그는 무슨 일이 벌어졌는지 제대로 파악하지 못한 것처럼 보였다. 방 안을 천천히 둘러보던 그가 그녀의 고통스러운 눈빛과 마주쳤다.

"여기서 뭐 하고 있는 거야?"

그는 무거운 모루를 내려놓듯이 가방을 조심스럽게 바닥에 놓았다.

"당신이 화낼 줄 알았는데……."

베이컨은 사슴을 덮치는 표범처럼 재빠르게 비비안에게 다가갔다. 그녀가 몸을 일으킬 틈조차 없었다. 그는 끓어오르는 욕정을 자제하지 못하고 그녀의 벗은 발에 키스하기 시작했다. 그러고는 과일의 부드러운 껍질을 벗기듯 그녀의 옷을 모두 벗겨버렸다. 그는 그녀의 다리에,

배에, 가슴에 연이어 키스를 퍼부었다. 그는 이것이 실수란 걸 알고 있었다. 더 나쁜 것은 똑같은 실수를 두 번이나 반복하고 있다는 사실이었다. 하지만 그건 아무래도 좋았다. 그는 비비안의 따스한 피부 속으로 파고들었다. 또 다른 밤에도 계속 그 속에 잠기겠다고 되뇌면서. 몇 시간이 흐른 뒤 그녀가 먼저 몸을 일으켰다.

"이제 가야 해요."

그의 포옹을 뿌리치지 않으며 그녀가 말했다.

"왜?"

"시간이 늦었어요."

"괜찮아, 그냥 있어."

"당신은 곧 결혼할 거잖아요."

"그러니까 가지 말라는 거야."

베이컨은 이기적인 생각을 굳이 감추지 않았다.

"우리에겐 남은 시간이 별로 없어. 그러니까 지금 이 시간을 즐겨야 해."

"그래봤자 더 나빠지기만 해요. 그러면 더 고통스러워져요."

"그건 나중 일이야, 비비안. 앞으로 무슨 일이 벌어질지는 아무도 몰라. 내일 비가 올지 안 올지도 모르는데, 지금 왜 그런 걸 걱정해? 여긴 현재야, 우리 두 사람의 현재!"

"어제만 해도 다르게 생각했잖아요?"

"그것 봐. 그게 바로 증거야. 그러니까 지금 우리가 가지고 있는 걸 망치지 마."

베이컨이 소리쳤다.

베이컨은 물론 비비안도 자기들이 지금 거짓말을 하고 있다는 걸 잘 알고 있었다. 두 사람 모두 자신을 기만하고 있었다. 하지만 아무도 들고 싶어 하지 않는 진실보다 더 거짓인 것은 없다. 미래를 그저 수많은 가능성들 중 하나로, 지난 과거만큼이나 비현실적인 하나의 시나리오로 여기는 게 더 낫다. 베이컨은 엘리자베스를 만나지 않아도 되는 괴델의 강연기간 동안 내내 비비안을 마음껏 안아보리라고, 방랑자처럼 마지막 한 방울까지 모두 짜내리라고 마음먹었다.

엘리자베스는 몇 주 동안 거의 제대로 잠을 자지 못했다. 밤은 끝없는 고문의 시간이 되었다. 약혼자의 모습은 영화가 돌아가듯 수없이 변하고 있었고, 그의 수천 가지 행동들은 하나같이 그녀의 결혼관과 어긋난 것들이었다. 그녀는 입맛을 잃었다. 이대로 가다가는 비쩍 마른 신경질쟁이 여자가 되어버릴 게 분명했다. 자유의 이름으로 불합리하고 이기적인 행동을 고수하는 남자에게 그런 신경질적인 여자는 정말 매력이 없을 거라는 생각이 들었다. 하지만 그녀는 이러한 공백기가 그에게 좋은 가르침이 되어줄 거라고 믿으며 그에게 연락하고 싶은 유혹을 뿌리쳤다. 그가 곧 오만한 태도를 집어던지고 달려오리라는 믿음 속에서. 프랭크는 자신의 쓸데없는 고집을 깨닫는 순간 필사적으로 그녀에게 매달릴 것이다. 그러면 그녀는 두 사람이 함께 살기 위한 조건들을 내세우고, 그가 꼼짝 못하고 받아들이게 할 것이다. 그러니까 지금의 금욕기간은, 기독교의 가르침처럼, 미래의 풍요를 보장하는 가치 있는 시간인 셈이다.

두 사람은 아직 한 번도 그렇게 오래 떨어져 있어본 적이 없었다. 날이 지날수록 시련은 더 힘들어졌다. 둘 사이에는 일종의 경주가 벌어졌다(나중에 베이컨은 이것이 아킬레우스와 거북의 경주이며, 여기서 그는 다행스럽게도 후자의 역할을 맡았다고 생각했다). 결국 승리는 자신의 의지와 결정을 관철시키는 사람에게 돌아갈 것이다. 이 도전이 앞으로 자신의 삶 전체에 미칠 영향을 잘 알고 있는 엘리자베스는 한 치도 양보하거나 굴복할 마음이 없었다. 두려움이 발작처럼 밀려들어 전화기로 달려가다가도 그녀는 베이컨도 자기 못지않게 고통스러워할 것이라고 생각하면서 멈춰 섰다.

그녀의 저항을 무너뜨린 것은 악몽이었다. 그녀가 끔찍한 병에 걸려 죽었는데 베이컨이 슬퍼하기는커녕 기뻐하는 꿈이었다. 울다가 잠에서 깬 엘리자베스는 그 꿈이 자신의 전략이 틀렸음을 알려주는 신호라고 확신했다. 그가 영원히 연락을 하지 않는다면? 그가 진정으로 그녀를 사랑한 적이 없다면? 처음으로 자신의 고집과 격한 반응을 후회했다. 그에게 너무 많은 것을 요구한 걸까? 그녀는 그를 사랑했다. 지금은 특히 그를 더 깊이, 그 어느 때보다도 훨씬 더 사랑했다. 그녀는 자신의 어리석음을 꾸짖었다. 그가 곁에 없다고 해서 이토록 삶을 고단하게 만들 필요는 없지 않을까? 그가 곁에 있어주기를 바랄 뿐이라면 왜 그렇게 그의 애정을 의심했을까? 교만과 허영심 때문에 일을 망칠 수는 없었다. 아직 실수를 만회할 시간은 있었다.

엘리자베스는 베이컨의 집으로 향했다. 오전 열한 시니까 그는 연구소에 있을 것이다. 상자들을 머리 꼭대기까지 올라오도록 잔뜩 든 그녀는 영화에 나오는 로봇처럼 뒤뚱거리며 걸어갔다. 그녀는 치즈, 와인, 과일, 풍선에다 깜짝 선물로 모형기관차까지 샀다. 아직 한 번도 베이컨의 집까지 찾아간 적은 없었지만(그녀는 늘 카페나 레스토랑에서 그를 만나거나 자신의 집으로 오게 하는 것을 더 선호했다) 그의 집 열쇠는 진작에 챙겨놓고 있었다. 그녀는 이제 그 열쇠를 사용해 그를 놀래주고 진한 화해의 제스처를 보여줄 생각이었다.

강의실은 거의 빈자리가 없었다. 베이컨은 베블렌과 폰 노이만 등 맨

앞줄에 앉은 소수의 사람들을 제외하고는 아무도, 정말 아무도 쿠르트 괴델의 입에서 무심하게 흘러나오는 말의 진짜 의미를 이해하지 못한다고 확신했다. 괴델은 칠판 앞에서 하마처럼 민첩하게 몸을 이리저리 움직여가면서 공식을 적어나갔다. 마치 원시인이 동굴 벽에 들소의 모습을 그리는 것 같았다. 괴델은 수줍음을 타는지 청중과 눈을 마주치지 않으려고 허공으로 눈길을 돌렸다. 그가 오늘 청중에게 제시한 문제는 수학자 게오르크 칸토어가 집합론에서 고안해낸 이른바 '연속체 가설'이었다.

괴델은 혼자 중얼거리듯 설명하기 시작했다.

"칸토어의 연속체 가설이란 간단히 '유클리드적 공간에 그어진 직선 위에 얼마나 많은 점이 있는가?'라는 질문으로 축약할 수 있습니다. 이와 등가인 질문은 '서로 다른 정수의 집합이 얼마나 많이 존재하는가?'입니다."

괴델은 문제를 대리석조각처럼 잘게 쪼개기 전에 먼저 머릿속으로 정리해보려는 듯 잠시 말을 멈추었다.

"이 질문은 숫자에 대한 우리의 상상이 무한집합으로 확장된 이후에야 비로소 제기될 수 있습니다만……."

갑자기 괴델이 말을 중단했다. 그러고는 감히 나의 강연을 방해하다니, 하는 표정을 지었다. 무거운 문이 쾅 소리가 나자 괴델이 지어낸 고요가 깨졌다. 베블렌과 다른 교수들이 모두 좌석에서 일어났다. 사람들의 눈길은 이토록 거침없이 강의실 문을 열어젖히고 들어선 젊은 여자에게로 모아졌다.

"어디 있어?"

그녀는 다른 사람들은 안중에도 없는 듯 커다랗게 외쳤다.

"어떻게 나를 이렇게 속일 수 있어? 내게 감히 어떻게!"

베이컨은 어쩔 줄 몰랐다. 일어나서 그녀를 진정시켜야 할까? 그녀의 분노를 피해 쥐죽은듯이 있어야 하나? 그녀는 자신이 불러일으킨 분위기에는 전혀 아랑곳하지 않고 길길이 고함을 쳐댔다. 괴델은 몹시 당황했다. 엘리자베스의 일그러진 얼굴은 얼음장같이 차가웠다. 그녀는 그 자리에 모여 있는 사람들 중에서 배신한 약혼자의 얼굴을 찾고 있었다.

"맙소사! 아가씨, 당신이 누구인지 또 뭘 원하는지는 모르겠지만 우리는 지금 학술강연을 듣고 있는 중입니다."

베블렌이 황급히 앞으로 나갔다.

"교수님이 강연을 계속할 수 있도록 어서 이 강의실을 나가주세요, 어서!"

엘리자베스는 들은 척도 하지 않고 청중 속에서 베이컨을 찾고 있었다. 마침내 그녀는 희생물의 휘둥그레진 두 눈을 발견했다.

"숨을 생각하지 마!"

그녀가 다시 소리쳤다.

"내가 모를 거라고 생각했지! 깜둥이 창녀와 짝짜꿍을 해서 나를 속여? 내가 그렇게 바보인 줄 알아?"

"엘리자베스, 제발 조용히 좀 해!"

베이컨이 애걸했다. 이 소동을 가라앉히려면 약혼녀 앞에 나서는 수밖에 다른 도리가 없었다.

"나중에 우리끼리 얘기하자고."

"나중에 얘기하다니! 모든 걸 다 실토할 때까지 난 계속 소리칠 거야!"

그녀는 눈물범벅이 된 얼굴로 베이컨에게 다가갔다. 그녀의 눈물은 베이컨을 사로잡은 분노만큼 이글거렸다.

"베이컨 씨!"

베블렌이 손가락으로 출구를 가리켰다.

"이 아가씨에게 지금 이곳에서 대단히 중요한 강연이 열리고 있다는 사실을 즉시 설명하시오. 내 말 알아들었소?"

이제 엘리자베스는 약혼자 바로 앞으로 다가섰다. 그가 그녀를 껴안고 밖으로 데려가려고 할 때, 그녀가 따귀를 올려붙였다. 파리채로 유리창을 세게 때릴 때처럼. 괴델을 제외한 모든 사람들 입에서 '아!' 하는 짧은 탄식이 터져나왔다. 더는 모욕을 견딜 수 없었던 베이컨은 자기도 모르게 손이 올라갔다. 별로 힘을 넣지 않고 가볍게 때린 그의 따귀는, 악의적인 음향의 술수 때문인지, 그녀의 것보다 더 커다란 소리를 냈다.

"이거 정말 안 되겠군. 베이컨!"

베블렌이 자리를 박차고 일어났다. 그 옆에 앉은 폰 노이만은 웃음을 참지 못하고 킥킥거렸다.

"다시 한 번 부탁하네. 제발 강연을 계속할 수 있도록 지금 당장 강의실을 나가주게!"

뺨을 맞은 엘리자베스는 넋이 빠졌는지 주위에서 무슨 일이 벌어지고 있는지조차 알아차리지 못했다. 이 소동은 그녀를 엄청난 혼란에 빠뜨렸다. 그녀는 꼭 몽유병자 같았다. 그녀는 베이컨의 품 안에서 오랫동안 잠을 자고 싶은 생각밖에 없었다. 괴델 교수는 흡뜬 눈으로 이 광경을 지켜보았다.

"그년이 당신 집에 있었다고."

베이컨이 시선을 한 몸에 받으며 그녀를 밖으로 데려가는 동안 엘리자베스는 이렇게 울먹였다.

"그 깜둥이 창녀가 당신 방에 누워 있었다고……."

베이컨이 마지막으로 본 것은 베블렌의 어두운 눈초리였다. 베이컨의 화려한 경력과 그에 못지않게 화려할 연구소에서의 미래가 지금 방금 모두 허물어졌음을 전해주는 눈빛이었다. 그러나 그는 축 늘어진 약혼녀의(그의 머릿속에는 이미 '전 약혼녀'라는 단어가 떠올랐다) 몸을 지탱하느라고 방금 벌어진 사태의 추이를 꼼꼼히 따져보지 못했다. 단 한 방에 그의 삶을 떠받치던 세 개의 지주가, 엘리자베스와 연구소 그리고 비비안이 모두 한꺼번에 붕괴되었다. 폰 노이만은 애정게임의 이 예기치 않은 결과에 대해 어떻게 생각할까? 베이컨은 엘리자베스를 옆 강의실로 데려가 의자에 앉혔다. 그는 그녀가 정신을 차릴 때까지 서서 기다렸다. 정신이 든 엘리자베스는 또다시 그에게 욕설을 퍼부었다. 그녀는 비틀거리면서 연구소를 떠나갔다.

강의실 안에서는 괴델 교수가 더는 강연을 계속할 수 없다며 어린애처럼 펑펑 울기 시작했다. 괴델은 폰 노이만의 위로를 받고서야 간신히 진정됐다.

가설 5   베이컨의 독일 행에 대하여

며칠 뒤 연구소로 돌아온 베이컨은 곧바로 프랭크 에이들러트 학장(플렉스너의 후임이다)의 방으로 갔다. 학장이 지난 며칠 동안 사방으로 베이컨을 찾았다는 말을 들었기 때문이다. 이 면담이 어떤 운명을 가져올지는 전혀 몰랐지만 긍정적인 방향은 아닐 터였다. 심한 질책을 받거나 연구실에서 완전히 쫓겨나는 것까지, 모든 가능성은 열려 있었다. 엎친 데 덮친 격으로 고질적인 편두통이 재발했다. 칼로 두개골을 두 조각으로 쪼개는 것 같았다. 한쪽 뇌는 아무런 느낌도 없었지만, 다른 한쪽은 마치 공기해머로 두드려대는 듯했다. 이런 통증은 그가 예민해지거나 심한 충격을 받았을 때 어김없이 찾아왔다가 별똥별처럼 순식

간에 사라지곤 했다. 편두통이 시작되기 직전에는 꼭 현기증과 구역질이 났다. 이런 불길한 전조가 나타나면 통증은 더 이상 피할 길이 없었다. 어떤 조치도 소용이 없었다. 응급조치는 순간적인 진통효과조차 주지 못했다. 커피는 오히려 신경을 더 예민하게 만들었다. 목에 얼음주머니를 올려놓고 있으면 생선가게에 진열된 명태가 된 듯 비참한 기분이 들었다. 귓바퀴나 새끼손가락을 마사지하는 것도 도움이 되지 못했다. 통증은 불가피한 확실성이었다. 마찬가지로 에이들러트 학장으로부터의 끔찍한 징벌 또한 피할 수 없을 거였다.

시계는 오전 열 시를 가리키고 있었다. 그가 완전히 육체의 지배에 내맡겨지는 시간이었다. 햇살은 파편처럼 좁은 동공을 파고들었고, 도시의 소음은 예민해진 귀를 마구 두드려댔다. 풀드홀의 적갈색 담장은 곰팡이덩어리로 만들어진 것처럼 보였다. 그는 숨을 크게 들이마시고 머리카락을 쓸어올린 뒤 학장실의 뚱뚱한 여비서에게 도착을 알렸다. 학장이 바로 그를 맞아들였다. 그는 책상에 앉은 채 베이컨에게 자리를 권했다. 의자는 고문대처럼 보였다. 한 사내가 학장 뒤편에 서서 그를 쳐다보고 있었다. 회색 정장 차림의 사내는 럭비선수처럼 다부져 보였다.

"앉게."

학장이 다시 자리를 권했다. 베이컨은 순순히 학장의 말에 따랐다. 아픈 기색을 감추려고 했지만 그렇다고 너무 경직되어 보이기는 싫었다. 꾸중 듣는 아이의 역할을 맡는 것도 불쾌하기 짝이 없는데, 편두통이 어쩌고 하는 말까지 구차하게 늘어놓고 싶지는 않았다.

"너무 긴장하지 말게, 베이컨."

학장이 과장된 어조로 말했다.

"여긴 법정도 아니고 총살집행장도 아니라네."

"먼저 사죄의 말씀을 드리고 싶습니다. 그럴 의도는 전혀 없었습니다. 제 사적인 문제로 그런 일이…… 제가 괴델 교수님을 직접 만나뵙고 용서를 구할 순 없겠습니까?"

에이들러트 학장이 거부의 눈짓을 보냈다.

"그렇게 서둘지 말게, 베이컨. 유감스럽지만 이건 그리 간단한 문제가 아냐……. 괴델 교수는 다시 신경과민 증상이 재발했네. 그는 몹시 예민한 사람일세."

"상태가 아주 나쁩니까?"

"조금씩 좋아지고 있다고 말하는 편이 낫겠지. 아마 곧 다시 회복될걸세. 당분간 집에 머물러 있겠다고 했어."

에이들러트 학장은 가볍게 헛기침을 하더니 이쯤해서 다른 주제로 넘어가자는 뜻을 비쳤다.

"앞서 말했듯이 이번 사건은 정말 유감이네. 자네가 강연에 참석한 사람들에게 어떤 인상을 주었는지 상상할 수 있겠나? 베블렌 교수는 너무 화가 나 자네를 비난했네. 무슨 뜻인지 알겠나, 베이컨?"

"정말 뭐라 드릴 말씀이 없습니다. 이번 사건을 사죄하기 위해서라면 무슨 일이든 하겠습니다."

"무슨 일이라도?"

에이들러트 학장이 심각한 목소리로 반문했다.

"참 부끄러운 일이야, 베이컨. 자네의 기록은, 내가 다시 한 번 꼼꼼히 살펴보았네만, 정말 인상적이었어. 대학에서 그리고 우리 연구소에서 자넨 정말 탁월하고 민첩하게 주어진 과제들을 수행해왔어. 탁월함과 민첩함은 내가 특별히 높이 평가하는 과학자의 두 가지 덕목이지."

학장은 입술을 실룩이며 말했다. 베이컨에게는 그의 두 입술이 서로 맞서 싸우는 것처럼 보였다.

"폰 노이만 교수도 자네를 인정하더군. 자네가 우리 연구소에서 가장 재능 있는 연구원이라고 말했지."

베이컨은 지도교수가 자신을 칭찬했다는 말을 듣고서 조금 기분이 나아졌다. 그는 헝가리 출신의 그 수학자가 늘 자신을 그냥 묵인해준다고 생각해왔다. 그가 자신을 인정하고 있다니 전혀 뜻밖이었다.

"그는 자네가 좀 더 많은 경험을 쌓고 나면 물리학 분야에서 아주 중요한 일을 해낼 것이라고 했네."

베이컨은 이 말이 좀 지나치다고 생각했다.

"자네도 알다시피 지금 자네는 아주 어려운 상황에 있어. 그렇다고 절망할 것까진 없네. 자넨 장점을 많이 지니고 있으니까 이런 실수는 사실 아무것도 아닐 수도 있지."

베이컨은 학장의 이런 우호적인 태도가 잘못된 상상력의 결과인지, 아니면 학장이 양심의 가책 없이 그를 내치려고 이런 식으로 말하는 건지 도무지 종잡을 수가 없었다.

"두려워하지 말게, 베이컨. 난 지금 자넬 내쫓으려고 이런 말을 하는 게 아니야."

학장은 그의 생각을 읽은 것처럼 말했다. 그는 잠시 동안 베이컨을 쳐다보지 않고 만년필의 뚜껑을 돌리는 데에 열중했다.

"그렇다고 거짓을 말할 필요는 없겠지. 베이컨, 자넨 이 연구소에 맞지 않아. 자네의 요즘 행동을 보면 내 생각이 맞는 것 같네."

온몸에 전율이 흘렀다. 학장이 직접 그의 아픈 눈 안으로 그 말을 찔러넣는 듯했다.

"물론 우리는 자네와 함께 일하는 게 자랑스럽다네. 하지만 나는—만약 내가 잘못 알았다면 당장 그렇지 않다고 말해주게나—자네의 재능이 여기서 제대로 펼쳐질 수 없으리라는 생각이 드네. 그건 우리가 자네의 재능을 제대로 키워주지 못한 탓도 있지. 매일 똑같이 반복되는 작업은 자네에게 적합하지 않아."

에이들러트 학장은 잠시 몸을 돌리고 회색 정장의 사내를 쳐다보았다. 사내는 미동도 하지 않은 채 학장의 말에 동의한다는 표정을 지어보였다.

"실험물리학으로 방향을 전환하라는 말은 아니야. 자네의 성격은 말하자면 몹시 불안정해. 이 상태로 가다가는 우리가 자네에게 기대하는 큰 일을 미처 이루기도 전에 자네가 영영 우리 곁을 떠나게 될지도 모른다는 생각이 들어. 자네에겐 좀 더 실제적인 활동이 필요하다네, 베이컨. 좀 더 적극적인 삶 말일세."

"저로서는 무슨 말씀을 드려야 할지 모르겠습니다만……."

베이컨이 더듬거리며 말을 이었다.

"만약 학장님께서 허락해주신다면 저는 맹세코……."

"내가 이미 말했잖나? 괴델 교수의 강연 도중에 일어난 사건은 매우 유감스러운 것이긴 하지만 그 일이 결정적인 건 아니야."

에이들러트 학장은 약간 짜증스런 표정으로 말했다.

"자네에게 버드 씨를 소개하겠네."

비로소 그 사내가 베이컨에게 미소를 지었다.

"버드 씨는 정부에서 일하는 분이지. 몇 주 전에 버드 씨는 내게 적합한 사람을 소개시켜달라고 요청했네. 정부가 계획 중인 특수임무에 맞는 요건을 갖춘 사람이지. 전문적인 물리학 지식을 갖춘 젊은 남자여야 한다더군. 나는 이 문제를 폰 노이만 교수와 함께 의논했네. 그는 자네가 적임자라고 말했네."

베이컨은 따귀를 한 대 맞은 것처럼 놀랐다. 그는 마음을 가라앉히며 사내의 다부진 모습을 찬찬히 뜯어보았다. 그는 여러 해 전에 운동을 그만둔 육상선수처럼 다소 뚱뚱하게 느껴졌다. 베이컨은 그가 군인일 거라고, 그중에서도 아마 해군 소속일 거라고 짐작했다.

"우선 자네가 알아야 할 것이 있네, 베이컨."

학장은 평소의 그답지 않은 정중한 태도가 점차 불만스러워지기 시작했다.

"한마디로, 우린 자네가 버드 씨와 함께 일하면 기쁘겠네. 물론 강요하고 싶은 생각은 없어. 난 자네가 직접 설명을 들어본 뒤에 결정하기를 바라네. 그게 우리 모두를 위한 적절한 해결책이지."

학장은 자리에서 일어나 억지로 쾌활한 표정을 지으며 베이컨에게 악수를 청했다. 버드 씨는 헛기침을 한 번 하고 문 쪽으로 걸어갔다.

"잠시 함께 걸으실까요?"

그는 부드럽지만 거부할 수 없는 음성으로 베이컨에게 말했다. 베이컨이 그를 따라 일어섰다. 그의 컨디션은 눈에 띄게 회복되었다. 학장의 말이 워낙 충격적이어서 아픈 것조차 잊어버린 것이다.

"행운을 비네, 베이컨."

학장이 작별인사를 했다. 이 인사는 그가 오랜 시간 학장을, 그리고 연구소를 보지 못하게 되리라는 의미였다. 편두통의 전조만큼이나 분명하고 확실한.

"전에도 이곳에 와본 적이 있습니까?"

베이컨이 냉랭한 분위기를 깨려고 먼저 말을 걸었다.

"네, 한 번."

두 사람은 다정한 친구처럼 함께 산책을 했다. 특별히 정해놓은 방향도 없이 발길 닿는 대로 걸었다. 버드 씨는 한가로이 걸음을 멈추고서 들꽃이나 관상용 수목들을 자세히 살펴보았다. 정원가꾸기가 취미인 듯했다.

"정부를 위해 일하신다고요?"

베이컨은 다시 구토가 치밀었다.

"이곳에서 특별히 보고 싶은 곳이 있나요?"

"아닙니다."

그들은 연구소 전체를 한 바퀴 돌고 나서 다시 한 번 산책을 시작했다. 버드 씨는 시간이 넉넉한 게 분명했다. 그러다 문득 걸음을 멈춘 버드 씨는 베이컨을 똑바로 쳐다보았다. 마침내 자신이 찾아온 이유를 설명할 시간인가 보다.

"아인슈타인 박사가 4차원을 발견한 게 사실입니까?"

처음에 베이컨은 자신이 잘못 들은 줄 알았다. 편두통 때문에 생긴 환청인 줄 알았다.

"아니, 그렇지 않아요."

잠시 뒤 베이컨이 더듬더듬 말했다.

"그가 말하는 4차원은 시간입니다. 이미 인간은 공간과 시간으로 이루어진 4차원의 우주에서 살고 있어요."

"그럼 신문에 난 그 공식은 영혼의 실재를 증명하는 게 아닙니까?"

"네. 그건 단지 에너지가 질량과 광속의 제곱을 곱한 값과 같다는 뜻입니다."

버드 씨는 과장된 몸짓으로 머리를 긁적이더니 그건 그냥 막간극이었다는 듯 본격적으로 자기의 이론을 펼쳐놓기 시작했다.

"저는 상대성이론이 왠지 생뚱맞게 느껴집니다. 저는 상대적이지 않은 것들이 있다고 믿고 있습니다. 가령 선과 악은 절대로 상대적인 개념이 아닙니다. 그런 식으로 생각하면 범죄도 합리화시킬 수 있거든요. 상대성을 빌미로 처벌을 모면해보려는 악당들을 전 수도 없이 보았습니다. 우리가 모든 것을 상대적이라고 여기면서 매사 자기 마음대로 하려든다면 어떤 일이 벌어질지 상상해보셨습니까? 반역자가 되는 건 상대적인 행위가 아닙니다. 누군가를 죽이는 것도 마찬가지입니다. 히틀러처럼 수많은 사람들을 학살하는 것은 절대로 상대적일 수 없습니다."

베이컨은 당혹스러웠다.

"제 생각도 똑같습니다. 하지만 지금 말씀하신 내용은 상대성이론이나 아인슈타인과는 아무런 관계가 없습니다."

베이컨은 약간 움츠러든 목소리로 말을 이었다.

"아인슈타인이 말하는 것은 물리학적 개념이지 사회적 개념이 아닙니다."

"제가 보기엔 하나도 다를 게 없습니다."

"그렇지 않아요. 아인슈타인은 운동하는 관찰자에게는 운동이 상대적이라는 사실을 확인했을 뿐입니다. 지금 여기서 걷고 있는 우리에게 저 앞에 지나가는 두 여자는 좀 더 빠른 속도로 걷는 것처럼 보인다는 거죠. 상대성이론에서 유일한 기준점은 관찰자가 어느 위치에 있든 항상 일정한 속도로 운동하는 빛뿐입니다. 도덕적 판단과 이런 사실들은 전혀 관계가 없는 것입니다, 버드 씨."

"당신은 그게 정말 중요한 발견이라고 보십니까?"

"물론이죠."

"제가 지나치게 고집을 부리는 거라면 미안합니다만 저는 그렇게 생각하지 않습니다. 그게 그렇게 중요한 것이라면 우리 모두가 그런 상대성을 느낄 수 있어야 합니다. 저는 4차원 같은 게 존재한다고 믿지 않습니다. 누군가가 그런 걸 한 번이라도 본 적이 있습니까? 원자 같은 것도 마찬가지고요."

"물론 당신만 그런 생각을 하는 건 아닙니다."

베이컨이 씁쓸하게 말했다. 그는 차츰 지쳐갔다. 파이π의 값도 모르는 이런 남자와 물리학에 대해서 말한다는 건 비생산적이고 부조리하다. 자기 확신이 지나쳐 보이는 이 남자가 아인슈타인이 옳고 자신이 틀렸다는 사실을 받아들일 리는 만무하다.

"저와 이 문제에 대해 이야기를 나누려고 오신 건가요?"

"아, 물론 아닙니다. 용서하십시오. 전 그저 호기심에서……."

버드 씨는 정말 자신의 행동을 후회하는 것처럼 보였다.

"저는 당신과 같은 학자들을 많이 알고 있습니다. 전 그들이 도대체 무슨 생각을 하며 사는지 항상 궁금합니다. 물리학자들은 몇 시간씩 오로지 생각만 하며 지내니까요. 연구실에 갈 때나 집에 갈 때나 잠자리에 들기 전이나 샤워를 할 때나 늘 생각만 하고 있지요. 그들은 사랑을 나눌 때조차 숫자나 이론에 대해 골똘히 생각하고 있을 겁니다."

"우리 물리학자들 모두가 다 그렇지는 않다는 사실만큼은 제가 확실히 보증할 수 있습니다."

베이컨은 우호적으로 보이려고 애쓰면서 그의 말을 잘랐다.

"그런데 물리학자들과는 어디서 그렇게 많이 알게 되었나요?"

"그들과 최대한 익숙하게 지내는 게 저의 일입니다."

"당신이 정확히 무슨 일을 하시는지 아직 제게 말씀해주지 않으셨습니다, 버드 씨."

"그건 차차 아시게 될 겁니다. 그보다는 왜 매일같이 아인슈타인 교수의 뒤를 밟았는지 제게 그 이유를 좀 설명해주시겠습니까?"

가끔 베이컨은 언젠가 이런 질문을 받게 되리라고 상상했다. 심지어 여러 가지 대답을 준비한 적도 있었다. 하지만 지금 이 순간에는 단 하나의 대답도 떠오르지 않았다.

"부인하셔봤자 소용없습니다."

버드 씨는 영화관에서나 들을 수 있는 매우 부드럽고 달콤한 목소리로 말했다.

"당신은 아인슈타인 교수의 뒤를 밟았고 우린 당신의 뒤를 밟았습니다."

"당신들이 누군데요?"

"아직 제 질문에 대답하지 않으셨습니다, 박사님."

버드 씨의 목소리가 조금 거칠어졌다.

"제가 말씀드려도 아마 못 믿으실 겁니다."

베이컨은 미소를 지으려고 무던히 애를 썼다.

"그런 염려는 제게 맡겨주십시오."

"맹세코 저도 그 이유를 잘 모르겠습니다. 어느 날 저는 아인슈타인 교수에게 말을 걸어야겠다고 생각했어요. 결국 그렇게 하지 못했지요. 그래서 좀 떨어져서 뒤쫓아가봤을 뿐입니다."

"좀 떨어져서 뒤쫓아가봤을 뿐이라고요? 박사님은 매일매일 그 짓을 했습니다."

"바로 그렇습니다. 좀 황당하게 들린다는 건 알지만 그게 사실입니다."

"아인슈타인 교수가 전혀 눈치 채지 못할 거라고 생각했습니까?"

"한 번 마주치긴 했죠. 그런데 그분은 별로 신경 쓰지 않았습니다."

"그런데 아인슈타인 교수가 경찰에 그 일을 알렸다면?"

"그럴 리 없어요."

베이컨의 이마에 땀방울이 맺혔다.

"그건 그냥 장난이었어요. 난 절대로……."

"우리는 지금 어려운 시기에 살고 있습니다, 박사님."

버드 씨는 다시 장황하게 말을 늘어놓기 시작했다.

"아시다시피 나치는 아인슈타인 교수를 증오하고 있습니다. 나치만 그러는 것도 아니죠. 세상에는 정말 이상한 사람들이 많습니다. 미국은 그의 새로운 고향입니다. 미국은 자기 나라 시민의 안전을 지킬 의무가 있지요. 게다가 아인슈타인 교수와 같은 인물의 안전이라면 더더욱 그렇지 않겠습니까?"

"당신은 경찰관입니까?"

베이컨이 불안한 표정을 지었다.

"그렇진 않습니다."

버드 씨는 목소리를 부드럽게 하려고 노력했다.

"적어도 흔히 통용되는 의미에서는 아닙니다. 저는 그냥 아인슈타인 교수가 이곳에서 편안히 지낼 수 있도록 지켜주는 임무를 맡은 사람이라고 해둡시다. 아무도 그를 괴롭히지 못하게 말이지요. 저는 그의 그림자입니다."

"그래서 저를 보셨군요. 그렇다면 그게 그저 장난에 불과했다는 걸 잘 아실 텐데요."

"물론 알고 있습니다만, 응당 우리는 안전조치를 취했습니다. 필요한 조사를 하는 데 조금 시간이 걸렸지요. 다행히 우린 아무런 의혹도 발견하지 못했습니다."

"됐네요. 제가 살인자가 아니란 걸 확인하셨다니 이제 그만 작별을 고해도 되겠네요?"

"유감스럽지만 그건 안 됩니다."

버드 씨가 단호하게 말했다.

"당신은 훌륭한 물리학자의 자질을 갖추었더군요. 성적도 뛰어나고 품행도 좋고요. 물론 여자 문제만 빼고. 우리는 에이들러트 교수와 폰 노이만 교수의 추천을 적극 검토했습니다. 그리고 우리의 가장 큰 걱정거리인 이번 임무에 당신이 적임자라는 확신을 얻었습니다."

"제가 할 수 있는 일이 대체 무엇인데요?"

"아주 많습니다, 박사님. 당신은 젊고 유능한 과학자인데다 모험을 즐기며 독일어도 유창합니다. 그리고 현재 아무 곳에도 매인 데가 없습니다. 당신은 최상의 적임자입니다."

"무엇에 적임자란 말이죠?"

"우리와 함께 일하기에 그렇다는 것입니다. 물론 당신들이 즐겨 쓰는 방식대로 이번 임무를 '연구 프로젝트'라고 불러도 좋습니다. 당신도 조국을 사랑하겠지요?"

"당연하지요."

"그렇다면 이제 조국을 위해 무언가를 할 시간이 되었습니다. 우리는 지금 전쟁 중입니다, 박사님. 그걸 잊지 마십시오. 이런 상황에서는 일의 우선순위가 바뀌게 마련입니다."

"제가 거절할 수 있는 상황은 아닌 것 같군요."

"네. 우린 박사님이 거절하지 않으리라고 믿습니다. 당신은 조국에 보답할 것이 많은 사람입니다. 그리고 드디어 그때가 왔습니다. 당신이 나라로부터 받은 혜택의 일부를 다시 돌려줄 때입니다. 그래야 공평한 것 아닙니까? 에이들러트 학장의 말대로라면 당신은 이제 더 이상 이곳에 머물러 있을 수도 없습니다. 계속 이곳을 고집한다면 더 큰 곤경에 빠질 테니까요. 당신 스스로 만들어내는 문제들은 빼고서도 말이죠. 제 말이 무슨 뜻인지 다 이해하셨으리라고 믿습니다."

버드 씨는 어린아이에게 숙제하는 법을 설명해주듯이 말했다.

"물론 지금 나눈 이야기들은 극비입니다. 작별인사도 꼭 필요한 사람들한테만 하세요. 이곳을 떠나는 이유에 대해 자세히 설명해주는 것도 안 됩니다."

"나도 잘 모르는 걸 어떻게 남들한테 설명해줄 수 있겠어요?"

베이컨이 투덜거렸다.

"그냥 군대에 입대한다고 말하세요. 고심 끝에 내린 결정이라고 말이죠. 나중에 상황이 다 해결되고 나면 사람들에게 편지도 쓰고 사실도 말할 수 있으니까요."

"쉽진 않은 일이군요. 좀 더 생각을 해봐야겠습니다."

"미안합니다, 베이컨 박사님. 더 이상 생각할 시간을 드릴 여유가 없어서요. 조국이 당신을 신뢰하듯 당신도 조국을 신뢰해야만 합니다."

베이컨은 폰 노이만의 방문을 노크했다. 그는 임종을 앞두고 고해할 신부를 찾는 사람처럼 다급했다. 두통은 감쪽같이 사라졌지만 고열 때문에 자꾸만 비현실적인 느낌이 들었다.

"무슨 일인가?"

언짢은 표정을 지으며 폰 노이만이 물었다. 베이컨은 폰 노이만이 들어오라는 몸짓을 하기도 전에 얼른 그의 연구실 안으로 뛰어들었다.

"교수님의 '추천'에 감사드리기 위해서 왔습니다. 작별인사도 드리고요."

베이컨이 대답했다.

폰 노이만이 의자에 앉으며 아버지 같은 눈길로 그를 쳐다보았다. 언짢았던 기색은 곧 특유의 친절한 표정으로 바뀌었다.

"자네가 그 제안을 받아들였다니 기쁘군. 정말 잘 했네."

"교수님은 이미 알고 계셨죠, 안 그래요?"

"그 사건이 있고 나서 에이들러트가 나를 불렀지. 베블렌은 즉시 자네를 내쫓아야 한다고 야단이더군. 난 그들에게 그저 사실만을 말했네. 자네가 훌륭한 물리학자라는 사실과, 그렇지만 이 연구소에는 잘 맞지 않는다는 사실을 말이야. 에이들러트가 한동안 생각에 잠겼다가 자네를 위해 더 좋은 가능성이 있다고 말하더군. 그는 그것을 연구여행이라고 불렀어."

폰 노이만은 쓸쓸하게 미소지었다.

"베이컨, 요즘 같은 시기에는 우리 모두 어느 정도 희생을 감수해야 하네. 처음 나는 자네가 이곳에 머무는 것이 최선이라고 생각했네만, 지금은 완전히 그 반대일세. 자네는 아주 총명한 사람이야. 다른 곳에서도 충분히 조국에 커다란 보탬이 될 걸세. 이 조그만 프린스턴의 감옥이 아니더라도 말이지. 지금 몹시 불안하고 화가 나 있다는 건 잘 알아. 하지만 난 자네가 뛰어난 물리학자이기 때문에 이토록 중요한 임무에 선택되었다는 것 말고는 더 이상 해줄 말이 없어. 자네는 단순한 군인으로서 복무하는 게 아닐세. 자네에게는 아주 중요한 과제가 주어질 걸세."

"강요 없이 제 스스로 결정할 수 있었으면 훨씬 더 좋았겠죠."

"이건 어느 정도 자네 스스로 결정한 거야, 베이컨. 주변 상황이 자네에게 좀 더 유리하게 돌아간 것뿐이지. 우리가 마지막으로 나누었던 대화를 기억하나?"

폰 노이만은 다정하게 베이컨의 어깨를 두드렸다.

"자넨 두 여자 사이에서 갈등하는 자네의 감정을 내게 털어놓았지. 나는 게임이론이 연인들의 전략에도 사용될 수 있다는 걸 자네에게 보여주었어. 기억하나?"

"물론입니다."

"나는 그때 이미 알고 있었어. 자네가 삶을 변화시키지 않으려고 고집한다면 머지않아 모든 걸 망쳐버릴 거란 걸. 그런데 자네는 '문제'를 해결하는 대신 더 어렵게 만드는 쪽을 택했어. 내가 잘못 짚은 게 아니라면 바로 그 문제가 터진 거야."

"교수님이 옳았다는 걸 인정할 수밖에 없군요. 교수님은 어느 시점이 되면 제가 두 경쟁자인 엘리자베스와 비비안 사이에서 한 사람을 선택해야 할 거라고 분명히 말씀하셨습니다. 그렇지 않으면 두 사람 중 하나가 저를 버릴 거라고요."

"유감스럽지만 내가 잘못 본 게 아니었군, 그래."

"그런데 교수님도 직접 보셨다시피 상황은 그보다 훨씬 더 좋지 않았어요. 두 경쟁자가 서로 마주친 거지요. 결국 저는 둘 다 모두 잃고 말았어요."

"짐작하고 있었네."

폰 노이만의 목소리에서 한 줄기 연민이 묻어났다. 그건 베이컨이 지금껏 한 번도 느껴보지 못한 것이었다.

"누가 뭐래도 그건 논리적 귀결이었네. 두 여자를 사랑한다는 건─이건 두 여자와 잠을 자는 것과는 또 다르다네─최악의 불행이야. 그걸 축복이나 남성다움의 증거라고 생각하는 사람도 있겠지만 사실 그것은 성서에도 나오는 재앙이지. 종국에 가서는 항상 모든 진실이 밝혀지게 되는데, 그러면 사람들은 갑자기 자신이 도대체 어쩌다가 그런 게임에 빠져들었는지 도저히 알 수 없는 지경에 이르게 된다네. 단 한 사람을 사랑하는 것만으로도 충분히 어렵고 힘이 드는데 두 사람을 사랑하려고 했으니 그럴밖에."

폰 노이만은 자신의 과거를 회상하고 있는 것 같았다.

"한 남자를 사랑하는 두 여자 사이의 싸움은 '제로섬 게임'과 똑같아. 한 여자가 이기면 다른 여자는 반드시 질 수밖에 없거든. 둘이 균형을 이룰 가능성은 전혀 없지. 여기서 공정하게 하려고 하면 남자가 두 여자 모두를 끝까지 속이는 수밖에 없어. 그런데 그건 언젠가 반드시 의심을 사게 되지. 최악의 경우 자네의 경우처럼 두 경쟁자가 서로 정면으로 마주치는 일이 생기게 된다네. 난 꿈에라도 자네의 처지가 되고 싶진 않네, 베이컨."

"하지만 그때 교수님께선 이런 문제에 대한 논리적 해결책이 있다고 하셨잖습니까?"

"물론 그랬지."

폰 노이만은 연극에서 마지막 순간에 나타나 모든 문제를 해결하는 신처럼 엄숙하게 말했다.

"게임에서 더 이상 사용할 말이 하나도 남지 않게 되었을 때 남은 전략은 단 한 가지야. 게임을 포기하고 새 게임을 시작하는 거지. 아주 간단하다네."

"둘을 모두 버리란 말씀인가요?"

"완전히 철저하게!"

"그래서 저를 추천하셨군요!"

"그것은 그저 뇌관을 때린 것에 불과해. 내 말에 화내지 않기를 바라네. 나는 이것이 자네에게 남은 유일한 선택이라고 확신하네. 이건 단순한 도피의 문제가 아니라 자네에게 남은 마지막 가능성을 살려내느냐 죽이느냐 하는 문제일세. 물론 자네가 부주의해서 만들어낸 지옥을 더 좋아한다면 또 모르지."

베이컨은 침묵했다. 엘리자베스의 분노, 비비안의 갑작스러운 사라짐, 연구소의 스캔들. 이런 것들은 지금 그를 너무나 고통스럽게 만들고 있었다. 앞으로 어떻게 삶을 꾸려가야 할지 생각조차 하지 못했다. 에이들러트와 폰 노이만과 버드 씨가 옳을지도 몰랐다. 그는 두 여자를 모두 깨끗이 잊어야 했다. 그들이 그를 잊기 전에, 아니 그들이 다시 찾아와 새로운 분노와 번민으로 그를 갈가리 찢어놓기 전에.

"그럼 전 교수님께 오히려 감사를 드려야겠군요."

베이컨이 여전히 미심쩍은 표정으로 물었다.

"지금은 그렇게 하고 싶지 않겠지만 장기적으로 보면 그렇게 될 걸세. 중요한 일에 참여할 수 있는 기회란 그리 흔하지 않아. 너무 슬퍼하진 말게. 앞으로도 자네와 난 어쩔 수 없이 자주 마주치게 될 게야."

"그건 또 무슨 말씀이시죠?"

"비록 버드가 지혜의 화신이라고 하긴 힘들겠지만 해군의 뛰어난 요원인 것만은 틀림없더군."

"교수님도 그를 아십니까?"

"물론이지! 그렇지만 그건 중요하지 않다네. 자네에게 비밀 한 가지를 알려주겠네, 베이컨. 물론 아무에게도 발설해서는 안 돼. 사실, 나도 그들을 위해 일하고 있다네."

"교수님이오?"

"그건 그냥 내 부업 중 하나일세. 뭐, 최고의 일거리라고 할 순 없지만 아무튼 상당히 흥미로운 일이지. 집에는 옷가지들이 담겨 있는 작은 가방이 항상 준비되어 있다네. 방탄헬멧도 하나 있지. 언제나 최소한의 필수품만 챙겨가도록 되어 있지만 난 항상 중세사 책도 한 권 넣어놓았다네. 그들이 부르면 언제라도 즉시 여행을 떠나야 하는데, 런던으로 가는 비행기는 정말 엄청나게 지루하거든."

"런던이라고요!"

"그곳은 아마 다음번 우리가 만날 장소가 될 게야. 자네의 첫 파견지니까. 그곳에서 따뜻한 차 한잔 정도는 같이 나눌 수 있겠지?"

"제가 런던으로 가게 되나요?"

"자네의 예리함은 번번이 날 놀라게 하는군, 그래. 자넨 런던으로 날아갈 거야. 거기서 전쟁을 배우게 될 걸세. 그리고 세상도! 내 장담하네만 그곳에서 자넨 여기서보다 훨씬 더 행복해할 걸세."

베이컨은 잠시 말을 멈추고 폰 노이만이 한 말들을 곰곰이 되새겨보았다. 그는 미 해군 첩보요원으로 런던에서 일하게 될 것이다. 실감이

날 때까지 계속해서 이 말을 속으로 되뇌었다.

"사실 제가 지금 가장 걱정스러운 것은 괴델 교수님의 상태입니다." 그는 잊고 있었다는 듯 갑자기 그 말을 꺼냈다. "그분은 저의 불미스런 일로 몹시 속이 상하셨던 모양입니다."

"천만에!"

폰 노이만의 얼굴에 미소가 흘렀다.

"오히려 그 반대일세. 괴델은 아마 자네의 처지를 완벽하게 이해한 유일한 사람일걸."

"그게 무슨 말씀이시죠?"

"괴델 같은 사람이 자네 약혼녀의 행동에 화를 낼 것 같은가?"

폰 노이만의 미소는 이제 낄낄거리는 웃음으로 바뀌었다.

"순진한 소리 작작하게, 베이컨. 그가 그랬던 건 다른 이유 때문이야. 사실은 괴델도 자네처럼 사랑 때문에 골치를 앓고 있거든."

"괴델 교수님이 사랑 때문에요?"

"그럴 줄은 몰랐겠지? 하지만 이건 사실일세. 예민하고 수줍은 우리의 쿠르트 괴델은 자기 부인에 대한 사랑 때문에 바로 얼마 전까지도 미칠 지경이었다네. 그녀를 얻기 위해 그는 정말 무슨 짓이든지 다 했어. 매일같이 선물보따리를 안겨주며 결혼해달라고 졸라댔지. 그리고 마침내 승낙을 얻어냈다네. 천재를 짐승으로 만들 수 있는 건 오직 여자들뿐이야."

"그런데요?"

"비밀을 지키겠다고 약속하면 말해주겠네. 지금부터 하는 말은 미국 전체를 통틀어 단 몇 사람밖에 알지 못하는 이야기니까. 이건 자네가 전쟁에서 알게 될 그 어떤 것보다도 더 큰 비밀이지. 괴델의 아내 아델 레는 비엔나의 지저분한 나이트클럽에서 일하는 댄서였어. 괴델의 부모는 아들이 그런 여자와 결혼하는 걸 결사적으로 반대했지."

"그때 괴델 교수님은 이미 서른 살이나 되었을 텐데요."

"그의 부모는 정말 극단적으로 보수적인 사람들이라네, 베이컨. 그들은 언제나 아들에게 엄청난 영향력을 행사해왔어. 불쌍하게도 괴델은 몇 년이 지나도록 감히 부모의 뜻에 거역할 엄두를 내지 못했다네. 생각해보게, 그는 자네와 약혼녀가 싸우는 장면을 보다가 자신의 일이 사무치게 떠오르지 않았겠나? 이제 알겠나, 베이컨? 괴델이 펑펑 운 것은 바로 그 때문일세."

"정말 믿지 못할 이야기로군요."

베이컨은 괴델에게 동병상련의 감정을 느꼈다.

"그땐 나도 무척 놀랐다네. 아무튼 자네들 두 사람은 공통점이 있어. 괴델 교수의 가장 큰 문제 역시 연속체 가설이나 수학의 완전성이 아니라 사랑이지. 매춘부 출신 아내에 대한 열정적이고 고통스러운 사랑!"

간략한 자전적 고찰:
집합론에서 전체주의로

고찰 1   어린 시절과 한 시대의 종말

프랜시스 P. 베이컨 중위에 대한 이야기를 들으면서 여러분의 머릿속엔 아마 다소 개운치 않은 질문이 하나 떠오를지도 모르겠다. 라이프치히 대학의 수학자라는 구스타프 링스 씨는 실제로 벌어진 사실에 대해 이야기를 한다고 했는데, 베이컨 중위에 대해 어떻게 그런 시시콜콜한 것들까지 알 수 있었을까? 라고 말이다.

내 생각에도 그런 의심이 들 만하다. 그래서 나는 이야기꾼으로서의 자유를 이용해 지금 이 부분을 끼워넣기로 했다. 독자들의 의혹제기는 지극히 타당하다. 내 이야기의 '신빙성' 여부는 바로 그런 의혹을 제거하는 데 달려 있다. 어떤 이론이든 증명이 뒷받침되지 않는다면 곧 파괴되고 만다는 걸 나와 같은 학자들은 누구나 다 알고 있다. 그러므로 이제 이 의문에 대한 대답을 제시하겠다. 나는 내가 이야기한 모든 내용이 진실이란 걸 보장할 수 없다(그 때문에 나는 그것을 '가설'이라고 불렀다). 내가 직접 체험한 사실이 아니기 때문이다. 그렇다면 내 이야기의 신빙성을 위해 내가 끌어댈 수 있는 것은 무엇일까? 답은 아주 간단하다. 그것은 우리가 함께 일하는 동안 프랜시스 P. 베이컨 중위가 직접 내게 들려준 이야기였다는 사실이다. 내가 혼자 말하기를 중단한 동안, 그는 잠시 듣고 묻는 사람의 역할을 내던지고, 말하는 사람의 위치에 섰다. 그러자 우리 사이에는 정신적인 차원에서뿐만 아니라 감성적인 차원에서도 아주 친밀한 합일이 이루어졌다. 그 순간 나는 그 어느 심리학자나 수도사도 따라올 수 없을 정도로 깊이 몰입되어 그가 고백하는 이야기에 귀를 기울였다. 우리는 잠시 서로의 역할을 바꾸었다. 그 얼마 동안 그는 내 탐구대상이 되었다.

여기서도 의문은 꼬리에 꼬리를 물고 이어진다. 무엇이 베이컨 중위와 나를 연결시켰는가? 우리가 처음으로 만난 건 언제였나? 우리의 임무는 무엇이었나? 우리의 인생은 어떻게 해서 서로 마주치게 되었는가? 등등. 여기에 대답하려면 먼저 내 자신에 대해 말해야 한다.

상상의 지도에서 나의 출생은 데카르트 좌표계 위에 놓인 작은 점과 같다. y-축 상의 윗부분에는 내게 일어난 모든 긍정적인 일들이 놓이고 아래에는 모든 실수와 패배가 놓인다. x-축 상의 오른쪽에는 내가 의식적으로 내 삶의 주축으로 삼은 희망, 동경, 집착 따위가 놓이고 왼쪽에는 내 의지에 반해서 혹은 무의식 속에 각인된 나의 본성적인 측면들이 놓인다. 이 두 좌표축이 지금의 내 모습을 결정했다는 건 의심의 여지가 없다. 그렇다면 그 결과는 어떤 곡선이 될까? 좌표 위에 나타난 형태는 어떤 모습일까? 내 삶이 움직이며 만들어내는 이 좌표의 형태를 내마음대로 결정할 수는 없을까? 이 곡선을 통해서 내 육신과 영혼을 규정하는 공식을 만들어낼 수는 없을까?

시간이 제공해주는 거리를 갖고서 내 삶을 하나의 객관적이고 추상적인 문제처럼 혹은 현미경의 빛 아래에서 꿈틀거리는 한 마리의 박테리아처럼 관찰해보면, 내 운명은 태어날 때부터 이 세기의 역사와 밀접하게 연결되어 있었다는 생각이 든다. 바다장어가 싫건 좋건 태어날 때부터 고래에 달라붙어 살아가야 하는 것처럼. 나의 실존은 형벌처럼 주어진 이 소란스러운 시대와 이 세기 초반에 운명처럼 나를 스쳐간 사람들에 의해 결정됐다. 우연은 내게 인류의 가장 빛나면서도 처참한 순간들을 몸소 겪기를 원했다. 두 번의 세계대전, 아우슈비츠, 히로시마 그리고 새로운 과학의 탄생.

이야기가 자꾸 옆길로 새는 것 같다. 더 정신을 집중해서 내 존재를 온전히 드러낼 수 있는 첫 문장을 찾아내야겠다. 궁금증을 불러일으켜 독자의 관심을 사로잡는 흥분된 출발을 위해서! 하지만 안타깝게도 그게 잘되지 않는다. 확실한 것들부터 시작해야겠다. 내 이름은 이미 말했듯이, 구스타프 링스다. 나는 1905년 3월 21일에 독일 바이에른 주의 수도인 뮌헨에서 태어났다. 여기서 고향 자랑을 늘어놓는 것은 불필요한 과잉이므로 뮌헨이, 바이에른의 왕 루트비히 2세와 그의 동생 오토에게서 볼 수 있듯이 정신병의 전통을 갖고 있으며, 토마스 만, 리하르트 슈트라우스, 프랑크 베데킨트, 베르너 하이젠베르크 같은 걸출한 인물들이 전성기를 구가한 지역이라는 점만 언급하겠다.

아버지 위르겐 링스는 대학에서 중세역사를 가르치는 교수였다. 가족의 역사는 17세기까지 거슬러 올라간다. 나치 당국은 아버지가 소중히 간직해온 집안의 가계도를 검사하고 또 검사했다. 혹시 있을지 모를 유대계 조상을 찾아내 명예를 깎아내리기 위해서였다. 그러나 조상들 중에는 베를린의 궁전악사와 베스트팔렌의 약사, 나폴레옹 시대에 바이에른 국왕 막스 요제프의 시중을 들었던 안장장이 등이 있었을 뿐이다.

어머니의 이름은 엘제 슈바르츠다. 어머니에 대한 기억은 희미하다. 내가 세 살 때 아기를 낳다 돌아가셨기 때문이다. 어머니에 대해서는 뭐라 할 말이 없다. 언젠가 아버지가 보여주었던 몇 장 안 되는 사진 속에서 어머니는 넓고 강렬한 이마와 가슴까지 늘어지는 흰색에 가까운 밝은 금발, 그리고 매우 선량하고 자애로웠다지만 전혀 그렇게 보이지 않는 엄한 눈초리를 지니고 있었다. 어머니의 죽음으로 나는 두 분 사이를 잇는 유일한 자식이 되었다. 또 얼마 안 되는 나의 특권을 수많은 이복형제들과 나누어야 하는 불상사도 생기지 않았다. 어머니의 죽음을 아버지가 다른 사람들보다 특별히 더 아파했다고는 할 수 없겠지만, 아버지는 다시 결혼하지 않았다. 이것만 봐도 아버지는 당시의 보통사람들과 차이가 있었다. 남에게 절대로 속마음을 내보이지 않는 링스 집안의 오랜 전통을 충실히 따르는 분이셨지만 나는 아버지를 아주 잘 알 수 있었다.

아버지도 나처럼 뮌헨에서 태어났다. 아버지는 바이에른이 빌헬름 1세 황제와 비스마르크 수상의 통치하에 독일제국의 일부로 편입되었던 1871년에 태어났다. 두 남자의 철권통치 사회에서 생애의 절반을 보낸 아버지는 제국의 열렬한 추종자였다. 비록 지나치게 완고하고 화를 잘 냈지만 아버지는 지금까지 내가 가장 존경하는 인물 중 한 사람이다. 어릴 적부터 게르만족의 역사에 관심이 많았던 그는 결국 그 부족들을 연구하는 데 평생을 바쳤다. 아버지는 그 분야에서 가장 학식이 깊은 사람 중 하나로 손꼽혔고, 「트리스탄과 이졸데」나 「니벨룽겐의 반지」, 볼프람 폰 에센바흐의 「파르치팔」과 같은 중세 영웅설화들을 한 구절도 빼놓지 않고 줄줄 외웠다. 하지만 어린 시절의 나는 아버지와 거의 떨어져 지냈다. 당시 교양계층 사이에서 아들은 사회적 위계질서의 가장 아래에 위치했으므로 거의 언제나 부모들과 떨어져 지냈다.

내가 태어났을 때만 해도 세계는 질서정연했다. 우주는 엄격하고 단호할 정도로 정확하게 구성되어 있었고, 전쟁, 고통, 공포와 같은 오류들은 경험부족으로 생겨난 유감스러운 예외에 불과했다. 부모와 부모의 부모들은 인류가 혈거인穴居人의 끔찍한 원시성에서 출발해 빛나는 미래를 향해 똑바로 진보하고 있다는 굳은 믿음 속에서 성장했다. 그들에게 역사란 두 개의 고압선 전주에 가로놓인 팽팽한 전깃줄이나, 19세기에 어울리는 비유를 들어 말하자면, 멀리 떨어진 두 마을을 연결시켜 주는 철도와 같이 곧게 뻗어 있는 과정이었다. 이런 세계에서 태어나 자란다는 것은 지극히 도식적인 행위였다. 엄격한 교육은 우리를 처음부터 주어진 틀에 끼워맞춰 나갔다. 그렇게 해서 우리는 성실한 인간으로 다듬어졌으며 미래를 보장받았다. 당시 우리가 교육받았던 가치들은 질서, 정확성, 민족성 등 대단히 단순한 것들이었다. 또 주어진 과제는 얼마나 아름답고도 명료해 보였던가! 세계가 진보의 법칙에 의해 지배된다면 개인 또한 이 틀에 복종해야 했다. 대체 여기서 잘못될 것이 무엇이 있겠는가? 아이들의 교육을 주의 깊게 설계한다면, 그들의 손에 정신적 육체적 성장을 촉진시키는 도구를 쥐어준다면, 그들의 성격까지 동판을 가공하듯이 도덕의 모루 위에 올려놓고 다듬는다면, 그러면 사회는 점차 정신이상자, 범죄자, 거지들을 털어내고 성실하고 부유하고 유쾌하고 경건한 사람들의 공동체가 될 터였다.

다행히도 나의 어린 시절은 학문적 엄격함으로 점철되지는 않았다. 한 사건이 나의 청소년기를 바꾸어놓았다. 나는 '철새단'에 가입했다. 그 당시 독일에는 영국의 보이스카우트와 같은 청소년운동이 태동했는데, 사람들은 그것을 '철새단'이라고 불렀다. '철새단' 활동을 하면서 알게 된 하인리히 폰 뤼츠는 그후 여러 해 동안 가장 가까운 친구로 내게 많은 영향을 끼쳤다. 베르너 하이젠베르크도 '철새단'의 멤버였다. 우리보다 몇 살이 더 많은 그는 벌써 그룹의 리더로 활동하고 있었다.

이 시절은 멋진 기억으로 남아 있다. 거리에 줄지어 서 있던 가스등, 활기찬 마리아 광장에서의 산책, 시청 시계탑의 아름다운 타종을 구경하려고 친구들과 한참을 서서 기다리던 일, 구 피나코테크 옆을 질주하

던 자동차의 놀라운 모습, 우리들이 쫓아다니던 가슴이 유난히 큰 젖
짜는 처녀, 거리의 악사들이 연주하던 노래들. 지금은 하나도 남아 있
지 않으리라. 그중에서도 가장 생생한 장면은 북소리에 맞춰 화려한 군
악대와 함께 호엔촐러른 거리를 행진해 오버비젠스펠트에 있는 병영으
로 귀환하던 바이에른 병사들의 모습이다. 이런 목가적인 광경이 곧 얼
마나 끔찍한 악몽으로 바뀌게 될지, 그 시절에는 전혀 짐작조차 하지
못했다.

내가 아홉 살이 되던 해인 1914년 6월, 세르비아의 한 암살자가 사라
예보에서 이웃나라인 오스트리아-헝가리 제국의 황태자를 살해했다.
몇 주 뒤에 독일은 프란츠 요제프 황제와 맺은 동맹 때문에 전쟁에 참
여했다. 아버지가 관련되지만 않았더라도 그것은 나와 아무 상관없는
일이다. 아버지는 할머니에게 나를 맡기고 전선으로 떠났다. 할머니 우
테 링스는 굉장히 특이한 분이었다. 이미 칠십이나 되었지만 할머니는
근처의 웬만한 산 정도는 너끈히 올라갔는데, 저 증오스러운 프랑스 놈
들이나 영국 놈들이, 아니면 러시아 놈들일지도 모르겠지만, 아무튼 이
런 놈들이 공격해온다면 직접 나서서 집을 지키겠다고 호언했다. 나는
이런 할머니 곁에서 전쟁의 세월을 보냈다.

1915년 초 할머니는 아버지의 뜻에 따라 나를 막시밀리안 김나지움
에 입학시켰다. 그곳은 하이젠베르크의 외할아버지인 베클라인 박사가
교장으로 재직했던 바이에른 주의 명문학교였다. 대학에 진학하기를
원하는 시민계층의 자녀들이 모두 이 학교에 들어가기를 소망할 정도
로 최고의 명문이었다. 원래 막스 김나지움은(우리는 그곳을 그렇게 불렀
다) 모라비츠키 가와 카를 테오도어 가가 교차하는 모서리에 있는 웅장
한 건물에 있었다. 그런데 전쟁이 발발하자 바이에른의 제후가 그 건물
을 병영으로 차출했기 때문에 3백여 명의 학생들은 전쟁 기간 내내 마

리아 광장 근처에 있는 루트비히 김나지움에서 수업을 들었다.

막스 김나지움에 입학한 첫 해에는 수업을 거의 제대로 받을 수가 없었다. 1915년 중반이 되자 학군단 소속의 교사와 상급생들이 모두 전선으로 끌려갔기 때문이다. 많은 사람들이 영영 돌아오지 못했다. 펑크난 학사일정을 메우기 위해 우리는 시도 때도 없이 이른바 '애국 수업'이란 것을 받았다. 시대의 어려움을 스토아적 극기심과 강인함으로 극복하자는 것이 이 수업의 목적이었다. 학사일정은 석탄과 양식의 부족으로 점점 더 축소됐다. 어떤 때는 일주일에 한 번 학교에 가서 다음 주동안 공부할 과제를 받아오는 것이 고작이었다.

1918년 11월에 체결된 정전협정은 모든 독일인들을 충격으로 몰아넣었다. 우리가 전쟁에서 이기고 있는 줄 알았는데(실제로 많은 부대들이 프랑스 땅을 점령한 상태였고 비록 손실은 많았지만 그런대로 전세를 유지하고 있었다) 독일 장군들이 항복했기 때문이다. 도저히 믿을 수 없는 일이었다. 같은 달 9일에는 빌헬름 2세 황제가 퇴위했다. 그 하루 전날에는 바이에른 사회당 지도자인 유대인 쿠르트 아이스너가 뮌헨에서 제국의 종말을 고하고 인민민주주의의 출범을 선포했다. 바야흐로 혼돈의 시대가 시작되고 있었다.

그후 몇 주 동안 뮌헨은 전쟁터나 다름없었다. 새 정부는 좌파 노동자들과 기득권층 사이의 증오를 부채질했다. 바이에른 주 수상이 된 아이스너는 군대를 해산하고 베르사유 조약을 실행하려고 했지만, 오히려그 일로 군부의 지지를 잃고 말았다. 시민과 귀족 계층은 아이스너의볼셰비키들에게 특권을 빼앗기지 않으려고 사병을 조직했다. 실제로대부분의 우익 집단들이 이런 움직임에 동참했다. 특히 바이에른 지역에서 우후죽순처럼 생기기 시작한 '튤레협회'와 같은 극우민족주의 비밀결사단체들은 곧 독일 역사의 선도적 역할을 맡게 됐다. 1919년 2월

21일에는 이 협회의 회원인 아크로-발레이 백작이 길거리에서 아이스너를 총으로 쏴 암살했다.

공산주의자와 우익 사병조직의 소규모 전투가 뮌헨 시내 한복판에서 쉴 새 없이 벌어졌다. 이런 혼란 가운데서도 사회민주당은 새 정부에 대한 통제권을 획득했다. 정권을 얻은 사민당이 처음으로 취한 조처는 군주제와 귀족작위의 폐지, 김나지움과 대학의 휴교, 보수적 사상의 온상이 되어온 신문의 폐간, 무기 압수 등 이른바 '붉은 테러'라고 불리는 것이었다. 1919년 4월 (P. 베이컨 중위가 태어날 무렵이다) 베를린 중앙정부는 바이에른의 평화유지를 위해 이 회오리바람에 개입하기로 결정했다. 사회당 출신의 국방부장관 구스타프 노스케는 의용군을 결성하고 폰 오펜 장군을 앞세워 뮌헨에 파견했다. 폰 오펜은 여러 차례의 전투 끝에 도시를 점령했다. 그는 누가 되었건 손에 무기를 들고 있는 사람은 이유를 불문하고 사살하라고 명령했다. 이들 '백색' 군대는 그들의 '붉은' 적들을 처절하게 응징했다. 공산주의자들에 대한 학살은 여러 날에 걸쳐 계속되었다. 베를린에서 온 군대는 상황이 어느 정도 안정된 7월 초에야 뮌헨을 떠나갔다. 내란을 겪은 바이마르 공화국은 치유할 수 없는 상처를 입고 말았다.

고찰 2　　　청소년기와 비합리성

하인리히도 나처럼 막스 김나지움에 입학했다. '철새단'에도 같이 가입했다. 영국의 보이스카우트와 같이 보수적 청교도들의 집단이라고 할 수 있는 철새단은 사회와 이웃에 봉사하는 강인한 인성을 키운다는 취지로 결성되었지만 더 근본적인 목적은 소년들에게 성인 세계로 들어갈 준비를 시키는 것이었다. 1919년경 바이에른의 청소년들은 전쟁에 패배한 어른들 때문에 자신들의 이상들이 더럽혀졌다고 생각했다. 그래서 젊은 지도자들은 새롭게 '청년바이에른연합'을 결성했다.

1919년 8월 1일, 우리는 독일과 오스트리아 출신 청소년 수백 명과 함께 알트뮐탈의 프룬 성에 모여 청소년운동의 미래에 대해 토론했다. 패전 이후 우리 조직의 기본가치들을 새롭게 정립할 필요가 생겼기 때문이다. 하인리히와 나는 열네 살이었다. 우리 둘에게는 그룹의 조장과 동행해도 좋다는 허락이 떨어졌다. 이렇게 해서 우리는 독일 문화권 전체에서 모인 250명이 넘는 청소년들의 멋진 회합에 참여하게 되었다. 우리 젊은 세대가 현재의 어려운 정치적 현실에 어떻게 대처하는 것이 옳은지를 놓고 사흘 동안 열띤 토론을 벌였다. 이런 자기 성찰의 성과는 공식 기관지인 〈백색 기사〉에 발표되었다. 이 회합은 우리 세대가 현대문명과 보편적 산업화 과정에 얼마나 깊은 거부감을 가지고 있는지 확인시켰다. 결론은 전쟁의 갈등과 패전의 고통이 바로 그런 산업화 과정에서 비롯된 것이므로 다시 갈등이 없는 조화로운 사회를 만들려면 옛 전통을 되살려야 한다는 것이었다. 이런 생각은, 슈펭글러의 책 『서구의 몰락』에서 볼 수 있듯이, 당시의 일반적인 사회 분위기를 반영한 것이다. 우리는 현대의 문명이 이미 몰락의 길로 들어섰으며, 우리를 점점 더 냉혹한 메커니즘 속으로 내몰 거라고 믿었다. 우리의 대표 중 한 사람이 〈백색 기사〉에 실은 글을 보면 이런 생각이 잘 나타나 있다.

"청소년운동은 해방운동이다. 청소년운동은 영혼이 결핍된 기계론과 유물론으로부터 스스로를 해방시키고, 기성세대의 제약과 권위에 맞서 젊은 세대의 고유한 권리와 가치를 관철시키는 것이다."

열네 살의 소년에 불과했던 하인리히와 나는 이 말에 담긴 의미를 모두 다 이해하지는 못했다. 나중에서야 나는 그것이 그때부터 시작해

1945년까지 독일을 지배했던 지적 논쟁의 핵심이었음을 알게 됐다. 1920년에 들어서자 프룬 성 회합에서 모아진 젊은 세대의 감정은 더욱더 고조되었다. 하인리히와 내가 가담하고 있던 그룹은 정치적 현안을 논의하는 것에 대해 유보적인 태도를 보였던 주류에서 갈라져 나와 '신독일 개척단'에서 활동하기 시작했다. 이 새로운 조직의 기본이념은 공동체, 지도자, 국가의 세 가지 지도원칙으로 요약되었다. 우리의 로고는 투쟁을 상징하는 백색 기사였다. '신독일 개척단'은 용을 물리치는 성 조지처럼 도덕적 타락에 맞선 투쟁그룹이었다. 우리는 정의와 진리가 지배하는 순결하고 도덕적인 새로운 독일을 건설하기 위해 투쟁하고자 했다.

그 당시 나와 하인리히의 우정은 너무나 깊고 친밀해서 우리는 마치 하나의 삶을 살고 있는 듯했다. 우리는 서로가 무얼 바라고 무얼 더 좋아하는지, 심지어는 남몰래 품는 허황된 망상까지도 빠짐없이 서로 알고 있었다. 만약 하인리히가 그렇게 땅딸보가 아니었거나 내가 대나무처럼 빼빼 마르고 키가 크지 않았다면 사람들은 우리 두 사람을 거의 구별하지 못했을지도 모른다. 내성적이고 소극적인 태도를 점잖음과 동일시하던 당시의 인습과는 반대로 나와 하인리히는 서로에게 모든 것을 다 털어놓았다. 서로를 밝혀주는 이런 빛은 우리를 형제처럼 하나로 묶어주었다. 내 생애에서 그때 하인리히에게 품었던 것과 같은 순수하고 성실한 우정을 나는 어느 누구에게서도 느끼지 못했다.

하이니는(나는 하인리히를 그렇게 불렀다) 튀링겐의 부유한, 어마어마하게 부유한 기업가의 아들이었다. 지금 기억으로 그의 아버지는 제철소를 운영했던 것 같다. 그는 인플레이션이 극성을 부리던 시절에 투기를 통해 엄청난 재산을 모았다. 그는 언제나 여행 중이어서 뮌헨에는 한 달에 고작 두 번 정도밖에 오지 않았고, 여행을 할 때는 항상 아내를 동반했다. 하이니의 어머니는 무척 상냥하고 친절한 네덜란드 여자였다. 그래서 하이니는 아버지가 늘 곁에서 엄격하게 단속하던 나와는 달리 자유분방한 환경에서 자랐다. 나는 뛰어난 모범생은 아니었지만 아버지에게 나쁜 성적표를 내밀 용기가 없어서 늘 반에서 10등 안에 드는 성적을 유지하고 있었던 반면, 하이니는 그리스어와 라틴어, 수학에서 거의 낙제점수를 받았다. 머리가 나쁜 게 아니었다. 그는 자신에게 흥미가 있는 역사나 철학 등의 과목에만 관심을 보였고 나머지는 전혀 거들떠보지도 않았다.

아버지도 하이니를 높이 평가했다. 그때 이미 나는 수학에만 온통 관심을 쏟았기 때문에 아버지는 역사에 관심을 보이는 하이니를 자신을 계승하는 아들처럼 여겼다. 하이니는 내가 집에 없을 때도 자주 우리 집에 찾아와서는 아버지와 몇 시간 씩 대화를 나누었다. 이것은 정말 나로서는 생각하기 힘든 일이었다. 질투심을 느낀 적은 없었다. 나 역시 그의 집을 마음대로 드나들었다. 내가 본 그 어떤 여자보다도 아름다운 그의 어머니는 나의 어리광을 늘 상냥하게 웃는 얼굴로 받아주었다. 그녀는 내게 항상 맛있는 사과파이를 대접해주었다(하이니가 이 매력적인 어머니와 늘상 싸운 것은 정말 이해하기 힘들다). 이렇게 암묵적으로 이루어진 부모 교환은 하인리히와 나 사이에 존재하던 인격적 융합의 원칙에서 보면 당연한 일이었다.

어릴 때부터 하인리히는 어딘가 모르게 신비스러운 분위기를 풍겼고, 결국 그는 철학자가 되었다. 그는 불안하고 거친 성격이었지만 비상한 관찰력의 소유자였다. 그는 얼굴과 몸짓만 보고도 그 사람의 성격과 기질을 단박에 꿰뚫어보았다. 한번은 함께 길을 가다가 서른 살 정도로 보이는 우울하고 키 큰 여자를 보았다. 하이니는 저 여잔 틀림없이 처녀야, 라고 속삭였다. 그러고 나서 일주일쯤 뒤 하이니는 그녀와 정반대 타입의 여자를 발견했다고 말했다. 시내 맥줏집에서 일하는 뚱뚱한 몸매의 폴란드 여자인데 그는 그녀가 매일 밤 남자들을 자기 침대로 끌어들일 거라고 장담했다.

하인리히는 바람둥이로도 이름을 날렸다. 여자와 만나는 걸 거의 죄악시하던 분위기였는데도 하이니는 거침없이 여자들과 관계를 맺었다. 우리 또래의 남자애들은 거의 아무런 경험도 없이 몇 년 뒤에 곧바로 결혼했는데, 그들이 아내를 제대로 이해했을지는 지금도 의문이다. 하이니에게는 자주 만나는 같은 또래의 사촌들이 여러 명 있었다. 아마도 그중 한 여자가 그의 유혹을 뿌리치지 못하고 그에게 사랑의 비밀을 가르쳐주었던 것 같다. 그때부터 여자라는 존재는 한시도 그의 뇌리에서 떠나지 않았다. 그는 늘 여자 이야기를 떠들어대면서, 자신의 특별한 재능을 이용해 여자들을 종류별로 분류했다. 머리카락이나 눈동자 색깔에 따른 분류는 기본이었고, 침대에서 추정되는 태도에 따라 야수적인 타입과 순종적인 타입을 구분했다. 정말 기막힌 것은 젖꼭지의 크기와 색깔에 따른 분류였다.

가까운 친구 사이가 그렇듯 나는 곧 그의 열정에 동참했다. 우리 두 사람은 열일곱의 나이에 처음으로 사창가를 찾아갔다. 우리는 매춘부에게 우리 둘을 함께 받아들이라고 요구했다. 우리는 동시에 여자의 애무를 받으며 곁눈질로 서로의 우스꽝스런 얼굴을 보았다. 사창가에서 나온 우리는 서로의 어색한 표정을 흉내내며 한참동안 웃어댔다. 우리에게 주입되었던 도덕교육과는 반대로 우리는 또래들에 비해 훨씬 더 긴 목록의 연애사건들을 뒤로하고서 성년으로 들어섰다.

하지만 우리가 여자 엉덩이나 뒤쫓으며 뮌헨의 뒷골목을 쏘다녔다고는 생각하지 말라! 비록 성적은 형편없었지만 하이니는 걸출한 청년이었고 늘 삶의 의미에 대한 철학적 사유를 게을리 하지 않았다. 그는 학교나 청소년운동을 통해서 배운 애국사상에 열광했다. 당시 이미 독일 사회는 붕괴 직전이었다. 독일인들은 그런 불행한 상황을 타개하기 위해 과거를 철저히 성찰하고자 했다. 아직 살아남아 있는 가치들은 하이니를 더욱더 깊은 사색으로 이끌었다. 그는 비록 자신이 가야 할 길을 아직 확신하지는 못했지만, 자기 시대의 정신적 지도자로 이름을 날리고 싶어했다. 중세의 설화들은 '독일 민족'과 그들의 이상에 대한 신화적 상상력을 그에게 불어넣어주었다. 막스 김나지움의 학창시절이 종착점에 가까워질수록 하이니는 점점 더 비합리주의의 격정적인 옹호자가 되어갔다. 그는 우리 문명의 사악함이 학교에서 가르치는 경직된 인과법칙 때문이라고 주장했다. 슈펭글러와 마찬가지로 그 역시 인과율을 '이성의 형태로 고착된 운명'이라고 보았고, 그에 맞서는 유일한 방법은 폭력이라고 믿었다.

막스 김나지움을 졸업했을 때 우리는 이미 1924년의 시점에 서 있었다. 그때부터 우리의 인생행로는 엇갈린 방향으로 나아갔다. 나는 수학을 공부하기 위해 라이프치히 대학에 입학했고, 하인리히는 베를린으로 가기로 결정했다. 그의 목표는 당시에 유행하던 철학자인 프리드리히 니체를 연구하는 것이었다. 그는 니체가 아직 온전한 정신을 유지하던 마지막 시기에 대한 논문을 쓸 생각이었다.

고찰 3   무한 수학

라이프치히는 바이세엘스터 강과 플라이세 강이 합류하는 곳에 자리잡고 있다. 이 도시가 역사에 처음으로 언급된 것은 서기 1000년 무렵이다. 당시에 작성된 『티트마르 폰 메르세부르크 주교의 연대기』에는

'리프지 시'에서 발생한 폰 마이센 주교의 비극적 죽음이 기록되어 있다. 1409년 이 도시에 설립된 '알마 마터 리프지엔시스'는 독일 최초의 대학이다.

내가 그곳에 도착한 1924년 9월 무렵은 독일 경제가 다소 회복 국면에 접어드는 시기였다. 바이마르 공화국은 그 이전의 혼란에 비한다면 비교적 평온한 상태를 유지하고 있었다. 가장 가고 싶었던 학교는 다비드 힐베르트의 업적을 통해 독일 수학을 최고 수준으로 끌어올린 괴팅겐 대학이었지만, 나는 라이프치히 대학에 입학한 것으로도 만족했다. 라이프치히는 드레스덴만큼 아름답다고 말할 수는 없지만 그에 못지않게 흥미로운 도시였다. 나는 아버지의 엄격함과 청소년운동의 까다로운 규칙들로부터 벗어나 자유롭게 스스로를 발전시킬 기회를 얻었다. 비록 돈은 풍족하지 않았지만 적어도 어디에 쓸 것인가를 내 마음대로 결정할 수는 있었다.

내 공부 분야는 수리논리학으로, 그중에서도 특히 게오르크 칸토어가 19세기 말에 발전시킨 무한집합론이었다. 나는 지금도 이 분야를 공부한 걸 자랑스럽게 여긴다. 당시에는 매우 특이한 경우였다. 나처럼 어린 나이에 그렇게 현대적인 테마를 공부하는 수학자는 거의 없었기 때문이다. 내가 막스 김나지움 마지막 해에 칸토어의 이론을 처음 접했을 때, 이 사람의 생각을 계속 발전시키는 데 온 힘을 쏟게 되리란 걸 즉시 알아챘다. 수학자인 칸토어는 철학사에서 가장 흥미롭고 매력적인 테마 중의 하나를 연구대상으로 선택했다. 바로 무한의 문제였다. 칸토어의 기본개념을 연구하기 시작했을 때 나는 마치 금맥을 찾아낸 것 같은 느낌이 들었다. 유명한 힐베르트 프로그램이 제시한 문제 중 하나는 칸토어가 끝내 풀지 못한 무한수의 이론, 일명 '연속체 가설'과 관련이 있었다. 라이프치히 대학에 입학한 뒤 수학과 교수 카를 후텐로허에게 칸토어의 무한 문제를 연구해보고 싶다고 하자, 그는 못 말리겠다는 몸짓으로 이렇게 말했다.

"이크, 또 한 사람 나타났군!"

게오르크 페르디난트 루트비히 필립 칸토어는 1845년 3월 3일 네바강의 반짝이는 얼음조각들이 내려다보이는 상트페테르부르크에서 독일계 유대인 가족의 맏아들로 태어났다. 아버지 게오르크 발데마르 칸토어는 코펜하겐 출신으로 나중에 루터교로 개종했고, 어머니 마리아 안나 뵘은 러시아계 유대인이었다. 그녀의 어머니, 즉 칸토어의 외할머니는 가톨릭 신앙을 받아들인 사람이었다. 칸토어가 아홉 살 때 그의 가족은 독일로 이사를 와 비스바덴에 자리를 잡았다가 얼마 후 프랑크푸르트로 거처를 옮겼다. 칸토어는 상트페테르부르크에서 초급학교를 마친 뒤 독일의 여러 김나지움을 거치면서 공부를 계속했다. 나중에 칸토어는 다름슈타트에 있는 헤센 대공의 고등실업학교에 입학해 1862년까지 그곳에서 공부했다.

어려서부터 칸토어는 부모의 엄격한 종교적 성향에 많은 영향을 받았다. 그밖에도 음악, 미술, 문학 등에도 관심이 많았지만, 그가 가장 좋아하고 열심이었던 분야는 단연 수학이었다. 그에게 수학은 신과 소통하는 수단이었다. 그는 개신교 신앙을 가지고 있었음에도 초기 기독교 교부들이 남긴 창조주의 존재와 본성에 관한 신비주의적 이론들에 깊은 관심을 보였다. 그는 이런 이론들이 신에게로 다가가는 길을 자연스럽게 발견하게 해주는 사고법칙을 다루고 있다고 굳게 믿었다. 칸토어는 신학 연구를 통해 수학적 개념의 토대를 발견해내는 천재성을 발휘했다. '집합은 서로 다른 객체들을 하나의 전체로 묶어준다.' 칸토어는 토마스 폰 아퀴나스의 글에서 찾아낸 이 문구를 늘 머릿속에 간직하고서 연구에 임했다.

아들의 비상한 머리를 일찍부터 알아본 아버지는 나름대로 공학을 최선의 길이라고 여겨 그것을 공부하라고 아들을 종용했다. 하지만 칸토어의 생각은 달랐다. 그에게는 다리를 건설하는 것이나 장사를 하는 것이 다 똑같았다. 그의 관심은 오로지 순수수학의 정교한 이론과 그 신학적 연관성에만 맞추어져 있었다. 경제적 성공에 대한 루터교적 강박관념은(그에게 이것은 아버지로 상징된다) 생산적인 활동에 대한 무능력한 감정으로 나타났다. 소년 시절 칸토어는 항상 실패할지도 모른다는 두려움에 휩싸인 채 집안에 틀어박혀 좀체 밖으로 나가지 않았다.

그는 자주 우울증에 시달렸다. 하지만 1862년 마침내 취리히 대학에 입학했고, 스물두 살 때 베를린 대학에서 박사학위를 받았다. 하지만 수 이론에 대한 이 학위논문에는(이 논문은 분량이 겨우 27쪽에 불과했지만 매우 높은 점수를 받았다) 나중에 그가 연구하게 될 과제의 단초들이 거의 드러나지 않았다. 1869년에 칸토어는 할레 대학으로 자리를 옮겼다. 그때부터 그는 종교, 수학, 철학 등에 걸친 다양한 관심들을 무한에 대한 탐구라는 단 하나의 주제로 집중시키려고 애썼다. 칸토어는 신과 숫자의 관계를 정립해줄 수 있는 새로운 수학을 만들어내려고 끈질기게 노력했다. 무한한 창조주의 정신을 재구성하려는 듯 칸토어는 개체들의 결합에 대한 토마스 폰 아퀴나스적 관념을 끌어들여 새로운 집합론의 토대를 만들어내려고 애썼다.

그 무렵, 칸토어의 친구인 수학자 리하르트 데데킨트가 발표한 글 '연속과 무리수'(1872년)는 칸토어의 관심을 집중시켰다. 그때까지는 아직 수학적 무한에 대한 정확한 정의가 존재하지 않았으므로, 학자들은 단순한 추측이나 스콜라학파의 옛 개념을 사용하는 수밖에 별 도리가 없었다. 데데킨트는 처음으로 이 개념에 대해 논리정연한 설명을 제시했다. 그에 따르면 부분집합들 중 하나가 전체집합과 같은 크기일 때 그 집합은 무한이 된다고 정의했다.

1874년 칸토어는 팔리 구트만이라는 처녀와 결혼했다. 인터라켄으로 신혼여행을 떠난 젊은 부부는 이 그림처럼 아름다운 스위스 마을에서 휴가를 즐기고 있던 데데킨트를 만나게 된다. 그러자 칸토어에게는 스위스 체류는 어린 시절 중세 신학자들의 글을 읽을 때 못지않게 흥미진진한 일이 되었다. 아내와 함께 아레 강을 따라 산책을 하고 툰과 브리엔츠의 평화로운 호수들을 구경하는 것도 좋아했지만, 그는 데데킨트와 함께 인터라켄의 시내를 걷는 것을 제일 흥미로워했다. 무한에 대해 대화를 나누는 중간중간 두 사람은 불현듯 말을 멈추고서 신처럼 그들의 머리 위로 치솟은 융프라우의 얼음장 같은 아름다움에 감탄하곤 했다.

그로부터 몇 달 뒤 칸토어는 인터라켄에서의 대화를 떠올리며 그를 유명인으로 만들 한 편의 글을 단숨에 써내려갔다. 자기 내면의 소리를 넘어서는 어떤 소리에 영감을 받아(그는 이것을 확신했다) 저녁 늦게까지 글쓰기를 계속했다. 그는 마치 옛 율법학자와도 같았다. 그는 새벽기도를 드릴 때와 같은 경건한 믿음과 확신으로 무한을 종이 위에 스케치했다. 데데킨트의 도움으로 칸토어는 집합론을 자기 나름의 방식으로 무한에 더욱 가까이 접근시킬 수 있었다. 그는 집합들을 더하거나 빼고, 독립적인 추상적 개념으로 취급하고, 전통적인 방식으로 분석하고, 거꾸로 물구나무를 세우는 등 마치 자신의 피조물이라도 되는 듯 고유한 생명을 불어넣기 위해 혼신의 노력을 기울였다. 그러다가 종국에는 막다른 골목에 이르렀다. 그것은 정신이상을 불러일으킬 정도의 혼돈이고 질병이었다. 이 비정상적 상태, 수학 안에 감추어진 정신이상의 증세가 그에게 나타난 것은 무한이 '충분히' 측정 가능하다는 사실이 명백해졌을 때부터였다.

데데킨트와 달리 칸토어는 무한집합이 서로 다른 크기를 가질 수 있다는 것을 발견했다. 다시 말해서 칸토어는 다양한 크기의 무한이 존재함을 밝혀냈다. 1883년에 칸토어는 이렇게 말했다.

"이렇게 함으로써 우리는 최고의 명증성과 더불어 계속해서 새로운 종류의 숫자체계와 만날 수 있는데, 그와 함께 물질적이고 정신적인 본성 속에서 나타나는 연속적으로 상승하는 모든 상이한 크기들에 도달할 수 있다. 여기서 얻어진 새로운 숫자들은 이전과 완벽하게 동일한 구체적 정확성과 대상적 실재성을 지닌다."

자신이 발견한 것이 무엇인지 분명해지자 칸토어는 데데킨트에게 편지를 써서 자신이 판도라의 상자를 열었노라고 전했다.

Je le vois, mais je ne le crois pas! (내 눈으로 보았지만 도저히 믿을 수가 없어!)

칸토어 자신조차도 믿기 힘들었던 이런 성과는 동시대인들로부터 정신 나간 생각으로 취급되었다. 그의 첫 번째 글은 곧바로 유명한 〈크렐레 저널〉에 실렸지만 발행인은 다시는 그의 글을 싣지 않으려고 했다. 저널의 학술적 명성에 금이 갈지도 모른다는 우려 때문이었다. 그런데 칸토어를 가장 혹독하게 공격한 것은 베를린 출신의 부유한 기업가 레오폴트 크로네커였다.

1823년생인 크로네커는 1845년에 대수이론에 대한 학위논문을 제출한 뒤 곧바로 기업가로 변신했다. 학생시절 그는 바이어슈트라스, 야코비, 슈타이너 등과 같은 당대 최고의 수학자들 밑에서 공부하면서 수학적 분석의 일반화 문제를 탐구했는데, 이때부터 그는 수학이 '유한'하다는 믿음을 맹목적으로 신봉했다. 크로네커는 칸토어를 겨냥해 다음과 같이 말했다.

"정수만 신이 만든 것이고 나머지는 모두 인간이 만들었다!"

1883년 크로네커는 여러 해 동안의 기업 활동을 끝내고 베를린 대학

교수로 취임했다. 이곳에서 그는 은밀하게 칸토어에 맞서 싸움을 시작했고 그가 대학에서 명성을 쌓지 못하도록 방해했다. 크로네커는 무한에 대한 칸토어의 연구를 무력화시키는 것을 자신의 과제로 삼았다. 그의 집요한 방해와 비방 때문에 칸토어는 결국 생을 마칠 때까지 할레 대학의 좁은 테두리 안에 머물러 있어야 했다. 그의 친구인 데데킨트 역시 브룬스비크의 김나지움 교사직으로 만족해야 했다.

적들에 대한 분노와 울분으로 칸토어는 고질적인 신경쇠약에 시달려 종종 몇 주일씩이나 침대에서 일어나지 못했다. 그렇지만 1884년에 수학에 대한 그의 중요한 업적 대부분이 담겨 있는 장편의 논문 「집합체의 일반론 기초」를 완성했다. 이 논문에서 칸토어는 크로네커의 비방에 맞서 무한집합이 유한집합과 마찬가지로 일정한 체계를 지닌다는 자신의 생각을 새롭게 규명했다. 이를 증명하기 위해 그는 학생시절부터 품어왔던 신학적 물음들을 끌어들이는 것도 주저하지 않았다. 그는 이성의 힘으로 신을 파악할 수는 없지만, 자신의 이론을 통해서 신비주의자들이 했던 것처럼 신에게 좀 더 가까이 다가가는 것은 가능하다고 주장했다.

크로네커는 칸토어와 공개적으로 대립하기를 거부했고, 칸토어의 초대에도 응하지 않았다. 기질과 성격 면에서 근본적으로 다른 두 인물은 그후로도 여러 차례 맞부딪혔지만 서로의 입장은 결국 합치되지 못했고, 칸토어의 비참한 운명도 바뀌지 않았다. 그러나 칸토어는 자신의 발견에 대한 믿음을 끝끝내 버리지 않았다.

"내 이론은 바위처럼 확고하다. 그것을 향해 날린 화살은 곧 그것을 쏜 사람에게로 되돌아갈 것이다. 내가 왜 이렇게 확신하는가? 그것은 내가 여러 해에 걸쳐 가능한 한 모든 측면에서 그 이론을 연구했고, 무한수에 대해 제시된 모든 비판들을 검토했으며, 무엇보다도 모든 피조물의 근원까지 그 뿌리를 추적했기 때문이다."

크로네커의 비판보다 더 결정적으로 그를 정신이상으로 몰고 간 것은 '연속체 가설'에 대한 그 자신의 발견이었다. 무한 수학에서 칸토어는 자연수의 집합보다 '더 크고' 실수보다는 '더 작은' 무한집합이 존재한다고 믿었다. 하지만 불행하게도 그는 이것을 증명하지 못했다. 그것은 신이 내린 형벌이었다. 칸토어에게 '연속체 가설'은 결코 극복할 수 없는 인간의 한계를 보여주는 저주로 바뀌었다.

절망한 칸토어는 수학을 포기하고 말았다. 그리고 가끔씩 주어졌던 평온의 순간에는 철학을 가르쳤다. 용기를 잃은 칸토어는 점점 더 자주 우울증 발작을 일으켰다. 그는 친구에게 보낸 편지에서 자신이 하는 연구의 중심은 오직 신이었으나 수학의 천사는 자신을 완전히 떠나버렸다고 썼다. 연속체 가설에 대한 증명이 거듭 실패하자 칸토어는 1899년부터 강의의 의무를 모두 벗어던진 채 오로지 이 문제에만 매달렸다. 그리고 1905년경에는 완전히 패배를 인정했다. 그는 결국 자신의 영혼을 고문하고 파괴시킨 이 마지막 수수께끼를 풀어내지 못했다.

고찰 4   자유와 관능

1926년 10월 중순, 나는 하인리히로부터 한 통의 편지를 받았다. 학업에도 큰 진전이 있을 뿐만 아니라 드디어 이상적인 여인을 만나 결혼을 계획하고 있다는 반가운 소식이었다. 나탈리아라는 이름의 그 아가씨는 지적이고 아름다울 뿐만 아니라 그에게 완전히 빠져 있다고 썼다. 나이는 자신보다 조금 어리지만(내 기억이 맞다면 하인리히는 그때 겨우 스물두 살이었다) 그녀에게는 오직 '완벽하다'란 수식어만 어울린다고도 썼다.

그는 가능한 한 빨리 자신에게로 와 그녀를 만나보라고 졸라댔다.

　나는 그에 못지않게 흥분된 어조로 답장을 썼다. 한시라도 빨리 그가 있는 곳을 방문해 그의 ‘애인’을 만나보겠노라고 약속했다. 그후로도 몇 번의 편지가 더 오간 뒤 하인리히는 베를린에서 만날 날짜를 정해주었다. 그는 “세상에서 가장 멋진 구경거리”를 보게 해주겠노라고 했다. 세계적으로 유명한 흑인 여가수 조세핀 베이커의 공연이 바로 그것이었다. 그는 그녀가 “완전히 고삐 풀린 망아지”라고 했다. 게다가 나탈리아가 나를 위해 여자 친구를 한 명 데려올 거라고도 적었다. 이 소식은 나를 달뜨게 했다. 나는 하숙집과 대학만을 오가는 단조로운 생활을 하고 있었다. 칸토어 외에는 친구도 없었다.

　“내가 무슨 수로 그런 거창한 공연에 갈 수 있겠어? 입장료가 만만치 않을 텐데.”

　내가 걱정하자 그는 전보로 간단히 답했다.

　“옷이나 잘 차려입고 와.”

　하인리히는 다음 주 토요일 12시에 베를린 역 플랫폼으로 마중을 나오겠다고 했다. 나는 아직 한 번도 제국의 수도까지 가본 적이 없었다. 그저 뮌헨과 비슷하겠거니 생각했지만 그건 오산이었다. 당시 베를린은 세계의 중심지였다. 아니, 슈테판 츠바이크의 표현을 빌리자면, 새로운 바벨이었다. 베를린은 1926년경 세계에서 세 번째로 큰 도시였다. 나는 제일 좋은 옷을 골라 입었지만 역에 내리는 순간 내가 다른 사람들 눈에 얼마나 우습게 보일는지 금방 알아차렸다. 나는 잔뜩 긴장한 채 벤치에 앉아 기다렸다. 잠시 뒤 하인리히가 두 명의 아리따운 아가씨와 함께 나타났다. 나는 둘 중에 누가 나와 동행할 여자인지 몰랐지만 물어보기가 부끄러워 잠자코 있었다. 금발에 주근깨가 있는 여자는 열여덟 살이라고 보기 힘들 정도로 풍만한 몸매를 지니고 있었다. 그러나 빨강머리의 여자가 훨씬 더 매혹적이었다. 그녀는 아직 세상을 잘 모르는 소녀만이 가질 수 있는 수줍은 눈길로 나를 바라보았다. 나는 속으로 제발 이 여자였으면 하고 빌었다. 하지만 내 소망은 보기좋게 빗나갔다.

"자, 소개할게. 이쪽은 내가 너무나 사랑하는 나탈리아."

하이니가 말했다. '완벽하다'란 말이 그녀를 설명하는 유일한 수식어임은 의심의 여지가 없었다.

"그리고 여기 이 아리따운 아가씨는 마리안네."

"앙샹떼!"

나는 그녀의 손에 키스하며 인사말을 건넸다. 여자들은 터져나오려는 웃음을 억지로 참으며 재미있다는 듯 쳐다보았다.

"이 친구는 학교 때도 늘 이렇게 예의범절이 깍듯했어. 자, 그럼 이제 출발하지. 시간이 별로 없거든."

나탈리아와 마리안네가 몇 걸음 앞서 걷고 나와 하이니가 그 뒤를 따랐다.

"어때, 둘 다 아주 미인이지?"

하이니가 귀에 대고 속삭였다.

"그런데 돈은 어떻게 구했어? 그리고 두 아가씨는…… 부모님들이 그런 데 가도 좋다고 허락할까……?"

"윤리시간에 배운 도덕 따위는 그만 잊어버려. 우린 그냥 오늘밤을 즐기면 되는 거야. 넌 오랫동안 기회가 없었잖아."

하이니가 택시를 불렀다. 우리는 차를 타고 프리드리히 가에 있는 카페 바우어로 갔다. 그곳에서 간단히 요기를 하며 시간을 보냈다. 저녁이 가까워질수록 카페는 활기를 띠었다. 그동안 나는 두 여자의 성격을 분명히 알 수 있었다. 추측한 대로 마리안네는 실제로 우리보다 두 살이나 위였는데, 일부러 자기 나이를 속였다. 그녀는 후식을 2인분이나 시켜 먹었다. 그곳에서 보낸 두 시간 동안 그녀는 내게 거의 말을 걸지 않았다. 그저 카페 분위기가 어떻고, 여자들이 입고 있는 옷이 어떻고 하며 나탈리아에게만 계속 수다를 떨었다. 나탈리아는 주로 듣기만 할 뿐 별로 말이 없었다. 단 한 번 그녀는 내게 수학을 공부하느냐고 물었다. 내가 칸토어와 무한에 대해서 일장 연설을 늘어놓으려고 하자, 하인리히가 내 말을 막고서 과장된 말투로 말했다.

"그놈의 무한보다, 이 도시엔 정말 기차게 멋진 일들이 많아."

그의 눈이 여자들을 향했다.

"공연이 끝나고 이 몸이 여러분을 광란의 세계로 모셔갈 생각인데 모두들 괜찮겠지?"

"어머, 어딜 갈 건데?"

마리안네가 처음으로 의미심장한 눈길을 던졌다. 나는 얼굴이 화끈 달아올랐다.

"베를린은 유럽에서 나이트클럽이 제일 많은 도시야. '카페 내셔널'에 가면 여자들이 윗옷을 벗고서 서빙을 해."

하이니는 여자들의 놀란 표정이 사라질 때까지 기다렸다가 말을 이었다.

"'아폴로'에서는 마음대로 스트립댄스를 출 수 있어. 남녀 누구나. 하지만 제일 멋진 곳은 역시 '진실게임'이야. 거기선 여자들이 모두 남장을 하고 남자들은 모두 여장을 하고 있는데 정말 볼 만하지. 물론 '코미디언 카바레'나 '카타콤베', '과대망상'도 모두 끝내주는 곳들이긴 해. 말만 해, 어디든지 데려가줄 테니까."

하인리히는 베를린의 환락가를 모두 섭렵한 듯한 말투였다. 나는 속으로 그런 정보들이 모두 그의 아버지한테서 나왔을 거라고 짐작했다.

물론 하이니가 아버지와 직접 그런 이야기를 나누었으리라고는 생각하지 않았다. 여자들은 하이니의 제안에 열광했다.

"계속해."

마리안네가 그를 부추겼다.(그녀 말고 또 누가 그러겠는가!)

"베를린에는 또 세계 최고의 가수들이 있어. 너희들 레나테 뮐러라고 들어봤니? 아니면 에벨린 퀸네케는? 그중에서도 단연 압권은 땅딸보에다 추녀인 클레어 발도르프야. 올해 등장한 신인 여배우들 중에 마를레네 디트리히라는 여자가 있지. 그 여자가 출연한 「입에서 입으로」가 지금 굉장히 인기야."

내겐 전혀 새로운 세계였다. 갑자기 나는 그가 말한 모든 것들이 너무나 마음에 들었다. 그것도 아주 많이.

"그런데 유감스럽게도 그런 여자들은 나나 구스타프에겐 눈길 한 번 주지 않을 거야."

하이니가 내 어깨에 손을 얹으며 말을 계속했다.

"왜 그런지 알아? 힌트 하나 주지. 누군가 옷깃에 이렇게 라벤더 가지를 꽂고 있으면 그 사람은 동성의 상대를 더 좋아한다는 뜻이거든."

우리 모두 큰소리로 웃음을 터뜨렸다. 처음에는 무관심한 태도를 보이던 마리안네가 지금은 자연스럽게 내 팔짱을 꼈다. 이 거리낌없는 처녀를 사랑하고픈 충동을 느꼈다.

"좋아. 그럼 이제 오늘 우리가 보게 될 여자에 대해서 이야기해줘."

내가 하이니에게 말했다.

"조세핀 베이커? 아주 불덩이처럼 뜨거운 여자지!"

하이니의 목소리가 갑자기 냉소적으로 바뀌었다. 나는 마리안네의 몸이 내게 밀착되는 것을 느꼈다.

"막스 라인하르트는 처음 보자마자 그녀한테 완전히 빠지고 말았어.

'독일극단' 단장 말이야. 내가 두 사람 사이에 일어난 재미있는 이야기 하나 해줄까?"

"좋아."

우리는 합창을 했다.

"라인하르트가 공연이 끝나고 그녀를 찾아갔대. 미모에 완전히 맛이 가서 말이야. 베이커가 파리에서 이곳으로 온 지 얼마 안 되었을 때야."

하이니는 우리들의 관심을 한 몸에 받는 걸 즐기고 있었다.

"처음엔 라인하르트가 '오, 마드모아젤, 당신을 뵙게 되어 정말 기쁩니다'라고 하니까, 조세핀도 똑같이 얌전을 빼며 '오, 선생님, 오히려 제가 영광이죠, 호호.' 이런 식으로 나갔을 거야. 아무튼 그렇게 해서 이 검둥이는 하루아침에 베를린에서 가장 유명한 여자가 되었어. 귀족들은 그녀가 무슨 대단한 스타나 되는 것처럼 모두들 자기 집으로 부르지 못해서 안달이었대. 베이커는 거만한 태도로 그런 요청에 응했지. 라인하르트는 그녀를 자기 친구들에게 소개시켜주었어. 그 친구들은 또 다른 사람에게 그녀를 소개시켜주었지. 이런 식으로 끝도 없이 이어지는 베를린의 수많은 파티에서 마침내 해리 케슬러 백작의 차례가 왔어."

케슬러! 공산주의 백작으로 유명한 그의 이름은 전에 들은 적이 있었다. 공산주의자들에게 우호적인 이 괴짜 백만장자는 하인리히 아버지의 친구였다. 이제 모든 것이 분명해졌다.

"그때의 장면을 한 번 머릿속으로 상상해봐. 케슬러가 어떤 파티에 갔는데 도착하자마자 제일 먼저 무언가가 눈에 띈 거야. 그게 뭐였을까? 바로 조세핀이야. 실오라기 하나 걸치지 않은 채 파티의 손님들을 위해 춤추고 있는 조세핀! 백작은 당장 이 맹수를 —그는 그녀를 언제나 그렇게 불렀어 —자기 것으로 만들기로 마음먹었대."

"그래서 성공했어?"

마리안네가 물었다.

"어땠을 거 같아?"

하이니는 잠시 말을 끊고서 우리들의 흥미를 돋우었다. "그건 결코 쉬운 일이 아니었어. 다른 스타들처럼 베이커도 한 성질이 하거든. 수많은 남자들 앞에서 기꺼이 옷을 벗고 춤을 추면서도 그중의 한 남자와 자는 건 한사코 거부했대. 물론 백작이 여는 파티에 참석하는 것까지야 거절하지 않았지만. 그런데 문제는 그녀가 백작의 파티에서는 춤을 추지 않았다는 거야. 손님들에게 특별한 경험을 선사하려던 케슬러는 쥐구멍에라도 들어가고 싶었어. 하지만 이 귀족 양반은 손님들에게 멋진 조각 컬렉션을 구경시키는 것으로 재치 있게 곤경에서 빠져나왔대. '자, 그럼 로댕의 작품을 한 번 보시겠습니까?' 하면서 말이야. 사람들이 아리스티드 마이욜의 작품「지중해」가 놓여 있는 곳에 다다랐을 때 아무도 예상치 못한 일이 벌어졌어. 그 작품이 조세핀 베이커에게는 천상의 계시처럼 보였나 봐. 그녀는 아무 말 없이 옷을 벗더니 조각상 앞에서 춤을 추기 시작했어. 흰 대리석과 베이커의 검은색 피부는 율동을 통해 완벽한 하나로 결합되었지. 서로 상반된 것이 합쳐지면서 이루어내는 조화의 극치 말이야! 직접 목격한 사람의 말인데(그가 자기 아버지를 말한다는 건 나밖에 몰랐다) 그건 이제까지 베를린에서 있었던 공연 가운데 가장 흥분되는 무대였다고 하더라."

그의 이야기는 우리 모두를 감탄시켰다. 그것은 아직 한 번도 경험해 보지 못한 분위기 속으로 우리들을 이끌어갔다. 하인리히는 우리를 공연장으로 데려갔다. 안타깝게도 그곳의 이름은 기억 속에서 가물가물하다. 그는 곧장 지배인에게로 다가갔다. 곧 모든 게 다 준비되었다. 우리는 무대 가까운 쪽 테이블에 자리를 잡았다. 여종업원이 샴페인을 가져다주었다.

쇼의 제목은 '초콜릿 키드'였다. 제법 그럴싸한 제목이었다. 듀크 엘링턴의 곡이 흘러나왔다. 처음부터 나는 조세핀 베이커의 공연에 매료되었다. 그녀가 그렇게 아름다운 여인일 줄은 미처 생각하지 못했다. 그녀는 내가 본 그 어떤 여자보다도 아름다웠다. 하인리히가 말한 것보다 훨씬 더 매혹적이었다. 그녀는 바나나가 주렁주렁 매달린 드레스를 입고서 미친 듯이 춤을 추었다. 옷 사이로 조그마한 가슴과 짙은 갈색의 젖꼭지가 보였다. 베이커는 정말 야수처럼 격렬한 매력을 발산하고 있었지만, 춤동작은 드럼 장단에서 한 치도 벗어나지 않았다. 춤은 매우 섬세하고 정교했다,

"마음껏 감상해. 라이프치히에선 절대로 볼 수 없는 장면이니까."

하이니가 귀에 대고 속삭였다. 나는 대답을 하지 못했다. 조세핀 베이커의 찰랑이는 머리카락과 땀으로 번뜩이는 피부에 도취되어 완전히 넋이 나가 있었다. 옆에 앉은 여자들도 얼이 빠진 듯 그녀의 춤을 바라보고 있었다.

"저 여자가 창녀란 건 전 세계가 다 아는 사실이야."

하이니가 속삭였다.

"고급 창녀지. 베를린 남자들은 모두 다 그녀를 한 번 안아보려고 안달이 났대. 그렇지만 그녀가 한 발만 삐끗하는 날이면 당장 그녀를 우리 안에 가두어버릴 거야. 그래서 난 이 도시가 마음에 들어. 이곳 사람들은 즐기는 게 뭔지 알거든."

"그녀와 한 번 말을 해볼 수는 없을까?"

"그건 곤란해. 게다가 이 여자들이 우리를 가만히 놔두겠어?"

공연이 끝나자 관객들은 미친 듯이 박수를 쳤다. 마치 살인사건이 벌어진 듯 군데군데서 비명에 가까운 환호성이 터져나왔다. 베이커는 관객들 앞으로 걸어 나와 지극히 무표정한 얼굴로 인사를 한 뒤 무대를

내려갔다. 자기 일을 했을 뿐이라는 듯이. 나는 흥분해서 온몸이 달아올랐다. 그건 여자들도 마찬가지인 모양이었다. 나탈리아가 이렇게 그냥 헤어지지 말고 술집으로 자리를 옮기자고 제안했다. 어디로 갈 것인지 의논하다가 우리는 '진실게임'으로 방향을 정했다. 약간 취기가 오른 마리안네가 남장한 여자들을 꼭 봐야겠다고 고집을 부렸기 때문이다. 마리안네는 하이니와 나탈리아를 몇 발짝 앞서가게 한 뒤에 내게 키스했다. 그녀는 내가 몹시 마음에 든다고 속삭였다. 우쭐해진 나는 그녀의 허리를 강하게 끌어당겼다.

'진실게임'은 약간 실망스러웠다. 그래도 몇몇 테이블에는 정말로 검은색 스모킹 정장에 흰 나비넥타이를 매고 머리에 포마드를 바른 멋진 여자들이 앉아 있었다. 그런 차림을 한 대부분의 여자들이 팬티와 브래지어조차 걸치지 않은 게 보였다.

"저 여자들이 마음에 들어요?"

마리안네가 내게 물었다.

"그저 그런데요."

"그럼 나는 어때요?"

"아주 맘에 들어요."

나는 그녀의 얼굴을 두 손으로 감싸쥐고 오랫동안 키스를 나누었다.

"얼만큼?"

"여기서 저 별들까지만큼."

"그럼 나랑 결혼할래요?"

나는 뭐라고 대답해야 할지 몰랐다. 내일이면 그녀는 틀림없이 아무것도 기억하지 못하리라.

"물론이죠."

그날 밤 우리는 더 이상 한마디 말도 주고받지 않았다. 우리는 계속해서 마시고 키스하고 테이블 밑으로 서로의 몸을 어루만졌다. 나는 하이니와 나탈리아의 모습을 보지 않으려고 자꾸만 그녀 뒤로 몸을 감췄다.

나는 공중에 붕 뜬 기분인 채 라이프치히로 돌아왔다. 베를린에서 겪은 일들이 마치 꿈처럼 느껴졌다. 마음 깊은 곳에 그 느낌을 간직한 채 다시 일상을 시작했다. 모든 일들이 다시 단조로운 회색톤 속에서 반복되었다. 나는 별 열의도 없으면서 강의와 연속체 가설의 연구에 집중하기 시작했다.

그러던 어느 날 아침 베를린에서 편지 한 통이 날아왔다. 마리안네가 보낸 것이었다.

사랑하는 구스타프에게

하이니가, 당신 혼자 라이프치히에서 크리스마스를 쓸쓸히 보낼 거라고 했어요. 당신 아버지가 뮌헨에 계시지 않아 집으로 돌아갈 필요가 없다면서요. 우연한 일이지만 지금 내 처지도 당신과 비슷해요. 어머니가 미국에 있는 외삼촌댁에 가셔서 저 혼자 베를린에서 크리스마스를 보내야 하거든요. 당신만 괜찮다면 우리 함께 휴가를 보내면 어떻겠어요? 손을 맞잡고 1927년 새해를 맞이한다면, 정말 근사할 것 같은데……. 연락을 기다릴게요.

마리안네

어떻게 해야 할지 잠깐 생각해보았다. 학기말까지 처리해야 할 과제들이 쌓여 있었다. 그러고 나서도 지도교수에게 가서 시험도 치러야 했다. 그런데도 나는 더 가까이에 있는 것을 선택하기로 했다. 나는 마리안네에게 곧 다시 보게 된다면 너무 기쁠 거라고 쓰고, 베를린과 라이프치히 중간에 있는 작고 아름다운 시골마을을 한 곳 알고 있는데 그곳을 재회의 장소로 하자고 썼다. 마을 근처에 스키장이 있으니 함께 스키를 즐길 수도 있었다. 마리안네는 즉각 찬성의 뜻을 전해왔다.

나는 편지를 쓴 이 작은 행동 하나가 미래에 얼마나 큰 변화를 가져오게 될지 그땐 전혀 알지 못했다. 마리안네는 처음 생각했던 것보다 훨씬 더 지적이고 활력이 넘치는 여자였다. 그녀는 마음이 따뜻하고 상냥했으며 남자의 말에 진지하게 귀를 기울일 줄도 알았다. 나의 수학공부에도 관심을 보였을 뿐만 아니라(사실 이것만으로도 나를 놀라게 하기에 충분했다) 칸토어에 대해서 좀 더 자세히 이야기해달라고 조르기까지 했다. 그녀는 내게 너무나 중요한 존재인 그 인물에 대해 더 많은 것을 알고 싶어 했다.

"그는 기인이었어. 수학을 통해서 신에게 도달하려고 했으니까."

나는 한시도 그녀의 가슴 언저리에서 눈을 떼지 않은 채 설명을 시작했다.

우리는 작은 오두막에서 묵었다. 화로 속의 나무는 요정들의 발걸음 소리처럼 바작바작 소리를 내며 타고 있었다.

"그래서 성공했어?"

"그건 나도 잘 모르겠어."

그녀에게 키스하며 대답했다.

"그에겐 삶을 고단하게 만드는 적들이 아주 많았어. 그들은 그를 미쳤다고 했어."

"정말 미쳤던 거야?"

"아니, 그는 신경이 몹시 예민하고 쇠약했어. 오랜 시간, 병원과 요양원을 오가면서 내면의 두려움을 극복해보려고 무진 애를 썼지."

"불쌍도 해라!"

"죽기 직전에야 소장파 수학자들로부터 새로운 평가를 받기 시작했어."

벌거벗은 여자에게 수학에 대해 이야기하는 것이 마치 정해진 시나리오에 따라 연기하는 것 같아 보이겠지만 사랑의 마법 앞에서는 조금도 어색하거나 이상하지 않았다.

"그는 상도 받고 명예도 얻게 되었지. 하지만 더 이상 시간이 남아 있지 않았어. 명성은 너무 늦게 찾아왔어. 한평생 몰이해와 질시에 시달린 칸토어는 1918년 6월 6일 할레의 정신병원에서 눈을 감았어. 전쟁이 끝나기 몇 달 전에."

내게 어떻게 이런 장면이 실제로 일어났는지 스스로도 믿어지지가 않았다. 그것은 이제까지 금지되었던 낙원이었다. 휴가를 마칠 때쯤 나는 그녀에게 완전히 빠져버렸다는 걸 알았다. 그녀와의 이별을 견딜 수가 없었다. 그녀의 냄새, 그녀의 이해심, 그녀의 상냥함이 몹시 그리웠다. 베를린에서 처음 만나 술에 취해 했던 말은 이제 정말 사실이 되었다. 나는 그녀 곁에서 인생을 보내길 원했고, 이런 바람은 헛되지 않았다. 1928년 10월 30일 마리안네 지버는 나의 아내가 되었다. 그보다 두 달 전인 8월 7일에는 하인리히가 나탈리아 웨버와 결혼식을 올렸다. 행복은 동화처럼, 혹은 방정식의 해解처럼 아주 단순해 보였다.

고찰 5　　　절대에 대한 탐구

1928년에서 1932년 사이에 바이마르 공화국에서는 여러 가지 중요한 사건들이 일어났다. 쿠르트 바일과 베르톨트 브레히트의 작품 「서푼짜리 오페라」가 초연되었고, 철학자 루돌프 카르나프가 대작 「세계의 논리적 구조」를 발표했고, 마를레네 디트리히가 영화 「푸른천사」의 명연에 힘입어 하이니의 예언대로 대스타의 반열에 올랐고, 체펠린 백작이 기구를 타고 온 세상을 날아다녔고, 알프레드 되블린이 소설 『베를린 알렉산더 광장』을 썼고, 뮌헨에서는 조세핀 베이커의 공연이 금지되었고, 1930년 총선에서 히틀러가 눈에 띄게 도약했고, 괴델이 저 유명한 수학정리를 발표했고, 1932년에 힌덴부르크 원수가 또다시 공화국 대통령으로 선출되었고, 같은 해에 히틀러의 나치당은 230개의 의석을 얻어 다수당으로 부상했다.

이렇게 단순하게 열거하니까 당시 독일을 지배하기 시작한 긴장과 분노 그리고 공포의 분위기는 전혀 느껴지지 않는다. 그런데 그 시기에 만연했던 대립과 갈등, 나치 정부가 집권하게 된 원인 따위에 대해서 별로 자세히 언급할 필요도 없다는 듯 이 정도로 말하게 된 이유는 뭘까? 대답하기 부끄럽지만, 이 4년이 내 삶에서 가장 평화로운 시기였기 때문이다. 가끔 과거를 돌이켜볼 때 이 시기는 유일하게 텅 빈 공간으로 남아 있다. 머릿속으로 그때의 나날들을 하루하루 되짚어봐도 어떤 특별한 사건은 떠오르지 않는다. 그 4년 동안(4년씩이나!) 내겐 결혼생활의 진부한 에피소드, 저녁시간의 사교모임들, 신혼부부의 뜨거운 사랑, 알프스에서 보낸 멋진 휴가 등등 일상의 자질구레한 일들 이외에 아무것도 두고두고 기억할 만한 게 없었다. 이미 전 세계에서는 대대적인 변혁이 일어나고 있었다. 양자물리학을 통해 현실에 대한 기존의 생각이 완전히 무너졌고, 유럽에 파시즘이 본격적으로 출현하고, 음악과 미술과 문학은 상상을 초월하는 도약을 이루었다. 이런 시기에 내가 한 일이라고는 아내의 사랑스런 배에 키스를 하고, 대학 수학과에서 논문을 쓰고 교수자격시험을 준비하는 게 전부였다. 여기서 이야기할 만한 내용은 단 하나도 없다. 내가 가장 심혈을 기울였던 문제인 연속체 가설의 해법을 찾아내는 일에도 계속 실패했다. 대신 나는 다른 문제에 매달리게 되었다. 수학보다는 오히려 물리학에 더 가까운 이 문제는 내게 앞서의 실패를 보상해주었을 뿐만 아니라 대학에서 교수들의 신임을 얻는 계기도 되었다.

마리안네에 대해서도 좀 더 이야기할 필요가 있다. 서로에게 정신없이 빠져 있던 신혼 때 나는 진심을 다해 그녀를 사랑했다. 그런데 지금 이 말을 하는 이유는 무엇인가? 한동안 우리는 매일 아무 때나 사랑을 나누었다. 혼자 있는 건 상상조차 할 수 없었다. 이 격렬한 열정의 시기가 지나가자 우리도 마침내 어느 정도 반복적인 일상에 빠져들었다. 하지만 이 시기도 처음의 과잉과 비교하지만 않는다면 그다지 나쁘지 않았다. 우리는 둘이 함께 노년을 맞이하고 싶었다. 섹스가 우리들 삶의 근간이 되어서는 안 된다는 사실도 잘 알고 있었다. 그랬다간 스스로 지핀 불길 속에서 소진되어 결국 서로에게 싫증을 내게 될 터이기 때문이다. 우리는 스스로 절제하기로 마음먹었다. 이렇게 억지로 부과된 절제는 종종 도착적인 탈선으로 이어지기도 했다. 우리는 며칠 동안의 강요된 절제를 통해 한껏 부풀어오른 욕정을 아주 특별한 방식으로 며칠 밤에 걸쳐 쏟아냈다.

마리안네의 얼굴은 뾰족했다. 거의 고양이에 가까운 분위기였지만, 사람들이 흔히 이 동물에서 연상하는 오만함이나 교활함은 그녀와 거리가 멀었다. 오히려 그녀는 대단히 섬세하고 부드러웠는데(특히 침대에서), 다른 사람들과 있을 때 보이는 다소 과잉된 활력은 내면에 감추어진 이런 수줍은 성격 때문이었다. 그녀는 자신이 얼마나 소심한지 알고 있었기 때문에 자기 안에 있는 반대극을 가능한 한 밖으로 표출하려고 했다. 당시에 우리가 함께 시도한 모든 모험들은 그녀의 주도로 이루어졌다. 그녀는 자기 극복이 필요했고, 끊임없이 그것을 증명하려고 했다. 종종 우리는 우리가 처음 만났던 베를린을 찾곤 했다. 어떤 때는 하이니와 나탈리아도 함께 갔다. 그곳에서 우리는 마음이 끌리는 대로 자유분방한 밤의 세계를 헤매고 다녔다. 마리안네는 기이한 나이트클럽을 새로 발견하거나 터부를 깨는 새로운 몸짓을 보게 될 때 나보다 더 열광했다.

하이니 부부와 우리들의 우정도 더없이 좋았다. 우리 네 사람은 모든 걱정과 기쁨과 소망을 함께 나누었다. 거의 같은 시기에 결혼식을 올린 것도 모든 걸 함께하려는 우리들의 의지에서 나온 거였다. 실제로 나탈리아와 마리안네 사이의 우정은 하이니와 나 못지않게 돈독했다. 함부르크에서 태어나고 자란 두 여자는 어린 시절의 모든 시련을 함께 극복하며 깊은 우정을 쌓아왔다. 결혼은 둘의 동맹을 더욱 견고하게 만들어주었다. 우리들은 자주 만났고, 기꺼이 서로와 함께했다. 우리들은 잊을 수 없는 밤들을 함께 보냈다. 우리 사이의 유대는 가족이라고 불러도 아무런 손색이 없었다. 아니, 그것만이 우리의 관계를 제대로 표현할 수 있는 유일한 단어였다.

하인리히의 학업은 질투가 날 정도로 일사천리로 진행되었다. 베를린에서 공부를 마치고 나면 하이델베르크 대학의 학장 마르틴 하이데거 밑에서 박사과정을 밟을 것이 거의 확실해 보였다. 그의 미래는 정말 많은 것을 약속하고 있었다. 이런 상황에서 운명의 해인 1933년을 맞이했다. 이 한 해 동안 우리의 모든 계획은 완전히 뒤바뀌었고, 우리를 둘러싼 세계는 미처 느낄 새도 없이 순식간에 몰락했다.

1932년의 선거를 통해 나치당은 40퍼센트 정도의 의석을 확보했다. 공산주의자들과 나치의 거듭된 대립과 충돌 뒤에 히틀러는 마침내 1933년 1월 30일 힌덴부르크 대통령에 의해 공화국 수상으로 임명되었다. 비록 내각의 대부분은 다른 당 출신으로 채워졌고 나치당에서는 겨우 빌헬름 프리크와 헤르만 괴링 두 사람만이 장관직에 오를 수 있었지만, 이것은 분명히 히틀러의 놀라운 승리였다. 그가 권좌에 오르는 출발점이 곧 세계종말의 시작이었다.

히틀러가 수상에 임명된 지 한 달이 채 못 된 2월 27일, 뜻하지 않게 벌어진 사건이 나치에 결정적인 승리를 안겨주었다. 원인을 알 수 없는 화재로 제국의회 의사당이 불타버렸다. 공산주의자들의 준동을 막는다는 명분을 앞세운 히틀러가 사건 발생 다음 날 긴급조치를 발동했다. 이 조치는 그에게 막강한 권력을 쥐어주었다.

"독일 헌법 114조, 115조, 117조, 118조, 123조, 124조, 153조는 별도의 조치가 있을 때까지 효력을 상실한다. 그에 따라 개인적 자유, 언론의 자유를 포함한 의사표현의 자유, 집회결사의 자유가 제한되고, 편지, 우편, 전보, 전화의 감청과 가택수색과 압수수색 조치가 허용되며, 법이 정한 이상의 사유재산에 대해 제한이 허용된다."

불길에 휩싸인 의사당 주변에서 경찰은 키가 큰 남자 한 사람을 체포했다. 그가 한 짓이라고는 '반대한다, 반대한다!'라고 외친 것이 고작이었다. 긴 얼굴 여기저기에 숯 검댕을 칠한 그는 누가 봐도 제정신이 아닌 사람 같았다. 나중에 이 젊은이는 네덜란드 출신의 마리누스 반 데어 루베라는 인물로 공산주의 동조자인 것으로 밝혀졌다. 하지만 체포 당시부터 재판이 끝날 때까지 그는 무슨 이유로 그런 행동을 했는지 끝끝내 제대로 설명하지 못했고, 다만 그것이 자기 혼자서 한 짓이란 말만 계속 되풀이했다. 루베의 범행을 사주하고 함께 실행한 용의자로 공산당 소속 의원인 에른스트 토글러가 같은 날 밤에 체포되었다. 열흘 뒤에는 (재수 좋게도!) 코민테른의 대표인 게오르기 디미트로프와 시몬 포포프, 바실 타네프가 그 뒤를 이었다. 히틀러는 이 결과에 대해 대단히 만족스러워했다.

1933년 9월 20일 루베, 토글러, 디미트로프, 포포프, 타네프 등에 대한 공개재판이 시작되던 때 나는 라이프치히에 있었다. 그후로 몇 주 동안 신문은 온통 재판 이야기로 채워졌다. 간혹 괴링이나 괴벨스가 등장하거나 디미트로프의 멜로드라마 같은 연설이 실려 있어서 독자들의 지루한 시선을 달래주었다. 마침내 판결문이 낭독되었을 때 그 내용은 진영에 상관없이 모든 사람들을 놀라게 했다. 네 명의 공산주의 대표자들은 모두 무죄로 석방되었고 반 데어 루베만이 유죄판결을 받고 처형되었다.

나는 이 재판에 별 관심을 기울이지 않았다. 끝없이 이어지는 시험과 베를린 대학 박사과정에 입학하기 위해 제출해야 하는 산더미 같은 서류들과 씨름하느라 여념이 없었다. 1934년 1월 마침내 박사과정에 등록하라는 편지가 도착했다. 뛸 듯이 기뻤다. 정세가 뒤숭숭하게 돌아가고 있었지만 우리 네 사람은 오랜만에 다시 한 자리에 모였다. 하인리히와 나탈리아가 마침 몇 달 전에 베를린으로 돌아와 있었던 것이다.

베를린에 도착하자마자 나는 이미 그곳이 몇 년 전까지 우리를 반겨주었던 그 도시가 아님을 알았다. 거리낌없는 자유분방함과 열기가 아직 모조리 다 사라진 것은 아니었지만 거리 구석구석, 알렉산더 광장에서, 국립오페라극장 객석에서, 대학에서, 카이저빌헬름 연구소에서, 프로이센 과학아카데미에서, 쿠담 거리에서 일종의 체념 같은 게 느껴졌다. 도시의 변모를 직접 확인하기에는 '댄스축제' 클럽에 가보는 걸로 충분했다. 하이니, 나탈리아, 마리안네, 나 이렇게 넷은 옛날에 하던 대로 나이트클럽들을 순례했다. '댄스축제'는 외교관이나 관광객들이 즐겨 찾는 명소 중 하나였는데, 이제는 바이마르 시대만큼이나 쇠락한 분위기를 풍겼다. 거침없고 외설스러웠던 예전의 활기는 더 이상 찾아볼 수 없었다. 벌거벗거나 남장을 한 여자들은 도통 찾아볼 수 없었고 그대신 해골 분장을 한 젊은이들만 돌아다녔다. 아마도 집단수용소를 경비하는 히믈러의 해골단을 패러디한 것 같았다. 그들은 당시에 유행하던 댄스곡 '베를린이여, 너의 댄서는 죽음'을 합창했다. 하지만 이런 변화도 내겐 아직 피부에 와닿지 않았다. 물론 나는 나치가 강경보수파들의 국수주의와 반유대주의를 대대적으로 부추기고 있다는 사실은 알고 있었다. 하지만 나 역시 대다수의 사람들과 마찬가지로 이것을 히틀러가 인기를 얻기 위해 꾸며낸 일시적인 현상이라고만 여겼다. 얼마 가지 않아 모두 망각 속으로 사라질 장면들이라고.

1934년 초 나는 이것이 얼마나 잘못된 생각이었는지 뼈저리게 느꼈다. 그것은 다른 어떤 사건보다도 더 큰 고통을 안겨주었다. 그것은 룀의 쿠테타나 수권법의 제정보다도, 심지어는 유대인과의 거래를 보이콧하라거나 모든 공직에서 아리안계가 아닌 사람을 해고시키라는 법령보다도 더 커다란 아픔을 주었다.

마리안네와 나는 하이니와 나탈리아의 집을 방문하여 두어 시간 정도 베토벤의 대공트리오를 연습했다. 앞서 말했는지 모르겠지만 하이니는 바이올린을 썩 잘 연주했고, 나탈리아와 나도 피아노와 첼로를 웬만큼 연주하는 수준이었다. 마리안네는 우리의 유일한 관객이었다. 그녀의 박수소리는 우리에게 자신감을 불어넣어줄 만큼 늘 열광적이었다. 우리 네 사람은 자주 이런 식으로 저녁시간을 함께 보내곤 했다. 우리의 작은 콘서트가 끝나자 나탈리아는 부엌으로 가서 저녁식사를 준비했고, 나머지 세 사람은 오직 음악만이 전해줄 수 있는 평화로운 감정을 가슴에 담은 채 소파로 가 앉았다. 그런데 하이니가 갑자기, 아무런 예고나 사전암시도 없이, 마치 먼 친척의 병이나 날씨 따위를 이야기하듯, 곧 자기가 군에 입대한다는 말을 꺼냈다.

처음에는 내가 잘못 들었다고 생각했다. 하지만 하인리히의 냉정하고 단호한 표정은 곧 그렇지 않음을 알려주었다. 순간 피가 머리로 솟구치는 느낌이 들었다. 너무나 경악했다. 그의 말이 도저히 믿기지 않았다.

"지금 뭐라고 했어?"

"군에 입대하기로 했다고."

그는 아무 일도 아니라는 듯이 대답했다.

"뭐야, 지성인이? 게다가 철학자가 도대체 어떻게 자발적으로 군인이 되겠다는 거야? 그것도 나치들의 명령을 받아야 하는 군대에! 도저히 믿을 수 없어!"

내가 흥분해서 소리쳤다. 마리안네가 나를 진정시키려고 애쓰는 동안 나탈리아가 남편 곁에 와 앉았다. 하이니는 그 소식을 전하기 위해 우리를 자기 집으로 불렀던 것이다.

"맙소사, 하이니, 도대체 이유가 뭐야?"

"아마 넌 이해하지 못할 거야, 구스타프. 하지만 이건 철학적인 결정이야."

"그건 말도 안 돼! 완전히 미친 짓이야. 히틀러는 오직 전쟁밖에 모르는 정신병자야! 전선으로 나가고 싶어? 총에 맞아 머리통이 박살나고 싶으냐고!"

이건 차라리 악몽이었다.

"이미 말한 것처럼 오랫동안 심사숙고한 끝에 내린 결정이야."

하이니는 차분한 어조로 대답했다. 나는 나탈리아에게서 눈을 뗄 수가 없었다. 그녀는 눈을 아래로 내리깐 채 떨리는 손으로 하인리히의 팔을 가만히 잡았다. 끔찍한 일이었다.

"이럴 순 없어."

나는 절망적으로 외쳤다.

"이렇게 하루아침에 생각을 바꾸다니, 그건 너답지 않아. 무슨 다른 이유가 있군! 혹시 집안의 특권을 지키기 위해 네 자신을 희생하려는 거냐?"

"그런 식으로 날 모욕하지 마!"

그는 마치 다른 사람이 된 것 같았다. 목소리도 얼굴도 모두. 갑자기 낯선 사람이 되어버렸다. 어릴 적부터 항상 붙어다녔던 친구가 아니었다.

"나는 스스로에게 성실한 사람이야, 구스타프. 얼마나 더 말해야 알아듣겠어? 이건 그렇게 행동해야 한다는 걸 깨달았기 때문에 내린 결정이야. 아직도 이해하지 못하겠어? 이건 지극히 지성적인 행위라고."

"도대체 누가 그런 말도 안 되는 생각을 네 머릿속에 집어넣은 거지? 그 정신 나간 슈미트냐? 그자는 그 잘난 나치의 '옛 전사'들 중 하나잖아. 나탈리아, 당신이 좀 말해봐."

그녀는 내 눈을 쳐다보지 않은 채 말했다.

"난 하이니의 아내야."

그녀는 수난을 기꺼이 받아들이도록 세뇌된 순교자처럼 결연한 목소리로 말했다. "하이니가 그것을 최선이라고 생각한다면 난 그를 믿어."

나는 할 수만 있다면 하이니를 마구 두들겨 패주고 싶었다. 그는 갑자기 귀신에 씌운 사람처럼 보였다. 사실 우리는 이런 문제에 대해 한 번도 이야기를 나눈 적이 없었다. 하지만 당연히 그도 나처럼 생각할 걸로 믿었다. 도대체 어떻게 그가 나를, 아니 우리 둘을 이렇게 배신할 수 있단 말인가? 우리는 언제나 형제였는데, 아니 그 이상이었는데. 정말 이럴 수는 없었다.

"우린 그만 가는 게 좋겠어."

마리안네가 미안해했다.

"나중에 좀 흥분이 가라앉고 나면 둘이서 조용히 다시 이야기해."

"더 이야기할 것도 없어."

내가 악을 썼다. 마리안네와 나는 서둘러 집으로 돌아갈 채비를 했다.

분노 때문에 거의 경련이 일어날 지경이었다.

"구스타프! 제발 화를 가라앉혀."

나탈리아가 말했다.

"하느님이라도 되면 모를까, 난 절대로 용서 못해."

이렇게 말한 나는 그의 집을 떠났다.

우라늄 클럽

"클링조르!"

프랜시스 P. 베이컨 중위는 크게 소리 내어 읽어보았다. 그 이름은 아직 그에게 아무런 단서를 주지 못했다. 그 이름에서는 어떤 의미도 떠오르지 않았다. 거기서 찾아내야 할 게 무언지, 어떻게 접근해야 할지 전혀 감이 잡히지 않았다. 확신에 찬 태도로 이 임무를 떠맡았건만(사실 그는 이제 어느 정도 풍부한 경험을 쌓았다고 할 수 있다) 어디서부터 어떻게 시작해야 할지 도무지 알 수가 없었다. 그렇다고 명색이 미군의 과학전문가인 그가 다른 사람에게 문제를 해결해달라고 도움을 요청할 수도 없는 노릇이었다. 지금 그는 학술적인 어려움에 봉착한 게 아니라 자신에게 주어진 수수께끼를 풀어야 했다. 대체 얼마나 많은 문서보관소를 뒤져야 하며, 얼마나 많은 사람들을 찾아내어 조사할 것인가? 그리고 결국에 가면 그 모든 고생들이 다 쓸데없는 짓이었음이 드러날 것이다. 틀림없이 아주 사소한 문제였거나, 기껏해야 관료적인 나치 조직이 끝도 없이 벌려놓은 수많은 프로젝트 중 하나에 불과하리라.

베이컨은 그랜드 호텔에 있는 방을 나와 사령부로 향했다. 왓슨 장군의 사무실로 가 워싱턴의 군정보국에 전보를 쳐서 클링조르에 관한 자료가 있는지 알아볼 생각이었다. 정말 이건 아무 보람도 없는 임무였다. 미합중국 방첩대는 OSS(전략정보국)를 해체한 1945년 11월 20일부터 줄곧 혼란에 빠져 있었다. 트루먼 대통령이 FBI의 에드거 J. 후버 국장의 반대에도 불구하고 새 부처를 승인할 것이라는 소문이 들려왔지만, 1946년이 다 저물어가는데도 아무런 지시가 떨어지지 않았다. 아마 베이컨과 같은 옛 OSS 요원들은 유럽 주둔군 사령부의 군정보국이나 미 국무부에 편입될 것이다. 이렇게 어수선한 상황에서 클링조르가 어떤 인물인지 관심을 가질 사람은 아무도 없었다.

어디에서부터 시작하지? 베이컨은 사령부로 발길을 옮기면서 다시 이렇게 자문했다. 볼프람 지버스의 증언기록을 다시 읽어보았다.

"돈을 지원받기 위해서는 어떤 프로젝트든 총통의 학술고문으로부터 허가를 받아야 했습니다. 누가 총통의 학술고문인지는 몰랐지만 상당히 고위급 인사일 거란 소문이 있었지요. 그는 클링조르라는 가명으로 불렸어요. 아마 학계에서 크게 인정받는 과학자 중 한 사람일 겁니다."

그자를 다시 심문해볼까? 그래봤자 별로 얻어낼 건 없겠지만 아무래도 그래야겠다고 생각했다. 기록에는 그가 나중에 그런 말을 했다는 사실 자체를 부인했다고 적혀 있었다. 그는 그 이름을 아예 입에 올린 적조차 없다고 강력하게 주장했다.

베이컨은 잠시 생각해보았다. 종종 지극히 평범하고 단순해 보이는 생각이 최고의 아이디어가 되기도 한다. 베이컨은, 단순무식한데다 불친절하기 짝이 없는 워싱턴의 군 당국에 전보를 쳐봤자 변변한 답변을 들을 수 없을 게 뻔한데, 차라리 전쟁 중에 그의 상관이었던 사무엘 A. 호우트스미트에게 문의하는 게 더 나을 거라는 생각이 들었다. 나치시대 독일의 과학연구에 대해 그만큼 잘 알고 있는 사람도 드물 테니까.

1945년 말까지 베이컨은 '알소스 특명'에 참여했다. 이 작전의 과학분과를 이끈 인물이 바로 호우트스미트였다. 호우트스미트는 1920년대에 양자물리학 연구에 기여했던 소장파 물리학자들 중 한 사람으로, 특히 전자 스핀(spin)의 발견에 크게 공헌했다. 네덜란드계 유대인인 호우트스미트는 파울 에렌페스트 밑에서 공부한 뒤 곧바로 미시간 대학 교수로 임명되었다. 당시 그의 부모는 아들과의 미국행을 마다하고 헤이그에 그대로 남았다. 나치가 네덜란드를 점령하자, 호우트스미트는 혼신의 노력을 기울여 부모를 미국으로 빼내오는 데 필요한 서류들을 준비했다. 하지만 때는 이미 너무 늦었다. 노인들은 1943년에 체포되어 아우슈비츠로 넘겨졌다.

절망에 빠진 호우트스미트는 물리학자 디르크 코스테르를 찾아갔다. 코스테르는 1938년에 리제 마이트너를 구출해낸 적이 있었다. 호우트스미트의 부탁을 받은 코스테르는 독일에 남아 있던 하이젠베르크에게 힘을 써달라고 요청했다. 하이젠베르크는 코스테르에게 나치 당국에 제출할 편지를 한 장 써서 보내주었다. 그 편지에는 호우트스미트 가족이 네덜란드를 방문한 독일 물리학자들에게 얼마나 친절하게 호의를 베풀었는지 자세히 기술하고 있었다. 그러나 이 편지 또한 소용이 없었다. 하이젠베르크가 편지를 보내기 닷새 전에 호우트스미트의 부모는 아우슈비츠의 가스실로 보내졌다. 그날은 그의 아버지의 70세 생일이었다. 호우트스미트는 하이젠베르크가 충분한 노력을 기울이지 않았다고 비난하며 그를 결코 용서하지 않았다.

1943년부터 정기적으로 런던을 방문해온 존 폰 노이만은, 베이컨이 런던에 도착한 뒤에 독일의 원자탄 프로그램을 연구하는 영미 과학자 팀에 합류했다. 그해 말 베이컨은 OSS 산하의 '알소스 특명'에 참여했다. 알소스 특명 팀은 OSS에 처음으로 생긴 과학 분야였다. 팀장에는 호우트스미트가 발탁되었다. 핵물리학 전문가일 뿐만 아니라 유럽 언어에도 밝고 독일 물리학자들과도 잘 알고 지냈기 때문이다. 그가 뽑힌 데에는 또 다른 중요한 이유도 있었다. 그가 '맨해튼 프로젝트'에 대해서는 아무것도 모른다는 점이었다. 만약 이 프로젝트에 대한 정보가 나치의 수중에 들어간다면 연합군에게 치명적인 결과를 미칠 수 있었다.

알소스 특명 팀은 'D-데이' 직후에 노르망디로 파견됐다. 주임무는 독일 원자탄 프로젝트와 연관된 열 명의 과학자를 체포하는 일이었다. 이 열 명의 독일 과학자는 발터 게를라흐, 쿠르트 디브너, 에리히 바게, 오토 한, 파울 하르테크, 호르스트 코르싱, 막스 폰 라우에, 카를 프리드 리히 폰 바이체커, 카를 비르츠, 그리고 베르너 하이젠베르크였다.

호우트스미트와 베이컨은 전쟁으로 황폐해진 프랑스와 벨기에의 들판을 가로질러 며칠 동안 달린 끝에 네덜란드에 도착했다. 호우트스미트가 헤이그를 방문하고 싶어 했기 때문에 베이컨은 그와 함께 한때 그의 집이 있었던 폐허더미를 둘러보았다. 물리학자의 눈에선 분노와 자책의 눈물이 흘러내렸다. 베이컨은 그를 어떻게 위로해야 할지 몰랐다. 베이컨이 이 전쟁을 생각할 때마다 항상 제일 먼저 떠오르는 장면은 폐허로 변해버린 집 앞에서 통한의 눈물을 흘리며 부모의 죽음을 생각하는 커다란 남자의 모습이었다. 그가 어떻게 적을 증오하지 않을 수 있겠는가? 어떻게 나치를 도덕적으로 단죄하지 않을 수 있겠는가? 어떻게 복수의 감정을 갖지 않을 수 있겠는가?

알소스 팀은 헤이그를 떠나 파리에 본부를 설치했다. 그들은 독일인들이 점령기간 동안 사용했던 프레데릭-졸리오-퀴리 연구소를 찾아가 정보를 수집했다. 그러고 나서 팀은 다시 스트라스부르로 향했다. 거기에는 독일식으로 세워진 대학이 있었는데 그곳의 물리학 연구소를 이끈 인물이 바로 카를 프리드리히 폰 바이체커였다. 바이체커는 하이젠베르크의 절친한 친구였다. 1945년 2월 호우트스미트와 베이컨 그리고 알소스 팀의 군 책임자인 패시 대령은 연합군 주력부대와 함께 라인강을 건넜고, 3월에는 유서 깊은 대학도시 하이델베르크에 입성했다. 그곳에서 물리학자 발터 보테와 볼프강 겐트너를 체포한 그들은 연합군의 남부 전진기지로 향했다.

호우트스미트와 알소스 요원들은 나치의 우라늄 프로젝트 본부가 원래 베를린에 있었지만 연합군의 폭격이 심해지자 좀 더 안전한 장소로 옮겨졌다는 사실을 알고 있었다. 디브너가 이끄는 팀만 슈타틸름에 자리 잡았고, 하이젠베르크를 정점으로 하는 주요 그룹들은 모두 헤힝겐으로 옮겨갔다. 보테와 겐트너를 끈질기게 심문한 끝에 호우트스미트와 베이컨은 우라늄 프로젝트에 관여한 독일 물리학자들의 면면과 연구가 이루어진 장소를 모두 파악했다. 그밖에도 전시기간 내내 꾸준히 떠돌았던 소문, 즉 히틀러의 비밀병기로 원자폭탄이 존재한다는 의혹은 다행스럽게 사실이 아닌 것으로 드러났다.

한숨을 돌린 워싱턴의 그로브스 장군은 작전의 우선순위를 변경했다. 독일 과학자들 대부분이 종전 후에 프랑스나 소련의 통제를 받게 될 점령지에 있으므로, 이들을 가능한 한 빨리 찾아내어 체포하는 데 중점을 두라는 명령이 내려졌다. 호우트스미트는 이 새로운 임무에 몹시 고무된 듯 보였다. 하지만 베이컨은 다소 혼란스러웠다. 자신을 항상 과학자로 생각하고 있었는데 지금의 일은 과학자보다는 스파이에 더 어울리는 일이었기 때문이다. 그는 이제 이론적 성과를 추적하는 대신 자기 동료들을 잡아들이는 인간사냥꾼이 된 것이다. 비록 적국을 위해 일했다고는 하나 그들은 여전히 과학자들이었다.

"슈투트가르트 남쪽 전 지역은 프랑스의 통제를 받게 될 것입니다."

알소스 팀의 무관 랜즈데일 중령이 설명했다.

"우리의 임무는 프랑스군이 도착하기 전에 그곳에 있는 물리학자들을 찾아내 그들의 장비와 자료들을 가져오는 것입니다. 이것이 불가능할 시 모두 제거합니다."

워싱턴에서는 주력부대를 동원해 남부 독일까지 쳐내려가는 것까지 고려하고 있었다. 하지만 새로 편성된 프랑스군의 진군속도는 매우 빨랐다. 결국 먼저 알소스 팀이 패시 대령의 지휘하에 적국이 대형 원자로를 건설한 하이거로흐와 헤힝겐으로 진격해 들어가는 것으로 결판이 났다. 이때 호우트스미트는 이 작전이 너무 위험하다는 이유로 팀에서 빠졌다. 베이컨은 직접 패시의 지휘를 받게 되었다.

베이컨은 생전 처음 생생한 삶의 현장과 대면하게 되었다. 일상적인 문제들에 대한 두려움은 흔적도 없이 사라졌다. 여기서는 결정을 앞두고 이리저리 재며 여러 가지 가능성들을 가늠해볼 시간이 없었다. 베이컨은 다른 사람들과 똑같이 군인으로서 명령에 무조건 복종해야 했다. 전투가 벌어지면 오로지 직관에 따라 빠르게 행동하는 것이 최선이었다. 여태까지는 전선에서 멀찌감치 떨어져 오직 머릿속으로만 전쟁을 해왔던 것이다. 이미 점령된 도시에 들어가서 정보들을 수집하는 것과 독일군이 깔린 숲을 통과하여 하이젠베르크와 그의 연구팀을 체포하는 것은 완전히 다른 일이었다. 베이컨은 그동안 자신이 비겁하다고 생각한 적이 단 한 번도 없었다. 그러나 이제 그는 두려움의 진짜 모습을 경험하게 될 것이다. 그것은 단순히 어떤 감정이나 마음의 상태가 아니었다(사실 이제껏 살아오면서 그가 겪은 가장 큰 위험은 런던에서의 공습이 고작이었다). 그것은 몸 전체를 순식간에 집어삼키는 열병 같은 것이었다.

"난 이게 우리 몸이 어쩔 수 없이 따라야 하는 물리적 법칙인지 어쩐지 잘 모르겠어, 중위."

어느 날 패시 대령이 그에게 말했다.

"하지만 두려움이 생겼을 때 가장 피해야 할 행동은 그것을 무시하는 거야. 그러면 두려움은 점점 더 강해지지. 그건 정말 끔찍한 일이야. 두려움이 생기면 그것을 인정하고 똑바로 맞서 싸워야 해. 그래서 초장에 무찔러버려야지, 그렇지 않으면 우리가 먼저 당해."

패시 대령의 영리한 지휘하에 알소스 팀은 성 조지 축일인 4월 23일 프랑스군보다 몇 시간 먼저 하이거로흐에 입성했다. 그곳에서 그들은 별 어려움 없이 카를 비르츠, 에리히 바게, 카를 프리드리히 폰 바이체커, 막스 폰 라우에를 체포했다. 폰 라우에는 사실 우라늄 프로젝트와 아무런 상관도 없는 인물이었다. 원자로를 해체한 패시와 베이컨은 이웃도시인 트릴핑겐으로 이동했다. 그곳에는 핵분열의 발견자인 오토 한이 있었다. 체포된 과학자들 모두 아직 남아 있던 실험장비들과 함께 하이델베르크로 이송되었다.

그런데 작전은 가장 힘든 고비를 남겨놓고 있었다. 세 명의 중요한 과학자들이 여전히 체포되지 않고 있었다. 디브너와 게를라흐는 뮌헨에 있었고, 하이젠베르크는 패시와 베이컨이 헤힝겐에 도착하기 직전에 가족들이 사는 우르펠트로 떠나버렸다. 그곳에서 우르펠트까지는 250 킬로미터가 넘는 거리였다. 알소스 팀은 둘로 나눠졌다. 한 팀은 디브너와 게를라흐를 쫓아 뮌헨으로 갔고, 베이컨이 속한 또 다른 팀은 패시의 지휘하에 우르펠트로 향했다. 1차 작전은 4월 30일에 완료됐다. 같은 날 히틀러는 베를린에서 스스로 목숨을 끊었다.

"이번 작전은 이제껏 우리가 수행한 것 중 가장 중요한 임무다."

패시 대령이 부하들에게 말했다. 베이컨은 나중에 이 말을 또 한 번 기도문처럼 되뇌었다. 체포한 열 명의 과학자들을 넉 대의 차에 나누어 태우고 5월 1일 바이에른 주의 작은 마을 코헬로 이동할 때였다.

우르펠트로 가려면 케셀이란 이름의 작은 산을 넘어가야 했지만 그 지역은 연합군에 의해 완전히 평정되지 못한 상태여서 아직 항복하지 않은 독일군이나 무장친위대의 잔당들과 마주칠 가능성이 높았다.

케셀 산 어귀에 도착해보니 마을로 이어지는 다리가 파괴되어 있었다. 그들은 하는 수 없이 도보로 우르펠트로 들어가야 했다. 패시 대령은 자신이 직접 정찰대를 이끌고 눈 덮인 케셀 산을 넘어가기로 결정했다. 군화와 군복을 파고드는 추위 속에서도 베이컨은 주변의 수상쩍은 적막 때문에 계속 긴장하고 있었다. 머리와 근육으로 발사된 아드레날린은 차분하고 이성적인 사고를 자꾸 방해했다. 그는 몹시 지쳐 있었지만 끝까지 임무를 완수하겠다는 결심만큼은 누구보다 단호했다. 불쑥 튀어나온 커다란 바위봉우리를 돌아들자 우르펠트의 집들이 하나둘씩 눈에 들어오기 시작했다. 평화로운 독일의 전형적인 시골마을이었다. 추위와 굶주림에 지친 패시 대령과 열 명의 부대원은 곧바로 산비탈을 내려가기 시작했다. 그때 갑자기 '핑' 하는 소리가 평화로운 마을의 정적을 깨뜨렸다. 총알이었다. 진짜 총알. 베이컨은 땅바닥에 납작 엎드려 총을 겨누었다. 저 총알에 맞을 확률은 얼마나 될까? 누군가를 죽이게 될 확률은? 런던으로 출발하기 전에 속성훈련을 받았지만 직접 사람을 겨누어보기는 이번이 처음이었다. 온몸이 떨렸다. 그는 이제 전혀 다른 사람으로 변하기 시작했다.

전투가 벌어지는 동안 그는 살아남으려면 아무 생각도 하지 말아야 한다는 걸 깨달았다. 과학이나 확률계산 따위는 아무런 힘도 없었다. 이론은 책상에 가만히 엉덩이를 붙이고 앉아 다른 사람들이 한 일이나 분석하는, '진짜' 전투를 경험해보지 못한 사람들에게 필요한 것이다. 한 치의 망설임도 없이, 오직 이런 방식으로만 문제를 해결할 수 있다는 확신으로 베이컨은 계속 방아쇠를 당기고 또 당겼다. 다시 집요한 침묵이 바이에른의 차가운 공기를 채울 때까지 오직 반사신경에만 몸을 내맡겼다. 상황은 순식간에 끝났다. 멀리서 패시 대령과 다른 부대원들의 고함소리가 들려왔다. 사격을 멈추고 밖으로 나와도 좋다는 말이었다. 베이컨은 몇 걸음 앞으로 나아갔다. 저만치에 피투성이가 된 독일 병사의 몸뚱이들이 보였다. 이에 아랑곳하지 않는 듯 태양은 아름다운 노을을 남기며 산 저편으로 넘어가고 있었다.

패시 대령은 땅바닥에 누워 있는 몸뚱이들에게 다가가 아직 숨을 쉬고 있는지 확인했다. 베이컨은 얼굴을 돌렸다. 아버지의 시신을 본 뒤부터는 죽은 사람을 똑바로 볼 수가 없었다. 토하고 싶은 생각이 굴뚝같았지만 대령 때문에 억지로 참아냈다.

"자, 이제 그만 가지, 중위."

패시 대령이 그의 마음을 읽은 듯했다.

"지체할 시간이 없다. 곧 어두워질 거야."

차바퀴에 깔려 납작해진 들쥐를 발로 밟듯 시체를 넘어 앞으로 나아갔다. 침묵은 끔찍할 정도로 무거웠다.

"저들은 어떻게 하죠, 대령님?"

"이미 하늘나라로 갔어. 그래도 우린 계속 조심해야 해."

그가 쏜 총알이 저 남자들 중 한 사람의 생명을 끊어놓았을지도 모른다. 하지만 그게 뭐 대수인가. 아마 이번 일로 윗사람들은 그에게 훈장을 수여할 것이다. 그는 자신의 분노를 희생자에게 전가하는 것 이외에 아무 일도 할 수 없다는 게 너무 싫었다. 헤이그의 집 앞에 선 호우트스미트의 눈물 젖은 얼굴을 떠올려보려고 애썼다. 독일인들은 저렇게 당해도 싸다. 저건 그들이 스스로 자초한 거야. 마을에 도착한 패시 대령과 열 명의 대원들은 재빨리 흩어져 상황을 점검했다. 베이컨은 하이젠베르크의 집이 강변에서 몇 킬로미터 떨어진 곳에 있다는 사실을 대령에게 환기시켰다.

"서둘지 마라, 중위. 일에는 순서가 있어."

대령은 혹시 저격수가 숨어 있을지 몰라 공공건물들을 철저히 수색하도록 지시했다. 그때 갑자기 무장하지 않은 독일군 장교 두 명이 패시 대령 앞에 나타났다. 그들은 도대체 어디에서 나타난 걸까? 베이컨이 통역을 했다.

"여기서 멀지 않은 곳에 대대병력이 있는데 항복을 하겠다는군요."

패시 대령은 조금도 망설이지 않고 말했다.

"그들에게 내일 당장 모두 이리로 와야 한다고 말하게, 중위."

"하지만 대령님."

"이건 명령이야."

베이컨은 곧바로 말을 전했고, 두 장교들은 사라졌다.

"그럼 내가 뭐라고 말했어야 했나? 우리는 단 열 명뿐이라고? 그들은 백 명도 넘어. 그들이 우리를 얕보게 할 수는 없네, 중위."

베이컨은 이 무뚝뚝한 남자에게 감탄했다. 함께한 시간은 짧았지만 대령의 통솔력과 결단력은 인정하고 있었다.

"이제 그 빌어먹을 놈이나 잡으러 가지."

베이컨은 대령이 어린 시절 우상이자 노벨상 수상자인 하이젠베르크를 이런 식으로 부르는 게 마음 아팠다.

부대는 밤새도록 다리를 다시 놓고 도로를 연결시키는 일에 매달렸다. 오전 여섯 시경 전투부대가 우르펠트에 도착했다. 몇 시간 뒤에는 코헬 지역에 있던 보병대대도 속속 도착했다. 다음 날 아침 마침내 그들이 하이젠베르크의 집에 도착했을 때 이 위대한 물리학자는 안락의자에 앉아 무심히 호수를 바라보고 있었다. 그의 얼굴은 분노나 원망은 커녕 고요하고 평온했다. 베이컨은 혼란스러웠다. 하이젠베르크는 키가 크고 말랐고, 얼굴은 어린애에 가까웠다. 독일인 특유의 금발머리는 얼굴에 드러난 순진함을 더욱 돋보이게 해주었다. 그러나 하이젠베르크에게는 패배를 받아들이는 영웅의 조용한 위엄이 서려 있었다. 베이컨은 이 남자의 밝고 대담한 동안童顔과 호수를 한 조각 떼어다놓은 듯한 파란색 눈을 결코 잊지 못할 것 같았다.

"안으로 들어오시지 않겠소, 여러분?"

패시 대령과 베이컨이 다가서자 하이젠베르크가 이렇게 인사했다. 집안에는 하이젠베르크의 아내 엘리자베스와 여섯 명의 자녀가 있었다. 그의 아내는 두려움과 영양결핍 때문에 더 가냘프게 보였다. 패시 대령은 하이젠베르크에게 간단히 자기 소개를 한 뒤에 미합중국 군대의 이름으로 그를 체포한다고 말했다. 하이젠베르크는 놀란 얼굴로 대령을 쳐다보았다. 그는 이렇게 빨리 체포하러올 줄은 미처 몰랐던 것 같았다. 그는 연합군이 주변 지역을 완전히 통제하고 난 뒤에야 그러리라고 믿었던 것이다. 하지만 그는 아무런 저항도 하지 않았다.

멀리서 총성이 들려왔다. 패시 대령은 그것이 저격병이거나 전날 항복한 부대의 일원일 것이라 생각했다. 공손히 예의를 지키고 있을 때가 아니었다. 그는 하이젠베르크에게 신속히 가져갈 물건들을 챙기도록 명령했고, 베이컨에게는 포로를 장갑차 안에 태우라고 지시했다. 전 대원에게 가급적 위험한 충돌을 피하라고 하면서 즉시 그를 코헬로 이송하라고 명령했다.

장갑차를 타고 가는 길에 베이컨은 하이젠베르크와 단둘이 마주했다. 베이컨은 그 몇 시간만으로도 그가 어떤 인물이며 이 시대적 사건들에 대해 어떤 생각을 품고 있는지 충분히 알 수 있었다. 처음에 그들은 서로 마주보고 앉아 무슨 말을 어떻게 해야 할지 몰라 어색해했다. 자기도 여러 해 동안 그의 이론을 공부한 물리학자이며 그를 매우 존경하고 있다는 말을 차마 어떻게 꺼낼 수 있단 말인가? 이런 상황에서 그런 얘기를 하는 건 정말 어울리지 않았다. 하이젠베르크의 고향인 바이에른의 피폐해진 풍경 속을 달리면서 그와 과학에 대한 이야기를 나누고 싶어 하다니! 베이컨은 그의 얼굴을 쳐다보지 않으려고 애썼다. 파란 눈동자에 비친 자기의 모습을 보고 싶지 않았다! 그는 자신이 몹시 부끄러웠다. 그렇게 한참이 지났는데 하이젠베르크가 침묵을 깼다.

"나를 찾아내는 게 어려웠나요?"

그가 약간 떨리는 아름다운 음성으로 물었다. 영어였다. 그의 목소리에는 숨기고 싶어도 숨길 수 없는 자긍심의 흔적이 남아 있었다.

"네, 상당히."

베이컨은 독일어로 대답했다.

"오! 독일어는 군대에서 배웠습니까?"

하이젠베르크는 잠깐 놀란 표정을 지었지만 과장되지 않은 차분한 말투로 이렇게 물었다. 장갑차가 덜컹거렸다.

"아뇨, 프린스턴 대학에서 배웠습니다."

"프린스턴 대학이오? 그곳에서 무엇을 공부했습니까?"

베이컨은 사실대로 말하고 싶지 않았다.

"경제학입니다."

그는 생각나는 대로 아무렇게나 대답했다. 몇 분쯤 뒤에 하이젠베르크가 다시 말을 꺼냈다.

"참 아름다운 도시지요. 프린스턴 말입니다. 나도 몇 번 간 적이 있어요. 학술회의 때문에."

"마지막으로 미국에 가셨던 게 언제입니까?"

"1939년, 전쟁이 시작되기 직전이었죠."

하이젠베르크는 돌연 당시의 일들이 떠오른 듯 말을 멈추었다.

"채 여섯 해도 안 되었는데 벌써 까마득하게 느껴지는군, 안 그래요? 나는 당신 나라에서 살려고 여러 번 노력했죠."

베이컨은 냉혹하게 굴 생각은 전혀 없었지만 이 마지막 말은 좀 지나치다고 느꼈다. 잠시 망설이다가 이렇게 물었다.

"그런데 왜 그렇게 하지 않으셨나요?"

하이젠베르크는 다시 침묵 속에 빠져들었다. 그는 천천히 머리카락을 쓸어올린 뒤 여자같이 섬세한 두 손을 포개어 잡았다.

"요즘은 세계 어디서나 맥주를 마실 수 있습니다. 그중에는 좋은 것과 나쁜 것이 있어요. 또 흑맥주, 호밀맥주, 심지어는 후추 맛이 나는 맥주까지 수백 가지 종류가 있지요. 하지만 우리는 우리의 고향 바이에른에서 만든 맥주를 마셔야 합니다. 설령 바이에른 맥주가 나빠지더라도, 벨기에나 네덜란드 맥주보다 더 나쁘더라도, 우리는 그것을 어떻게든 더 좋게 만들어서 마셔야 합니다. 정치가들이 맥주산업에 해를 끼친다면 우리는 그에 반대하면서 맥주가 나날이 더 좋아지도록 온 힘을 기울일 겁니다. 내 말을 이해하시겠어요?"

"조금 알 것 같군요."

베이컨은 이렇게 대답했지만 실제로는 그 말을 완전히 납득할 수 없었다. 한 남자가 민족주의자이고, 자기 고향을 몹시 사랑해서 최악의 상황에서도 그곳을 떠나려 하지 않았다는 것까지는 이해가 되었지만, 그토록 범죄적이고 사악한 정부를 위해 자신의 지식과 학문을 사용했다는 건 도저히 용납할 수 없었다. 그건 악에 대한 봉사였다. 그는 도덕적인 차원에서 이 문제를 생각해야 했다. 넘치는 존경심에도 불구하고 베이컨은 하이젠베르크가 히틀러 치하에서 계속 침묵을 지킨 것에 대해서는 혐오감을 지울 수 없었다. 다시 호우트스미트의 부모를 생각하자 그에 대한 연민은 순식간에 사라졌다.

장갑차 안에는 다시 침묵이 흘렀다. 하이젠베르크는 마치 동전을 찾는 것처럼 바닥만 내려다보았다. 그는 지금 용서의 가능성을 찾고 있는 것인지도 모른다. 그런데 그는 과연 자신의 도덕적 의무를 다했을까?

어찌되었건 그의 행위는 명백하게 잘못된 게 아닐까? 그걸 알아내는 건 불가능하리라. 그가 발견한 불확정성원리는 여기서도 적용되고 있었다.

다음 날 하이젠베르크와 베이컨은 알소스 특명 팀의 남쪽 전진기지 인 하이델베르크에 도착했다. 세계에서 가장 아름다운 명소로 손꼽히 는 이 고색창연한 대학도시는 지금 죽음처럼 음산한 분위기로 뒤덮여 있었다. 네카 강에 비친 도시의 모습은 언덕 위에 솟아 있는 오래된 성 처럼 베이컨의 마음을 혼란스럽게 했다. 저 멀리 숲에 드리워진 성의 어둡고 슬픈 그림자가 보였다. 현실은 항상 중립적이다. 아름다움과 추 함이란 게 모두 관찰자의 주관적 감정에 달려 있다는 사실이 베이컨에 게 이처럼 확실하게 다가온 것은 처음이었다.

본부에서 그들을 맞이한 사람은 호우트스미트였다. 그는 하이젠베르 크에게 냉랭한 태도로 인사를 건넸다. 하이젠베르크는 후회하는 기색 없이 침착하고 의연했다. 호우트스미트는 베이컨의 노고를 치하한 뒤 에 하이젠베르크를 본부 건물로 데려갔다. 거기서 하이젠베르크는 여 러 시간 동안 심문을 받았다. 두 사람이 마지막으로 만난 것은 하이젠 베르크가 전쟁 직전 미국을 방문했을 때, 미시간 대학에서였다. 그때와 지금 사이에 가로놓인 것은 정신의 기만적 가설이라고 불리는 시간뿐 이 아니었다. 두 사람 사이에는 이제 형리와 죄인, 판관과 피고라는 윤 리적 심연이 가로놓여 있었다. 심문을 마친 호우트스미트는 베이컨과 저녁식사를 하며 말했다.

"그에게 미국에서 함께 일하자고 권한 적도 있어."

호우트스미트는 씁쓸한 표정을 지었다.

"그랬더니 그가 뭐라고 대답했는지 아나, 중위?"

"뭐라고 했죠?"

"독일인 특유의 거만한 태도로 간단히 말하더군. 독일이 나를 필요로

하기 때문에 갈 수 없다고."

호우트스미트는 손으로 이마를 짚고 지그시 눈을 감았다.

"독일이 자기를 필요로 한대. 이해하겠나, 중위?"

다음 날 호우트스미트는 바게, 디브너, 게를라흐, 한, 하르테크, 코르싱, 폰 라우에, 폰 바이체커, 비르츠, 하이젠베르크 등 열 명의 포로를 미군 당국에 인계했다. 이로써 알소스 특명의 임무는 다 끝났다. 포로들은 베르사유의 더스트빈 포로수용소에 수감되었다.

베이컨은 그때 이후로 그 포로들을 다시 만나지 못했다. 그들은 스코틀랜드 출신의 물리학자 R. V. 존스의 제안으로 몇 달 뒤 모두 영국 정보국 MI6가 있는 고드맨체스터의 팜홀로 이송되었다는 소식만 들었다. 존스는 애버딘 대학의 자연철학 교수 출신으로 영국 공군 정보연대의 사령관이었다. 팜홀에서 그들은 영국 신문과 BBC 라디오방송을 통해 1945년 8월 6일에 히로시마에 첫 번째 원자폭탄이 투하된 사실을 알게 되었다. 연합군측이 그들을 앞지른 것이다. 그들에겐 이 패배가 군사적 패배보다 더 충격적이었던 모양이다. 호우트스미트가 베이컨에게 편지로 전해준 소식에 따르면, 우라늄 프로젝트의 총지휘자인 발터 게를라흐는 이 소식을 듣자마자 전투에 패한 장군처럼 밤새도록 눈물을 흘렸다고 한다. 당시만 해도 베이컨은 R. V. 존스가 팜홀에 수용된 열 명의 독일 물리학자들이 나누는 이야기를 듣기 위해 벽에 마이크를 설치하고 그 내용을 모두 녹음했다는 사실은 알지 못했다.

베이컨의 도움 요청에 호우트스미트는 이른바 '입실론 작전'이란 것이 존재한다는 말과 함께 팜홀에서 도청한 녹음내용의 일부를 뉘른베르크 미 주둔군 본부로 보내주었다. 호우트스미트는 어쩌면 거기에서 클링조르 문제의 단서를 발견할 수 있으리라고 생각했던 것 같다.

베르너 하이젠베르크와 그의 동료들이 나눈 대화에 등장하는, 이해할 수 없는 방식으로 조합된 낱말들의 의미를 해독하는 것은 비교적 손쉬운 일이었다. 베이컨은 희미한 미소를 머금은 채 이 일에 매달렸다. 그는 팜홀에서의 대화를 더 많이 듣고 싶었지만(그는 특히 미국의 원자탄 개발 성공에 대해서 독일 과학자들이 뭐라고 말하는지 들어보고 싶었다) 호우트스미트는 클링조르와 관련 가능성이 있는 부분들만을 골라서 보내주었다. 그것은 거의 대부분 제국학술연구위원회의 물리학부를 마지막까지 이끌어온 발터 게를라흐와 나치당원인 쿠르트 디브너 사이에 오간 대화였다. 간혹 하이젠베르크와 오토 한도 등장했다. 게를라흐와 디브너는, 베이컨이 녹음내용을 통해 파악한 바에 따르면, 독일 과학자들이 진행하는 세부적인 연구에 참여한 것이 아니라 제국학술연구위원회와 히틀러가 승인한 다른 비밀 프로젝트들을 연결시켜주는 행정적인 업무를 담당했다. 녹음내용을 처음 들었을 때 베이컨은 가벼운 실망감을 느꼈다. 히틀러의 과학고문이라는 클링조르의 이름이 단 한 번도 언급되지 않았기 때문이다. 약간 김이 빠진 상태에서 베이컨은 녹음 텍스트를 다시 한 번 세심하게 검토했다.

(1945년 8월 6일. BBC가 히로시마에 원폭투하 사실을 발표하고 몇 시간 후)

한 : 미국인들이 우라늄 폭탄을 가진 것이 사실이라면 우리 모두는 2류로 전락하는 거로군.

비르츠 : 문제는 과학적 수준이 아니라 연구가 수행된 방식이었소. 독일의 정치가 과학을 말아먹은 거요.

게를라흐 : 우리는 그저 지시에 따랐을 뿐이지. 우린 우리가 전혀 관여할 수 없었던 상부의 계획에 단순히 복종해야 했으니까.

비르츠 : 계획들, 온통 계획들뿐이었소. 우리가 오직 한 가지에만 집중

해서 매달렸어도……. 왜 우린 그렇게 못 했을까? 그게 실수였소.

게를라흐 : 우리가 맡은 프로젝트는 여러 개 중 하나에 불과했소. 그는 이 프로젝트를 최우선 과제로 여기지 않았기 때문에 지원을 충분히 허락하지 않았소.

바게 : 더 중요한 과제가 무엇이었단 말이오?

게를라흐 : 그가 다른 걸 더 중시했다는 건 틀림없는 사실이오. 그래봤자 실현도 되지 못할 뜬구름 잡는 아이디어였지. 우리에게 지원을 조금만 더 잘 해주었어도 이렇게 되진 않았소. 그 많은 돈을 그렇게 말도 안 되는 비과학적인 헛짓에다 써버리다니! 그 계획은 '선조의 유산' 프로젝트나 마찬가지로 엉터리였소.

(1945년 8월 10일)

하이젠베르크 : 우리의 계산은 틀리지 않았소. 연쇄반응을 일으키는 데 필요한 임계질량도 마찬가지고.

디브너 : 그럼 어디서 잘못되었던 거요?

게를라흐 : 우리에게 우라늄을 충분히 확보해주지 못한 것이 문제였소. 학술연구위원회에서는 우리가 전쟁이 끝나기 전에 실전 배치할 폭탄을 제조할 수 있을 거라고 기대하지 않았던 것 같소. 우리는 히틀러에게서 슈페어로, 보어만으로, 괴링으로 연구비 지원을 요청하러 찾아다니느라 볼일 다 본 거요. 우리 프로젝트는 언제나 우선순위에서 밀려났지. 그는 한 번도 우리 말에 진지하게 귀를 기울이지 않았소.

디브너 : 사실 우리가 그리 많은 걸 원한 것도 아니었소. 대형원자로를 만들어 안정적인 연쇄반응을 확보하는 게 전부였지.

게를라흐: 다시 말하지만 그는 우리에게 꼭 필요한 지원조차 제대로 해 주지 않았소. 우린 그래서 실패한 거요. 그는 엉뚱한데다가 예산을 낭비했소.

나머지 테이프에도 더 의미 있는 내용은 없었다. 불평, 양심의 가책, 서로에 대한 비난, 실패에 대한 모호한 유감 따위가 고작이었다. 단 한 가지 눈에 띈 점은, 원자연구에 투입되었어야 할 대부분의 지원이 다른 '비밀' 프로그램에 사용되었다는 게를라흐의 거듭된 불평이었다. 그렇다면 그런 지원을 실질적으로 결정한 사람은 누구였단 말인가? 여기서 계속 언급되는 '그'는 도대체 누구일까? 베이컨은 기분이 좋지 않았다. 이런 애매한 언급만 가지고 클링조르의 존재를 믿어도 되는 걸까? 공연히 스스로 위험을 자초하는 건 아닐까? 그냥 클링조르는 숱하게 등장하는 여러 이름들 중 하나에 불과하다고 보고한 뒤에 이쯤에서 손을 드는 게 더 낫지 않을까?

평행우주론

1946년 11월 2일, 뉘른베르크

발신인 : 프랜시스 P. 베이컨 중위

수신인 : 존 폰 노이만 교수

존경하는 교수님

그동안 서로 연락한 지가 너무 오래 되어서 말씀드리고 싶은 게 아주 많지만 어디서부터 시작해야 할지 막막하군요. 윈스턴 처칠이 말했듯이 우리는 소화할 수 있는 것보다 훨씬 더 많은 역사가 만들어지고 있는 시대에 살고 있습니다. 교수님께서 말씀하신 전쟁 게임은 생각했던 것보다 훨씬 더 삭막하고 지루해서 자칫 상투적인 나락에 빠지기 쉬웠습니다. 하지만 이건 교수님께서 더 잘 아실 테니까 그만두겠습니다. 다만 한 가지, 이런 종류의 게임은 아예 시작을 하지 않는 것이 가장 좋은 해법으로 보인다는 말씀은 꼭 드리고 싶습니다. 그것이 아무리 참기 어려운 일이라 해도 말입니다.

그 사이 저는 다른 게임에 참여하게 되었습니다. 위험은 덜하지만, 어쩌면 바로 그 때문에, 어려움은 훨씬 더 큽니다. 제가 지금처럼 군인이 될 줄은, 그러니까 일반원칙을 뒤쫓는 물리학자가 아니라 사람을 뒤쫓는 인간사냥꾼이 될 줄은 정말 꿈에도 생각하지 못했습니다. 여기에는 교수님도 어느 정도 책임이 있으시니 감히 한 가지 도움을 부탁드리겠습니다. 너그러이 용서하십시오. 지금부터 간단히 문제의 개요를 설명해드리겠습니다. 설마 야박하게 거절하지는 않으시겠죠? 고맙습니다. 저의 문제는 지금 게임을 하고 있는 중인데 게임의 이름도 모르고, 게임 규칙이나 승리의 기준이 무엇인지 전혀 모른다는 것입니다. 교수님의 이론을 위한 새로운 게임 타입으로 아주 훌륭하지 않습니까? 게이머들이 나중에 얻게 될 보상이나 벌이 무엇인지도 모르면서 서로 싸우는 게임이죠. 교수님께서 여러 해 동안 애써서 만든 논리를 무너뜨리는 게임이 될 수도 있지 않을까 합니다. 너무 지나친 과장인가요? 아직도 저는 인내심이 부족한 편입니다. 그것은 교수님께서 누구보다도 더 잘 아실 줄 믿습니다. 제 앞에는 거대한 미로가 있는데, 제가 손에 쥔 것이라고는 가냘픈 아리아드네의 실타래뿐입니다. 언제 끊어질지 모르는 실 한 가닥에 의지해 암흑에 싸인 이 시대의 독일 속으로 들어가는 것은 몹시 두렵습니다. 물론 이것은 비밀임무입니다. 저는 아무에게도 이 이야기를 꺼내서는 안 되지만 위험을 무릅쓰고 교수님께 도움을 요청드립니다.

그럼 본론으로 들어가지요. 혹시 '클링조르'라는 이름을 들어보셨나요? 저는 이게 그냥 쓸데없는 해프닝인지, 아니면 삭제된 재판증언에 나와 있는 이 이름이 정말로 어떤 중대한 사건과 관련이 있는지 전혀 모르겠습니다. 제가 교수님께 말씀드릴 수 있는 건 단지 '클링조르'가 어떤 독일 과학자의 가명이란 사실과 그 사람이, 몇몇 사람들의 주장에 따르면, 대단히 중요한 인물일 거라는 추측뿐입니다. 그가 독일 연구센터에서 활약한 히틀러의 스파이일 거라는 소문도 있습니다만 별로 신빙성은 없어 보입니다. 어쨌든 방첩대는 제게 이 문제를 맡겼습니다. 제가 너무 쓸데없는 수다를 늘어놓은 것은 아닌지 모르겠습니다. 앞서 말씀드렸듯이 제겐 교수님의 도움이 간절히 필요합니다. 이미 몇 가지 준비 작업을 끝마쳤는데도 저는 아직 어디서 어떻게 접근해야 할지조차 모르는 형편입니다. 교수님의 답변을 초조한 마음으로 기다리고 있겠습니다.

1946년 11월 9일, 프린스턴
발신인 : 존 폰 노이만 교수
수신인 : 프랜시스 P. 베이컨 중위

친애하는 베이컨
자네의 소식을 듣게 되어 반가웠다네. 그건 자네가 아직 살아 있다는 의미니까. 논리적으로 추론하자면 말일세. 아주 오래전 런던에서 마지막으로 보고 자네 소식을 통 듣지 못했잖나? 우리는 얼마나 이상한 시대에 살고 있는지 모른다네. 이 시대는 우리 과학자들에게 아첨이라도 하는 듯 재빨리 흐르고 있어. 나도 냉혈한은 아닐세. 지금 인류가 그 어느 때보다도 더 폭력적이고 비극적인 시대를 겪고 있다는 건 나도 잘 알지. 하지만 다른 선택의 여지가 없었다고 확신하네. 전쟁은 '지금' 끝내야만 했어. 끔찍한 일은 우리가 하나의 전쟁을 채 끝내기도 전에 벌써 다음 전쟁이 시작되고 있다는 것이지. 소련하고 말일세. 내 단언하네만 러시아인들은 나치보다도 더 위협적인 존재임에 틀림없어. 나는 헝가리에서 공산당의 통치를 겪으며 살았네. 그건 정말 지옥보다 더 심했어. 그러면 이제 스탈린을 상대로 이길 수 있는 방법을 우리의 게임 이론에 다시 물어보기로 하세.
베이컨, 난 자네에게 전쟁이 벌어지고 있던 지난 몇 달 간 우리가 뉴멕시코에서 한 흥미로운 작업들을 하나도 빠짐없이 들려주고 싶네만 그러기에는 지금 내가 너무 지쳐 있군. 게다가 자네도 알다시피, 당국은 이 작업에 대해 말하는 것을 엄격하게 금하고 있지. 그럼 자네가 한 질문에 답해보도록 하겠네. 여기엔 아주 재미있는 사실이 있다네! 행운의 여신은 틀림없이 우리편이 되어줄 거야. 사실 난 자네 때문에 무척이나 고생을 했어. 다행히 헛수고를 한 것처럼 보이지는 않지만. 난 워싱턴과 런던에 있는 친구들뿐만 아니라 패튼과 아이젠하워의 주변 인물들과도 그 문제에 대해서 이야기해보았다네. 처음엔 예상했던 대로 한결같이 묵묵부답이었어. 모두들 '미안해, 조니. 우리도 클링조르가 누군지 모르겠어!'라고만했지. 그래도 계속 물고 늘어졌더니 그놈의 클링조르 이야기는 제발 그만하라더군. 그래서 난 '당신들이 말해줄 때까지 계속 괴롭힐 거야. 난 정보부 고문이란 말이야, 알겠어?' 하고 엄포를 놓았지. 이런 식으로 매일같이 전화를 걸었지만 저들은 항상 똑같은 침묵으로 일관했어. 관료주의는 어디서나 다 똑같이 지독하거든. 우린 절대로 네 질문에 쉽게 답해주지 않는다, 이게 관료주의자들의 철칙이지. 질문을 받은 직원은 상급자에게 허락을 요청하고, 상급자는 다시 더 높은 상급자에게 허락을 받고, 이런 식으로 계속 나가다 결국 국방부나 국무부장관, 대통령에게까지 올라가는 걸세. 이런 작자들하고 일하려면 정말 인내심으로 무장을 하지 않으면 안 되지. 아무튼 예상했던 대로 결국 문은 열리고 말았어.

하지만 지나친 기대는 하지 말게. 이건 그저 작은 단서에 불과하니까. 그래도 시작은 해볼 수 있을 걸세. 큰 걸 얻으려면 언제나 작은 데서부터 시작해야 해. 가령 소립자들을 생각해보게, 베이컨. 그 작은 것들이 우주 전체를 만들어내지 않는가 말이야. 그럼 지금부터 하는 내 이야기를 잘 들어보게. 1944년에 독일군 장교 몇 사람이 히틀러를 암살하려고 했네. 그들의 계획은 그를 죽이고 쿠데타를 일으켜 나치정권을 몰아내는 것이었어. 이 일이 성공하면 연합군측과 평화조약을 맺기에 유리한 조건을 만들어낼 수 있다고 기대했지. 어설픈 몽상가들! 어쨌든 그들은 그 계획을 추진했고, 7월에 총통의 사령부에 폭탄을 터뜨리는 데 성공했지만 불행히도 거사는 실패했지. 히틀러가 멀쩡하게 살아남았던 거야. 결국 쿠데타는 히믈러와 SS의 잔혹한 진압으로 불발되었어. 그자들은 정말 그런 일에 전문가잖아. 여기까지는 하나도 새로울 것이 없는 이야기야. 오늘날에는 대부분 잊혀진 이야기이고. 이 모반사건은 군인과 외교관, 일반인이 총망라되었기 때문에 히틀러는 사건에 관련된 사람들을 모두 체포하도록 명령했어. 그때 반란죄로 처형된 사람들 중에는 암살범들과 겨우 얼굴만 아는 먼 친척들도 많았지. 8월부터 12월까지 수백 명도 넘는 사람들이 체포되었고, 그중 대부분이 총살당하거나 집단수용소로 보내졌어.

그런데 이야기는 지금부터 흥미로워진다네. 체포된 사람들 중에는 모반에 가담한 장교와 절친한 사이인 수학자 한 사람이 있었어. 그도 다른 사람들처럼 반란죄로 베를린의 특별재판소 법정에 섰지. 하지만 어떤 이유에서인지 그는 사형을 모면했고 교도소를 전전하다가 결국 종전을 며칠 앞둔 시점에 우리측 군에 의해 석방되었어. 본의 아니게 우리를 돕게 된 두 가지 우연이 아니었다면 이 이야기는 그저 그런 사연으로 더 이상 우리의 관심을 끌지 못했을 걸세. 그 우연의 하나는, 그가 체포되었던 이유를 묻는 미국 장교의 질문에 이게 다 클링조르 때문이라고 답했다는 것이네. 그 장교는 클링조르에 대해 더 캐물었지만 그 남자는 1944년 7월의 암살사건과 관련된 이야기만 되풀이했어. 더 놀라운 건 두 번째 우연이지. 그건 내가 그를 잘 알고 있다는 것일세. 베이컨, 그 수학자는 전쟁 전에 내가 사귀었던 친구였어. 구스타프 링스!

아주 겸손하지만 머리가 비상한 친구였지. 나는 괴팅겐에서 힐베르트를 공부하던 시절에 베를린에서 그를 처음 만났어. 1927년이었을 거야. 나와 비슷한 또래였는데, 벌써 수학자협회에서 비상한 관심을 받던 인물이었어. 내 기억으로 그는 칸토어의 연속체 딜레마에 푹 빠져 있었어. 그는 라이프치히 대학에서 공부했고 나중에 베를린 대학에서 박사과정을 밟았지. 우리는 1936년까지는 가끔 연락을 주고받았는데 그후론 영영 소식이 끊기고 말았어.

정말 재미있는 우연 아닌가? 다행히도 그는 아직 살아 있어. 내 생각에 그가 아마 자네 일을 가장 잘 도와줄 수 있는 인물 같네. 바로 우리가 찾던 사람이야. 게다가 그가 지금 어디에 머물고 있는지 아나? 아주 쉬워. 소련 점령지역에 있던 과학자들을 제외한 거의 모든 독일 과학자들이 다 모여 있는 곳이 어디일까? 바로 괴팅겐이야. 그곳에서 그를 찾기는 너무 쉽겠지? 그럼 자네의 게임에 행운이 따르길 비네, 베이컨. 일의 진척상황에 대해 계속 알려주길 부탁하네.

1946년 11월 28일, 뉘른베르크
발신인 : 프랜시스 P. 베이컨 중위
수신인 : 구스타프 링스 교수

존경하는 교수님

제 이름은 프랜시스 P. 베이컨이라고 합니다. 저는 프린스턴 대학에서 공부한 물리학자이고, 현재 독일에 머물며 미군에서 의뢰한 조사를 담당하고 있습니다. 저의 지도교수이자 교수님의 친구인 존 폰 노이만 교수님께서 링스 교수님이 제게 도움을 주실 수 있을 거라고 말씀하셔서 이렇게 연락을 드립니다. 교수님만 괜찮으시다면 한 번 괴팅겐으로 찾아가 뵙고 싶습니다. 제게 도움을 주신다면 더없이 감사하겠습니다.

*　　　*　　　*

도대체 내가 그 물리학자에게 무슨 도움이 된단 말일까? 게다가 그가 경솔하게 밝힌 바에 따르면, 미군에 소속되어 있는 모양인데, 그가 내게 원하는 게 대체 뭘까? 폰 노이만은 무슨 이유로 내가 그에게 도움을 줄 수 있을 거라고 말했을까? 내 고통은 도대체 언제쯤이나 끝날까?

1945년에 석방되었지만 나는 좀처럼 다시 정상생활로 되돌아가지 못했다. 독일은 완전히 폐허로 변했고, 연합군은 얄타와 테헤란에서 맺은 협약에 따라 시체를 서로 나누어갖느라 정신이 없었다. 우라늄 프로젝트에서 일했던 물리학자들과 달리 나는 그저 단순한 수학자에 지나지 않았다. 비록 프로젝트의 여러 단계에서 하이젠베르크의 계산을 도와준 일은 있었지만 그때의 내 역할이란 아주 작은 곁가지에 불과했다. 나는 '우라늄 클럽'의 멤버들이 처한 가혹한 운명에서 벗어날 수 있었다. 저들이 나를 전리품으로 보지 않았으므로 파리나 팜홀로 데려가는 일은 일어나지 않았다. 나는 중요 인물이 아니었다. 나치 시절 나의 위치와 행적을 확인한 미국인들은 곧 자유롭게 풀어주었다. 전쟁이 끝나고 난 몇 달 뒤에는 괴팅겐으로 옮겨가도 좋다는 허락도 받아냈다. 손에 잡히는 대로 몇 가지 소지품들을 챙긴 나는, 마리안네가 죽은 뒤로는 어차피 챙길 물건도 별로 없었지만, 영국 점령지역에 있는 황폐한 대학도시로 피신하듯 서둘러 떠났다.

복수심에 불탔던 프랑스인들과 미국인들이나 독일의 연구 성과를 자기 것으로 챙기기에 바빴던 러시아인들과는 달리 영국인들은 비교적 관대했다. 반권위적 전통이 몸에 밴 영국인들은 연합국의 통제하에 어느 정도 자율성을 부여하는 것이 유럽의 미래에 평화와 안정을 가져올 수 있다고 믿었다. 이런 믿음으로 그들은 괴팅겐을 독일의 새로운 학문 중심지로 만들려고 했다. 이 도시의 유일한 단점은 소련 점령지역과 너무 가까이 붙어 있다는 것이었다.

괴팅겐에 도착했을 때 나는 그저 나 자신의 그림자에 불과한 존재였다. 아무것도 내 관심을 끌지 못했고, 아무것에도 흥미를 느끼지 못했다. 나는 아무도 아니었다. 머릿속에는 그저 지금까지의 내 삶이 얼마나 공허한 것이었던가 하는 생각밖에 들어 있지 않았다. 그렇게 애지중지하던 수와 공식, 이론, 공리 따위는 그 혼란의 와중에서 나를 침묵의 동조자로, 공범으로 만든 도구들에 불과했다. 1946년에 독일 과학자는 벌레만도 못한 하찮은 존재였다. 모든 것이 파괴된 세계에서 누가 이런 인간과 상종하길 바라겠는가? 벽돌 한 장도 쌓지 않으면서 그 형식이 어떻고, 치수가 어떻고, 법칙이 어떻다고 떠들어대기나 하는 아무 짝에도 쓸모없는 무용지물. 나는 쓸모없을 뿐만 아니라 불필요한 잉여적 존재였다. 나중에 어떤 철학자가 말한 것처럼 아우슈비츠 이후에는 더 이상 아무것도 쓸 수 없게 된 게 사실이라면, 그것은 아우슈비츠 이후에는 어떤 행복도 더 이상 누릴 수 없게 되었기 때문이리라. 시를 쓰는 것조차 불가능하다면 수학에 대해서는 대체 무슨 말을 하겠는가? 수백만의 사람들이 살해당한 마당에 칸토어나 연속체 가설에 어떤 관심을 가질 수 있을까? 내가 어떤 표정으로 거리에 나설 수 있을까?

나는 도시 외곽에 있는 파괴된 주택지역 한 곳에 자리를 잡았다. 이웃에는 다 허물어져가는 방 하나에 대가족이 둥지 안의 새처럼 옹기종기 모여 살았다. 앞으로 어떻게 살아가야 할지 도저히 알 수 없었다. 2월 말쯤에 베르너 하이젠베르크와 오토 한이 괴팅겐으로 왔다. 오토 한은 핵분열의 발견으로 자신에게 노벨상이 주어졌다는 사실을 그때야 알았다. 두 사람은 영국의 승인하에(물론 영국은 다시 미국의 승인을 받아야 했지만) 카이저빌헬름 연구소의 물리학부와 화학부를 재건했다. 이것은 도시에 약간의 활기를 불어넣어주었다. 하지만 나를 무기력 상태에서 끄집어내기엔 역부족이었다. 내겐 아무런 힘도 의지도 없었다. 마치 로봇

이 된 것처럼 무감각하게 대학이 제시한 수학과 교수직을 맡았다. 그나마 그것이 제일 손쉽게 빵을 구할 수 있는 방법이기 때문이었다. 어떤 연구를 진행시키거나 학술활동에 참가하려는 노력은 전혀 하지 않았다.

내가 그러고 있는 동안 연합군측은 모든 공공부문에서 나치의 잔재를 청산하는 일에 열을 올리고 있었다. 그들은 독일인들에게 나치정부와 관련이 있는 단체에 어떤 식으로든 소속된 적이 있느냐고 끊임없이 되풀이해서 물었다. 독일인이라면 누구나 이런 설문조사에 의무적으로 답해야 했다. 그런 적이 있다고 답한 사람들은 모조리 군사법정에 섰다. 나치 당원이었거나 나치와 관련된 조직의 구성원이었던 것 때문에 유죄판결을 받은 사람은 공직에서 일하는 것이 금지되었다. 독일의 대학은 전통적으로 국가기관에 속했으므로, 나치 시절의 교수들은 교수직을 잃지 않기 위해 거의 대부분 당에 입당했다. 그래서 많은 우수한 학자들이 다시 대학으로 돌아올 수 없었다. 그 덕에 대학에는 능력이 모자라거나 아직 공부가 더 필요한 학자들로 우글거렸다.

내가 군사법정에서 섰을 때 많은 사람들이 나치와 나의 무관함을 증언해주었다. 내게 유리한 증언들도 해주었다. 이 결백증명서 덕택에 나는 1946년 괴팅겐 대학 수리논리학부 부교수로 임명될 수 있었다.

베이컨 중위의 편지를 받았을 때 나는 곧 이것이 예정된 운명의 부름이란 걸 알아차렸다. 그런데도 처음에는 모른 체하려고 애썼다. 나는 이 편지가 당시 매일같이 벌어지고 있는 일상적인 조사를 알리는 것에 불과하다고 스스로 설득하려고 했다. 존 폰 노이만의 이름이 그렇지 않다는 것을 분명히 말해주고 있었는데도. 조니가 단순히 하급장교 한 사람의 사무를 돕기 위해 내 이름을 떠올렸을 리는 만무했다. 그 뒤에는 분명히 다른, 훨씬 더 중요한 무언가가 있었다. 문제는 내가 거기에 관여할 것인가 하는 선택뿐이었다. 정녕 그러길 원하는가? 다시 과거의 고통 속으로 들어가고 싶은가? 히틀러 치하에서 12년 동안 겪은 끝에 이제 간신히 가라앉기 시작한 두려움을 다시 불러낼 것인가? 그냥 잊어버리는 것이 최선이 아닐까? 다른 사람들도 모두 침묵하고 있는데. 지옥의 이름을 부르는 것은 엄격히 금지된 일이었다.

아리스토텔레스가 모든 일에는 반드시 원인이 있다고 말했다. 그렇다면 나는 이 모든 것의 책임을 폰 노이만에게 돌려야 할까? 그가 내 이름을 언급했기 때문에? 아니면 그가 그저 아무 생각 없이 제자에게 보낸 단순한 편지 한 장이 원인이 될까? 조니는 그냥 우연히 이 일에 관련된 것이 아닐까? 그는 정말 우연과 관계가 깊은 인물이니까 말이다.

프랜시스 P. 베이컨 중위는 미군 군복 차림으로 썰렁한 내 연구실을 찾아왔다. 첫눈에 나는 그가 불손하다고 느꼈다. 그뿐만 아니라 내게 겁을 주려 한다는 생각까지도 들었다. 그때 괴팅겐에서 본 그의 첫인상은 그랬다. 지나칠 정도로 키가 큰 그는 제복이 자기에게 어울리지 않는 사실을 알고 있는 듯 어색하게 미소지었다. 등은 약간 굽었고 팔다리는 너무 길었다. 내게 손을 내밀어 악수를 청했을 때 그의 옷소매가 팔뚝까지 올라갔다. 전체적으로 못생긴 모습은 아니었다. 영리해 보이는 눈은 보고서에 쓰기 위함인지 내 연구실 내부를 하나도 빠짐없이 샅샅이 관찰했다. 그가 보여주는 어색함 속에는 어떤 활력이 감춰져 있었다. 나이는 서른 살 정도로 보였다(나는 오차를 ±2 정도로 보았는데 나중에 알고 보니 내 추측은 매우 정확했다). 그는 나보다 열다섯 아래였다.

그는 자신의 능력을 과신하는 젊은 과학자 특유의 오만함과, 우월한 위치에 있는 사람이 내보이는 미심쩍은 친절함을 지니고 있었다. 자신의 내면을 겉으로 드러내지 않을 만큼의 영리함과 냉소적인 태도도 갖추고 있었다. 초조해 보이는 여러 동작들은, 아마 나의 소극적인 태도 탓에 촉발된 듯했는데, 조금 신경에 거슬렸다. 턱과 목 언저리에 긁힌 상처가 있는 건 이리로 오는 도중에 급히 면도를 한 흔적 같았다. 왼쪽 눈썹을 자주 씰룩였는데, 그건 피부에 커다란 분화구들을 남긴 여드름과 함께 그가 다혈질이라는 것을 보여주고 있었다. 그러나 두툼하고 메마른 입술은 거칠고 섹시한 관능미가 느껴졌다. 뾰족한 코와 넓고 다부진 이마는 부정적인 의미로 할리우드 타입이라고 할 만했지만. 이런 세세한 부분들이 모아져서 만들어낸 전체적인 인상은 한마디로 이랬다. 이 남자는 사람을 죽일 수는 있지만 그 때문에 느끼게 될 죄책감을 잘 알기에 결코 그렇게 하지 않을 사람 같았다.

그를 처음 본 순간부터 나는 그 직선적이고 오만한 눈길 뒤에 숨은 겁 많고 내성적인 젊은이를 즉시 알아챘다. 이것은 매일매일 찾아와 괴롭혔던 저 난폭한 군인들 앞에 섰을 때 못지않게 나를 두렵게 했다. 어쩌면 그는 자신의 이런 특성을 의식조차 하지 못할 것이다. 내면의 약점은 오히려 단호함으로 표출될 것이고 이것은 다른 사람을 두렵게 만드는 힘이 된다. 그는 자신이 어떤 사람이란 걸 내가 전혀 눈치 채지 못할 거라는 듯이 정중하게 자신을 소개했다. 나는 그에게 자리를 권했다. 그는 자리에 앉자마자 곧바로 본론으로 들어갔다.

"교수님께서는 나치당원이셨습니까?"

그가 이미 나의 대답을 알고 있으리란 건 분명했다.

"아뇨."

"당과 관련된 조직에 소속된 적도 없었습니까?"

"그런 질문에는 벌써 천 번도 더 대답했소. 내 기록을 읽어보시지 않았소? 그런 조직에 들어간 적은 한 번도 없소."

"그럼 왜 독일에 남으셨죠?"

"독일은 내 고향이오. 당신도 그렇게 했을 거요."

"전 잘 모르겠습니다. 히틀러 같은 사람이 통치하던 특수 상황에서는요."

그 역시 이런 형식적인 문답을 가급적이면 빨리 끝내려는 듯 약간 지루한 표정이었다.

"문제를 너무 단순화시키는군. 사람들의 그런 확신에 난 정말 넌덜머리가 나. 하지만 문제가 처음부터 그렇게 확실했던 건 아니오. 1933년에 히틀러가 자기 이마에 '나는 살인자다'라거나 '나는 제2차 세계대전을 일으킬 거다'라거나 '나는 수백만의 사람들을 죽일 거다'라고 써붙이고 다닌 건 아니란 말이지. 그렇게 간단하지는 않았소."

"하지만 교수님은 그가 무슨 계획을 품고 있었는지 알고 계셨습니다. 그가 나라를 다시 무장시키려 한다는 걸, 반유대주의가 그의 선거공약 중 하나란 걸 알고 계셨단 말이지요. 자신은 아무것도 몰랐다는 말씀은 더 이상……."

"당신이 내 말에 동의하든 않든 상관없소, 중위. 난 지금 나를 포함해 어느 누구도 변호하고 싶은 생각이 없소."

"좋습니다. 그럼 교수님은 왜 히틀러에게 공개적으로 저항하지 않으셨죠?"

이 질문은 어리숙했다. 폰 노이만이 내게 애송이를 보냈군!

"공개적으로?"

나는 웃음을 참으며 대답했다.

"내가 공개적으로 저항했다면 당신은 지금 내가 아니라 다른 수학자에게 질문하고 있을 거요. 히틀러 시대에 공개적인 저항은 곧 죽음을 의미했으니까."

"그럼에도 불구하고 교수님은 당시에 유죄판결을 받고 감옥에 가셨습니다."

"지금 중위와 내가 모든 걸 처음부터 다시 밝혀보자는 거요? 이리로 오기 전에 이미 내 기록을 충분히 검토했을 텐데. 그것들을 하나씩 전부 다시 말하자는 거요, 바로 지금?"

"제 의도는 그런 게 아니고……."

"좋소, 나는 전쟁이 끝날 무렵에 체포되었소. 1944년 7월 20일 쿠데타가 실패한 후에 말이오. 열 명도 넘는 내 친구들은 나보다 훨씬 운이 나빴소. 그들이 지은 죄라고는 사적인 자리에서 히틀러의 끔찍한 행위를 비판한 것밖에 없는데 모두들 처형되어 지금 아무런 증언도 할 수 없단 말이오. 내게 중요했던 사람들은 모두 다 죽었소. 자, 이제 더 알고 싶은 것이 무엇이오, 중위? 아직 살아 있는 독일인들 모두가 히틀러의 잘못을 전 세계에 사죄하고 다녀야 만족하겠소? 당신들은 모든 걸 혼란스럽게 만들어버렸어. 당신들 눈에는 모두가 다 똑같이 보이겠지. 하지만 이 나라엔 폴란드나 러시아에 못지않게 히틀러의 희생자들이 수두룩하단 말이오."

"미안합니다. 이게 불편한 이야기란 건 저도 잘 압니다."

"불편하다고?"

우리의 대화는 어긋나고 있었다. 나는 뒤로 물러서면 안 된다고 생각했다. 우리의 관계가 제대로 작동하기 위해서는 내가 관계의 주도권을 쥐어야 했다. 나는 가까스로 억누르는 듯한 낮은 목소리로 아주 정중하게 물었다.

"내가 뭘 도와드려야 하오, 중위?"

"폰 노이만 교수께선 두 분이 친구 사이라고 말씀하시더군요."

"그렇소."

그러나 이건 사실이 아니었다.

"하지만 서로 못 본 지가 무척 오래되었소."

"전공분야가 어떻게 되십니까?"

점령군 장교 뒤에 숨어 있던 과학자가 처음으로 모습을 드러냈다.

"정수론이지. 적어도 예전엔 그 분야를 연구했소."

"폰 노이만 교수님은 교수님이 칸토어 전문가라고 말씀하시던데요."

"그렇소. 칸토어는 아직도 나를 놓아주지 않아."

예전부터 나는 군인들과 과학 이야기를 나누는 것을 별로 좋아하지 않았다. 나치 장교가 되었건 점령군 장교가 되었건 그건 마찬가지다.

"나는 아직도 무한에 대한 관심을 완전히 떨쳐버리지 못하고 있소."

"무한이라고요?"

나는 그가 왜 이 말에 그렇게 놀라는지 의아해하며 고개를 끄덕였다.

"그게 무슨 문제가 되는 거요?"

"천만에, 아닙니다."

그는 친절한 태도를 보이려고 애쓰면서 말했다.

"다만 너무 흥미로워서요."

그의 독일어는 나쁜 편은 아니었지만 간혹 조금씩 맥락을 벗어나곤 했다. 나는 소파에 편히 앉아 종이에 낙서를 했다.

"나중에 꼭 한 번 교수님의 글을 읽어보고 싶군요."

"고맙소. 그런데 중위, 당신이 그 일을 말하려고 여기 괴팅겐까지 온 건 아니겠지?"

"물론 아닙니다."

중간에 지루한 휴지기를 삽입하여 긴장감을 높이는 영화기법처럼 그는 잠시 침묵했다.

"편지에서 말씀드린 대로 저는 교수님께 도움을 얻고 싶어서 왔습니다."

"나 같은 평범한 수학자가 당신에게 무슨 도움이 될 수 있겠소?"

"저는 교수님께 수학적 도움을 구하려는 게 아닙니다."

"그러면 무슨 문제지?"

"이 시대의 과학적 삶에 관한 문제입니다, 교수님."

그가 목소리에 힘을 주며 말했다.

"저는 교수님의 말씀을 듣고 싶습니다."

"내게서 도대체 무슨 말을 듣고 싶단 거요?"

"독일 과학연구 이면에 감춰진 이야기와 그에 대한 교수님의 생각을 듣고 싶습니다."

"난 도무지 무슨 소린지 모르겠군. 중위, 당신이 뭘 조사하는지 모르지만, 솔직히 말해서, 당신의 조사를 위해 나 같은 독일 수학자가 왜 필요한지 이해할 수 없군. 당신의 나라는 이 땅을 완전히 수중에 넣고 마음대로 할 수 있어. 이건 비난이 아니라 사실을 말하는 거요. 당신이 지금 입고 있는 제복과 그 주머니 안에 든 증명서만 있으면 당신은 괴팅겐과 뮌헨 사이에 있는 모든 문서보관소를 마음대로 뒤져볼 수 있지. 그런데도 내가 필요한 이유가 대체 뭐요?"

"분명히 말씀드리지만, 교수님의 도움이 절실하지 않았다면 이곳까지 와서 교수님의 도움을 요청하진 않았을 겁니다. 저는 지금 교수님께 정중하게 도움을 요청하는 겁니다. 이건 명령도 아니고 요구도 아닙니다. 전 친구로서, 동료로서 여기에 왔습니다. 저는 신뢰할 수 있는 사람이 필요합니다. 그게 전부예요."

이 말을 듣자 나는 피가 거꾸로 치솟는 걸 느꼈다.

"지금 나보고 당신의 첩자노릇을 하란 말이오, 중위?"

"천만에요!"

그가 얼굴이 빨개지며 흥분해서 소리쳤다.

"그럴 생각은 추호도 없습니다. 전 지금 누굴 해치려는 게 아닙니다. 전 그저 진실을 밝히고 싶을 뿐이에요. 다른 의도는 전혀 없어요."

슬그머니 호기심이 발동하기 시작했다. 게다가 그 건방진 태도에도 불구하고 베이컨 중위의 눈빛에는 나를 잡아끄는 무언가가 있었다. 그 것은 한때 내게도 있었던 열정의 불꽃이었다. 지금은 모두 꺼져버렸지만, 이 오만한 젊은이는 한때 내가 지녔던 것과 똑같은 영혼을 지니고 있었다. 내가 만약 십오 년만 늦게 미국에서 태어났더라면, 내 영혼은 어쩌면 지금 그의 몸속에 들어 있을지도 몰랐다. 지금 내가 그를 돕고 안 돕고는 전적으로 내 문제다. 그는 어차피 자기 목표를 계속 추구해 나갈 것이다.

"제 표현에 문제가 있었다면 용서해주십시오. 교수님께서 제 사과를 받아주신다면, 처음부터 다시 시작하고 싶은데, 어떻습니까?"

그의 순진함이 마음에 들었다. 계속해보시오, 베이컨 박사, 베이컨 중위, 프랭크.

"중요한 것은 우리가 서로를 신뢰하는 것인데, 그게 그렇게 쉽진 않아 보이는군요. 양국이 너무 오랫동안 서로를 적대시해왔으니까요."

"중위, 당신은 아직 내가 당신을 도와야 할 이유를 말하지 않았소."

그는 내 생각을 읽으려는 듯 뚫어지게 내 눈을 쳐다보았다.

"교수님은 나치 치하에서 내내 희생자로 살았습니다. 제가 교수님과 함께 일하고 싶은 만큼 교수님도 저와 일하고 싶으실 것 같은데…… 아 닌가요? 사실 저는 지금 교수님께 '행동'할 기회를 드리는 겁니다. 비록 전쟁은 끝났지만, 그렇다고 해서 그때 저질러진 모든 범죄행위들이 그 냥 잊혀져도 된다는 건 아니잖습니까? 나치가 인류에게 저지른 만행도 그렇고, 교수님 같은 과학자들에게 저지른 범죄도 그렇습니다. 제가 교 수님께 부탁드리는 건 어떤 위험한 임무를 맡아달라는 것도 아니고 교 수님의 이름을 위태롭게 할 일을 해달라는 것도 아닙니다. 교수님은 그 저 제가 과거 나치가 지배하던 미지의 땅으로 들어가는 데 필요한 안내자 역할만 해주시면 됩니다. 이것은 교수님과 교수님의 살해된 친지들과도 관련된, 교수님 자신의 일이기도 하니까요."

나는 잠시 그의 말을 속으로 음미해보았다.

"교수님께서 저를 의심하시는 건 당연합니다. 저 같아도 그랬을 테니까요. 그래서 한 가지 제안을 드리겠습니다. 얼마 동안 시험기간을 두는 건 어떨까요? 그러고서 우리가 함께 일할 수 있을지 어떨지 한번 보도록 하죠."

"좋소."

마침내 내가 결정을 내렸다. 베이컨은 헛기침을 했다. 그는 이런 극적인 효과와 긴장감을 좋아하는 게 틀림없었다. 나는 점차 그를 알아가는 느낌이었다.

"자, 그러면 먼저 한 가지 질문을 드리겠습니다."

그의 얼굴 표정이 굳어졌다.

"혹시 제국학술연구위원회의 고문으로 활동한 고위급 과학자가 가명으로 사용한 클링조르란 이름을 들어보셨나요?"

갑자기 망치로 머리를 얻어맞은 듯했다.

"처음 들어보는 이름인데?"

"신기하게도 독일에서는 아무도 그의 존재를 모르는 것 같더군요."

베이컨이 냉소적인 투로 말했지만 나는 못 들은 체했다.

"우리는 그가 히틀러의 최측근 중 한 사람이었을 거라고 확신합니다."

그가 나를 찾은 이유는 바로 이것이었다.

"그런데 그게 왜 그렇게 중요하지?"

"제게 그 질문에 당장 대답하라고 요구하지는 말아주십시오, 링스 교수님."

그는 자리에서 일어나 방 안을 천천히 오갔다. 문제의 주도권을 쥐고 있는 사람이 자신이란 걸 확실히 보여주려는 것 같았다.

"복잡하게 얽혀 있는 나치 조직의 미로 속에서 클링조르의 정체를 밝혀줄 수 있는 결정적인 단서를 찾기 위해, 교수님의 도움이 필요합니다."

그는 다시 한동안 말을 멈추었다가 다시 계속했다.

"다시 한 번 묻겠습니다. 그에 대해서 들어본 적이 정말 없습니까?"

그는 내가 거짓말을 하고 있다는 걸 알고 있는 눈치였다. 하지만 나는 간단히 실토할 생각이 없었다. 클링조르. 얼마나 오랜만에 들어보는 이름인가! 이젠 아무도 그 이름을 입에 올리지 않으리라고 믿었는데, 그가 드리운 그늘도 역사의 어둠 속으로 사라졌으리라고, 죽어버린 과거의 유령이 되었으리라고, 한동안 그렇게 믿고 있었는데, 갑자기 누군가가 그 이름을 내 기억 속에서 불러냈다. 어떻게 그가 그 이름을 듣게 되었을까? 뉘른베르크. 그래, 뉘른베르크다! 그때 그 도시에서 편지가 왔다. 누군가 그 이름을 떠들어댔다고, 비밀을 폭로했다고! 난 이제 어떻게 해야 할까? 베이컨에게 모든 걸 이야기해줘? 그가 바라는 대로 클링조르에게로 가는 길을 안내해줘? 그래서 증오와 어리석음과 복수를 조금이라도 변호해볼까? 좋다. 그가 원하는 대로 해주자.

"클링조르. 물론 나는 그 이름을 알고 있소."

"그런데 왜 처음에는 모른다고 하셨죠?"

"이 일에 관여해야 할지 말지 확신이 서지 않았기 때문이오."

"그럼 지금은 확신이 섰습니까?"

"그런 것 같소."

"좋습니다. 그럼 말씀해주시지요."

"클링조르는 현 상황에서는 너무 민감한 문제요, 중위. 현재 우리는 평화와 화해의 새로운 시대를 열어가려고 하고 있소. 적어도 그런 믿음을 주려고 노력하고 있지. 이런 마당에서 클링조르는 많은 사람들을 불편하게 만들 일을 들추어낼 거요. 고위층 인사들은 일단 상처를 먼저 봉합해야 한다고 생각하고 있소. 유럽을 빨리 복구해 공산주의에 맞설 보루로 탈바꿈시켜야 하니까. 한때 우리의 적이었던 세력은 이제 당신들의 적이기도 하지. 잘 생각해봐. 저 끔찍한 폭탄이 러시아인들의 수중에 떨어지는 걸 어느 누가 바라겠어, 안 그렇소?"

"클링조르가 그 폭탄과 관계가 있습니까?"

"클링조르는 '모든 것'과 관계가 있지, 중위. 그것이 당신이 하려는 일의 어려움이자 위험이야. 그는 너무 많은 일들에 연루되어 있어. 군사적이고 과학적인 모든 일에 다. 그의 행적을 샅샅이 밝혀내는 건 거의 불가능할 거요."

베이컨은 놀라는 기색이 역력했다.

"이건 사실이오, 중위. 제국에서 벌어지는 특수한 연구 프로젝트에 지불되는 예산은 모두 클링조르의 승인을 받아야 했어. 그래서 아무도 그를 아는 사람은 없었지만 모두들 그가 일류 과학자일 거라고 생각했지. 어둠 속에서 모습을 드러내지 않은 채, 외견상 비정치적이고 나치와도 멀리 거리를 둔 자리에 앉아서, 총통에게 전쟁 전반에 대해 조언을 하고 영향력을 행사했을 거요. 과학자들은 누구나 다 그의 정체를 알고 싶어 했어! 당신이 처음은 아니야, 중위. 처음엔 우리도 그것이 그냥 소문에 불과한 줄 알았으니까. 무언가가 실패하거나 아니면 특별한 성공을 거두었을 때, 어떤 프로젝트가 승인되거나 아니면 학술원에 의해 거부되었을 때 사람들은 항상 클링조르가 결정적인 순간에 찬성이나 반대를 했다고들 말했소. 그는 우리가 피상적으로 관찰하는 모든 움직임의 배후에서 작용하는 창조의 신 데미우르고스와도 같은 존재였어. 그는 조언자이면서 스파이였소. 그는 모든 정보를 통제했지. 그는 자기 영역에서 막강한 권력을 휘두르며 오직 히틀러에게만 보고했소."

베이컨은 너무 흥분해서 아무 말도 할 수 없었다. 내가 갑자기 그의 눈앞에 금맥을 보여주었으니 그럴 만도 했다. 그가 그렇게 찾던 단서가 드디어 나타난 것이다.

"계속하시죠, 링스 교수님."

"클링조르의 권력은 워낙 막강해서 그가 도저히 실재인물일 수 없다고 생각하는 사람들도 있지. 그의 정체에 대해서는 워낙 여러 가지 설들이 있었지. 단지 과학자들을 통제하기 위한 괴벨스의 전략이란 말도 있고, 여러 인물들에 대한 집단명칭이란 말도 있고, 제국 내 비밀단체의 이름이란 말도 있고, 심지어는 히틀러 자신이 클링조르라는 말까지도 있었소. 뒤로 갈수록 소문은 꼬리에 꼬리를 물고 이어졌지. 그런 걸 입에 올리기가 쉽지 않은 시절에는 더욱더 소문이 기승을 부리게 마련이니까. 불확실성은 끔찍한 것이오."

이야기를 오래 했더니 곧 피곤해졌다.

"물론 중위는 내 생각을 듣고 싶겠지?"

"그렇습니다."

"나는 클링조르란 이름 뒤에 구체적인 인물이 숨어 있으리라고 확신하오. 왜냐고? 그의 행동방식이나 과학분야에 남긴 흔적들을 유추해보면 그래. 클링조르를 단순히 공포가 만들어낸 산물이라고 보기에는 너무 많은 것들이 그의 존재를 선명하게 가리키고 있거든. 뿐만 아니라 클링조르의 행위에는 그 인물만의 고유한 특징이 항상 나타나지. 하지만 안타깝게도 내 추측을 뒷받침할 증거는 하나도 없소."

나는 잠시 쉬었다가 말을 이었다.

"내가 처음에 당신에게 사실을 말하지 않으려 했던 건 바로 그 때문이오, 중위. 나는 내 이론을 증명할 아무런 결정적 증거가 없기 때문에 당신을 잘못된 길로 이끌 수도 있소."

베이컨은 이미 나의 말을 듣고 있지 않았다. 그는 일종의 도취 상태에 빠져 있었다. 그의 얼굴에서 땀방울이 흘러내리고 있었다.

"교수님 말씀은 클링조르가 제국의 과학연구 전체를 통제했으리라는 건가요?"

"그렇소."

"그렇다면 왜 그의 존재가 증명되지 않는 거죠? 그리고 왜 아무도 그에 대해 말하지 않나요?"

"신이나 악마가 인간의 행보에 영향을 끼칠 때 명확하게 눈에 띄는 흔적을 남기던가, 중위? 단언하지만 당신은 클링조르의 서명이 적힌 문서나 그의 활동에 대한 기록이나 그의 사무실에서 작성된 보고서 따위를 단 한 건도 찾아내지 못할 거요. 그의 사진이 담긴 자료는 말할 것도 없지. 하지만 그렇다고 해서 그가 존재하지 않았다는 의미는 결단코 아니야. 오히려 그 반대지. 내 생각으로는, 그가 이렇게 눈에 띄지 않는다는 점이야말로 그가 아직도 우리들 사이에 존재하고 있다는 증거야. 이렇게 자신의 흔적을 모두 없애는 것이 그의 활동방식이니까. 우리가 알 수 있는 건 이것이 고작이야. 그렇지만 우리에겐 적어도 확고부동한 사실들이 있어, 중위. 이 사실들을 정확히 들여다보면 당신은 추론을 통해 '그'에게 접근할 수 있을 거요."

"솔직히 말하면, 교수님의 말씀은 너무 충격적이어서, 도대체 무슨 생각을 어떻게 해야 할지 잘 모르겠습니다."

"너무 놀랄 필요는 없소, 중위. 차근차근 잘 생각해봐. 그리고 다음번에 만날 때는 내가 어떤 사람으로 보이는지 말해주시오. 정신 나간 사람으로 보이는지, 이성적인 사람으로 보이는지."

"아직 잘 모르겠습니다."

"그리고 한 가지 더 부탁하고 싶은 건, 이 이야기를 당신의 상관에게는 절대로 하지 말라는 거요. 가장 중요한 건 우리가 서로를 신뢰하는 거라고 당신도 이미 말했지 않소? 내 생각을 당신에게 미리 말하지 않았던 것은 이 상황을 별로 대수롭지 않게 생각하는 사람과 관계하는 것을 피하기 위해서야. 만약 이 이야기가 외부로 새어나간다면 우리는 결코 그를 잡을 수 없을 거요. 그리고 독일에서 과학자로서 살아가야 할 나의 앞날도 끝이지."

"그가 아직 살아 있다는 걸 교수님께서는 어떻게 아십니까? 그가 죽거나 도망치지 않았다는 걸 말입니다."

"그건 나도 정확히 모르오. 다만 추측할 뿐이지."

"그럼 제 조사가 단순한 추측을 토대로 이루어져야 한단 말인가요?"

"그건 당신이 내려야 할 결정이야. 나는 클링조르의 정체를 밝혀내기 위해 내 시간과 지식을 당신에게 제공할 용의가 있소. 다만 한 가지 조건하에서."

"교수님의 이름이 내 보고서에 올라가지 않는다는 조건이겠죠?"

"맞소."

"그건 불가능합니다, 교수님."

"나는 그 조건하에서만 당신을 돕겠소. 그러잖아도 내겐 골치 아픈 문제가 많으니까. 그건 상호신뢰에 대한 증거요, 중위. 당신도 그런 상호신뢰를 원하지 않았나?"

베이컨은 불안한 표정으로 한동안 말이 없었다.

"좋습니다, 교수님. 그럼 제 안내자가 되어주십시오. 교수님께선 이제 저의 베르길리우스입니다."

그는 흥분을 억누르며 이렇게 말했다. 그 비유가 내 마음에 들었다. 우리는 점차 서로를 이해하는 중이었다.

성배를 찾아서

"클링조르가 누구였는지 아시오, 중위?"

나는 베이컨 중위가 이 당연한 질문을 아직 자신에게 던지지 않았으리란 것을 알고 있었다.

"그걸 알고 있다면 교수님께 묻지도 않았을 겁니다."

"내 질문을 잘못 이해했군. 지금 나는 전설에 등장하는 클링조르가 누군지 아느냐고 묻는 거요."

"히틀러가 그렇게 좋아하던 바그너 오페라에 나오는 영웅 중 하나였겠지요."

그는 신화에 대해서 별로 아는 것이 없는 듯했다.

"실망스럽게도 클링조르는 영웅이 아니라 악한이오. 그는 크레티앵 드 트루아의 '페르스발'과 볼프람 폰 에셴바흐의 '파르치팔'에도 등장하는 인물인데, 바그너의 '파르지팔'에 와서야 비로소 유명해졌어."

"틀림없이 히틀러가 열광했겠군요."

"이런, 중위의 상투적인 상상력에 난 조금 실망스러워. 총통이 바그너를 숭배한 건 사실이지만 '파르지팔'은 별로 좋아하지 않았어. 니체처럼 그도 이 작품이 너무 기독교적이라고 생각했거든."

"좋아요, 그럼 그 클링조르의 이야기를 해주세요. 궁금하군요."

"이야기의 무대는 아득한 중세 신비에 싸인 어떤 지방이지. 어떤 사람들은 그곳이 시칠리아라고 하고, 또 어떤 사람은 이 이야기가 아서왕의 원탁의 기사와 겹치기 때문에 영국이라고 하고, 또 어떤 사람은 독일의 슈바르츠발트라고도 하지. 1막은 몬살바트 성 근처에 있는 숲 속에서 시작돼."

"몬살바트라면 구원의 성이란 뜻이군요."

베이컨이 아는 체하며 그 의미를 말했다. 나는 대꾸하지 않고 말을 계속했다.

"그곳엔 성스러운 기사단이 모여 있었어. 바로 성배의 기사들이지. 전설에 따르면 성배는 예수가 최후의 만찬 때 사용했던 잔이야. 그런데 나중에는 로마 병사의 창에 찔린 예수의 옆구리 상처에서 흘러나온 피를 이 잔으로 받았다고 하지. 가이우스 카시우스란 이름의 그 병사는 그때부터 롱기누스라고 불렸어. 아무튼 성배의 기사들은 성배를 수호하고 성배의 의식을 거행하는 성스러운 임무를 맡고 있어. 에셴바흐의 버전에는 성배가 예수의 피와는 무관하게 묘사되어 있지만, 바그너는 그것을 기독교의 전통예식과 접목시켰지. 저 중세의 음유시인이 노래한 이교도적 의식을 바그너가 성찬식과 비슷한 기독교 의식으로 바꾼 거야."

"조금 헷갈리지만 대충 이해하겠습니다."

"오페라가 시작되면 우리는 강가에 있는 구르네만츠를 보게 돼. 성배의 기사들 중 가장 나이가 많은 그 사내는 무릎을 꿇고 기도를 드리는 중이지. 이 노기사는 암포르타스 왕의 이야기를 아주 감상적인 방식으로 관객에게 전달하는데, 그 때문에 이 대목을 싫어하는 사람들도 많아."

"그 이야기의 내용은 뭐죠?"

"암포르타스 왕에겐 사악한 적이 한 명 있는데, 그는 왕 자신의 왜곡된 자아라고 말할 수 있어."

"그가 바로 클링조르군요."

"맞소. 클링조르와 암포르타스 두 사람은 각각 대립적인 힘에 봉사하고 있지. 그들은 이미 수도 없이 싸웠지만 승패를 가리지 못했는데, 사악한 클링조르가 마침내 암포르타스를 패배시킬 계략을 발견하지. 그계략이란 암포르타스에게 죄를 짓게 만드는 것이오."

"여자로군요."

"중위의 예리함은 정말 감탄스러울 정도군."

나는 짐짓 짜증스럽게 대꾸했다.

"그래. 악의 도구는 바로 '악마처럼 사랑스러운' 여자라는 존재였어. 마법의 성 콜롯 엠볼롯에 있는 클링조르의 마법 정원에서 '지옥의 장미'라 불리는 젊은 여자가 암포르타스를 유혹했지. 여자의 아름다움에 매혹된 암포르타스는 그만 성스러운 롱기누스의 창을 내주고 말았지. 그러자 여자는 그를 배반하고 그 창을 클링조르에게 갖다주었어. 클링조르는 당장 그 창으로 암포르타스에게 깊은 상처를 입혔어. 그때부터 암포르타스 왕은 끝없는 죽음의 고통에 시달리게 되었지. 영원히 아물지 않는 상처에서는 끊임없이 피가 흘러나오고. 물론 그 상처는 치유될 수도 있어. 하지만 그러기 위해서는……."

"저도 알 것 같아요. 순수한 마음을 지닌 젊고 자비심에 넘치는 '남자'의 도움이 필요하겠죠?"

베이컨이 다시 이야기를 잘랐다.

"바그너는 그보다 좀 더 직설적으로 표현했어. 그는 그 남자가 '순수한 바보'여야 한다고 했어. 이 대목에서 구르네만츠는 갑자기 말을 중단하지. 백조 한 마리가 그의 발 앞에 떨어졌기 때문이야. 백조의 흰 가슴에는 화살이 꽂혀 있었어. 잠시 후 한 젊은이가 나타나 자기가 사냥한

새를 내놓으라고 하지."

"파르지팔이로군요!"

"구르네만츠는 백조를 죽였다고 그를 꾸짖었어. 몬살바트에 있는 동물들은 모두 신성하기 때문에 함부로 죽여서는 안 된다면서. 몬살바트에는 그밖에도 쿤드리라는 젊은 여자가 살고 있었어. 그녀는 암포르타스의 아버지 티투렐이 숲 속에서 데려온 여자야. 구르네만츠가 부르자 그녀가 즉시 나타났지. 그녀는 성배의 전령인데 멀리 아라비아에서 왕의 상처에 바를 약을 가져오는 길이었어. 그녀는 구르네만츠에게 이 젊은이는 짐승을 죽이면 안 된다는 걸 몰랐을 테니 관대하게 용서해주라고 말해. 구르네만츠는 젊은이의 에게 이름이 뭐냐고 물었지만 그는 자기 이름이 뭔지도 몰랐어. 그는 어머니인 헤르첼라이데와 함께 바깥 세상에 대해서는 아무것도 모른 채 숲 속에서 살아왔다는 것만 알고 있었어. 이 말을 들은 구르네만츠는 이 젊은이가 그토록 오랫동안 기다려온 예언의 인물이 아닐까 생각하지. 그래서 그는 젊은이를 성 안에서 거행되는 성찬의식에 데리고 가는 거야.

몬살바트에서는 의식을 거행할 준비가 다 되어 있었어. 돌로 된 제단 위에 성배가 놓여 있고, 성배의 기사들과 함께 쿤드리와 파르지팔이 그 주위에 둘러섰지. 티투렐은 허약해진 암포르타스에게 구원의 기적이 내리도록 성배를 덮은 휘장을 열라고 말해. 모두들 기쁜 마음으로 성배가 모습을 드러내는 그 장엄한 순간을 맞이했어. 하지만 가엾은 왕은 오로지 상처의 고통과 자신의 죄를 한탄해. 파르지팔은 암포르타스의 고통을 보고도 아무런 동정심을 느끼지 못했어. 오히려 그는 왕이 그런 고통을 받아 마땅하다고 생각했지. 이 말을 들은 구르네만츠는 파르지팔에 대한 기대가 헛된 것이었다고 한탄하며 그를 내쫓아버려. 1막은 그렇게 끝나."

"다행이군요. 그런데 우리 2막이 시작되기 전에 성배의 피 말고 다른 것을 좀 마시는 게 어때요?"

베이컨은 한사코 나를 대학 주변에 있는 허름한 술집으로 데려가려고 했다. 그곳은 일을 끝마친 미군 병사들이 출입하는 작은 술집이었다. 초라하긴 했지만 나름대로 분위기가 있었다. 나무로 만든 바 너머에 늙은 바텐더와 젊은 여종업원 한 사람이 서 있었다. 여자는 이상한 머리모양만 빼면 꽤나 매력적으로 보였다. 아마 이 술집의 얼굴마담일 것이다. 베이컨은 그녀에게 인사를 건넨 뒤 곧 버번 위스키 두 잔을 주문했다.

"이름이 에바랍니다. 히틀러의 애인과 똑같은 이름이에요."

베이컨이 귀에 대고 속삭였다. 외투를 옷걸이에 걸고 바에 가서 앉았다. 난로의 온기가 기분 좋게 느껴졌다.

"어때요, '악마처럼 사랑스러워' 보이지 않나요?"

베이컨이 농담을 했다.

"머리모양만 조금 바꾼다면 그럴 수도 있겠군."

버번은 그를 곧 흐트러지게 만들었고, 그건 여자도 마찬가지였다.

"파르지팔과 쿤드리에 대해 좀 더 얘기해주세요. 어서요."

그는 이렇게 말하면서도 시선은 여자의 가슴 쪽으로 가 있었다.

"클링조르는 사악한 놈이라고 했죠?"

"악의 화신이자 완벽주의자라고 할 수 있어. 마법의 성 콜롯 엠볼롯은 높은 언덕 위에 우뚝 솟아 있는데 그 아래에 있는 계곡을 지배하고 있지. 그런데 사실 클링조르가 지배하는 지역은 모든 것이 다 가상이야. 아름다움도 가짜야. 그 뒤엔 죽음이 감추어져 있지. 전설에 따르면 클링조르는 스스로를 거세했다더군. 그는 사악한 마귀인데다 거세된 성불구자였던 셈이지."

"그러니까 예수가 광야에서 받았던 유혹에 대한 이야기로군요."

베이컨은 술을 또 한 잔씩 주문하면서 스치듯 말했다.

"클링조르도 악마처럼 약속을 제시하지만 지키진 않아. 사랑과 진실을 맹세하지만 모두 거짓이야. 그는 추하고 텅 빈 영혼을 지닌 바위 같은 존재지. 자신의 성 꼭대기에 들어앉아 거대한 거울을 들여다보는 것 말고는 아무 일도 하지 않았어. 그는 오직 자기 자신밖에 사랑하지 못하는 나르시스거든. 하지만 질투에 사로잡힌 연인처럼 계속 자신의 모습을 감시하면서 자기 사랑을 증명해야 했지. 아니면 거울에 비친 모습도 원래 모습처럼 거짓일지도 모르고."

술잔 속에 든 액체를 조금 맛보았다.

"그는 메피스토펠레스 같아. 언제나 부정할 줄밖에 모르는 기분 나쁜 혼돈의 자식이야."

에바가 베이컨에게로 다가왔다. 몸값을 흥정하려는 게 틀림없었다.

"그럼 그 반대편에는 파르지팔이 있겠군요."

"아니, 그렇지 않아."

나는 간단히 잘라 말했다.

"클링조르의 진짜 라이벌은 병든 암포르타스야. 죽을 수가 없기 때문에 살아야 하는 이 남자야말로 비극의 진정한 주인공이지. 파르지팔은 이 세상에 만연한 선과 악의 균형을 깨뜨리기 위해 필요한 인물에 불과해. 세계에는 두 개의 마법적 영역이 있어. 성배의 기사들이 다스리는 몬살바트의 왕국과 콜롯 엠볼롯 성을 감추고 있는 환상의 숲이 그것이야. 파르지팔은 영원히 승부가 나지 않을 것 같아 보이는 두 진영 사이의 게임을 끝내는 인물이지."

그때 베이컨이 내게로 다시 얼굴을 돌리며 물었다.

"체스 좋아하세요?"

"좋아는 하지만 그만둔 지 오래되었어."

"그럼 언제 한번 같이 두기로 하죠, 어때요? 전 어릴 때부터 체스 두는 걸 무척 좋아했거든요."

"좋아, 언제 한판 두지."

간단히 대답하고 화제를 다시 파르지팔로 바꾸었다.

"파르지팔은 바보야. 그는 상처 입은 암포르타스처럼 선을 상징하는 인물이 아니야. 그는 아무것도 모르는 무지한 인간이지. 파르지팔은 자신이 누구인지조차 모를 뿐만 아니라 아예 관심조차 없기 때문에 모든 일에 아주 태연할 수 있어. 전쟁터에서 죽은 그의 아버지 가무레트처럼 만들지 않기 위해서 그의 어머니 헤르첼라이데는 아들을 선과 악의 그 어느 편에도 서지 않도록 길렀거든. 그는 새로운 아담이야. 태초에 이 세상에서 벌어진 싸움에 대해서는 아무것도 모르는 야만인이지. 그렇기 때문에 그는 운명을 바꿀 수 있는 유일한 인물이 될 수 있는 거야."

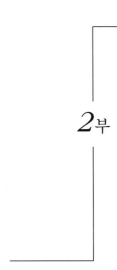

2부

범죄의 운동법칙

제1법칙　　　모든 범죄는 범죄자에 의해 저질러진다

이 말의 뿌리는 아주 멀리까지 소급할 수 있다. 우리는 그 현대적 변형을 '당연히' 뉴턴의 운동법칙에서 도출할 수도 있다. 범죄란 다름 아닌 누군가에 의해 실행된 '운동'이고, 절대적 시공간 속에서 이루어지는 '행위'이고, 한 물체로 하여금 정지 상태에서 (어쩌면 영원히) 벗어나도록 만드는 '사건'이다.

좋다, 뉴턴 경의 말을 직접 들어보자.

"모든 물체(육체)는, 외부에서 힘이 가해지지 않는 한 계속해서 평온한 상태에 있거나 아니면 일정한 형태의 곧은 움직임을 유지한다."

이것이 살인, 강간, 집단학살에 대한 최고의 정의가 아니고 무엇인가? 뉴턴은 범죄학자가 되어도 좋았을 것이다. 인간은 그가 받은 교육과 습관과 기질의 관성에 따라 자신의 상태를 그대로 유지하려고 한다. 갑자기 어떤 외부의 힘이 작용하여 그를 그 상태에서 떼어놓지 않는다면 말이다. 폭력은 이런 상태변화를 유발하는 요소다. 인간은 누구나 자기 상태에 그대로 머물고 싶어 한다. 폭력만이(정신적인 폭력이든 물리적인 폭력이든 상관없다) 오직 그것만이 우리를 안정된 궤도에서 이탈시

키고, 광기 속으로 몰아넣고 파괴시킨다. 카인이 아벨을 때려죽였을 때 (이 '때려죽임'이야말로 우리의 문명을 일으켜 세운 '행위'다) 카인의 행위는 안정된 질서를 파괴하고, 창조를 뒤흔들었지만 동시에 미래를 향한 발전을 가능케 해주었다. 이런 난폭한 기폭제가 없었다면 우리는 여전히 동굴 깊숙한 곳에 앉아서 제발 주위에 아무런 변화도 일어나지 않기만을 바라며 살아가고 있을 것이다.

또 뉴턴은 이렇게 덧붙였다.

"물체의 가속은 작용하는 힘에 비례하며 그 힘을 향해 맞추어져 있다."

이 운동법칙의 작용을 상상해보려면 전쟁터에서 수없이 내려지는 발사명령을 떠올리면 된다. 이때 총알들은 모두 적들의 가슴을 향해 정조준되어 발사된다.

끝으로 이 영국 물리학자는 다음과 같이 쓰고 있다.

"모든 작용에는 그에 상응하여 대립하는 반작용이 있다. 다시 말해서 두 물체가 서로 힘을 작용하고 있을 때 두 물체가 받는 힘의 크기는 같고 방향은 반대다."

이렇게 정곡을 찌르는 문장은 흔치 않다. 정말 천재적이다. 이 문장은 물체의 운동뿐만 아니라 이 세상에서 벌어지고 있는 모든 종류의 싸움을 완벽하게 묘사해준다. 인간은 어떤 결정을 내릴 때마다 매번 자신의 한계를 넘으려고 노력하거나, 아니면 다른 사람의 의지를 꺾거나, 그를 사랑에 빠지도록 만들거나, 그를 설득하거나, 살해하기 위해서 노력한다. 그리고 이럴 때 인간은 항상 이 고전적 역학의 법칙에 따른다.

따라서 '범죄의 제1운동법칙'을 증명하는 것은 식은 죽 먹기다. 모든 범죄는 누군가가 관성을 깨뜨렸기 때문에 발생한다. 즉 누군가가 정지 상태에서 벗어나 자신의 추진력으로 옆 사람의 추진력을 향해 돌진했다는 뜻이다. 그러므로 피투성이가 된 시체나, 갈가리 찢긴 여인이나,

매캐한 연기로 가득 찬 가스실을 보았을 때 우리는 서로 대립하는 두 개의 의지 사이에 벌어진 싸움의 결과라고 생각하면 된다. 이 작용과 반작용의 드라마야말로 진정 우리를 경악하게 만든다.

논리적 귀결 1

그렇다면 클링조르는 어떤 범죄를 저지른 것일까? 베이컨 중위가 내 도움을 얻어 밝히고자 하는 것은 어떤 범죄일까? 이 젊은 물리학자는 제일 먼저 이런 물음을 던져야 했다. 범죄자를 찾아내려는 사람은 우선 그가 저지른 범죄부터 알아야 한다. 프랜시스 P. 베이컨 중위는 지금 너무나 열심히 누군가의 뒤를 추적하고 있다. 마치 신으로부터 운명적인 소명을 부여받은 것처럼. 그러나 그는, 너무 서툴고 너무 순진하게도, 자신이 왜 그 누군가를 그토록 추적해야 하는지 분명히 알지 못한다. 클링조르가 도대체 무슨 범죄를 저질렀기에? 무엇이 그를 그토록 열심히 뒤쫓아야 할 사냥감으로 만들었을까? 그는 왜 처벌되어야만 하는 걸까? 그의 죄가 도대체 뭐기에?

제2법칙   모든 범죄행위는 범죄자의 모습을 그려낸다

살인하고, 도둑질하고, 배반할 능력을 지닌 사람은 자신의 행위를 변호하면서 자신이 책임져야 할 몫을 나름의 진리 기준에 맞춰 측정하려는 노력을 절대로 포기하지 않는다. 범죄자는 타인에게 외부의 힘으로 작용하여 그를 굴복시킬 뿐만 아니라 그에게 자신의 조건들을 강요한다. 그러므로 역사가 승자의 기록이라며 범죄자의 무죄를 주장하는 것은 실로 경박하고 쓸데없는 짓이다.

살인과 강간은 물리적 박해이며 타인에게 해를 입히는 행동일 뿐만 아니라 자신의 진리를 남에게 강제하려는 범죄적 소망의 표현이다. 이 때 감추어진 비밀을 무엇보다도 잘 드러내주는 것은 바로 희생자 자신이다. 그의 입보다 상처와 흉터가 더 많은 것을 말해준다. 한 구의 시체, 사람들의 상처, 불행 따위는 모두 범죄자의 세계관을 드러내주는 텍스트이며 단서다. 범죄자들은 한결같이 자신들의 행위를 사람들에게 호도하려고 혈안이 되어 있다. 그들은 그들을 뒤쫓는 추적자나 재판관 못지않게, 아니면 그들보다 더 병적으로, 자신들의 행위를 세상에 알리는 데 관심을 갖는다. 하지만 그들에게도 진실이 있다. 그것은 추적자들의 엄격한 논리로 도저히 이해하기 힘든 끔찍한 진실이다. 누군가가 다른 사람을 죽였다면, 심지어 그 수가 지금 우리의 경우처럼 수백만 명이 넘는다면, 그는 사실을 제멋대로 해석해서 공개하는 것으로 자신의 죄를 은폐하려고 애쓸 것이다. 아니면 반대로 침묵하는 다수의 익명성 안에 꼭꼭 숨은 채 역사의 시선에서 벗어나려 할 것이다. 하지만 이런 침묵 역시 '그의 진실'이다. 유능한 탐정이라면, 이건 과학자도 마찬가지인데, 잘못된 길에 들어서지 않기 위해 무엇보다도 사실들을 세심하게 읽어내야 한다. 그리고 세계에 작용한 범죄자의 의지를 드러내주는 징후들을 하나도 빠짐없이 찾아낼 준비를 해야 한다.

논리적 귀결 2

클링조르가 한 행위를 통해 그에 대해 무언가를 알아내는 것이 가능하긴 할까? 그의 행위를 통해서 그가 지닌 의미를 헤아리고, 그의 힘을 가늠해볼 수 있을까? 우리는 무엇에 주목해야 할까? 모습을 감춘 범죄자가 우리에게 제시하는 세계는 체스판과도 같다. 이 비유는 더없이 정확하다. 그가 한 짓을 관찰하는 것은 체스 게임을 하는 것과 마찬가지다. 게임이 어떻게 끝나는지 예측할 수 있으려면 먼저 그 시작이 머릿속에 그려져 있어야 한다. 클링조르를 어떻게 찾아내야 할까? 그의 존재에 대한 증거가 충분치 못하다면 우리는 그의 행위를 통해서, 그가 다른 사람들에게 행사한 영향력을 통해서, 그 과정에서 남긴 그의 흔적을 통해서, 그에게 희생된 사람들의 얼굴에서 읽을 수 있는 그의 세계관을 통해서 클링조르를 찾아내야 한다.

제3법칙   모든 범죄자에겐 동기가 있다

이 말은 좀 더 정확하게 다듬을 필요가 있다. 오직 최고의 악당들만이 (이들이야말로 진짜 범죄자다) 자신의 행위를 끝까지 밀고 나갈 준비가 되어 있다. 마키아벨리도 그중 하나였지만 최악은 아니었다. 그들은 목적이 수단을 정당화한다거나, 범죄는 범죄가 아니라 정의를 위한 혁명적 행위이며, 부의 재분배이며, 자비로운 행위이며, 정당방위이며, 인류애의 표현이라고 말한다. 그들은 인종이나 종교, 당, 국가와 같은 이해할 수 없는 불합리한 이념의 이름으로 최악의 범죄들을 저질렀다.

진짜 범죄자는 스스로를 도덕적이라고 생각한다. 실제로 어떤 의미에선 그렇다. 로베스피에르, 히틀러, 레닌 등은 청렴결백의 대표적인 예로 손색이 없다. 물론 트루먼이나 마호메트 혹은 몇몇 교황들의 이름도 간혹 그 대열에 끼기도 한다. 다만 이런 범죄자들은 결코 악의나 왜곡된 충동, 경솔한 사고에 따라 행동하지 않는다. 그들은 오히려, 너무나 역설적이게도 의무감에서 범죄를 저지른다. 그들의 과제는 단순하지 않으며 커다란 만족을 주지도 않는다. 그들은 그것이 인생의 목적이기 때문에 끝까지 실행한다. 히틀러나 스탈린이 자신들의 행동이 옳다고 확신했으며, 박해와 학살을 즐기는 광기 어린 악당이 아니라 오히려 구세주에 더 가까운 인물들이라고 믿는 것은 오늘날 거의 불가능하다. 하지만 나치나 소비에트의 구성원들에게 그들의 행위는 전혀 범죄가 아니었다. 그들은 기존의 가치를 완전히 뒤집어버렸다. 자비와 덕성은 한순간에 비정상적인 위치에 놓이게 된다(이런 것들이 근본적으로 사람들을 힘들게 하는 건 사실이다). 이제 그들의 행위는 더 이상 이기적인 것이 아니다. 범죄자는 순식간에 금욕주의자로 둔갑해버린다. 혐오스럽기 짝이 없는 악의 청교도가 등장하는 것이다.

논리적 귀결 3

클링조르는 '진짜' 범죄자였을까? 그도 자신의 군주인 히틀러처럼 인류 구원을 자기 과제로 삼았을까? 그도 SS의 검은 제복을 입고 돌아다니며 더 큰 목적에 봉사하기 위해 더없이 고약한 임무를 만족스런 표정으로 수행했던, 저 절망적인 신비주의자들 중 하나였을까? 모든 위대한 인물들처럼 그 역시 신앙의 전도사였을까? 아니면 의무의 노예였을까?

이 질문을 조금 다르게 표현해보자. 신도 행위를 위한 동기가 필요할까? 이건 이미 중세의 명석한 학자들을 자극했던 매우 흥미로운 물음이다. 신에게도 선한 존재이기 위한 동기가 필요할까? 신도 자비심을 통해서 무언가를 얻고자 할까? 신학자들은 이를 부정한다. 신은 선 그 자체이므로 자신의 자비를 내보이기 위해 어떤 동기 따위도 필요하진 않다. 만약 그렇지 않다면 신은 가급적 몸을 낮춰 공리적이고 인간적인, 너무나 인간적인 존재가 되어야 할 것이다.

그러면 악마는 어떤 특정한 이유 때문에 사악한 걸까? 이 물음은 조금 더 복잡하다. 악마는 순전히 자족적인 쾌락을 위해서 사방에 독을 뿌리는 걸까? 아니면 어떤 목적을 추구하기 위해서일까? 이 점에서 이론들은 서로 엇갈린다. 어떤 사람들은 악마의 의도가 창조의 계획을 어지럽히는 데 있다고 주장한다. 악마의 임무는 혼란을 조장하고, 우주를 혼돈으로 몰아가는 것이다. 악마는 현대식으로 말하자면 엔트로피의 군주다. 그는 왜 그런 짓을 하는 걸까? 악마는 왜 그렇게 집요하게 우리를 죽음에 빠뜨리려고 애쓰는 것일까? 답은 간단하다. 자기가 그의 경쟁자 못지않게 강력하다는 것을 증명해 보이기 위해서다. 어떤 악령학자들의 생각은 물론 이와 다르다. 사탄은 아무런 이유 없이 악하다. 그에게 어떤 동기가 있다면 우리는 그가 '완전히' 사악하지 않다는 걸 인정해야 한다. 그렇다면 우주의 지배자가 되려는 그의 소망에는 어떤 납득할 만한 논리가 숨겨져 있을 것이며, 따라서 최후의 심판 때 적어도 그의 오만은 어느 정도 용서가 될 테니까. 반대로 악마가 이유가 없는 맹목적인 사악함을 지녔다고 한다면 우리는 비이성이라는 절대적인 공포와 마주치게 된다. 타락한 천사 루시퍼는 지옥만 다스리는 것이 아니라 우연도 지배한다고 한다. 히틀러와 스탈린은 물론 첫 번째 이론의 화신, 즉 이류의 악당들이다. 그들은 목적에 따라 행동했고, 스스로 정당성을 확신했으며, 심지어는 그러한 믿음 속에서 눈을 감았다. 신학적으로 본다면 그들은 기껏해야 이단자로 단죄할 수 있을 뿐이다. 그렇다면 클링조르는?

막스 플랑크
혹은
믿음에 대하여

1946년 12월, 괴팅겐

베이컨 중위가 수행 중인 임무의 중요성을 연합군측에서 제공한 사무실만 보고 평가한다면, 우리는 그의 임무를 아마 3급 정도로 분류해야 할 것이다. 즉 '거의 혹은 전혀 긴급하지 않음.' 그의 사무실 건물은 마치 연합군이 제풀에 허물어질 건물은 폭격하지 않기로 결정하고 그대로 놓아둔 것처럼 기적처럼 멀쩡했다. 전쟁 전에 인쇄소였던 그 건물은 전쟁이 나자 뜻밖에, 특히 연합군 조종사들에게는 놀랍게도, 탄약고로 사용되었다.

"그래도 내게 배정된 집에 비하면 이곳은 궁전이지요."

베이컨이 나를 맞으며 말했다. 나는 웃으며 책상 앞에 놓인 나무의자에 앉았다. 군기술병들이 아직 난방 시스템을 제대로 수리하지 못했는지 사무실 안은 몹시 추웠다.

"좀 진척이 있었소, 중위?"

나는 추위로 몸을 덜덜 떨면서 물었다.

"아뇨, 모든 게 너무 불분명해요."

베이컨은 꽤나 신경질이 난다는 표정을 지었다. 그의 눈동자는 짙은 보랏빛으로 빛났다.

"실마리들은 많은데 한결같이 너무 느슨해서 확인해야 할 정보와 단서들이 너무 많아요. '클링조르 작전'의 참모진이래야 교수님과 제가 고작이잖아요?"

"당신 상관들은 이 임무를 별로 중요하게 여기지 않나 보군."

"그들은 아직 이 일의 가치를 잘 몰라요. 제가 확실한 성과를 제시하지 못한다면 그들은 아마 땡전 한 푼도 지원하려들지 않을 겁니다."

중위가 주먹으로 책상을 내리쳤다.

"문서보관소가 수백 군데나 있는데, 또 그 안에서 찾아봐야 할 기록과 인물들이 얼마나 많은데! 알소스 특명 때는 독일 과학자들에 대한 정보를 수집하기 위해 스무 명의 인원이 3년 동안 꼬박 매달려서 작업을 했지요. 그런데 전 지금 수도 없이 많은 자료들을 혼자서 다 읽고 검토합니다."

"그래도 단서가 그렇게 많은 걸 다행으로 생각해야 할걸."

나는 헛기침을 한 뒤 이렇게 말하고 언 몸을 조금이라도 녹이려고 두 손을 비벼댔다.

"이틀 안으로 난방을 고쳐준답니다."

베이컨이 미안한 듯이 말했다.

"그런데 사실 지난해 10월부터 그렇게 말했다더군요. 빌어먹을! 그나저나 교수님 표정을 보니 우리 계획을 어떻게 진행시켜야 할지 결정하신 것 같군요."

"중위, 우선 두 가지 사실은 절대로 의심해선 안 돼. 하나는 클링조르의 존재이고 다른 하나는 클링조르가 히틀러의 심복이란 것이지. 이것이 우리 믿음의 두 가지 기본원칙이야. 우리가 지금까지 세운 모든 가설과 이론은 이 두 가지 공리에 기초해야 하는 거요. 당신도 알다시피 어떤 주장이 거짓임을 증명하는 가장 좋은 방법은 그것을 참으로 놓고 시작하는 것이지. 만약 그것이 참이 아니라면 어디선가 모순이 나타날 테니까."

"모순으로의 환원, 즉 귀류법이로군요."

"어떤 연구든 제대로 이루어지려면 먼저 문제를 정확히 요약하여 이론을 수립해야 해. 이론은 필요에 따라 여러 개 만들 수 있지. 우리의 경우에서는 먼저 의심이 가는 인물들을 모두 찾아내야만 해, 중위."

나는 탐정놀이가 점점 더 마음에 들기 시작했다.

"먼저 후보자 명단을 작성해서, 그들의 과거사와 제3제국 시절의 행동을 모두 추적해봐. 이렇게 해서 명단이 확보되고 나면 한 명씩 지워나가는 거지. 우리가 원하는 인물을 찾아낼 때까지. 그러고 나서 그에 대한 명확한 증거들을 수집하면 우리의 일은 끝나는 거야. 그때까지 이일이 외부에 노출되어선 절대로 안 돼. 내게 아주 좋은 위장방법이 생각났어. 중위, 당신은 나치 시대의 과학사를 기술하는 미군소속 장교로 행세해. 그러면 혐의자들에게 쉽게 다가갈 수 있을 거야. 그들도 당신의 도움 요청을 쉽게 거절할 수 없을 테지."

"제 생각에 교수님께선 벌써 일차 후보자들을 뽑아놓으신 듯한데요."

"아주 좋은 생각이 났어."

굳이 겸손을 가장하지 않고서 이렇게 말을 꺼낸 뒤 그 근거를 그에게 자세히 설명했다.

"일반적인 재판에서는 피고의 죄가 입증되기 전까지는 무죄야. 하지만 우리는 그와 정반대의 방법을 쓰는 거야. 그러니까 우리 후보자들이 무죄증명이 되기 전까지는 그들을 모두 유죄로 취급하자는 거지."

중위의 눈이 왕방울만큼 커졌다.

"내가 무슨 불법적인 방법을 제안한다고 오해하진 마. 우린 재판관이 아니라 추적자일 뿐이니까. 우리가 그렇게 취급한다고 해서 누가 억울하게 해를 입지는 않아."

"그러니까 모든 후보자들을 불신의 눈으로 관찰하자는 거로군요."

"맞아, 단 한 사람만 예외로 하고."

나는 드디어 내가 가진 최고의 카드를 내밀었다.

"그는 다른 어느 누구보다도 현대 독일 과학의 역사에 정통하지. 그 대표적인 인물들에서부터 발전과정의 부침과 비극까지 모두 알고 있어. 왜냐하면 그가 바로 현대 독일 과학의 창시자 중 한 명이니까. 그는 단순히 선악으로 구분 짓기 힘든 인물로 친구와 적들이 모두 존경할 뿐만 아니라 의심할 바 없는 고귀한 도덕성까지 갖추고 있지. 내 생각에 그는 우리에게 매우 도움이 될 거야. 우리의 판단기준 자체를 바꾸어놓을걸. 그도 이젠 늙고 허약한 남자에 불과하지만, 난 그가 우리 일에 틀림없이 도움을 줄 거라고 확신해."

"아인슈타인을 제외하면 교수님의 설명에 부합되는 인물은 단 한 사람밖에 없어요. 막스 플랑크! 그런데 지금 몇 살이나 됐죠? 한 백 살?"

"그렇게까지 많지는 않아, 중위. 겨우 여든여덟 살이야."

"교수님은 그가 우리를 도와줄 거라고 보십니까?"

"아마도 그럴 거야. 그는 지난 역사 때문에 많은 고통을 겪었어. 아들 중 한 명은 1차 대전 때 사망했고, 또 한 명은 7월 20일 암살사건에 연루되어 처형되었지. 베를린 근교 그뤼네발트에 있는 그의 집은 포탄에 맞아 완전히 파괴되었어."

"그건 저도 잘 알고 있습니다."

"지금 그 역시 이곳 괴팅겐에 거주하고 있지. 노환을 앓고 있는데다가 스스로 더 이상 살아갈 힘이 없다고 말한다더군."

"그럼 밑져야 본전이니 한번 시도해보기로 하죠, 교수님. 본부에 연락해서 그와 접촉할 수 있게 해달라고 요청하겠습니다."

"그건 좋은 방법이 아냐. 그보다는 과학자로서, 그의 제자로서 찾아가는 것이 더 낫지 않을까? 사실 현존하는 모든 과학자들이 다 그의 제자인 셈이니까. 이틀의 시간을 주면 내가 만남을 주선하겠어. 내가 실패하면 그때 가서 본부에 요청하도록 하지."

이튿날 우리는 다시 그의 사무실에서 만났다. 책상 위에는 플랑크의 기록이 든 갈색 서류철이 놓여 있었다. 베이컨이 그것을 꺼내어 읽기 시작했다.

문서 322-F

플랑크, 막스

알소스

170645

막스 플랑크는 1858년 4월 18일 슐레스비히-홀슈타인 주 킬의 법률가와 신학자 집안에서 태어났다. 그는 뮌헨 대학에 입학했지만 대부분의 삶을 베를린에서 보냈다. 1889년 그는 베를린 프리드리히 빌헬름 대학의 교수직에 올랐다. 1912년에는 프로이센 과학아카데미의 '영구간사'로 임명되었으며, 1913년 베를린 대학의 학장이 되었다. 제1차 세계대전이 끝난 뒤에는 독일 과학임시협회를 이끌며 전후 독일의 과학연구를 촉진시켰다. 1930년 카이저빌헬름 연구소 소장으로 임명되었다. 1918년 플랑크는 '흑체'에 대한 연구로 노벨 물리학상을 받았다. '흑체'는 모든 입사광선을 흡수하는 물체의 개념이다. 일반적인 예로 오븐을 들 수 있다. 플랑크의 연구가 나오기 전까지 사람들은 모든 물체가 같은 온도에서 같은 색의 가열상태를 나타내는 현상의 원인을 정확히 알지 못했다. 1893년에 물리학자 빌헬름 빈*은 그에 대한 설명을 발견했다고 믿었지만 1900년 무렵이 되자 사람들은 그의 이론에 허점이 많다는 사실을 입증했다.

여러 달에 걸친 집중 연구를 통해 플랑크는 모든 차원에서 그 현상을 설명할 수 있는 공식을 찾아내어 문제를 해결했다. 그는 새로운 보편적 상수를 통해 이제까지 알려지지 않았던 새로운 자연법칙을 발견해 냈던 것이다. 이로써 그는 고전물리학의 토대를 뿌리째 뒤흔들었고, 새로운 물리학을 위한 길을 열었다. '플랑크 작용양자'(상수 h로 표시)의 도움으로 진동수 ν의 복사광선에서 나오는 에너지가 임의의 양이 아니라 hν로 표현되는 일정한 값으로 방출된다는 사실을 입증한 것이다. 이 '에너지 묶음'을 플랑크는 '양자'라고 불렀다.

"당신이 이 기록을 작성했나, 베이컨 중위?"

"제가 한 것 같지는 않지만, 솔직히 말씀드리자면 정확히 기억이 나질 않아요."

그는 당혹스러워하며 말했다.

"그래요, 그다지 정확한 설명이라고 볼 수 없다는 건 알아요. 하지만 우린 OSS와 군인들이 이해할 수 있도록 텍스트를 작성해야 해요, 교수님."

"마치 일반인을 위한 과학자 소사전 같군. 어쩌면 나중에 중위가 쓴 과학 교양서를 보게 될지도 모르겠어. 별표는 각주 표시인가?"

베이컨을 좀 놀려주고 싶은 생각이 들었다.

"우리는 교수님 말씀처럼 우리 시대의 모든 주요 과학자들과 과학적 발전에 대한 포켓용 사전을 만든 게 사실입니다. 하지만 아무리 애를 써도 장군들에게 전자와 양전자의 차이를 이해시킬 방법이 없는데 전들 어쩌겠어요?"

그는 답답하다는 듯 자기 머리를 몇 번 두드렸다.

"자, 계속하세, 중위."

정치적으로 플랑크는 민주주의를 옹호한 적이 한 번도 없었다. 그는
제1차 세계대전 중에 황제를 지지하는 '문화계 성명'에 서명한 과학자
들 중 한 사람이다. 민주주의에 찬성하지 않았음에도 불구하고 그는
나중에 바이마르 공화국이 수립되자 새 정부를 위해 일했다(독일 과학
자들 중 공개적으로 바이마르 공화국을 지지한 사람은 아인슈타인*이 유
일하다).

나치가 권력을 잡자 플랑크는 이번에도 새 정부를 위해 일할 것인가
하는 똑같은 딜레마에 빠졌다. 그에게 가장 중요한 과제는 대부분의
다른 동료들과 마찬가지로 과학이었다. 그는 가급적이면 정치에 개입
하지 않으려고 애썼다. 그의 유일한 소망은 어떤 정부가 들어서건 상
관없이 학문적 연구를 계속하는 것이었다. 그래서 그는 나치의 간섭이
점점 심해지는 걸 느끼면서도 독일을 떠나지 못했다.

1933년, 그는 프로이센 과학아카데미의 회장이 되었고 오랜 친구인 아
인슈타인에게 아카데미를 떠나줄 것을 요청했다. 나치와 마찰을 일으
키지 않기 위해서였다. 아인슈타인은 그의 부탁을 받아들였다. 하지만
아인슈타인을 유대 권력의 상징으로 보았던 신임 교육부장관 베른하
르트 루스트는 여기에 만족하지 못하고, 아카데미의 간사 에른스트 하
이만을 사주해 아인슈타인의 퇴진이 다행스럽고 바람직한 일임을 공
개적으로 발표하게 했다.

이런 일이 벌어지자 플랑크와 아카데미의 여러 회원들은 사태를 수습
하기 위해 회의를 열었다. 그들은 결국 하이만의 성명을 묵인하기로
결정했다. 역시 아인슈타인의 친구였던 막스 폰 라우에*는 아카데미의
과학자들 중 아무도 그 사건에 관여하지 않았다는 내용을 기록으로 남

길 것을 고집했다. 플랑크는 아인슈타인의 정치적 활동 때문에 이런 조치를 취하게 된 것을 몹시 안타깝게 여겼다. 나중에 그는 아카데미에 대한 아인슈타인의 공헌에 공개적으로 감사의 뜻을 전했으며 심지어는 그의 연구가 뉴턴과 케플러의 것에 비견된다는 견해를 밝히기도 했다.

제3제국 시절 플랑크는 제한적으로 주어진 독립성마저 잃지 않기 위해 나치와 원만한 관계를 유지하려고 애썼다. 하지만 히틀러와 그의 장관들은 점점 더 노골적으로 야망을 드러냈고, 국가의 과학 연구를 직접 좌지우지하려고 들었다. 플랑크는 히틀러와 직접 만나 대화를 나누었지만 아무런 소득도 얻지 못했다. 플랑크는 자신의 영향력을 이용해 수많은 유대인 과학자들이 새로운 규정 때문에 일자리를 잃게 되는 비극을 막아보려고 노력했지만 그 역시 허사였다. 수학자 루트비히 비버바흐*나 테오도어 팔렌*과 같이 정부에 충성스런 학자들이 대거 아카데미에 들어오기 시작하면서 아카데미 내에서 플랑크의 영향력은 점차 약화되었다. 1938년에는 교육부장관이 직접 개입해 팔렌을 아카데미의 새 회장으로 임명했다. 플랑크의 나이는 이미 80세였다.

"더 이상은 못 견디겠군. 여긴 정말 냉장고야, 중위. 임시난로라도 설치해야 안 되겠어. 그건 그렇고, 좋은 소식이 있네. 막스 폰 라우에의 소개로 드디어 플랑크를 만날 수 있게 되었어. 금요일 오후에 찾아오라더군."

이렇게 말한 뒤에 나는 서둘러 그와 악수를 하고 방을 빠져나와 계단을 뛰어내려갔다. 그러고는 건물 처마 끝에 달려 있는 굵은 고드름들을 쳐다보다가 발걸음을 돌렸다. 하늘이 잔뜩 찌푸려 있었지만 눈은 오지 않았다. 따끈하게 데운 와인 한잔이 절실했다.

일곱 시도 되지 않았는데 벌써 날이 어두웠다. 짙은 안개가 도시를 뒤덮고 있었다. 베이컨이 집으로 가려고 사무실을 나섰을 때 가로등은 다 죽어버린 거리에서 유령처럼 빛나고 있었다. 여느 때 같으면 단골술집에 들러 에바와 몇 시간씩 시시덕거리겠지만(이런 짓은 대개 그가 먼저 싫증이 나서 일어서거나, 최악의 경우 그녀가 함께 밤을 보내자고 요구할 때까지 계속되었다) 오늘은 곧장 집으로 돌아가 잠을 청하고 싶었다.

베이컨은 비좁은 계단을 짜증스럽게 올라갔다. 이 아파트는 정말 그의 사무실이 있는 인쇄소 건물보다 훨씬 더 형편없었다. 폭격에 맞아 건물 여기저기가 허물어졌지만 십여 가족 정도가 그나마 성한 방을 골라서 살고 있었다. 가파르게 경사진 계단을 오를 때마다, 퀴퀴하고 컴컴한 그 공간에서, 그는 마치 지옥에 끌려가는 악몽을 꾸는 듯한 느낌을 받았다.

베이컨은 열쇠를 꺼내기 위해 주머니를 뒤지며 문 앞으로 다가서려다가 아이를 팔에 안고 있는 젊은 여자와 부딪혔다. 생각에 잠겨 주위를 살피지 못한 탓이다.

"미안합니다. 다치지 않으셨어요?"

그가 여자의 팔을 잡아주었다.

"괜찮아요. 아이는 깨지 않았어요."

"제가 도와드리겠습니다."

베이컨은 여자를 부축하고 복도 끝에 있는 그녀의 집 앞까지 갔다. 젊은 여자는 힘겹게 문을 열고 들어가 얼른 아이를 침대 위에 눕혔다. 베이컨은 문 앞에 그대로 선 채 그녀를 바라보았다. 아이를 안고 있는 엄마를 생전 처음 본 것처럼.

"고맙습니다……. 저는 이레네예요."

"프랭크입니다."

베이컨은 어색하게 손을 내밀어 악수를 청했다. 그녀가 그의 눈을 가만히 쳐다보았다.

"들어가야 해요. 요한이 깰지 모르거든요."

이레네는 문을 닫았다.

막스 플랑크는 마치 19세기의 유령 같았다. 오랜 세월의 지혜와 고통, 기쁨과 분노가 새겨진 주름과 흉터투성이인 그의 얼굴은 고대 유물 또는 두터운 고목의 껍질을 연상시켰다. 축 처진 두 뺨과 무겁게 내려앉은 눈 밑 주름은 이 위대한 사내의 꺾일 줄 모르는 의지 덕분에 아직 완전히 몰락하지 않은 이 시대의 유일한 잔재였다. 그의 모습에서는 현실에 대한 증오 이상의 것이 엿보였다. 그것은 그가 아직까지 계속해서 목도해야 하는 이 세계에 대한 깊은 실망이었다. 빌헬름 황제 시절의 영광 속에서 성장한 플랑크는 제1차 세계대전을 전후해 학자로서 완성에 이르렀고 제3제국의 통치하에서 노년을 경험했다. 그야말로 독일 정신의 완전한 체현인 셈이다. 그는 계속 파괴되었지만, 그럴 때마다 잿더미 속에서 부활했다. 비록 허약한 사지와 굽은 몸뚱이가 이제 그를 방 안에 꽁꽁 가두어두고는 있지만, 절제된 행동과 사려 깊은 눈초리는 여전히 예전의 그 거대한 에너지를 고스란히 발산하고 있었다. 작지만 위압적인 눈동자 속에는 재앙으로 가득 찬 이 세상에 대한 경멸이 불타올랐다. 그 불길은 플랑크 자신이 이 세계의 형성에 누구보다 더 지대하게 공헌했기에 더욱 맹렬했다.

그 모든 압박에도 불구하고 그는 아직 살아 있었다. 자식들뿐만 아니라, 두 번의 세계대전에서 목숨을 잃거나 집단수용소에서 살해당한 수백만의 독일인들을 뒤로한 채 여전히. 실망과 노여움, 고통과 고독 속에서도 굳건히 버티고 서 있었다. 강력하게 흔들림 없이. 그는 독일 국민들에게 미래의 희망을 제시할 얼마 남지 않은 보루 중 하나였다. 1946년, 그의 육신은 오직 '다른' 독일을 상기시키기 위해서 아직 이 세계에 머물고 있었다. 그것은 한때 패권을 손에 넣어 결국 스스로를 파멸시키고만 잔혹하고 끔찍한 독일이 아니라 이성이 지배하는 '학자들의 독일'이었다.

그는 왜 이렇게 끈질기게 버티고 있는가? 무엇이 그를 아직도 이 땅에 묶어두고 있는가? 세계가 온통 혼돈 속에 빠져버려, 그 자신은 모든 희망을 버렸다고 선언했음에도 불구하고 어떤 대단한 의지가 아침마다 그의 눈을 뜨게 만드는 것일까? 왜 그는 연합군의 폭격에 처참히 부서져버린 베를린의 폐허 속에서 죽지 않았을까? 막스 플랑크의 쪼그라든 껍데기 뒤에 감추어진 심장은 도대체 어떤 물질로 만들어졌을까? 만약 누군가가 이런 질문을 던진다면 그는 아마도 이렇게 반문할 것이다. 전쟁 중에도 나라를 떠나기를 거부했는데 하물며 모두가 폐허로 변해버린 이 마당에 어떻게 조국을 떠나버릴 수 있겠느냐고. 자신이 절실하게 필요한 이런 순간에 어떻게 사람들을 저버릴 수 있느냐고. 그의 끈질긴 삶의 의지는 누구보다도 젊은 과학자들에게 좋은 귀감이 될 것이다.

괴팅겐에서 플랑크는 불사조 같은 존재였다. 사람들은 그가 존재하는 한 이 엄청나게 황폐한 독일 과학의 무대도 다시 새로운 생명으로 채워질 수 있다고 믿었다. 그래서 그는 계속해서 살아 있었다. 고통에도 불구하고, 어쩌면 바로 그 때문에 더 단호하고 강인하게 육신과 기억의 몰락에 맞서서 싸우고 있었다. 이미 데드마스크로 변해버린 그의 얼굴 뒤에는 몰락한 자, 패배한 자, 부채를 짊어진 자들에게 새로운 용기를 북돋워주는 힘이 숨어 있었다. 인간적 이성이 변질되지 않았음을 보여주는 도덕적 위상을 지닌 사람이 있다면, 바로 그였다. 비록 아무런 말을 하지 않더라도 그가 있다는 사실만으로도 이성에 대한 믿음이 굳건해졌다. 그는 좌초하는 배와 운명을 같이하는 선장이었다. 아니, 그는 배가 대양의 바닥으로 완전히 가라앉지 않도록 도와주는 강력한 힘이었다.

"이렇게 찾아뵐 수 있도록 허락해주셔서 감사합니다."

내가 그에게 인사를 건넸다. 플랑크는 감기에 걸려 오한이 난 어린아이처럼 담요를 덮은 채 무심하고 고독한 표정으로 소파에 앉아 있었다.

"더 크게 말하세요. 왼쪽 귀가 잘 안 들리시거든요."

그를 돌봐주는 여자가 말했다. 엉덩이가 펑퍼짐하고 힘이 세어 보이는 그 여자는 금발머리를 길게 땋아 내린 모습이 꼭 동화에 나오는 보모처럼 생겼다.

우리는 식탁에서 가져온 의자에 앉았다. 집은 그런대로 아늑했다. 아마 베를린에 있던 고향집처럼 느끼게 해주려고 누군가 일부러 그렇게 꾸민 듯이 보였다. 거실 바로 옆에 서재가 마련되어 있었지만 거의 사용하지 않는 것 같았다. 방 한가운데에 덩그러니 놓인 긴 마호가니 책상은 꼭 관처럼 보였지만 집은 깨끗이 잘 정돈되어 있었다. 어디에도 활발한 행위의 흔적은 보이지 않았다. 장롱 위에는 사진들이 여러 개 놓여 있었다. 그중 하나는 처형된 아들의 사진이 틀림없었다. 창문에 두터운 아마포 커튼을 드리운 것은 아마 플랑크의 지친 눈을 너무 자극하지 않도록 빛을 막아주려는 의도 같았다.

"저희가 찾아와서 너무 귀찮게 해드린 것이 아닌지나 모르겠습니다."

베이컨도 한마디 덧붙였다. 노과학자는 힘겨운 기침을 뱉어냈다. 그는 비록 한 발짝도 문밖을 나설 수 없었지만 검은색 정장에 넥타이를 매고 있었다. 실내복 차림으로 우리를 맞는 것은 그와 같은 교양인에겐 전혀 어울리지 않는 일일 것이다. 다소 초췌한 모습이었지만 말끔하게 면도도 했다. 흰 콧수염은 마치 작은 새가 입술에 내려앉은 것처럼 보였다.

"누군가의 방문을 받아본 것도 꽤 오랜만이군. 우리는 서로 만난 적이 있지, 안 그렇소?"

그가 들릴락 말락 한 목소리로 내게 말했다.

"그렇습니다, 교수님. 전 수학을 전공하는 구스타프 링스입니다."

"아, 생각났어."

그는 잠시 말을 끊고 우리가 만났을 때를 떠올리려고 했지만 잘되지 않는 것 같았다. 잠시 후 그는 그 노력을 포기하고서 말을 이었다.

"그래, 내겐 무슨 일로 찾아오셨소? 참, 뭘 좀 마시겠소? 커피는 어떻소? 아마 집에 커피가 조금 있을 거요. 이봐요, 아델하이트?"

"네, 교수님."

그녀가 대답했다.

"고맙습니다."

베이컨은 긴장하고 있었다. 그가 얼마나 손에 힘을 주고 있었던지 쥐고 있던 연필이 거의 으스러질 것처럼 보였다. 아델하이트가 부엌으로 가자 베이컨이 자기 소개를 했다. 그는 떨리는 목소리로 플랑크에게 자신은 프린스턴 대학에서 공부한 물리학자라고 덧붙였다. 아인슈타인과 폰 노이만에 대해서도 말한 뒤에 그를 직접 만나게 되어 너무나 영광이라고 했다.

"내가 그다지 눈치가 빠른 사람은 아니지만……."

플랑크는 다시 기침을 했다.

"여러분이 그냥 인사차 나를 찾아온 건 아닌 듯하군."

"네, 여기 베이컨 박사는 최근 독일 과학계에 대한 글을 준비하고 있습니다."

내가 재빨리 끼어들었다.

"박사는 몇 가지 의문들에 대해 교수님께서 조언을 해주실 거라고 기대하고 있습니다."

"아마도 교수님께서 잘 알고 계실…… 한 가지 문제에 대해서…… 교수님과 말씀을…… 나누고 싶습니다."

베이컨이 더듬더듬 말을 이어갔다. 그리고 한동안 침묵이 계속되었다. 우리는 플랑크가 우리의 말을 제대로 알아들었는지조차 알 수 없었다.

"난 이미 오래전부터 아는 게 거의 없는데, 어쩌지?"

플랑크가 미소를 짓다 말고 커다랗게 재채기를 했다.

"소크라테스처럼 말이오. 하지만 무슨 일인지 들어나 봅시다."

"제 작업은 그다지 학문적인 것은 아닙니다, 교수님."

베이컨은 내게 연필과 수첩을 건네주며 메모를 좀 해달라는 표정을 지었다.

"하지만 가능한 한 학문적 원칙에 의거해서 말씀드리도록 하겠습니다. 저도 과학자의 한 사람이니까요. 그럼 말씀드리겠습니다. 저는 지금 이곳 독일에서 교수님 앞에 앉아 있지만 전에 미국에서 하던 대로 가설을 세우고, 사고실험을 수행하고, 결과를 검토해 이론을 수립하는 방식으로 진행하려 합니다. 물론 이것은 물리학적 이론이 아니라, 사람에 대한 이론이자 과학의 법칙을 따르는 어떤 사실의 진실성에 대한 이론입니다."

그는 지금 무슨 헛소리를 하고 있는 거지? 베이컨은 플랑크의 면전에서 지레 겁을 집어먹은 게 틀림없었다. 그 역시 자기가 쓸데없는 소리를 주절거리고 있다는 걸 알고 있는 듯했다. 그의 말을 거들어주려고 플랑크를 쳐다본 순간 내 예상과 달리 노과학자가 베이컨의 말에 흥미를 느끼고 있음을 눈치 챘다.

"자네가 무슨 말을 하려는지 알 것 같군."

플랑크는 무릎을 덮고 있는 담요자락을 만지작거렸다.

"자연과학은 종교와 비슷한 점이 있어. 혹시 이런 비유가 언짢게 들릴지도 모르겠지만, 둘 다 믿는 사람들에게 자신의 장점을 납득시키기 위해 굉장히 열심히 노력하지. 안타깝게도 오늘날 교회는 사람들이 원하는 정신적인 뿌리를 제대로 제공해주지 못해. 그래서 사람들은 다른 데로 눈을 돌리지. 종교의 가장 큰 어려움은 사람들의 신앙심이 반드시 전제되어야 한다는 점이야."

"그럼 교수님께서는 과학을 종교의 대체물로 보시는 겁니까?"

"신앙심은 회의론자들뿐만 아니라 과학자들에게도 반드시 필요해. 과학적 연구에 진지하게 몰두하는 사람은 누구나 과학의 사원 입구에 '너는 믿어야만 하느니라'라고 써 있다는 걸 잘 알고 있소. 우리 과학자들은 결코 믿음을 포기할 수 없지. 거듭된 실험의 결과를 놓고 우리는 마음속으로 우리가 찾는 법칙을 떠올려야 하는 거요. 그리고 가설을 세워 그것이 일정한 형체를 갖도록 만들어야 해."

지금 무슨 이야기가 오가고 있는지 짐작도 할 수가 없었다. 그는 도대체 무슨 말을 하려는 것일까? 베이컨은 무슨 의도로 그런 말을 한 거지?

"교수님 말씀은, 가설의 수립이 믿음의 행위란 뜻인가요?"

"바로 맞혔소."

플랑크의 눈이 반짝였다. 메마른 입술을 적신 몇 마디의 말이 그에게 새로운 생명력을 준 것 같았다.

"단지 생각만으로는 한 걸음도 더 나아갈 수 없소. 혼돈에서 곧장 질서가 생겨날 수는 없지. 창조적인 정신이 체계적인 취사선택을 통해 혼돈 속에서 질서를 만들어내야 하는 거지. 그리고 질서가 수립되려면 언제나 정신의 계획이 개입해야 해. 미래를 머릿속에 그려보는 힘과 궁극적인 성공에 대한 믿음이 반드시 필요한 거요."

"그렇다면 직관에 매달려야 하나요?"

베이컨은 잘 이해가 되지 않는다는 표정이었다.

"무엇을 시도하고 오류를 수정하면서 문제를 해결해나가는 것보다 신앙을 더 우위에 놓아야 한단 말씀이신가요?"

"과학은 자연의 궁극적인 비밀을 풀 능력이 없소. 우리 자신이 그 자연의 일부이며 우리가 풀어야 할 비밀의 일부니까."

플랑크는 기침을 하다가 말을 계속했다.

"음악과 미술도 이런 비밀을 이해하기 위한, 아니면 최소한 그것을 묘사해보려는 노력이라고 할 수 있지. 내 생각에는 우리가 이 분야에 깊이 몰입하면 할수록 점점 더 자연과 일치를 이룰 수 있게 될 거 같소. 그것은 과학이 우리 인간에게 줄 수 있는 최고의 선물이지."

노과학자의 말이 끝나자 베이컨은 그에 대답하기에 앞서 생각에 잠겼다. 그는 플랑크의 이론에 따라 생각해볼 수 있는 가능성들을 머릿속에 그려보았다. 나는 그동안 메모를 했다.

"저는 자연이 앞으로도 영원히 놀라움의 대상으로 남아 있을 거라고 생각합니다, 교수님. 그리고 과학은 그런 자연을 이해하는 데 도움을 줄 겁니다. 그런데 그 도움이 충분치 못할 때가 참 많습니다. 항상 무언가가 과학의 손아귀 사이로 빠져나갑니다."

"맞소."

플랑크가 큰 소리로 맞장구를 쳤다.

"우리는 항상 불합리와 대면하며 살아가지. 그렇지 않다면 신앙이 필요치 않았을 거고, 인생은 견디기 힘든 짐이 되었을 거요. 음악이나 미술 같은 능력에 놀라워하지도 않았을 거야. 또 과학도 생겨나지 않았을 걸. 우리 같은 과학자들에게 더 이상 미지의 것을 탐구하는 흥미를 제공하지 못할 뿐 아니라, 근본적인 토대를 완전히 상실하게 될 테니까.

과학의 토대는 의식을 통해 외부에 실재하는 삶을 직관하는 것이라오."

"그럼 그런 비밀들은 우리로 하여금 그것을 풀게 하기 위해서, 다시 말해 우리의 존재에 의미를 부여하기 위해서 존재하는 것이군요."

"내 친구 아인슈타인은 이 세상이 진실로 존재한다는 걸 알지 못하는 사람은 결코 과학자가 될 수 없다고 했소. 하지만 그런 앎은 사고과정을 통해 유추될 수 있는 게 아니야. 그건 감각적 지각에 의한 앎이지. 그 본성에 있어서는 신앙과 똑같은 거야. 형이상학적 신앙!"

"잠깐만요, 교수님. 잠시 정리를 해보겠습니다."

베이컨이 플랑크의 말을 끊었다.

"그러니까 이 세상에는 과학이 연구해야 할 무언가가 존재하며, 그것은 또한 과학이 풀어야 할 비밀이라는 사실을 우리가 '믿는 것'만으로도 충분하단 말씀인가요?"

"과학의 법칙에만 충실하다면 맞는 말이오. 당신이 이 세계의 어떤 영역을 연구해야 한다고 믿는다면 당신은 그런 믿음을 통해 그리로 나아갈 수 있지. 물론 그것이 잘못된 걸음이라 거기서 아무것도 발견하지 못할 수도 있어. 하지만 그건 과학자들에게 흔하디흔하게 일어나는 일이야. 무언가 어둠을 밝히는 것이 존재한다는 믿음을 포기하지 않는다면, 계속 다른 시각에서 새롭게 시작할 수 있소. 위대한 발견들은 모두 그런 방식으로 이루어졌지."

플랑크는 몹시 지친 듯했지만 만족스러워 보였다. 연민 어린 시선으로 바라보는 대신 흥미로운 문제를 가지고 질문한 것이 그를 흡족하게 한 것 같았다.

"그럼 이제 당신이 믿는 것은 어떤 것인지 한번 말해보시겠소? 당신은 어떤 목표를 좇고 있나요?"

베이컨의 얼굴이 창백해졌다. 마치 우리가 방문한 진짜 이유가 이제까지의 대화 수준과 맞지 않는다고 생각하는 것 같았다. 그가 도움을 구하는 표정으로 나를 쳐다보았다. 나는 가볍게 고개를 끄덕였다.

"클링조르입니다."

그러자 갑자기 음산하고 어두운 침묵이 흘렀다. 베이컨이 그렇게 갑작스럽게 문제의 핵심을 꺼내놓으리라고는 미처 생각지 못했다. 하지만 마침내 우리는 본론에 도달했다.

"무슨 말인지 잘 모르겠군."

"한때 클링조르라는 이름으로 불렸던 남자가 누구인지 아십니까?"

플랑크는 아무런 대답이 없었다.

"그가 제 가설의 중심에 있는 사람입니다, 교수님. 저는 이 이름 뒤에 제가 꼭 밝혀내야 하는 중대한 비밀이 감추어져 있다고 '믿습니다.' 그리고 교수님께서 제게 도움을 주실 수 있다고 믿습니다."

플랑크의 얼굴이 납빛으로 변했다. 심한 기침 때문에 대화도 끊겼다.

"아, 아델하이트! 약 좀 가져와요."

여자는 조그만 약병과 숟가락을 들고 거실로 달려왔다. 그녀는 숟가락에 약물을 몇 방울 떨어뜨리더니 그의 입으로 가져갔다. 그녀는 잠깐 미심쩍은 눈으로 우리들을 노려보았다.

"미안하오. 요즘 몸이 부쩍 더 안 좋아졌어. 유감스럽지만 이 이야기는 다음 기회로 미뤄야겠소."

플랑크가 기침을 쿨럭거리며 말했다.

"제발 대답을 부탁드립니다. 교수님께선 클링조르가 누군지 알고 계시지요?"

플랑크가 잠시 생각에 잠겼다.

"불안해하실 필요 없습니다, 교수님."

내가 끼어들었다.

"당신들은 방금 전 몹시 끔찍한 이름을 입에 올렸소. 난 정말 그 이름에 대해서는 절대로 말하고 싶지 않아."

플랑크의 목소리는 무덤에서 흘러나오는 것처럼 음산하게 들렸다. 그렇다! 내 추측대로 그는 무언가를 알고 있었다.

"클링조르는 대단히 중요한 문제입니다, 교수님."

베이컨 중위는 한 발짝도 물러서지 않았다. 플랑크의 얼굴이 고통으로 일그러졌다.

"그 이름은 너무나 고통스런 기억을 끄집어내지. 그 이름이 그럴 만한 가치가 있는지 모르겠군."

"도대체 왜 세상이 온통 그 이름을 부인하는 겁니까?"

"교수님, 저는 이미 베이컨 박사에게 그 이유를 설명해주었습니다."

내가 급히 끼어들었다.

"저는 그것이 그저 소문에 불과하다고 말했지만, 박사는 그것을 교수님께 직접 확인해보아야겠다고 하더군요."

플랑크는 내게 수수께끼 같은 눈길을 보냈다.

"링스 교수가…… 이미 사실을 다 말해주었다는데 젊은이는 왜 내게 다시 그걸 묻는 건가?"

"과학적으로 확인이 필요하기 때문입니다, 교수님."

"무엇을 확인한단 말이지?"

"클링조르가 존재했는지, 아직도 존재하는지의 여부입니다."

플랑크는 침묵에 빠졌다가 입을 열었다.

"그런 것을 어떻게 증명할 수 있단 말인가, 젊은이? 당신은 내게 당신의 존재를 증명할 수 있겠소? 당신이 지금 이 공간에서 내 앞에 앉아 자신의 질문으로 나를 괴롭히고 있다는 사실을 내가 어떻게 완전히 확신할 수 있단 말이오? 혹시 내가 너무 늙어서 헛것을 보고 있는 게 아닐까? 내 감각이 나를 속이고 있는 거라면?"

"교수님……."

"도대체 내가 어떻게 누군가의 존재를 확실히 증명할 수 있단 말이오?"

"교수님께서 방금 전에 말씀하셨듯이……."

"방금 전이라!"

양피지같이 쭈글쭈글한 이마에 솟은 두 가닥의 굵은 핏줄이 마치 뭍으로 범람하려는 강물처럼 출렁거렸다.

"내 말을 제대로 듣지 않았군, 젊은이. 우리에게 타자의 존재를 납득하게 만드는 유일한 요소는 오직 믿음뿐이오."

"그 말씀은 그의 존재를 확인해주시는 건가요?"

"나는 신탁을 전해주는 제사장이 아니오. 그러니 내게서 어떤 확실성도 기대하지 마시오. 자신의 가설을 확신한다면 계속 그대로 밀고 나가면 되는 거요! 당신을 막을 생각은 없소."

베이컨은 플랑크의 말을 이해할 수 없었다. 그는 너무 늙고, 너무 지쳐 있었다. 그의 말대로 그를 대화로 끌어들이는 게 아니었다.

"질문을 한 번 바꾸어보겠습니다. 교수님께서는 그 사람이 진짜 존재한다고 믿으십니까?"

"내가 무얼 믿든 그건 전혀 중요하지 않소. 중요한 것은 젊은이가 무얼 믿느냐는 거야. 당신은 그의 존재를 믿소?"

"그런 것 같습니다……. 네, 그래요."

"그렇다면 의심하지 말고 그를 찾아내도록 하시오."

노과학자의 이 모호한 말은 명령처럼 뇌리에 박혔다. 베이컨은 가슴이 답답해졌다.

"교수님께서 그를 어떻게 생각하시는지 제게 말씀해주실 수 없나요? 저희에게 어떤 식으로든 도움을 좀 주실 수 없을까요? 아무 거라도 말씀해주시면 저희에게 큰 도움이 될 텐데요. 그저 추측에 불과한 것이라도."

"추측? 그건 끔찍한 일이야. 그에 대해서 나름대로 생각하는 바가 있지만, 내가 잘못 생각한 거라면 그것이 얼마나 큰 양심의 가책이 될지 한 번 생각해보았소? 나의 엉터리 같은 기억 때문에 선량한 사람이, 홀륭한 과학자가 터무니없는 죄를 뒤집어쓰게 될지도 모르오. 그런 모험을 할 수는 없지. 게다가 이렇게 늙은 마당에야."

"제가 교수님께 부탁드리는 건 누구를 단죄해달라는 게 아니라 이 짙은 어둠 속에 조그만 불이라도 하나 밝혀주십사 하는 것입니다. 이름이 아니라면, 그를 추적할 수 있는 작은 단서라도."

"그가 정말 존재했다면 최고 수준의 과학자가 틀림없었을 거요."

노인은 그 이름을 알려줄 생각이 없는 게 분명했다.

"양자역학과 상대성이론, 핵분열 등의 분야에 정통한 과학자."

"왜 그렇게 생각하시는 거죠?"

"그는 우리들 중의 한 사람이야."

플랑크는 고통스럽게 말을 꺼냈다.

"그는 우리들을 속속들이 알고 있었어. 그는 우리들과 함께 생활하며 우리의 일거수일투족을 감시했소."

플랑크는 문득 너무 많은 이야기를 했다고 깨달은 듯 갑자기 입을 닫았다. 지독한 기침이 다시 시작되었다. 가슴에 통증을 느끼는 듯 그는 몹시 괴로워했다. 아델하이트가 급히 달려와 물을 따라주었다. 노인은 힘겹게 물을 마셨다.

"이제 그만 가주셨으면 좋겠군요."

여자가 말했다.

"더 이상은 무리입니다. 그러니 제발 그만 돌아가주세요."

베이컨이 자리에서 일어났다. 하지만 그는 좀처럼 포기하지 않았다.

"그가 누구였습니까, 교수님? 이름을 말씀해주세요."

"이제 다 지나간 일이야. 그의 이름을 아는 사람은 아무도 없소. 누구도 그가 활동하는 현장을 직접 보지는 못했소. 그는 우리들 중 누구라도 될 수 있어."

"여러분, 제발!"

아델하이트가 다시 한 번 재촉했다. 베이컨과 나는 문 쪽으로 걸어갔다.

"제게 뭔가 더 하실 말씀 없으세요?"

"젊은이는 물리학자라고 했지? 현대 과학의 성과들을 자세히 관찰해보시오. 클링조르는 원자처럼 재빠른 자요."

플랑크의 목소리는 동굴의 폐부에서 울려나오는 것 같았다.

"그리고 그것을 이루어낸 과학자들에 대해 연구하시오. 당신에게 줄 수 있는 최선의 충고야. 믿음을 잃지 마시오, 젊은이. 그것만이 당신을 구원해줄 테니."

막스 플랑크의 말은 그 집을 나선 후에도 오랫동안 귓전에 남아 있었다. 그의 고백은 내 추측을 더욱 강하게 뒷받침해주었지만, 베이컨에게는 그 이상의 영향을 준 것 같았다. 그는 클링조르가 더 이상 가공의 인물이 아니라 생생하고도 위험한 진실로 다가오는 것을 느꼈다.

집 앞에서 부딪혔던 여자가 베이컨에게 강한 인상을 남겼다. 왠지 이유는 알 수 없었지만 그녀는 좀처럼 그의 뇌리에서 떠나지 않았다. 결국 공중에 동전을 던져 결정을 하듯 가벼운 기분으로 그는 그녀와 좀더 가까이 사귀고 싶다는 욕구에 몸을 내맡기기로 했다.

날이 저문 도시는 어둠 속에 잠긴 고독한 바다처럼 놓여 있었다. 그는 방향을 정하지 않은 채 그저 시간을 떨쳐버리려는 듯, 아니면 클링조르와 플랑크와 젊은 여인으로 이어지는 미로에서 벗어나려는 듯 원을 그리며 걷고 있었다. 어느새 한 해가 다 저물어가고 있었다. 그는 신을 믿지 않았고, 또 노과학자가 집요하게 그의 뇌리에 박아넣으려 한 믿음도 이미 다 떨쳐버린 뒤였지만 왠지 이 해가 가기 전에 자신을 정화시켜야 할 것 같은 생각이 들었다.

괴팅겐의 지붕들 위로 가녀린 눈발이 소리 없이 흩날리고 있었다. 하늘이 마치 그의 마음을 위로해주기 위해 눈을 뿌려주는 것 같아 베이컨의 기분이 달떴다. 살 속으로 파고드는 바람을 피하려고 외투 깃을 세우는 순간 그녀가 보였다. 그가 다른 길을 택했더라면, 아니 차가운 바람 속에서 서성이는 대신 곧장 사무실로 들어갔더라면, 또 몇 분만 일찍 또는 늦게 집을 나섰더라면, 그가 유럽으로 오지 않았더라면, 프린스턴에서 공부하지 않았더라면, 물리학을 전공하지 않았더라면, 그러면 그는 이 자리에서 그녀와 마주치지 못했을 것이다. 바로 이 순간에! 갑자기 그는 지금까지 내려온 수많은 결정들이 모두 그녀에게 이르기 위한 거였다는 엉뚱한 생각이 들었다.

비좁고 컴컴한 거리였지만, 베이컨은 날렵한 이레네의 모습을 오래 전부터 자기 것이었던 물건을 알아보듯이 금방 알아보았다. 그녀는 꽃무늬 옷 위에 낡은 외투를 걸치고 거리 한가운데에 서서 떨어지는 눈을 바라보고 있었다. 추위나 절망감 때문이 아니라 그냥 가만히 하늘을 올려다보고 있었다. 베이컨은 아주 조그맣고 하얀 별빛이 그녀의 동공 속으로 들어가는 장면을 상상했다. 그녀는 얼음같이 찬 바람도 아무렇지도 않은 듯 보였다. 추운 날씨나 행인들의 관심 따위는 아랑곳하지 않는 동상처럼 그 자리에 꼼짝 않고 서 있었다. 팔을 움츠리고 있긴 했지만 떨고 있지는 않았다. 그녀는 호주머니를 뒤져 구겨진 담배꽁초를 꺼내 도톰한 입술 사이에 끼워넣었다. 담뱃불을 붙이기 위해 성냥을 그어

대는 모습이 바늘귀에 실을 꿰려고 애쓰는 사람처럼 보였다. 이제 하늘
은 아무래도 좋았다. 지금 그녀는 자신의 인생이 온통 담뱃불을 붙이는
데 달려 있는 양 열중했다. 가냘픈 두 손이 바람을 막고 있었지만 성냥
불은 켜지자마자 다시 꺼져버렸다.

베이컨은 연약한 불꽃이 바람을 거부하고 마침내 살아나는 모습을
천천히 지켜보았다. 이레네가 미소 지었다. 푸른색, 붉은색, 오렌지색
으로 바뀌는 불빛을 받으면서. 그녀는 원하는 일을 이루었다. 베이컨은
만족해하는 그녀의 몸짓 속에서 여러 해 동안의 궁핍과, 병약한 아들
요한을 돌봐야 하는 고단한 시간, 끝없이 반복되는 힘겨운 하루와 공허
한 밤들을 떠올렸다. 질량이 에너지로 바뀌는 이 짧은 기적의 순간, 아
주 잠깐 평온하고 흡족스런 삶을 보아서였을까. 베이컨은 문득 성냥이
그녀의 정성스러운 손길로 불꽃으로 살아났듯이 그녀의 육체 또한 자
신의 보호가 필요하다는 생각이 들었다. 이레네의 몸속에는 얼마나 많
은 고통과 눈물과 절망이 감추어져 있을까? 추위 속에서 불꽃을 살려보
려는 이 절망적인 행동은 살아남으려는 한 인간의 욕망을 적나라하게
보여주는 게 아닐까? 그것은 또한 플랑크가 말한 것처럼 모든 어려움을
극복하고 무에서 우주를 만들어내려는 의지가 아닐까? 베이컨은 그녀
가 놀라지 않도록 조심스럽게 그녀에게 다가갔다. 날개 꺾인 새에게 다
가가듯이, 놀라서 달아나버리지 않도록 살그머니. 어둠 속에서 모습을
감추고 움직이는 것은 그리 어려운 일이 아니다. 그는 젊은 여자의 싱
싱한 살내음을 아주 가까이에서 맡았다. 얼핏 그녀의 숨결에서 독주의
냄새가 풍기는 듯했다. 그녀는 정말 예뻤다.

"뭘 그렇게 쳐다보세요?"

그녀가 그를 알아보았다. 그녀의 눈. 그것은 며칠 전 베이컨이 복도에
서 마주쳤던 그 눈이 아니었다. 지금 그것은 그 어떤 불꽃보다 더 밝고

강렬한 빛을 발하고 있었다. 그래서 성냥불을 켰던 걸까? 그녀는 자기 안에 숨어 있던 불꽃을 되살려낸 것 같았다.

"당신을 보고 있어요. 이렇게 추운 날 길 한가운데에 서서 뭘 하는 겁니까?"

"벌써 물어보셨잖아요?"

그녀는 간신히 화를 참고 있는 것처럼 목소리에 잔뜩 힘이 들어가 있었다.

"대답할 생각이 없나 보군요."

"당신을 기다리고 있었어요."

"저를요?"

이레네가 깔깔 웃었다. 그녀는 내게 농담을 건넨 것이다. 그녀가 길게 한 모금 담배를 빨아들이자 담배는 손가락 사이에서 거의 보이지 않게 되었다.

"정말 그렇게 추워요?"

"저는 너무 추워서 얼어죽을 지경입니다."

베이컨이 대답했다.

"따뜻한 차가 필요하겠군요."

이레네는 서둘러 집으로 향했다. 계단을 올라가 방문 앞에 닿았을 때 그녀가 말했다.

"큰 소리를 내면 안 돼요. 요한이 잠들어 있거든요."

그녀의 집은 전에 얼핏 보았던 것보다 더 컸다. 그리고 그의 집보다 훨씬 더 아늑했다. 하지만 여기도 천장은 한없이 높았고, 오랜 세월 습기와 곰팡이의 공격을 받아 퀴퀴한 냄새를 풍기는 기괴한 그림들이 벽마다 가득 차 있었다. 거실 한가운데에는 커다란 탁자가 놓여 있고, 그 옆에는 키가 거의 천장에까지 닿는 높은 장롱이 서 있었다. 장롱 뒤편에는 간단한 개수대와 조리대를 갖춘 부엌이 있었다. 거실에는 두 개의 문이 있었는데 하나는 화장실로, 다른 하나는 침실로 이어졌다.

"요한 때문에 전 거의 쉴 틈이 없답니다."

이레네는 낡은 냄비를 화덕에 올려놓았다. 장롱을 열고 말린 허브 잎들이 들어 있는 주머니를 꺼내 냄비에 조금 집어넣었다. 그녀는 이제 더 이상 날개 꺾인 불쌍한 새가 아니라, 열심히 돌아다니며 이런저런 허접스런 물건들을 주워 모으는 다람쥐처럼 보였다. 그때 요한의 울음 소리가 들려왔다.

"이런, 제가 아이를 깨웠나 보군요."

"아니에요, 배가 고파서 그래요. 저애는 늘 배가 고프거든요."

여자는 옆방으로 가 요한을 팔에 안고 돌아왔다. 그녀는 아이에게 음식을 차려주려고 더 분주하게 움직였다.

"차가 다 되었는지 한 번 봐주겠어요?"

베이컨은 얼떨결에 고개를 끄덕였다. 그는 두 개의 찻잔에 차를 따른 뒤 탁자 위에 올려놓았다.

"요한은 몇 살입니까?"

어색한 침묵을 깨려고 그가 말을 꺼냈다.

"그쪽은 어린애를 별로 좋아하지 않는군요. 이애는 두 살이에요."

이레네가 웃으며 말했다. 베이컨은 원래부터 어린아이를 좋아하지 않았다. 어린아이가 팔다리를 움직이며 위태롭게 균형을 잡는 모습은 감탄의 대상이 아니라 작은 괴물의 기괴한 몸짓으로 보였다. 요한은 배부르게 먹자마자 곧 엄마의 품안에서 평화롭게 잠들었다. 이레네는 조심스럽게 일어나 아이를 다시 방으로 데려갔다.

"직업이 뭐예요? 그러니까 전쟁 전에 무슨 일을 했는지 묻는 거예요."

여자가 돌아와 앉으며 이렇게 묻고서 차를 한 모금 마셨다.

"차 맛이 형편없죠?"

"아, 아니, 좋아요……. 전 물리학을 공부했어요."

"물리학?"

이레네의 눈빛이 반짝였다.

"전 아직 한 번도 과학자를 사귀어본 적이 없어요. 그래서 괴팅겐으로 파견되었군요."

"아마도 그럴 거예요. 이곳으로 오기 전엔 어디서 살았습니까?"

"전 어려서부터 죽 베를린에서 살았지만 태어난 곳은 드레스덴이에요. 그곳에 가본 적이 있나요?"

"아뇨, 아직."

"그렇다면 다행이로군요. 드레스덴은 이제 이 세상에 존재하지 않으니까요. 폭격 때문에 집이 한 채도 남기지 않고 모조리 파괴되었어요. 지금은 러시아군이 진주해 있고요."

그녀는 빈정대거나 흥분하는 기색도 없이 담담하게 말했다.

"정말 끔찍한 일입니다."

베이컨은 공연히 미안해졌다.

"드레스덴은 독일에서 가장 아름다운 도시였어요. 츠빙거 궁전을 아세요? 정말 멋진 곳이었지요. 오페라극장과 성모성당도 그렇고요. 그런데 우리 독일인들은 그런 것을 가질 자격이 없었던 모양이에요."

"당신은요?"

베이컨이 화제를 돌리며 물었다.

"저요?"

"당신은 무슨 일을 하느냐고요."

"전쟁 전에요? 별로 말할 만한 것도 없어요."

그녀의 목소리에선 아련한 향수나 추억 같은 것이 전혀 느껴지지 않았다.

"전 초등학교 교사였어요. 지금은 공장에서 일하고요."

"그럼 요한의 아버지는?"

"그 얘긴 지금 하고 싶지 않아요. 다음에 기회가 생기면 차차 말해줄 게요. 차 좀 더 드릴까요?"

"아뇨, 됐습니다. 이제 그만 가봐야겠어요. 내일은 일찍 일어나야 하거든요."

"만나서 반가웠어요."

여자가 그에게 손을 내밀었다.

"그동안 무슨 좋은 생각이 떠올랐나요, 교수님?"

플랑크와 나누었던 대화 내용을 분석하기 위해 나는 베이컨을 다시 만났다.

"클링조르가 원자처럼 재빠르다는 플랑크의 말을 곰곰이 생각해보았는데, 그건 그냥 단순한 비유가 아닌 것 같더군. 내 생각엔 거기서 어떤 단서를 발견할 수 있을 것 같아, 중위."

"무슨 뜻이죠?"

베이컨이 쳐다보았다.

"그 노인이 말했던 걸 잘 생각해봐. 만물을 구성하는 소립자 개념은 거의 인류만큼이나 오래된 생각이지. 최소한 고대 그리스까지 소급돼. 하지만 물리학자들이 그런 소립자의 존재를 증명해낸 것은 최근의 일이야. 러더퍼드의 원자 모델이 나온 게 금세기 초였으니까."

"좀 더 자세히 설명해주세요."

"플랑크는 우리에게 길을 일러주려고 했어. 포기하지 말고 계속해서 찾아보라고 하면서. 아직 클링조르는 그냥 이름에 불과하지만, 그를 러더퍼드나 톰슨, 보어 등이 원자를 가지고 했듯이 그렇게 생생한 모습을 지닌 존재로 증명해내는 것은 우리의 몫이야. 그의 존재를 그렇게 일반화시킬 수 있는 건지는 아직 잘 모르겠지만…… 아무튼 지금까지 그런 증명방법은 성공을 거두었잖나?"

"맞아요, 스케치!"

베이컨이 흥분해서 소리쳤다.

"상황을 스케치해보는 거예요, 러더퍼드의 원자 모델처럼 말이에요. 그 중심에는 물론 클링조르가 있어야겠죠. 이제 이해하겠어요. 정말 훌륭해요. 그럼 어떤 입자들을 조사해야 할지 생각해야겠군요. 클링조르라 불리는 이 재빠른 녀석을 붙잡으려면 어디서부터 추적해야 할지 알아봐야 해요."

"그럼 최근에 활동한 독일의 수학자들과 물리학자들 그리고 그들의 연구실적을 먼저 살펴보는 게 좋겠군. 도표를 작성해서 그들의 연결 관계를 표시하고, 그들의 활동영역과 공통점을 찾아내면 나치 권력과 이어진 관계를 한눈에 알아볼 수 있겠지."

"좋습니다. 당장 일을 시작하죠."

베이컨은 곧바로 일어서려 했다. 하지만 나는 아직 좀 더 생각해볼 것이 있었다.

"일단 제일 가능성이 커 보이는 인물부터 시작하는 게 좋겠어, 중위. 노벨상을 수상한 일급 물리학자이면서 히틀러가 아직 보잘것없는 오스트리아 출신 선동가로 뮌헨의 감옥에 들어앉아 있을 때부터 그를 지지했던 인물이 한 명 있지. 요하네스 슈타르크라는 사람."

"아인슈타인과 하이젠베르크의 최대 적수였던 그 슈타르크 말인가요? 그 사람이라면 교수님 말씀대로 제일 가능성이 커 보이는 인물임에 틀림없습니다."

"그는 나치 독일의 권력자로 행세한데다 20년대에 이미 나치 당원이 되었을 정도로 반유대주의의 화신이었어."

"어느 누구보다도 의심이 가는군요. 그러나 바로 그 이유 때문에 오히려 가능성에서 그를 배제해야 하지 않을까요?"

"한 번 검토해보지도 않고 그를 그냥 배제한다고? 중위, 당신은 과학자이면서도 결과가 분명해 보인다는 이유로 실험을 거부하려는 건가? 단순히 '사고실험'만으로 충분하다고 생각하는가? 만약 슈타르크가 죄가 없다면 그것을 확인하는 것은 아주 쉬운 일이 될 텐데. 중위는 우리가 어디서부터 시작하면 좋겠느냐고 물었고, 지금 나는 그에 대한 논리적인 답을 제시한 걸세. 중위, 당신은 아직 내 말을 제대로 이해하지 못한 것 같군. 난 슈타르크가 반드시 클링조르임에 틀림없다고 말하려는 게 아니야. 하지만 슈타르크와 같은 인물은 그와 연결되어 있다고 확신해. 그의 연구내용이나 히틀러와의 친분, 제국에서의 특권적 지위 등등 모든 것들이 두 사람은 적어도 여러 차례 이상 어떤 식으로든 서로 접촉했으리라고 추측할 수 있어. 슈타르크는 클링조르에게 접근해 가는 출발점이야. 그를 당신의 가설로 받아들이는 게 좋을 걸세."

베이컨이 잠시 생각에 잠긴 동안 나는 속으로 생각했다. 그는 지금 내 안내에 따르려고 하지 않는다. 내 조언이 필요치 않다면 도대체 왜, 무엇 때문에 나를 이 일에 끌어들인 거지?

"네. 교수님 말씀대로 그의 기록을 살펴보도록 하겠습니다."

그가 마침내 동의했다.

해가 지기 직전 마지막 햇살이 스러져갈 무렵 베이컨은 클링조르 이외에 자신의 관심사로 떠오른 새로운 목표 앞에 서 있었다. 그는 이레네와 자신을 갈라놓고 있는 칠이 벗겨진 벽 앞에서 잠시 숨을 골랐다.

그녀에게로 가는 몇 분의 시간이 마치 영원이라도 되는 듯 헉헉대며 뛰어왔기 때문이다. 그는 숨이 다시 가라앉을 때까지 기다렸다가 가볍게 문을 두드렸다. 이레네는 검은 가운 위에 숄을 두른 채 조금도 놀라지 않고 그를 맞이했다.

"들어오세요. 차 한잔 하셔야죠?"

그녀는 일부러 반가운 체하는 것 같았다.

"네, 고마워요."

베이컨은 일단 효과가 입증된 프로그램을 가동시켰다. 익숙함은 사람들을 묶어주는 힘이 있기 때문이다. 그는 외투를 벗고 실내를 잠깐 둘러본 뒤 이레네 쪽으로 다가갔다. 그는 그녀의 검은 눈과 방금 감은 듯한 싱그러운 금발의 머리카락을 쳐다보며 그녀의 몸에서 풍기는 향기를 들이마셨다. 여자는 김이 오르는 찻잔을 그에게 건네주었다. 두 사람은 소파에 함께 앉았다.

"요한은 어디 있어요?"

"오후에 할머니에게 데려다주었어요."

베이컨이 미소를 지었다.

"우리 같이 나가는 게 어떨까요?"

여자가 수줍게 제안했다.

"이렇게 저녁에 시간이 널널한 적이 별로 없어서요."

"그럼 나갑시다."

베이컨은 다시 외투를 집어들었다. 이레네는 급히 머리를 빗은 뒤 놀이공원에 가기로 한 어린아이처럼 즐거워하며 중위의 팔을 끼고 밖으로 나섰다. 바깥은 이미 어두워져 있었지만 저녁 공기는 그다지 차갑지 않았다. 길가와 낙엽 위에 쌓여 있는 지저분한 눈덩이는 종양처럼 도시 여기저기에 솟아 있었다. 높은 하늘에서는 길게 갈라진 구름 틈바구니에서 일찍 나온 달이 그들을 엿보았다.

"그는 전쟁에서 죽었어요."

"네?"

"애 아버지 말이에요."

"그렇군요."

이레네의 눈이 또다시 반짝였다. 아이 엄마라고는 보기 힘든 소녀다운 분위기가 물씬 풍겼다. 그들은 그렇게 잠시 걷다가 작은 주점 안으로 들어갔다.

"전 괜찮아요. 예전에도 우린 늘 떨어져서 살았으니까요. 물론 그렇다고 아무렇지도 않은 건 아니지만, 그를 그리워하는 것도 아니에요."

그들은 따뜻한 구석자리로 가 앉았다.

"일상적인 것이 되면 사랑은 끝장이죠."

베이컨이 말했다.

"그게 무슨 말이에요?"

"누군가가 내게 어떤 행동을 할지 미리 예측할 수 있다면, 그러니까 상대방이 나를 사랑하는지 확신할 수 있다면 그 사랑은 이미 종점에 와 있다는 거예요."

"끔찍한 일이군요."

여자는 따뜻하게 데운 와인을 두 잔 시켰다.

"내 말은, 누군가를 사귀게 되면 시간이 지나면서 그 사람이 어떤 식으로 반응할지 알 수 있게 된다는 거예요. 그렇다고 사랑이 꼭 지루해진다고 말할 수는 없지만 아무튼 미리 예측할 수 있는 관계가 되는 건 어쩔 수 없죠. 사랑은 누군가를 찾아 헤매는 오랜 여정인데 막상 목적지에 도달하고 나면 모두들 실망하게 되지요. 목숨을 바쳐 무언가를 갈망할 때, 가장 나쁜 일은 거기에 너무 빨리 도달하는 것이지요."

이레네는 조금 화가 난 듯했다.

"나는 사랑이 경마 같은 것이라고 생각하지 않아요."

이제껏 주로 말을 듣는 편이었던 여자가 돌연 태도를 바꾸었다.

"오히려 사랑은 지루하고 무의미한 순간을 생명으로 충만하게 바꾸어놓는 거 같아요."

"우린 지금 같은 이야기를 정반대의 위치에서 말하고 있군요."

베이컨이 한 걸음 물러섰다. 그는 와인을 한 모금 마신 뒤 다시 말을 이었다.

"내가 만약 어떤 여자를 사랑한다면 그녀가 매일 다른 존재로 다가오리라는 거예요."

"그렇다면 당신에겐 배우나 공상가 아니면 정신분열증에 걸린 여자가 제격이겠군요."

여자가 냉랭하게 말했다.

"그런 식으로 말하지 말아요."

"기분 나빴다면 미안해요. 하지만 내가 보기에 당신은 정말로 사랑을 해본 적은 없는 거 같아요."

여자의 두 볼이 홍조를 띠었다.

"당신은 그녀가 술탄의 하렘이 되기를 원하지요. 하지만 누군가를 진정으로 사랑한다면 그 사람이 언제까지나 변하지 않기를 원할 거예요. 두 사람이 모두 함께 변한다면 몰라도 말이에요."

베이컨은 점점 더 취기가 올라오는 것을 느꼈다. 여자가 이렇게 반발하는 것이 그를 흥분시켰다. 사실 그는 자기가 한 말에 그다지 확신이 있었던 것은 아니었다. 그는 이런 격렬한 방어가 주는 쾌감을 계속 즐기려고 끝까지 밀고 나가기로 했다.

"하렘에 대한 당신의 생각은 마음에 들어요. 하지만 당신은 나를 오해하고 있어요. 나는 매일 밤 다른 여자를 원하는 게 아니라 계속해서 새로운 이야기를 만들어내는 세헤라자데를 원하는 겁니다.「천일야화」는 완벽한 비유예요. 세헤라자데가 더 이상 새 이야기를 만들어내지 못하게 되면, 그러니까 술탄을 위한 새 버전의 사랑을 생각해내지 못하면 그녀는 형리에게 넘겨져요. 이건 잔혹 행위가 아니라 애정 게임의 규칙이에요. 이 이야기의 교훈은 사랑이 더 이상 새로운 방식으로 체험될 수 없다면 차라리 사라지는 게 더 낫다는 겁니다."

"당신은 정말 속물스런 마초로군요."

"그렇지 않아요. 이런 생각은 남자와 여자 누구에게나 다 마찬가지일 걸요. 술탄과 세헤라자데는 언제든지 서로 역할을 바꿀 수 있어요."

베이컨은 대화가 중단되지 않도록 애를 쓰며 여자의 눈을 뚫어져라 쳐다보았다.

"그렇다면 상대를 만족시킬 만큼 충분한 상상력을 갖지 못한 사람들은 대체 어떡하란 말이에요?"

베이컨은 언뜻 겸손하게 들리는 이레네의 물음 속에 굉장한 자신감이 숨겨져 있음을 감지했다.

"이건 상상력이 아니라 의지의 문제입니다. 나는 애인에게 이야기를 들려달라거나 시를 써달라고 요구할 생각은 없어요. 하지만 우리들 각자가 지닌 다양성을 인정하고 그것이 완전히 발휘될 수 있도록 노력해달라는 거예요. 무언가를 거짓으로 꾸며내 기만하려는 게 아니라 사랑을 변화시켜서 매일같이 새로워지도록 만들고 싶어요. 약간의 불확실성은 해가 되진 않아요, 이레네."

처음으로 그녀의 이름을 불러보았다. 부드러운 리듬이 혀끝에 남았다.

"내가 보기에 당신은 자신이 모든 여자들을 다 사랑한다고 고백할 용기가 없는 것 같군요."

이레네는 그를 구석으로 몰아넣으려고 애썼다.

"그렇다고 뭐 문제될 것은 없어요. 당신이 찾는 것은 사랑이 아니라 다양성에 불과하니까요."

"그렇게 생각한다니 유감입니다. 난 다양한 육체나 개성을 원하는 게 아닙니다. 한 여자 안에서 돈 후안처럼 동시에 여러 여자를 탐하려는 것도 아니에요. 단지 나를 사랑한다고 하면서 일단 나를 소유하고 난 뒤에는 전혀 자신을 변화시키려고 하지 않는 여자를 받아들일 수는 없다는 말이에요. 사랑을 발견했노라고 믿고는 그것이 마치 영원히 지속되기라도 할 것처럼 누리려고만 드는 연인들을 혐오한다는 뜻이지요. 사랑은 항상 새롭게 찾아 헤매는 갈망이어야만 해요."

"그런 끝없는 갈망이 오히려 당신에게서 사랑을 앗아가 버린다면 어쩌죠? 그러고 난 뒤에 당신이 실제로는 상대방을 진심으로 사랑하고 있었다는 걸 깨닫게 되면요?"

베이컨은 잠시 생각에 잠겼다.

"그런 위험은 감수해야지요. 물론 그렇게 된다면 정말 고통스럽겠죠. 하지만 사랑이 끝나는 건 연인들이 그것을 처음 시작할 때처럼 계속해서 애타게 갈망하지 않기 때문이에요. 우리는 무언가를 소유할 때만 그걸 잃어버릴 수 있는 겁니다."

"정말 너무해요!"

이레네가 흥분해서 소리쳤다.

"그렇다면 도대체 누가 자신 있게 말할 수 있죠? 누군가 나를 사랑한다고 말하거나 내가 누군가를 사랑한다고 말하는 게 거짓이 아니라고 말이에요."

"물론 아무도 없죠!"

베이컨의 목소리는 거의 외침에 가까웠다.

"바로 그거예요, 이레네. 우리는 늘 다른 사람을 믿어요. 그리고 자신의 직관은 그것보다 더 신뢰하죠. 모든 것은 이 '신뢰'라는 단어에 달려 있어요. 그러나 신뢰란 결국 그가 진실을 말하리라는 확신이 없는 채로 그를 믿는 게 아닌가요? 모든 문제는 그놈의 신뢰 때문에 일어나죠. 좀 더 현실적으로 생각할 필요가 있어요. 우리는 결코 다른 사람을 완전히 신뢰할 수 없어요, 절대로."

"놀랍군요. 사랑이 두 사람 사이에서 벌어지는 게임인 것처럼 말하는군요. 서로 상대방을 누르고 이기려고 애쓰는 게임요."

"바로 맞았어요! 다만 장기적인 사랑의 게임에선 승자도 패자도 있을 수 없다는 게 문제지요. 우리는 그저 게임을 계속할 것인가 말 것인가를 결정할 수 있을 뿐이에요. 그리고 게임을 그만두기로 결정하는 순간 모든 것은 끝나죠."

"상대방이 게임에 관심이 있는지는 어떻게 알 수 있죠?"

"그건 간단해요, 이레네. 그걸 알려주는 흔적들은 여기저기에 널려 있으니까요. 수없이 많은 증거들이 해석을 기다리고 있죠. 사랑하는 감정을 품게 되면 어쩔 수 없이 하게 되는 행동들 말입니다."

베이컨은 냅킨으로 입을 닦으면서도 계속 말했다.

"편지를 쓰고, 대화를 나누고, 시시덕거리고, 만나고, 질투하고, 복수하고 하는 모든 행동들은 체스판 위에서 말을 옮기는 것과 하나도 다르지 않아요. 내가 '사랑한다'고 말하면 상대방은 '하지만 난 아냐'라고 대답하는 식이죠. 이렇게 계속해나가다가 어느 순간 우리는 상대방이 두는 수 하나하나마다 아주 깊은 감정이 감춰져 있음을 알게 됩니다. 사람들은 그걸 '사랑'이라고 부르죠. 사랑을 잘하는 사람은 바로 이런 감추어진 수를 잘 읽는 사람이에요. 상대방이 자신에게 보낸 암호의 메시지를 잘 해독할 줄 아는, 경험 많은 남자나 여자예요."

"당신은 끝까지 사랑을 게임으로 보려 하는군요. 하지만 난 언제나 사랑이야말로 정말 자발적이고 즉흥적인 거라고 믿어요."

"당신이 말하는 이상주의도 잘 알아요. 하지만 그건 사랑을 위해서는 그다지 좋은 전략이라고 말할 수 없어요, 이레네. 사랑을 증명하기 위해 사랑을 과시하고, 사랑에 대해 불평하기 위해 사랑을 요구하고, 사랑을 떨쳐버리기 위해 다시 사랑에 빠지는 일 따위가 모두 그런 것들이죠."

베이컨은 이번 게임에서 자신이 승리했음을 직감했다. 그는 이레네와 그냥 이렇게 헤어지고 싶지 않았다. 그녀가 자기 집으로 들어가기 전에 오랫동안 그녀를 포옹했다. 그 몇 분이 그에게는 수백 년처럼 길게 느껴졌다.

소심의 원인

1937년 5월, 베를린

여느 때와 다름없는 따스한 일요일 오후였다. 우리는 반제 호숫가를 산책했다. 물가를 따라 걸으며 물에 비친 나무들이 흔들리는 것을 보았다. 두 사람 모두 말이 없었다. 몇 달 전 그 일이 있은 후로 우리는 내내 사이가 틀어져 있었다. 하인리히가 군에 입대하겠다고 선언한 뒤 다시는 나탈리아를 찾아가지 말라는 나의 금지령에 마리안네는 몹시 화가 나 있었다. 그녀는 틈만 나면 그 일을 상기시키며 나를 비난했다.

"그앤 어릴 적부터 제일 친한 친구였어, 구스타프. 난 나탈리아가 없는 삶을 상상할 수 없어."

나는 그저 유감이라고 말하는 수밖에 다른 도리가 없었다.

"남편 역시 내 둘도 없는 친구였어. 하지만 상황이 이렇게 된 걸 어쩌겠어. 이건 그 녀석의 책임이지, 내 탓이 아냐."

하지만 마리안네는 내 설명 따위는 들으려고 하지 않으며 계속 같은 주장을 되풀이했다.

"내가 결혼한 건 당신이지, 나탈리아가 아냐."

결국 나는 울화를 터뜨리며 이렇게 말했다. 그 일이 있은 후 그녀는 잠자리를 거부했고, 악몽을 꿀 때조차 친구의 이름만 불러댔다. 이 시기에 우리에겐 다른 문제들도 적지 않았지만 가장 끈질기게 우리를 괴롭히는 문제는 바로 이것이었다.

따가운 햇살에 마리안네의 뺨과 목 언저리로 땀방울이 흘러내렸다. 그녀는 여전히 아름다웠다. 그녀는 꼭 끼는 흰색 원피스에 핑크색 모자를 쓰고 있었다. 나는 도리안 그레이의 초상화처럼 호수에 비쳐서 흐릿하게 일그러진 그녀의 모습을 내려다보는 게 좋았다.

"난 결심했어, 구스타프."

"또 무슨 한심한 결심?"

나는 일부러 그녀를 더 화나게 만들었다.

"그건 당신도 잘 알고 있을걸."

"내가 분명히 안 된다고 했을 텐데."

"나탈리아는 내 친구지, 당신 친구가 아냐."

"그런데 그는 이제 내 적이 되었고, 그래서 당신의 적이기도 한 녀석의 아내야."

얼마간 더 걷다가 마리안네가 말했다.

"돌아가는 게 좋겠어."

"그래, 그게 좋겠어."

우리는 시내를 가로질러 집으로 가려고 비스마르크 가 쪽으로 방향을 잡았다. 걷는 내내 서로 아무런 말도 하지 않았다. 침묵은 무덤 속에 있는 것처럼 가슴을 답답하게 만들어주었다. 우리는 하인리히 폰 클라이스트의 무덤 앞에서 걸음을 멈추었다. 친구와 이름이 같은 시인이었다. 문득 불길한 느낌이 들었다. 1811년, 이미 자기 작품들 속에서 수없이 죽음을 노래했고 또 여러 차례 시도까지 했던 클라이스트는 마침내 스스로 목숨을 끊었다. 불치의 병에 걸려 고통을 받고 있던 자기 애인과 함께.

"당신이 절대로 그 집에 가면 안 된다고 해서 내가 나탈리아를 우리 집으로 초대했어."

갑자기 나는 더 이상 다투고 싶은 생각이 없어졌다. 이 일로 끊임없이 다퉈야 하는 것에 점차 지쳐가고 있었다.

"당신 좋을 대로 해."

"벌써 그렇게 했다니까."

마리안네가 말했다. 그녀는 그렇게 말하고 난 뒤에 나 못지않게 놀란 것처럼 보였다.

"난 상관없어. 어차피 당신은 내가 뭐라든 자기 마음대로잖아."

"맞아."

"그래."

나탈리아를 본 지 얼마나 되었지? 하이니와 그 일이 있고 나서 내내 못 보았으니 벌써 2년이 넘었다. 이상하게도 그녀가 아내를 만나러 집으로 온다는 생각은 그다지 거슬리지 않았다.

"내일 오후 다섯 시쯤 오라고 했으니 당신은 시간 맞춰서 나가면 돼."

"내 집에서 왜 나가야 해? 난 아무 때나 내 집에 있을 권리가 있어."

"내 뜻은, 혹시 그녀와 마주치는 게 불편하다면 그렇게 하라는 거야."

"그녀가 나치를 두둔한다면 물론 불편하겠지. 이해하겠어, 마리안네? 그 녀석은 우리 모두를 배신한 거야."

"난 누가 누구를 배신한 건지 모르겠어, 구스타프."

"그건 무슨 뜻이야?"

"어떤 나치들은 그들을 비난하는 사람들보다 덜 비뚤어졌다고."

"그런 바보 같은 소리가 어디 있어!"

"계속해서 자기 친구를 그런 식으로 대한다면 당신은 나치보다 더 나쁜 사람이야."

"나치보다 더 나쁜 건 아무것도 없어, 마리안네."

"천만에, 구스타프. 절대 그렇지 않아."

요하네스 슈타르크
혹은
비열함에 대하여

1947년 1월, 괴팅겐

베이컨 중위는 다시 한 번 슈타르크의 기록을 읽었다.

그는 친나치 과학자의 전형적인 예를 보여준다. 그는 아인슈타인*과 다른 유대계 물리학자들의 '변질된 과학'에 맞서 결성된 '독일 물리학' 의 대표자 중 한 사람이었다. 그는 1909년에 아헨 대학에서 처음으로 교수 자리를 제안받았다. 같은 시기에 뮌헨 대학 교수이자 양자론의 옹호자인 아르놀트 좀머펠트*와 격렬한 논쟁이 시작되었다. 두 과학자 사이의 본격적인 갈등은 슈타르크에게 예정되어 있던 괴팅겐 대학 물리학부 교수직이 좀머펠트의 제자인 네덜란드 출신의 물리학자 피터 디바이*에게로 넘어간 것이 발단이 되었다. 슈타르크는 분노에 차서 이를 아르놀트 좀머펠트가 우두머리로 있는 유대인 패거리들의 반란 이라고 비난했다.

1917년에 슈타르크는 그라이프스발트에 있는 작은 대학으로 자리를 옮겼다. 그곳에서 그는 독일의 패전 소식을 듣게 되었다. 하지만 이 소 식은 그의 국수주의적 태도를 더욱 부채질해 급기야는 당시 지방에서 부터 서서히 세력을 넓히고 있던 반사회주의 운동에 적극 가담하기에 이르게 한다.

1919년에 그는 전기장 안에서 스펙트럼 선이 분열되는 이른바 '슈타르크 효과'를 발견해 노벨상을 수상했고, 곧이어 뷔르츠부르크 대학 교수로 초빙되었다. 그해 4월에 그는 베를린의 물리학자들을 중심으로 결성된 자유주의적인 '독일 물리학회'에 대항하여 '독일 강단물리학자협회'를 세웠다. 슈타르크는 '독일 물리학회'의 세계주의적이고 이론 중심적인 태도가 지방대학에서 활동하는 물리학자들을 차별대우한다며 비난했다. 자기 뜻에 따르는 동료 과학자들의 세력을 규합하려는 슈타르크의 노력은 그러나 별반 성공을 거두지 못했다. 독일 물리학회가 한때 슈타르크 그룹의 일원이었던 빌헬름 빈*을 신임 회장으로 선출함으로써 슈타르크의 협회는 점차 세력을 잃어갔다.

슈타르크에 앞서 또 다른 독일 물리학자이자 노벨상 수상자인 하이델베르크 대학의 필리프 레나르트*도 '유대계 과학'에 대한 비난의 목소리를 높였다. 1922년에 레나르트는 더욱 강력한 '아리안 물리학'을 요구하면서, 자신의 인종적 유산을 배신한 독일 과학자들을 맹렬히 비난하는 선언문을 공표했다.

"1920년에 '순수 과학의 보존을 위한 독일 자연과학자 연구회'에서 주최한 강연회가 베를린 필하모니 건물에서 열렸습니다, 교수님. 아인슈타인은 그것을 '반상대성이론 주식회사'라고 불렀죠. 그때부터 그에 대한 공격이 거세지기 시작했어요."

기록을 다 읽은 베이컨이 나를 쳐다보았다.

"그런데 사실 그런 이름의 집단이 실제로 존재한 적은 없어, 중위. 그건 아인슈타인의 최대 정적인 파울 바일란트가 꾸며낸 것인데 결과적으로는 그를 유명하게 만들어주었지. 아무튼 이런 소동은 그동안 정치에 무관심하던 많은 물리학자들의 마음을 뒤흔들어놓았어. 아인슈타인도 어떤 강연회에 참여한 뒤 〈베를리너 타게블라트〉 신문에 그에 대한 자신의 논평을 실었지. 기사의 제목은 바로 '반상대성이론 주식회사에 대하여'였어. 그러자 엄청난 스캔들이 터졌지."

"그들이 아인슈타인을 미워한 이유가 오로지 그가 유대인이기 때문이었을까요, 아니면 상대성이론 때문이었을까요?"

베이컨이 물었다.

"처음에 그의 혈통은 그다지 큰 문제가 되지 않았던 것 같아. 그보다는 그의 정치적 견해들이 더 위험했지. 1차 세계대전 때 황제와 그의 장군들을 지원했던 수많은 독일 과학자들과 달리 아인슈타인은 스스로 스위스 시민이 되기를 선택했고 늘 평화주의의 기치를 내세웠어. 이런 태도가 그를 배반자로 보이게 했지. 그후에도 그는 바이마르 공화국을 공개적으로 옹호하고 나섰던 소수 대열에 합류했는데, 여기에는 유대인이었던 외무부장관 발터 라테나우와의 친분도 어느 정도 작용했다고 보네. 아무튼 공인으로서의 아인슈타인은 그다지 유쾌한 인물은 아니었어. 과학 분야의 혁신에 몰두하면서도 독일의 패배를 받아들였던 어수선한 공화국 정부를 지원하려고 했으니까. 이 일로 그는 이중으로 미움을 샀어. 그에 대한 미움은 그가 이룬 세계적인 명성만큼이나 빠른 속도로 커졌지. 그는 곧 독일 민족주의자들이 그토록 혐오했던 세계주의의 상징이 되었네. 이 시기에는 많은 사람들이 정치와 학문은 무관해야 한다고 굳게 믿었거든. 학자는 현실적인 문제로 손을 더럽히면 안 된다고 말이지."

"아인슈타인처럼 말이군요."

"그의 적들은 상대성이론이 허튼 소리에 불과하단 것을 과학적으로 입증하려고 애를 썼어. 그들은 이에 대한 글을 발표할 때 매우 신중을 기했지. 스스로 우스꽝스런 꼴을 만들지 않으려고. 그래서 처음에는 그들의 글에서 반유대적인 언급을 전혀 찾아볼 수 없었지. 당시 독일 과학계가 매우 엄격했다는 걸 기억해야 해. 그런데 아인슈타인의 지지자들 입에서 그에 대한 이런 공격이 반유대주의와 관련이 있다는 비난이 먼저 터져나왔네. 그들이 이 단어를 사용하고 난 뒤부터 과학계의 논쟁은 곧 인종싸움의 장으로 바뀌어버렸지."

"이제 알겠습니다. 그러니까 '일부 몰지각한 인사들'이 정치를 과학에 끌어들이고, 비학문적인 판단에 근거한 생각들을 공개적으로 천명하고 다녔다는 것이군요. 아인슈타인은 그 대표적인 인물이고요. 그들이 아인슈타인을 얼마나 혐오스런 눈으로 바라보았을지 짐작이 갑니다, 교수님."

"그는 아주 오래전부터 독일 물리학자들 사이에서 통용되던 윤리적 금기사항들을 손상시켰네. 플랑크같이 너그러운 사람도 가끔 화를 낼 정도였으니까. 천재는 항상 말썽을 일으키는 존재이긴 하지만 아인슈타인의 경우는 점점 도가 지나쳤지. 그는 자신의 생각을 조용히 머릿속에 담고 있지 않았어. 그는 마치 국회의원이라도 되는 듯이 일반인들에게 공공연히 떠들고 다녔네."

"프린스턴에서 저는 늘 그가 정치를 싫어한다는 인상을 받았는데요."

"미국에선 그랬을 수도 있지. 하지만 여기선 안 그랬어. 이곳 독일에서 그는 언제나 정치에 관심을 보였어. 언론에 자기 생각을 밝히는 것을 조금도 주저하지 않았지."

"하기야 세간에 떠도는 수많은 그의 사진들과 신문 인터뷰, 〈뉴욕타임스〉의 머릿기사, 상대성이론의 대중적 인기 따위를 생각해보면……."

베이컨은 갑자기 생각난 옛 장면들을 떠올리며 미소를 지었다.

"사실 레나르트는 베를린의 강연회에 참석하지도 않았어. 하지만 아인슈타인이 신문에 발표한 글은 명백하게 그를 겨냥하고 있었지. 이 일로 레나르트는 몹시 분노했네. 이때부터 그는 자신이 오히려 희생자라고 생각하며 아인슈타인을 공격하기 시작했지."

"희생자라뇨? 무엇에 대한 희생자란 말이죠?"

"그는 분명히 희생자는 아니었네. 그러나 그 자신은 그렇게 행동하고 다녔어. 분위기는 그에게 유리하게 돌아갔지. 혁명, 암살, 약탈 등 독일은 온통 불안과 혼란에 빠져 있었어. 우리는 모두 평화와 안정을 간절히 바랐는데, 아인슈타인의 주장들은 그와 반대로 분열과 혼동을 뜻하는 것으로 비쳐졌지. 내 기억이 틀리지 않는다면, 1921년에 아인슈타인의 친구 라테나우가 암살당했어. 레나르트는 하이델베르크에 있는 자신의 연구소에 조기를 계양하지 않았지. 성난 군중들이 매일같이 그를 공격하고 비난했어. 결국 그 일로 그는 미쳐버리고 말았네."

"그랬군요. 자, 그럼 다시 슈타르크로 돌아가 볼까요?"

베이컨은 슈타르크의 기록을 다시 읽기 시작했다.

1921년에 슈타르크의 애제자인 루트비히 글라저*가 도자기의 광학적 특성에 관한 교수자격논문을 제출했다. 글라저는 당시 물리학의 공학적 분야에 대한 잡지를 발행했고, 자기 실험실도 가지고 있었다. 그보다 한 해 전에 글라저는 상대성이론에 반대하는 베를린 강연회에 참가했다. 논문심사위원들은 글라저의 주제가 물리학에 어떠한 새로운 관점도 제시하지 못하는 것으로 보았다. 어떤 심사위원은 심지어 그를 '도자기 박사'라고 조롱했다. 결국 글라저의 논문은 통과되지 못했다. 그런데 여기에는 아인슈타인 지지자들의 반대가 중요한 역할을 했다. 슈타르크는 글라저의 탈락 배후에 음모가 있다고 비난하며 뷔르츠부르크 대학 교수직을 내던졌다.

슈타르크는 노벨상 상금으로 여러 개의 회사를 차린 뒤 '제국물리기술협회' 회장직에 도전했다. 상대성이론의 지지자들이 다시 그의 입후보를 비난하고 나섰다. 이제 슈타르크는 분노가 아니라 비참함에 치를 떨었다. 이제 그는 자신이 그토록 중심에 서고 싶었던 학계에서 주변부로 밀려났다. 아인슈타인은 1921년에 노벨상을 수상해 세계적인 명성을 얻었다.

같은 해에 슈타르크는 상대성이론과 양자물리학의 독단주의와 극단적인 형식주의를 공격하는 저서 『현대 독일 물리학의 위기』를 발표했다. 여기서 그는 아인슈타인의 과학을 실제적 토대가 결여된 수학적 사변에 불과하다고 비판했다. 그밖에도 아인슈타인의 추종자들이 폐쇄적인 진영을 형성해 행동하고, 공개 토론을 허용하지 않으며 독단적으로 정치적인 이상을 좇고 있다고 공격했다. 특히 슈타르크는 상대성이론이 확산되는 방식을 비판하며, 비과학적 대중 매체와 외국의 학회들에서 대대적인 찬사를 받고 있는, 이른바 아인슈타인이 불러일으켰다는 물리학 '혁명'이 사실은 정치적 선동행위에 불과하다고 맹비난했다.

이때부터 상대성이론을 둘러싼 싸움은 또 다른 양상으로 전개되었다. 처음에는 그 적대자들이 과학 분야에 비판을 한정시키려고 노력하고 오히려 지지자들이 정치적 주제들을 건드렸다면, 이제는 아인슈타인 개인에 대한 공격과 반유대적 논의가 쟁점이 되었다. 절친한 사이였던 레나르트와 슈타르크는 1922년에 '독일 물리학'을 위한 투쟁을 전개하기 위해 연합전선을 결성했다. 이들은 수학적 추상과 독단론 그리고 비실용성으로 흐르는 독일 학계의 '유대적' 경향을 근절시키고, 형이상학적 공상이 아니라 실제적인 성과를 더 중요하게 여기는 '아리안적' 과학을 수립하는 것을 자신들의 목표로 설정했다. 두 사람의 주변에는 곧 수많은 극렬 보수, 반유대, 국수주의적 물리학자들이 모여들었다. 이들은 자신들을 학계의 중심부에서 밀어낸 상대성이론의 옹호자들을 투쟁해야 할 적으로 간주했다.

1923년, 레너르트와 슈타르크는 히틀러에게 접근했다. 히틀러가 뮌헨의 맥줏집에서 쿠데타를 일으킨 뒤 그들은 학자들 중에서는 최초로 그를 공개적으로 지지했고, 그가 두 차례 감옥에 들어가 있는 동안에도 계속 접촉을 유지했다. 슈타르크는 1930년에야 정식으로 당에 입당했지만 1924년에 히틀러가 란츠베르크 교도소에서 출소한 직후부터 이미 그를 위해 일하고 있었다. 이런 이유로 그는 '옛 전사'의 칭호를 얻게 되었고, 히틀러가 수상이 된 뒤에는 국가의 학술정책에 직접적인 영향력을 행사하게 되었다.

"이건 분노야."

나는 베이컨에게 이렇게 말했다.

"중위, 당신은 분노가 노벨상까지 수상한 유능하고 명망 높은 과학자를 범죄 집단의 옹호자로 만들었다는 걸 상상이나 할 수 있겠나? 이건 당신이 질문했던 문제이기도 하지. 극단적인 분노와 질시. 그 앞에서 상대성이론이 맞고 틀리고가 대체 무슨 의미가 있었겠나? 그들은 전쟁을 하고 있었어. 어떤 전쟁에서건 사람들은 무슨 수를 써서라도 적을 없애버리려고 하지. 피, 협박, 배신. 슈타르크와 레너르트는 아인슈타인에게 복수하기 위해서라면 그보다 더 한 일도 마다하지 않았을 거야."

"교수님 말씀은 과학과 진리가 아무런 역할도 하지 못했다는 건가요?"

"사회가 불안하면 진리의 문제는 쉽사리 무시되지. 우리가 오직 증거에 의지할 수 있다면 문제는 훨씬 간단해, 안 그런가? 아인슈타인이 옳고 다른 사람들이 틀렸다는 것을, 아니면 그 반대를 오직 학문적으로 증명할 수 있다면 얼마나 좋을까? 그러나 현실은 그렇지 않으니 그게 문제지. 과학도 더 이상 명료하고 확실하지 않아. 어떤 사람은 이것이 옳다고 믿고, 다른 사람은 저것이 옳다고 믿으면 그걸로 끝이야. 누가 증명을 제시하면 다른 사람들은 조작되었다거나 불충분하다고 비난하면서 인정하지 않는 거지. 모든 게 정치적으로 돌아가. 심지어 물리학까지도."

"히틀러가 전쟁에서 이겼다면 상대성이론도 존재하지 못했겠군요."

"아니면 세력을 잡은 진영에서 다른 과학자가 새로운 형태로 발견했겠지. 기분 나쁜 이야기겠지만 이건 엄연한 사실이야, 중위. 이념은 그 정당성을 선포해줄 권력을 동반할 때만 유효해. 모든 사람들이 어떤 것을 믿는다면 곧 그에 대한 '실험적 증명'도 등장하게 되는 거야. 그 당시 과학은 점차 아무나 자기 마음대로 해석할 수 있는 모호한 것으로 바뀌어갔어. 어쩌면 아인슈타인이 양자이론을 불신한 것도 바로 그 때문이었을지도 몰라. 진리를 온전히 기술해주지 못하는 수치는 거짓이나 다름없거든. 그렇게 되면 아무도 무슨 일이 벌어질지 예측할 수 없게 돼. 아인슈타인은, 오직 아인슈타인만이, 그것을 알아차릴 만한 예리한 눈을 가지고 있었네. 그의 이론을 무너뜨릴 단초가 바로 그 자신에 의해 제시되었지. 아인슈타인은 우연을 싫어했어. 왜냐하면 그는 이렇게 상대적인 세계 안에서는—물론 이건 그의 상대성이론이 말하는 세계가 아니야—권력이 아주 손쉽게 그의 이론이 틀렸다고 증명할 수 있다는 걸 너무 잘 알고 있었기 때문이야. 그는 고대의 견유학파 철학자들처럼 신랄한 방식으로, 모든 것이 상대적이라면 자신의 상대성이론도 역시 마찬가지라고 생각했던 거야."

베이컨은 이레네의 달콤한 입술을 오랫동안 음미했다. 어색하고 긴장된 분위기가 사라지자 그녀의 얼굴이 그에게로 가까이 다가왔다. 그가 먼저 첫 걸음을 내디디리라는 기대감에 찬 표정으로. 그러나 베이컨은 잠시 머뭇거렸다. 여자에게 이런 감정을 느끼는 것은 정말 오랜만이었다. 그는 처음 마주친 낯선 불독을 쓰다듬을 때처럼 조심스럽게 키스했다. 짧고 간단한 접촉이었지만 드디어 자신이 이레네와 결합되었음을 느끼기에는 충분했다.

그날 이후 그의 일상은 아주 정확한 틀에 따라 움직이기 시작했다. 오전에는 사무실로 가서 자료를 검토하고 카드목록을 작성하거나 보고서를 썼다. 간혹 상관과 이야기를 나누거나 선사시대 화석처럼 건물 한 구석에 놓여 있는 고물 인쇄기들 사이에서 시간을 보냈다. 점심시간이 되면 거의 혼자 점심을 먹으러 나갔고 세 시쯤 다시 사무실로 돌아왔다. 네 시가 되면 사무실에서 나를 맞이해주었다. 다섯 시쯤부터 우리는 차를 마시며 클링조르에 대해 이야기를 나누었다. 일곱 시경, 이야기가 끝나자마자 베이컨은 서둘러 집으로 돌아갔다. 저녁이 되면 이레네와 함께 시간을 보냈다.

그녀는 늘 차를 끓여놓고 있다가 그를 맞았다. 가끔 밖에서 만나 술을 마실 때도 있었지만 그럴 때에도 두 사람은 곧 집으로 돌아와 소파에 앉아서 이야기를 나누곤 했다. 요한은 이틀에 한 번꼴로 외할머니 집에 맡겨졌다.

"당신 얘기 좀 해봐요."

어느 날 저녁 이레네가 말했다.

"난 별로 흥미로운 연구 대상이 아냐."

"당신은 자기 얘길 너무 안 해요."

"그냥 조금 조심스러운 것뿐이야. 그렇지만 마음에 드는 사람을 만나면 금세 이렇게 수다쟁이가 되잖아."

"내가 마음에 들긴 드는 거예요?"

"그렇지 않으면 왜 이렇게 매일 찾아오겠어?"

"당신은 늘 무언가를 피하는 것 같아요. 그게 뭐죠?"

이레네가 집요하게 파고들었다.

"피하는 게 아니라 찾고 있는 거야. 난 언제나 그래. 전에는 과학적 성과들을 찾아다녔고 지금은 사람을 뒤쫓고 있어. 결국 둘은 똑같지."

그의 목소리가 우울하게 들렸다.

"지금 하고 있는 일이 별로 재미없나 봐요."

"뭐 특별히 불평할 생각은 없어."

"당신이 좋아하는 건 뭐죠? 실험실에서 일하는 거?"

"사실 난 한 번도 실험실에서 일해본 적이 없어."

베이컨이 웃으며 말했다.

"사람들은 과학자들이 항상 그런 곳에서 일할 거라고 생각하지. 중세의 연금술사처럼 비커와 실린더를 가지고 이런저런 물질들을 섞어대는 모습을 상상하면서. 하지만 이곳에 오기 전에 일했던 곳에는 칠판과 백묵밖에 없었어. 그게 우리의 유일한 도구였지."

"그걸 가지고 뭘 했는데요?"

"생각을 했지."

베이컨은 자랑스러운 표정을 지었다.

"아니면 적어도 그렇게 하려고 노력했거나. 차를 조금만 더 따라주겠어?"

"나 같으면 그렇게 못할 거예요. 하루 종일 오직 생각만 해야 한다니. 난 얼마 견디지 못하고 미쳐버렸을 거야."

"결국 나도 견디지 못했어. 당신 말이 맞아. 사람들은 결국 미쳐버리지. 그래서 아인슈타인처럼 멍하고 괴팍하고 고독한 과학자가 생기는 거야. 물론 모두가 그런 건 아니지만."

"아인슈타인을 잘 알아요?"

"몇 번 만난 적이 있어."

베이컨이 거짓말을 했다.

"그는 사람들이 생각하는 것보다 훨씬 세련되고 단정한 차림이더군."

"끊임없이 생각만 해야 하는 직업은 정말 고문일 거야."

이레네가 우울한 표정으로 되뇌었다.

"맞아, 고문이지."

"그때 당신은 주로 무슨 생각을 했어요?"

"소립자에 대해서. 원자, 중성자, 양성자 같은."

"그러느라 자신에 대해서는 생각할 시간이 없었겠군요."

"무슨 뜻이지?"

"원자 같은 것들과 씨름하느라 자신을 돌볼 여유가 없지 않았겠느냐는 거죠."

"나는 그저 물리학의 주변을 맴돌았을 뿐이야. 전자가 원자의 주위를 맴돌듯이. 그러면서 이런저런 여자들의 중력장이 내뿜는 인력과 척력을 모두 견뎌내야 했지."

그가 웃으며 말을 계속했다.

"어머니, 약혼녀, 애인…… 내 주변의 여자들은 자기가 가진 힘을 내게 작용하려고 무척 애를 썼지. 놀랐어?"

"당신이 남성우월주의에 빠져 있는 줄은 미처 몰랐어요."

"그게 아냐. 난 다만 현상을 말하고 있어. 여자들은 항성과 같아. 그들은 뜨겁게 타오르며 눈부시게 빛나지만 사실은 사랑이라고 불리는 중력보다도 더 큰 힘으로 우리를 자신에게 끌어당기지. 그에 비하면 남자들은 작은 유성에 불과해. 늘 항성 주위를 맴돌며 그들을 숭배하고 그들의 힘 앞에 무릎을 꿇거든. 여자들의 중력장이 강력하지 않으면 남자들은 당장 달아나버려. 그런데 남자들이 왜 그러는지 알아? 고작 다른 항성의 궤도 속으로 다시 빨려들려고 그런 짓을 하는 거야."

"정말 감동적이군요. 하지만 난 그 반대라고 생각해요. 여자들이야말로 중력장에 저항하는 것 말고는 선택의 여지가 없어요. 그 중력장은 물론 남자들이 여자들에게 가하는 것이고요."

그녀에게서 풍기는 모성애가 그의 마음을 움직였다. 키스를 하려고 다가가자 이레네는 어머니처럼 두 팔로 그를 따뜻하게 감싸안았다. 그녀는 그의 머리와 뺨을 정성껏 쓰다듬어주었다. 마치 요한에게 하는 것처럼 이마에 두 번 키스하고 자장가를 불러주며 베이컨의 찡그린 얼굴을 놀렸다. 그리고 마침내 젖꼭지를 그의 입에 물려주었다.

"좋은 소식이 있어."

나는 자랑스러운 얼굴로 베이컨에게 말했다. 그런데 그는 정신을 딴 곳에 두고 온 것처럼 멍해 보였다. 적어도 이 순간만큼 클링조르가 그의 최우선 관심사가 아닌 것만은 분명했다.

"사랑에 빠져보신 적이 있나요, 교수님?"

뜻밖의 질문이었다. 우리 일과 상관없는 물음이었지만 그는 전혀 개의치 않았다.

"누구나 한 번쯤은 그런 경험이 있지. 그런데 중위……."

나는 다시 주제로 돌아가고 싶었다.

"사랑 말인데요, 교수님. 우린 그것이 세상에서 가장 중요하다고 배웠어요. 신약성경은 신이 우리를 사랑하고 있다면서 우리도 이웃을 그렇게 사랑하라고 요구했어요. 소설, 시, 방송, 영화 등등 모든 것들이 온통 사랑 이야기로 가득 찼어요. 뭘 보나 다 사랑하는 남녀의 이야기뿐이에요. 참 대단하지 않나요? 사람과 사람의 결합이 우리 문화를 이끄는 원동력이 되었으니 말이에요."

"그렇지 않아. 중위가 말했듯이 우린 그저 그렇게 믿도록 배웠을 뿐이야. 우린 그게 근본적으로 틀렸다는 걸 알고 있어. 사랑은 거짓이야. 끝에 가면 누구나 다 그렇게 확신하잖아."

"경험에서 우러나온 말씀인가요?"

"그건 누구에게나 그래. 누구나 사랑에 빠지지만, 결국 자기가 속았다는 걸 알게 되는 거야. 유감스럽게도 후회는 항상 너무 늦게 찾아오지."

"저도 교수님처럼 생각했어요. 전쟁 무렵에는요."

"그럼 지금은 안 그렇다는 말인가?"

"아직 저도 잘 모르겠어요. 하지만 지금은 사랑이 정말 중요하다는 생각이 들어요. 사랑은 너무나 비이성적이고 모호해요. 오직 끈질긴 믿음 덕택에 간신히 존재하는 거지요."

"종교처럼?"

"종교처럼! 아니면 과학처럼!"

"사랑에 빠져 있군, 중위?"

"제가 먼저 물어보았는데요."

"좋아. 무엇을 알고 싶은가?"

"그녀의 이름은 뭐죠?"

"누구 말이지?"

"교수님이 사랑했던 여자, 아니면 여자들."

"아내의 이름은 마리안네였어."

"부인을 사랑하셨나요?"

"사랑했어."

"하지만 또 다른 사람도 있었잖아요."

"아니……. 다른 사람은 없었어."

"왜, 그 얘기를 꺼내고 싶지 않으신가요? 부인과 무슨 일이 있었나요?"

"아내는 전쟁이 끝날 무렵에 죽었어."

"죄송합니다. 전 그것도 모르고 그만……."

베이컨이 미안해했다.

"미안해할 필요 없네. 난 이미 극복했으니까. 이제 중위의 이야기나 들어보자고. 중위는 지금 사랑에 빠져 있나?"

"아, 아직은요."

"이름이 뭐지?"

"이레네."

베이컨이 활기차게 말했다.

"잠깐! 독일 여잔가?"

"네, 드레스덴 출신이에요."

"그럼 더 나쁘군. 내가 당신이라면 정말 조심하겠어, 중위. 사랑은 우릴 붙잡아두려고 여자들이 쳐놓은 덫에 불과해."

"저도 알아요."

베이컨이 웃으며 말했다.

"그래서 더 흥미롭죠. 어떤 게임이든 위험은 따르게 마련이에요. 이 게임에서는 먼저 사랑에 빠지는 사람이 지는 겁니다."

"그녀는 어떻게 알게 되었나?"

"이웃집 여자예요."

"이웃집 여자? 그럼 이제 겨우 알게 된 사이일 텐데, 벌써 사랑 타령을 하는 건가, 중위?"

"그 얘긴 그만 하죠, 교수님. 아까 그 좋은 소식이 무언지나 말해주세요. 무슨 일인지 궁금하네요."

"오늘 막스 폰 라우에를 만나기로 했네. 슈타르크의 이야기를 좀 더 들을 수 있을 거야."

몇 시간 뒤에 우리는 그 노물리학자 앞에 마주 앉았다.

"히틀러가 수상에 오르자 슈타르크와 레나르트는 쾌재를 불렀소."

폰 라우에가 말을 시작했다.

"마침내 자신들의 시대가 온 것 같았거든. 슈타르크는 나치의 신임 내무부장관 빌헬름 프리크에게 축하편지를 보내 자신과 레나르트가 즉각 국가를 위해 봉사할 준비가 되어 있다는 걸 밝혔네. 레나르트는 직접 히틀러를 찾아가기까지 했지."

막스 폰 라우에는 화강암을 다듬어놓은 것처럼 기품 있는 큰 키의 사내였다. 눈초리는 차갑고 매서웠다. 조금도 허점을 찾아볼 수 없는 강한 인상이었다. 콧수염, 눈썹, 머리카락은 모두 근엄한 회색 빛깔이었다. 독일 전통 귀족가문 출신이란 것은 의심할 바 없었다. 그렇지만 폰 라우에는 동시대의 독일 물리학자들 중에서는 '희귀종'이었다. 단 한 번도 나치에 동조한 적이 없으며, 그들에게 공개적으로 반대를 표한 소수의 과학자들 중 한 사람이었다. 물론 생명의 위협 없이 그렇게 하는 게 가능했을 때의 일이다. 그는 제1차 세계대전이 발발했던 1914년에 노벨상을 수상했다. 폰 라우에는 플랑크의 절친한 친구였고 아인슈타인과도 가까이 지냈다. 그는 독일 우라늄 프로젝트의 일원이 아니었는데도 이상하게 다른 동료들처럼 알소스 특명 팀에 의해 체포되어 '국왕의 포로'로서 팜홀에 갇히는 신세가 되었다. 그 역시 다른 독일 과학자들처럼 괴팅겐으로 옮겨졌다. 베이컨도 알소스 특명 팀원이었지만 그와 만난 적은 없었다.

"아무튼 이 두 악당들은 학술 분야의 높은 자리란 자리는 다 차지하려고 욕심을 부렸소."

폰 라우에가 말을 계속했다.

"제국물리기술협회, 독일 과학 임시협회, 카이저빌헬름 연구소 등등 모든 곳에 다 손을 뻗쳤소. 1933년 뷔르츠부르크에서 물리학 학회가 열렸을 때 슈타르크는 물리학계의 총통이라도 된 것처럼 독재 권력을 휘두르려고 했소. 제국에서 발행되는 모든 학술지에 발행인으로 이름을 올려놓고 간행물들을 검열하려고 했지."

"괴벨스가 언론에 했던 짓과 같았군요."

내가 말했다.

"바이마르 공화국 시절 자신을 따돌렸던 우리들에게 복수하려고 혈안이 되어 있었소. 슈타르크는 마침내 독일 과학자들이 연구의 자유를 얻게 되었다며 목청을 높였지만 사실은 정반대였어. 나는 더 이상 듣고만 있을 수 없어서 이렇게 말했지. '당신은 가톨릭 교회가 코페르니쿠스의 지동설을 옹호한 갈릴레오에게 했던 짓을 상대성이론에 하고 있소. 그 이탈리아 물리학자가 「그래도 지구는 돈다!」고 했던 말을 잊지 마시오'라고 말이오."

"그가 가만있지 않았겠는데요."

베이컨이 말했다.

"난 조금도 두렵지 않았소. 우리가 적이란 것은 이미 온 세상이 다 아는 사실이었으니까. 내가 할 수 있는 남자다운 행동은 오로지 그의 얼굴에 진실을 퍼부어주는 것뿐이었소."

"그가 어떻게 반응했나요?"

"늘 그랬듯이 나를 유대인의 협력자라고 비난했지. 어쨌든 이런 저항은 별 소용이 없었어. 슈타르크는 기어이 자기 목적을 달성했지. 1933년 5월에 그는 평생 바라마지 않았던 제국물리기술협회의 회장이 되었소. 히틀러가 뒤에서 도운 덕택이지. 슈타르크는 협회를 나치 조직의 축소판으로 만들었소. 과학자들에게 서열이 매겨졌지. 하급자는 상급자에게 군인처럼 보고를 해야 했고, 명령에는 무조건 복종해야 했소. 과대망상에 빠진 슈타르크는 협회를 독일 학술연구의 중심으로 탈바꿈시키고자 했소. 경제와 국방 문제까지 그 영향력을 확대시키려고 한 거야. 하지만 그것은 역부족이었어. 곧 교육부와 국방부에서 그가 수립한 계획의 문제점들을 발견했고 결국 그의 예산지원 요구는 묵살당했소."

"그의 영향력이 약화되었나요?"

"점차 슈타르크가 오직 자신의 에고를 만족시키려 했다는 걸 모든 사람들이 다 알게 되었소. 나치 정부는 원래 그런 걸 절대로 용납하지 못해. 정치란 적과 동지 없이 모두가 모두를 상대로 싸움을 벌이는 거야. 그래서 어느 한 사람에게 권력이 집중되는 걸 허락하지 않지. 얼마 뒤, 슈타르크는 프로이센 과학아카데미의 회원으로 추천됐지."

"교수님께선 그때도 단호하게 반대하신 걸로 알고 있습니다."

내가 말했다.

"난 아카데미가 그 같은 인물을 받아들이는 걸 도저히 묵과할 수 없었소. 슈타르크는 아카데미마저도 협회와 같은 나치의 꼭두각시로 만들었을 거요. 그런데 그에게는 그때 이미 나보다 더 강력한 적들이 생겼기 때문에 그의 아카데미 행은 거절당했소."

"결국 교수님께서 슈타르크를 이기신 거군요."

베이컨이 말했다.

"아카데미 내부에 그의 진출을 막는 목소리들이 생겨났다고 하는 편이 더 맞는 말이야. 그런데 슈타르크는 쉽사리 물러서지 않았소. 1934년, 그는 전 세계에 다시 한 번 자기 이름을 알리려고 했지. 영국 학술지 〈네이처〉에 독일의 과학정책을 알리는 긴 논문을 발표했던 거요. 하지만 그의 논점에 비열한 거짓이 담겨 있다는 걸 간파하기란 그리 어려운 일이 아니었소. 그는 독일의 새 정부가 바이마르 공화국 치하에서 핍박 받아온 학문의 자유를 다시 열어주었노라고 입술에 침도 안 바르고 거짓말을 했거든."

"하지만 슈타르크는 유대인들에 대해서는 직접적인 공격을 삼가는 신중함도 보였어요."

"맞소. 슈타르크는 계속해서 상투적인 변호만 되풀이했지. 히틀러는 유대인 과학자들을 추방하려는 것이 아니라 단지 공직체계를 좀 더 효율적으로 개혁하려는 것뿐이라면서. 한마디로, 유대인 과학자들이 쫓겨난 것은 능력이 모자랐기 때문이라는 거였소. 〈네이처〉 편집부로 쇄도한 분노에 찬 독자 투고에 대해서도 슈타르크는 한결같이 거짓과 비방으로 일관했지. 심지어 '과학계 유대정신의 후원자'로 플랑크 교수와 좀머펠트 교수 그리고 내 이름을 직접 거명하기까지 했소."

"그런 공격에 대해 교수님께선 어떻게 대응하셨나요?"

"난 언제나처럼 거짓을 밝혀내는 것으로 맞섰소. 그러자 슈타르크는 새로운 일을 꾸몄지. 선전부의 고위급 인사와 작당해서, 열두 명의 아리안계 노벨상 수상자들로부터 총통 지지서명을 받아내는 일에 착수한 거요. 우리들 대부분은 서명을 거부했소."

"보복이 두렵지 않으셨나요, 교수님?"

"우리는 정치가 학문에 개입해서는 안 된다고 거듭 천명했소. 그것이야말로 우리가 사용할 수 있는 유일한 방어논리였어. 결국 슈타르크는 괴벨스 앞에서 자신의 실패를 인정하고 책임을 져야 했지."

"그렇지만 슈타르크는 '독일 과학 임시협회'를 개명한 '독일 연구협회' 회장에 임명되지 않았습니까?"

나는 대화가 좀 더 구체적으로 진행되었으면 했다.

"맞소. 교육부장관 베른하르트 루스트가 히틀러의 명령으로 전임회장 슈미트-오트를 물러나게 하고 슈타르크를 그 자리에 앉혔소. 그때 슈타르크가 협회 회장으로 처음 한 일이 무언지 아시오? 이론물리학 프로젝트에 대한 지원금을 모두 다 끊어버리고 그 돈을 군사 목적을 위한 프로젝트로 돌리는 거였다오."

"제게 지금 〈푈키셔 베오바흐터〉 지에 실렸던 레나르트의 글이 있습니다. 슈타르크의 회장 임명을 열렬히 환영한다며 쓴 글이죠."

나는 레나르트의 글을 펼쳐들었다.

"레나르트는 '과학적 연구에 대한 유대계 학자들의 위험한 영향을 보여주는 가장 중요한 예가 바로 아인슈타인이 몇 가지 과학적 성과를 수학으로 서툴게 짜깁기해 자의적으로 해석한 것이다'라고 말하면서 슈타르크의 조처를 환영했어요. 그 탓에 우수한 재능을 지닌 과학자들까지도 상대성이론이 독일에 뿌리를 내리게 해서는 안 된다는 비난을 서슴지 않았지요. 거기에 히틀러까지 가세하자 독일에는 살벌한 기운이 감돌기 시작했고요. 그들은 이 '이질적인 요소'로 규정된 학자들을 자발적으로 대학에서 떠나도록 만들었어요. 그러자 아예 독일을 떠나는 사람들도 생겨났습니다."

나는 잠시 말을 끊었다가 차분한 목소리로 말을 이었다.

"얼마 뒤, 아르놀트 좀머펠트 교수가 뮌헨 대학에서 물러나자, 그 후임을 놓고 싸움이 벌어졌지요."

"나도 잘 알고 있소, 링스 교수. 좀머펠트는 나 못지않게 슈타르크를 싫어했지. 1934년에 좀머펠트는 은퇴하려고 했소. 가장 유력한 후임자는 바로 얼마 전에 노벨상을 받은 하이젠베르크였지. 그는 좀머펠트 밑에서 공부한 제자들 중 가장 뛰어난 인물이었어. 슈타르크는 수단과 방법을 가리지 않고 그의 교수임명을 막았소. 그때부터 하이젠베르크는 계속해서 슈타르크의 희생양이 되었소."

"왜 하필이면 하이젠베르크를 물고늘어졌나요?"

베이컨이 물었다.

"한창 이름이 나기 시작했지만 하이젠베르크는 아직 풋내기였소. 학계에서 차지하는 비중이 그리 크지 않았어. 라이프치히의 교수에 불과했지. 슈타르크에겐 더없이 손쉬운 먹잇감이었소."

"저도 그 당시에 라이프치히에 있었습니다."

내가 말했다.

"그때의 답답하고 긴장된 분위기가 아직도 생생합니다. 슈타르크는 〈슈바르처 코르프스〉 지에 하이젠베르크를 '백색 유대인'이라고 썼습니다."

"그 글은 슈타르크가 직접 쓴 게 아니라 그의 추종자인 빌리 멘첼이라는 물리학도가 쓴 거요."

폰 라우에 교수가 내 말을 정정했다.

"물론 슈타르크가 쓴 것이나 진배없긴 하지만. 하이젠베르크를 유대인이라고 지칭한 것은 정말 어처구니없는 일이었어. 이렇게 말한다고 내 말을 오해하진 마시오. 나는 다만 하이젠베르크가 전형적인 독일 물리학자라는 걸 말하려는 것뿐이니까. 종교나 혈통이 아니라 물리학 문제에 접근하는 방식에서 그는 전형적인 독일인이거든. 슈타르크는 아마 하이젠베르크의 물리학적 능력이나 아리안 혈통 자체를 의심하지는 않았을 거요. 그래서 기껏 생각해낸 것이 하이젠베르크와 우리들이 연구하는 학문에 '유대적'이라는 수식어를 붙이고 비판한 거지."

"그런 공격이 성공을 거두었습니까, 교수님?"

"슈타르크는 뱀같이 교활한 자였소. 당시 그는 자신의 권력을 한껏 실감하고 있었어. 1935년에는 '독일 물리학'에 관한 레나르트의 책이 발표되었는데, 여기서 그는 학문도 실제로는 인류가 만들어낸 모든 것과 마찬가지로 인종이나 혈통의 제한을 받는다고 주장했소. 유대인들은 자기들 나름의 물리학을 가지고 있다고 말이오. 그는 유대인들의 물리학이 독일인이나 아리안족 혹은 북방민족의 물리학과 완전히 다르다고 주장했소. 그 차이는 무엇일까? 레나르트는 자신과 동료들의 주장이 바로 그 차이를 보여준다고 설명했어. 정말 멍청하기도 하지! 레나르트는 그렇게 비논리적인 인물이었소. 하이델베르크 대학의 물리학 연구소가 필리프 레나르트 연구소라는 이름을 붙인 건 정말 웃기는 일이지. 그때 축사를 했던 슈타르크는 공격의 고삐를 늦추지 않았소. 그는 아인슈타인의 상대성이론, 슈뢰딩거의 파동역학, 하이젠베르크의 행렬역학이 모두 '유대적 과학'이라고 판결을 내리면서 이에 대한 어떤 이의제기도 용납하지 않았소. 결국 그 이론들은 독일 과학에서 추방되었어. 이런 얘기는 멘첼의 글에 아주 자세히 잘 나와 있소."

"하이젠베르크도 자신을 방어하려고 애썼잖습니까?"

베이컨이 물었다.

"그렇게 하지 않을 수 없었지. 하이젠베르크는 〈푈키셔 베오바흐터〉지에 그에 대한 답변을 기고했지. 이제 슈타르크로서도 물러설 수 없는 싸움이 되었소. 그는 하이젠베르크가 유대적 물리학자의 대열에 섬으로써 독일 청소년들에게 나쁜 영향을 미치고 있다는 원색적인 비난을 퍼부어댔소. 슈타르크는 '독일 물리학'의 또 다른 옹호자인 알폰스 빌이나 루돌프 토마셰크 같은 인물들과 연합해 상대성이론과 양자이론이 모두 이해 불가능한 공식이며 순전히 '정신적 기교'에 불과하다고 폄하했어."

"하이젠베르크는 어떻게 대항했나요?"

"난 조국에 대한 애착이 그렇게 강한 사람을 한 번도 본 적이 없어. 그는 슈타르크가 그런 식으로 자기를 모욕했기 때문에라도 절대로 독일을 떠나지 않겠다고 단언했소. 그는 나치 정권이 허용하는 범위 안에서 최대한 자신을 방어하면서 명예를 회복하겠다고 다짐했소. 그때부터 두 사람 사이에는 지루한 싸움이 벌어졌지. 하이젠베르크는 있는 힘을 다 소진하고서야 간신히 거기서 벗어났소."

"결국 하이젠베르크가 승리하지 않았습니까?"

내가 말했다.

"그건 상처뿐인 피루스의 승리였소, 링스 교수. 그렇소, 그는 나치 당국으로부터 슈타르크가 다시는 그런 공격을 못하도록 하겠다는 다짐을 받아냈소. 〈푈키셔 베오바흐터〉지에 다시 한 번 자신을 변명할 기회도 얻었지. 그러나 그는 끝내 뮌헨 대학 교수로 취임하지 못했소. 슈타르크와 레나르트 덕택에 완전히 망친 거지. 그 무렵 독일 학계에서 벌어졌던 부당하고 불합리한 사건의 배후에는 늘 그들 두 사람이 있었어."

"교수님께선 그들의 권력이 나라 전체의 학계를 좌지우지할 만큼 막강했다고 보시는군요?"

베이컨이 물었다.

"독일은 수많은 단체들이 거미줄처럼 얽힌 상태로 서로 경쟁하면서 비슷한 종류의 과제들을 처리하고 있었소. 제국물리기술협회와 연구협회, 하이델베르크 대학 등에 기반을 둔 슈타르크와 레나르트의 영향력은 막강했지만 과학 연구를 담당하는 나치의 다른 기관들도 적지 않았소. 가령 루스트의 교육부, 히믈러의 SS, 프리크의 내무부, 괴링의 제국학술연구위원회 등이 그런 기관들이었어. 물론 그런 단체들과 무관하게 활동하는 우리 같은 과학자들도 있었지."

"하지만 교수님께선 슈타르크가 나치 권력과 가장 가까웠던 과학자라고 말씀하시지 않았습니까? 혹시 히틀러가 그를 학술고문쯤으로 여기진 않았을까요?"

"틀림없이 그랬을 거요."

"그를 반대하는 목소리가 그렇게 컸는데도 정말 그랬을까요?"

"그렇소. 당시 그는 독일에서 가장 막강한 권력을 지닌 물리학자였소."

폰 라우에 교수와 대화를 나눈 다음 날 다시 베이컨을 찾아갔다. 신경질적인 표정으로 보아 별로 좋은 이야기가 나올 것 같지 않았다. 그의 거만한 태도가 영 마음에 들지 않았다.

"폰 라우에의 생각은 그렇지만, 제 생각에는 아무래도 슈타르크가 클링조르일 것 같지는 않아요, 교수님. 클링조르가 '자기들 중 한 사람'일 거라고 했던 플랑크의 말을 다시 한 번 생각해보세요. 학계에서는 아직도 대부분의 사람들이 '독일 물리학' 같은 단체는 존재한 적이 없다고 믿고 있어요. 정치적인 술책이거나 무의미한 해프닝에 불과하다고 생각하는 거예요."

"하지만 폰 라우에는 슈타르크가 나치 독일에서 가장 중요한 과학자였다고 말했네. 히틀러도 그를 적극적으로 비호했고."

갑자기 악마의 변호사가 된 기분이었다.

"어쩌면 그는 그다지 중요한 인물이 아니었을지 몰라."

베이컨이 미심쩍은 표정을 지었다.

"우린 다른 점도 고려해봐야 합니다. 교수님도 혹시 들어보셨는지 모르겠는데요, 전쟁이 발발하기 직전에 슈타르크가 당위원회에 소환된 적이 있다고 하더군요."

베이컨은 잠시 사무실을 나갔다가 젊은 군인을 데리고 돌아왔다. 그 군인은 두툼한 서류뭉치를 들고 있었다.

"우연히 여기 있는 존슨 하사가 뉘른베르크 재판기간 중에 사용된 나치 문헌을 수집한다는 말을 들었어요. 하사, 구스타프 링스 교수님을 소개하겠네."

"뵙게 돼서 영광입니다, 교수님."

존슨은 쇳소리 나는 고음의 목소리로 말했다. 그는 스무 살도 채 안 되어 보였다. 수염이 없는 밋밋한 얼굴에 여드름이 몇 개 돋아 있었다. 일반인을 상대하는 게 익숙하지 않은지 몹시 뻣뻣해 보였다.

"이리 앉게, 하사."

베이컨이 그에게 의자를 권하고 책상 맞은편 자리에 가 앉았다.

"이제 자네가 정리한 기록을 한번 읽어봐주게."

존슨은 서류를 꺼내어 들고 헛기침을 한 번 한 뒤 읽기 시작했다. 긴장해서 더듬거리는 바람에 잘 못 알아듣는 부분도 있었지만 이 어린 하사는 꽤나 똑똑해 보였다. 읽는 중간에 혼동이 올 때마다 덜덜 떨리는 손으로 오페라 대본처럼 들고 있던 서류를 들춰보았다.

"······문제의 발단은 엔트뢰스라는 자였습니다. 이자는 1933년부터 독일 전역에서 설쳐대기 시작한 수많은 '어린 히틀러들' 중 하나였습니다. 그는 카를 졸링거라는 남자와 동성애 관계를 맺고 있었는데, 이 남자는 슈타르크가 거주하던 트라운슈타인 지역의 당 지도관인 아돌프 바그너의 측근이었습니다. 스스로 지역의 대표자로 여기고 있던 슈타르크는 졸링거와 바그너에게 그들이 법과 도덕 질서를 어기고 당의 위신을 손상시켰다며 비난했습니다. 바그너는 자신을 웃음거리로 만든 슈타르크를 가만히 두지 않았습니다. 그는 슈타르크가 당을 배신했다며 고발했습니다."

"잠깐 쉬었다 하시오, 하사."

그가 긴장을 풀고 좀 더 편안히 말하기를 바랐다.

"교수님도 들으셨죠? 슈타르크는 총통의 특사라도 되는 양 으스대고 다녔지만, 이렇게 별볼 일 없는 시골 당 지도관에게 고발까지 당하는 처지였다고요."

"히틀러는 아랫사람들 사이에서 벌어지는 작은 다툼까지 일일이 관여하는 사람이 아니네, 중위. 그리고 이 사건이 슈타르크가 학계의 영향력을 상실했다는 증거가 될 수는 없어."

"이야기를 좀 더 들어보시면 아마 생각이 달라지실 겁니다. 하사, 다시 계속하게."

"결국 이 문제는 베를린에 있는 당 재판소까지 올라갔는데 슈타르크와 바그너의 싸움은 무승부로 결판이 났습니다. 이 싸움이 슈타르크에게 끼친 영향은 단순하지 않았습니다. 그는 이 싸움 때문에 SS의 학술 연구 분과인 '선조의 유산' 팀과 격렬한 논쟁을 벌이게 되었고, 결국 연구재단의 회장 자리를 잃게 되었습니다."

"그러잖아도 골치 아픈 문제가 많은데 이젠 히틀러 같은 인물과도 갈등이 생긴 거예요. 그 결과는 치명적이었죠."

베이컨이 덧붙였다.

"'선조의 유산'은 나치가 절대적으로 우선시하는 프로젝트였기 때문에 슈타르크는 뒤로 물러설 수밖에 없었습니다. 히틀러는 슈타르크가 진행하던 프로젝트들 중에서 가장 형편없는 것을 여론에 공개했습니다. 슈타르크는 어쩔 수 없이 제국물리기술협회의 회장직을 유지하는 조건으로 연구재단의 회장직을 물러나게 되었습니다. 이를 계기로 그의 영향력은 현저히 약해졌습니다. 필리프 레나르트에게 보낸 수많은 편지들에서 슈타르크는 끊임없이 이에 대한 불평을 털어놓았습니다. 그는 자신이 나치 조직을 상대로 오랫동안 승산 없는 싸움을 벌여왔으며 결국 패배했다고 고백했습니다."

"됐네, 하사. 정말 큰 도움이 되었네."

"또 필요하신 게 있으면 명령하십시오, 중위님."

존슨은 경례를 하고 방을 나갔다.

"동의하겠네, 중위. 당신 말이 맞아."

나는 잠시 말을 끊었다.

"자, 그럼 이제 뭘 해야 할까?"

"그건 제가 묻고 싶은 질문입니다, 교수님. 우린 또다시 막다른 골목에 서 있어요."

"슈타르크와 직접 이야기를 나눠볼까?"

"글쎄요, 별 소용이 없을 것 같은데요."

"내 생각도 그렇네."

"그럼 어떻게 하죠?"

"그 대답을 내가 해야 하나, 중위?"

"물론이죠. 지금 그걸 대답할 수 있는 사람은 교수님뿐이에요. 우리가 누굴 찾아가야 할지 다시 한 번 잘 생각해보세요."

"당신 말처럼 슈타르크는 클링조르가 아닌 것 같아. 이건 유감이라기보다 오히려 기뻐해야 할 일 같군."

"왜 그렇죠?"

"전에도 말했잖나. 처음부터 그를 지목할 생각은 없었어. 클링조르와 슈타르크가 적어도 몇 번은 서로 접촉했을 거라고 추측하고서 그를 조사했던 거 아닌가? 클링조르가 '독일 물리학'의 일원이 아니었던 게 확실하다면 우리는 그 반대 진영에서 찾아봐야 해. 그건 중위도 이미 말한 적이 있어. 이 조사단계에서 우리가 이끌어낼 수 있는 추론은 말하자면……."

"클링조르가 슈타르크의 정적이었을 거란 말씀이군요."

"그렇네."

"그게 사실이라면 정말 놀라운 일인데요."

"배제할 수 없는 가능성이지, 중위."

"교수님은 누굴 염두에 두시나요?"

"그건 당신 스스로 생각해야지. 당시 슈타르크의 가장 큰 적은 누구였지?"

"하이젠베르크?"

"맞네."

"날 사랑해요?"

여자로부터 이런 말을 들어본 게 얼마나 오랜만인가? 엘리자베스와 파혼한 뒤 몇 년의 세월이 흐른 걸까? 비비안의 소식은 또 얼마나 오랫동안 듣지 못했나? 이레네와의 관계는 엘리자베스 때와 달리 아무런 부담 없이 자연스럽게 진행되었다. 그리고 더 중요한 것은 그들의 관계가 비비안의 경우와는 달리 두 몸뚱이가 뿜어내는 뜨거운 열기뿐 아니라 차분한 대화도 나누고 있다는 점이다. 이레네는 지적이며 활기찬 여자였다. 그녀는 베이컨의 일에도 진지하게 관심을 가졌다. 어떻게 진행되고 있는지, 새로운 단서는 없는지 등등. 이제 베이컨은 그녀를 애인이자 친구로 여겼다. 엘리자베스나 비비안보다 훨씬 더. 그는 매일 조바심을 내며 그녀와 만날 시간을 기다렸다.

그동안 이레네는 개인적인 질문 따위로 베이컨을 괴롭힌 적이 없었다. 하지만 그의 감정을 어느 정도 확신하게 되자 처음으로 두 사람의 문제에 대해 말을 꺼냈다. 그는 외롭고 절망적인 순간에 위안을 주는 존재만은 아니었다. 과거의 궁핍에서 벗어나 새롭고 더 나은 삶으로 나아갈 수 있는 기회이기도 했다. 이제 그녀는 침묵하지 않았다. 사이가 불편해질까 봐 알고 싶은 것을 계속 억누르는 짓은 더 이상 하지 않았다. 언젠가는 던져야 할 질문이었으므로, 빠르면 빠를수록 좋았다. 미국 병사들과 사귀는 다른 여자들처럼 베이컨에게 매달리는 건 아니었지만 그가 자기를 어떻게 생각하는지 몹시 궁금한 건 사실이었다.

"날 사랑해요?"

그녀가 다시 물었다. 그는 몸을 일으키려다가 말고 다시 침대에 몸을 파묻었다. 잠시 침묵이 흘렀다. 그는 대답하는 것이 두려웠다. 아직 그녀가 어떤 사람인지 알지도 못하는데.

"겁먹지 말고 그냥 편하게 말해요."

그녀가 그의 머리카락을 쓸어내렸다.

"난 그저 당신이 날 사랑하는지 알고 싶을 뿐이에요. 그게 다예요."

"아마 그럴 거라고 생각해……. 미안해. 너무 갑작스러워서……. 여태껏 어떤 여자에게서도 이런 감정은 느껴보지 못했어. 여자를 이렇게 가깝게 느껴본 건 당신이 처음이야. 내가 얼마나 고마워하는지 당신은 아마 모를걸."

"내가 원하는 건 감사가 아니라 사랑이에요. 방금 당신은 나를 사랑할 거라고 생각한댔어요. 하지만 그것만으로는 충분치 않아요. 당신은 날 사랑하는지 아닌지조차 모르는군요. 난 분명히 듣고 싶어요. 프랭크. 나는 내가 지금 어떤 상황에 있는 건지 몹시 궁금해요. 사실이 무엇이든 간에 난 당신이 원하는 동안은 계속 당신 곁에 머물러 있을 거예요. 자, 나를 사랑해요, 프랭크?"

그는 그녀를 사랑할까? 그걸 도대체 어떻게 알 수 있단 말인가? 사랑에 빠진 것을 아는 건 쉬운 일이다. 그런 감정은 두통이나 구토처럼 분명히 드러나기 때문이다. 그것은 질병이나 두려움처럼 사람의 몸 안으로 스며든다. 그러나 진심으로 사랑하는 것은 그것과 조금 다르다. 그것은 확신의 문제로서 믿음에, 그 때문에 또한 거짓에 더 가까운 것이다.

"그래. 난 당신을 사랑해."

베이컨은 그가 구사할 수 있는 가장 확신에 찬 목소리로 대답하고 이레네를 꼭 껴안았다.

"한 번 더 말해줘요."

"당신을 사랑해, 이레네."

그는 이레네의 이마와 코 그리고 눈꺼풀에 키스했다. 그러고는 그녀의 몸을 완전히 제압하려는 듯이 위에서 덮쳐누르며 강렬하게 애무하기 시작했다. 그녀의 입에 재갈을 물리려는 듯이, 더 이상 아무 말도 하지 말라는 무언의 부탁을 하듯이. 하지만 여자는 조금 숨을 쉴 수 있게 되자 곧 다시 물었다.

"정말 확실해요?"

아, 이건 고문이다! 얼마나 더 말해야 한단 말인가? 베이컨은 불쾌함을 떨쳐버리려고 자명한 진리를 말하듯 다시 대답했다.

"그래. 당신을 사랑해. 사랑한다고."

"그렇다면 약속해줘요."

이레네의 두 눈이 베이컨의 눈동자를 뚫어지게 쳐다보았다. 분노에 찬 여신이 번갯불을 내려치듯 그를 관통하는 눈길이었다.

"뭘?"

"당신이 정말로 날 사랑한다면……"

이레네는 두 손으로 베이컨의 어깨를 감싸안고 얼굴을 그의 가슴에 묻었다.

"그렇다면, 한 가지만 약속해줘요, 프랭크. 오직 한 가지만."

"말해봐."

"이건 아주 중요한 거예요."

이레네의 손톱이 살 속으로 깊이 파고들었다.

"그게 뭐든 다 약속할게."

잠깐 침묵이 흘렀다. 여자가 애인의 신의를 가늠하고 있었다.

"언제나 나를 믿겠다고 약속해줘요."

"그게 전부야?"

베이컨이 웃음을 터뜨렸다.

"사실 슬슬 걱정이 되기 시작했거든."

"약속해줘요, 프랭크!"

그녀가 진지한 어조로 다시 한 번 요구했다.

"약속해! 됐지?"

"내가 당신을 사랑한다는 걸 절대로 잊지 말아요."

이레네가 눈물을 흘리며 말했다.

"당신을 붙잡으려고, 사랑을 구걸하려고 이런 말을 꺼내는 게 아니에요. 내 진심을 말하는 거예요. 당신, 내 말뜻 알겠어요?"

"이미 말했지만 나도 당신을 사랑해."

"언제나 내 사랑을 믿을 수 있겠어요?"

"언제나!"

그녀가 그의 위로 몸을 포개어왔다. 그녀의 손이 천천히 그의 얼굴과 목을 따라 내려가는 동안 발가락은 그의 두 다리를 쓰다듬어주었다. 그녀는 격렬하게 키스를 퍼부었다. 마치 그의 입술을 깨물어 흘러나온 피로 혈맹이라도 맺으려는 것 같았다. 그녀가 가슴으로 그의 몸을 쓸어내리며 음부를 그의 엉덩이와 넓적다리에 밀착시켰다. 베이컨은 그녀가 옛 게르만족의 의식처럼 자신에게 아주 강렬한 쾌락의 의식을 바치고 있다는 것을 느꼈다. 그는 이런 헌신적인 애무를, 이렇게 부드럽고도 강렬한 느낌을 지금까지 한 번도 경험한 적이 없었다. 그는 점차 황홀경에 빠져들었다. 시체처럼 축 늘어진 베이컨의 몸은 완전히 그녀의 욕망에 내맡겨졌다. 그녀는 이제 우주에 존재하는 유일한 동력이자 천상의 화음이 되어 그를 지배했다. 조심스러우면서도 거칠게, 이레네는 그의 상상력들을 하나하나 충족시켜주었다. 그의 몸뚱이 구석구석을 휩쓸고 다니며 예기치 않았던 곳에서 새로운 쾌락과 고통을 끄집어냈다. 베이컨도 서서히 쾌락 그 자체로, 순수한 에너지로 바뀌어갔다.

"사랑해."

완전히 그녀의 수중에 떨어지기 전에, 베이컨은 가까스로 이렇게 뱉었다. 생애 처음 진심으로 그렇게 말했다.

"문서보관실에서 시간을 낭비할 필요는 없네, 중위. 하이젠베르크라면 당신이 그곳에서 찾아낼 수 있는 것보다 내가 더 많이 알고 있으니까."

나는 진지한 표정으로 베이컨에게 말했다.

"교수님은 얼마나 오랫동안 그의 조교로 일하셨습니까?"

"난 그의 조교로 일한 적 없네! 내가 수학자란 걸 잊었군, 중위. 난 그와 공동 작업을 했을 뿐 그의 밑에서 일한 적은 한 번도 없어."

"실례했다면 용서하십시오."

"우리는 원자탄 프로젝트에서 1940년부터 1944년까지 함께 일했지."

"교수님이 체포되실 때까지군요."

"그렇네. 하지만 우리 두 사람의 관계는 그보다 훨씬 더 위로 거슬러 올라가지. 우리는 어려서부터 알고 지낸 사이야. 나는 1905년에 뮌헨에서 태어났고, 하이젠베르크는 1901년에 뷔르츠부르크에서 태어났어. 그러나 그의 가족은 옛날부터 뮌헨에서 살아온 집안이었지. 나이도 겨우 네 살밖에 차이가 나질 않아."

"친구 사이였겠군요?"

"그렇진 않아. 어릴 때 서너 살 차이는 대단한 거니까."

나는 웃으며 어린애 같은 표정을 지었다.

"그렇지만 우린 서로를 알고 있었지. 뮌헨은 그다지 큰 도시가 아니었거든. 나는 영웅처럼 그를 우러러보았네."

"과장이 좀 지나친 거 아닌가요?"

"아니, 하이젠베르크는 모든 면에서 아주 뛰어난 아이였어. 잘생기고, 머리 좋고, 성실하고, 통솔력 있고, 음악에도 재능이 뛰어났지. 집안도 아주 좋았고. 아버지는 고전문헌학 교수로 비잔틴 예술분야에서는 독일 최고의 권위자였네. 어떻게 그런 존재를 우러러보지 않을 수 있겠나. 안 그런가, 중위?"

"정말 완벽하군요."

"누굴 붙잡고 물어봐도 그에 대해 나쁘게 말하는 사람은 하나도 없었어. 지금까지도 예전의 그 완벽함으로 치장하고 있지. 위대한 하이젠베르크! 언제나 사려 깊고 모자란 게 없는 완벽한 사람! 겸양의 미덕 그자체!"

"치장하고 있다는 건 무슨 의미죠?"

마침내 베이컨이 내 말을 알아듣기 시작한 것 같았다.

"그는 사람들이 말하는 것처럼 그토록 선량한 인물이 아니었나요?"

"내 말이 그렇게 들렸나? 그렇게 말할 생각은 아니었는데……. 내 말을 오해하진 말게. 하이젠베르크는 아주 특이한 사람이야. 직접 만나보면 중위도 느낄 수 있을 거야. 이곳 괴팅겐에서 그와 마주친 적이 없나?"

"아니, 여기선 없었어요."

베이컨이 당황해하며 대답했다.

"직접 보면 중위도 그가 청춘의 샘물을 마신 것 같다는 말에 동의할 걸세. 그의 모습은 정말 하나도 변하지 않았어. 황금물을 들인 듯 반짝이는 금발머리, 날렵한 얼굴의 윤곽, 아직도 십대 같은 표정. 그야말로 어린아이지, 중위. 그는 다섯 살 때부터 쉰 살이 다 된 지금까지 여전히 신동으로 머물러 있네."

나는 내가 하는 말에 스스로 놀라워하면서도 계속해서 말했다.

"하지만 내면은 완전히 반대였지. 그는 처음부터 줄곧 어른이었어. 성숙하고 책임감 있고, 엄격했지. 말을 배울 때부터 지금껏 어른이었네. 내 말을 못 믿겠거든 직접 확인해보게. 그는 정말 꼬맹이 적부터 애늙은이였어."

"한 번도 다른 애들처럼 말썽을 피우거나 거짓말을 하지 않았단 말씀인가요?"

"단 한 번도! 아니면 아주 용의주도해서 다른 사람들의 눈에 띄지 않게 했을 수는 있지. 실수나 거짓말을 다른 아이가 한 것처럼 연출했을 수도 있고. 완벽하게!"

"그 시절에 대해 뭐 기억나는 게 있습니까, 교수님?"

"우리는 몹시 혼란스러운 시절에 자랐네. 1차 세계대전이 끝나고 난 직후의 상황이 어땠는지는 중위도 잘 알걸세. 세계경제는 파탄에 빠지고, 패전에 대한 수치와 분노가 들끓었지. 거리에서는 공산주의자들과 싸움이 벌어지고 있었고. 하이젠베르크는 ― 이건 나도 마찬가지였어 ― 이 불행한 시절을 어떤 식으로든 뛰어넘어야 했지. 생각해보게. 전쟁이 끝났을 때 그는 열여덟이었어. 힘든 나이지. 그는 물리학을 공부하고 있었는데 철학에도 깊은 관심을 갖고 있었네. 공부하는 것 말고도 그는 청소년운동에 참여했지. 청소년운동은 우리가 증오해 마지않던 문명의 흔적에서 벗어나려고 고대 게르만의 전통에 따라 조직된 거였네. 하이젠베르크에겐 끓어오르는 혈기를 가다듬을 수 있는, 타고난 통솔력을 발휘할 수 있는 좋은 기회였지."

"청소년운동이란 보이스카우트와 비슷한 건가요?"

"그렇게도 말할 수 있겠군."

나는 인류학자가 되어 더 이상 존재하지 않는 옛 풍습에 대해 말하는 듯한 느낌이 들었다.

"내가 보기에 하이젠베르크에겐 뭔가 편치 않은 구석이 있었네. 그 완벽함 뒤에 어떤 허점 같은 게 감추어져 있었지. 마치 천성적인 수줍음과 내성적인 성격을 애써 억누르고 있는 듯한……. 물론 이런 것이 전형적인 독일인 기질이란 건 알지만 하이젠베르크는 그 정도가 남달리 심한 것 같았지. 아주 쾌활해 보일 때조차도 눈빛과 음성에는 늘 우울한 분위기가 드리워져 있었어."

"무슨 말씀을 하고 싶으신 건가요?"

"난 심리학자가 아닐세, 중위. 난 내가 관찰한 것만 말할 뿐 어떤 다른 의도가 있는 건 아니지. 당신이 너무 실망하지 않도록 한 가지 이론을 말해보겠네. 하이젠베르크와 같은 정신의 소유자는 우리가 과거에 경험했던 패망을 쉽게 받아들일 능력이 없어. 그래서 그는 중세를 동경했지. 옛 시인들의 신념, 여유, 절제 따위를 본받고 싶어 한 거야. 다시 말하면 그는 현재의 혼돈을 증오했네. 자신이 하려는 일을 힘들게 만드는 모든 것들을 경멸했지. 우리 세계에 적응하는 걸 힘들어한 거야."

"거기에 대해서 그와 이야기를 나누어본 적이 있나요?"

"그 어린 시절에? 천만에!"

나는 손을 가로저었다.

"그에게 나는 수많은 '어린애'들 중 한 명에 불과했어. 그에게 어린애들은 무언가를 가르쳐줘야 할 대상이지, 대화를 나눌 상대가 아니네. 하이젠베르크는 1922년에 괴팅겐으로 가서 막스 보른 밑에서 공부를 계속했어. 뮌헨 대학의 스승 아르놀트 좀머펠트는 미국에 머물고 있었고. 나는 하이젠베르크가 가끔 자기 그룹의 청소년운동 단원들과 야유회를 가거나 가족을 만나러 뮌헨에 올 때 그를 보았네. 물리학의 가장 중요한 문제들과 본격적으로 씨름을 시작한 시기에도 그는 청소년운동

후배들과 산으로 여행 떠날 날을 손꼽아 기다렸다는 사실을 주목해봐. 그건 그에게 포기할 수 없는 삶의 욕구와 같은 거였네. 완벽한 미니어처 사회, 자신만의 작고 행복한 세계를 꾸밀 수 있는 유일한 가능성이었지."

"영원히 자라지 않고 보이스카우트로 남아 있길 원한 사람 같군요. 과거를, 어린 시절의 순수와 안정을 동경하면서요."

"어린 시절을 배경으로 그린 목가적인 그림이 언제나 사실과 일치하는 것은 아닐세."

"물론이죠. 어린아이들도 폭력적이고 잔인할 수 있지요."

"어떤 때는 어른보다도 더 잔혹하지, 훨씬 더."

"그렇군요. 혹시 제가 너무 지나치게 일반화시켜서 과장하는 걸지도 모르지만……."

"괜찮으니 말해보게, 중위."

"제복과 위계질서 같은 독일적 전통을 좋아하고, 강력한 지도자가 나타나 이끌어주기를 바라는 욕구는……."

"무슨 말을 하려는지 맞혀볼까? 그 청소년운동에서 SS나 게슈타포에서와 같은 특징들을 관찰할 수 있다는 뜻이 아닌가?"

"맞습니다."

"실망스럽겠지만 그런 생각을 한 게 당신이 처음은 아니야. 그래, 중위. 독일에서는 이미 오래전부터 히틀러가 등장하기에 적당한 환경이 만들어지고 있었네. 그를 극렬하게 반대했던 우리들조차도 그가 단지 비정상적인 돌발현상 때문이 아니라 그 당시 대다수가 지녔던 세계관의 결과로 생겨났다는 점은 인정하고 있지. 하이젠베르크와 오랜 시간 함께 일한 사람으로서 확실히 말하자면, 그 이상주의적인 젊은 과학자의 이면에는 냉정하고 분노에 찬 폭군이 숨어 있었던 게 분명하네. 이

굽힐 줄 모르는 의지의 소유자는 타고난 보스였어. 그는 딱 히틀러 스타일의 지도자였지."

"그러나 한 번도 나치에 동조한 적이 없지 않습니까? 오히려 그들과 심각한 갈등을 겪었잖아요."

베이컨이 이상하다는 듯 고개를 주억거렸다.

"그의 기록에 그렇게 적혀 있던가, 중위?"

"그가 줄곧 '독일 물리학'의 옹호자들과 대립했던 것은 누구나 다 아는 사실입니다. 폰 라우에도 말했지만 하이젠베르크는 아인슈타인과 보어의 편에 섰던 사람이라고요. 국수주의자들과는 당연히 적대관계에 있었고요. 슈타르크는 심지어 '백색 유대인'이라고 불렀잖아요."

"그 말은 맞네. 슈타르크는 하이젠베르크를 격렬하게 비난하고 공격했지. 하이젠베르크 역시 그에 맞서서 자신을 방어했고. 결국 누가 싸움의 승자가 되었나? 우리의 친구인 하이젠베르크일세."

"교수님 말씀은 그렇다면 하이젠베르크가……."

"너무 앞질러 말하지 말게. 중위, 우리는 이제 겨우 1922년에 있어. 나중에 우리의 가설을 뜯어고치느라 고생하지 않으려면 중간에 빈 곳을 남겨두어서는 안 돼. 슈타르크와 그가 싸움을 붙기까지는 아직 10년이나 시간이 더 흘러야 해. 나중에 무슨 일이 벌어졌는지 제대로 이해하려면 그전 과정을 정확히 살펴볼 필요가 있어."

베이컨은 다소 언짢은 표정으로 고개를 끄덕였다. 하지만 예상대로 내 말이 그의 머릿속에 바이러스처럼 자리를 잡았다. 이제 그것은 계속해서 의심을 불러일으킬 것이다. 나는 그가 스스로 진실을 깨닫게 되기를 원했다.

"1922년에 괴팅겐은 세계적인 연구중심지였네. 수학과에는 리처드 쿠란트, 다비드 힐베르트, 에드문트 란다우 등과 같은 최고의 석학들이 일하고 있었지. 물리학과에도 폴, 프랑크, 보른 같은 유명한 이름들이 있었네."

"제가 기억하기로 교수님은 괴팅겐에서 공부하지 않은 걸로 알고 있는데요."

"맞네. 난 그런 행운을 누리지 못했어. 수학자들에게 괴팅겐은 메카였지. 선택받은 자는 소수에 불과했어. 나는 유감스럽게도 거기에 속하지 못했네. 난 하이젠베르크와 달리 라이프치히 대학으로 가야 했지."

베이컨의 지적은 별로 달갑지 않았다.

"1923년은 다른 의미에서도 결정적인 해였네, 중위. 막스 보른은 갑작스럽게 물리학 전체를 새로 써야 한다는 주장을 내놓았어. 제국의회 의사당에 불을 지른 것과 같은 사건이었지. 그 일이 있고 난 몇 주일 뒤에 하이젠베르크가 좀머펠트에게 박사학위 구술시험을 치르려고 뮌헨으로 왔네. 좀머펠트는 미국 여행을 마치고 막 돌아온 참이었지. 7월 23일에 ─ 그때 나도 그 자리에 있었기 때문에 날짜를 정확히 기억할 수 있다네 ─ 하이젠베르크는 중간 정도 점수인 '쿰 라우데'를 받고 시험에 통과했어. 좀머펠트와 적대관계에 있던 실험물리학 지도교수 빌헬름 빈이 낙제점수를 주었기 때문이지. 하이젠베르크는 축하파티도 열지 않은 채 곧장 괴팅겐으로 돌아갔네. 얼마 뒤 뮌헨에서 히틀러의 쿠데타가 일어났지. 하이젠베르크는 1924년 중반까지 내내 괴팅겐에 머물러 있다가 닐스 보어의 초청으로 그해 말 코펜하겐으로 떠났어. 두 사람의 만남은 곧 견고한 동맹으로 발전했지. 보어는 하이젠베르크를 자신의 선봉장으로 삼았네. 코펜하겐의 물리학 연구소를 거점으로 두 사람은 매우 강력하고 효과적인 전투를 벌였지. 그리고 결국 새로운 물리학의 선구자가 된 거야."

*　　*　　*

"말해봐요."

그녀의 목소리가 밝게 울려퍼졌다.

"당신이 하는 일은 모두 다 내게 중요해요. 당신은 내게 중요하니까요."

"당신을 지루하게 만들고 싶지는 않아, 이레네."

베이컨이 이렇게 말하며 그녀의 귀를 살짝 깨물었다. 여자는 잠시 몸을 떨며 흥분했지만 곧 떨쳐버리고 처음 이야기로 되돌아갔다.

"어서요, 프랭크. 당신이 무슨 일을 하는지 말해줘요. 그래야 그저 한때의 기분으로 즐기는 게 아니라 인생을 함께 나눈다고 할 수 있을 거예요."

"그건 비밀인데……."

베이컨은 여전히 내키지 않아했다.

"그럼 당신 친구인 그 수학자에 대해서 얘기해줘요."

우연히 스친 듯 가볍게, 그녀는 베이컨의 배와 아랫도리를 쓰다듬었다.

"링스 교수 말이야? 아주 이상한 사람이지. 하지만 지금껏 내가 만난 과학자 중엔 그런 사람들이 아주 많아. 지도교수였던 폰 노이만이나 쿠르트 괴델 같은 사람들은 한술 더 떴지. 프린스턴은 집착, 강박관념, 노이로제 등등 이상한 종류의 게임방식을 다 모아놓은 전시장이야. 정신분석가가 왔다가 오히려 미쳐서 돌아갈 곳이지……. 아, 그래. 계속해, 이레네."

이레네가 손길을 멈추었다.

"그를 좋아해요?"

"글쎄, 좀 이상하긴 해도 머리는 아주 좋아."

베이컨은 이레네가 계속 만져주기를 바라며 빠르게 대답했다.

"어디가 이상한데요?"

"당신은 정말 호기심이 많군."

베이컨은 다시 애인이 선사하는 쾌락에 몸을 맡겼다.

"그걸 어떻게 말해야 할지 모르겠어. 내가 보기에는…… 정확히는 알 수 없지만, 그는 무언가 남에게 말할 수 없는 비밀 같은 걸 가지고 있는 것 같아."

"그런데도 그 사람을 믿는단 말이에요?"

"걱정할 필요 없어. 그게 우리 일과 관련이 있는 것 같지는 않아. 그건 그저 과거에 겪은 일 때문인 거 같아."

"불행한 사랑의 고통 같은 거?"

그녀가 비꼬았다.

"그것에 대해서는 한마디도 듣지 못했어. 사생활에 대해선 아주 입이 무거워. 몇 시간이나 함께 떠들어대지만 나만 속얘기를 하곤 해."

"두 사람이 함께 뭘 하는 건데요?"

이레네가 그의 성기를 만지작거렸다.

"뭔가를 찾는 건가요?"

"우린 어떤 과학자를 찾고 있어. 히틀러의 측근으로 활동한 사람인데 정체를 감추고 일했기 때문에 아무도 그가 누군지 모르거든."

결국 베이컨은 비밀을 털어놓고 말았다. 거친 숨을 헉헉 몰아쉬며.

"그래, 이레네! 아주 좋아. 당신 손은 정말 기가 막혀!"

그는 아주 길게 그리고 맛있게 그녀의 입술에 키스했다.

"당신 같은 물리학자?"

"우린 그렇게 믿고 있지. 하지만 확실하게 아는 건 그의 암호명뿐이야. 클링조르라고. 클링조르가 누군지 알아?"

"몰라요."

"독일 신화에 나오는 마법사……. 이레네! 난 정말 당신을 사랑해……. 그는 바그너 오페라 파르지팔에도 나와!"

이레네는 다시 손을 멈추었다. 그녀는 독약을 다루듯 쾌락의 양을 조심스럽게 조절했다.

"계속해줘, 제발!"

베이컨이 애걸했다.

"그럼 얘기해줘요."

"무슨 얘기든 당신이 원하면 다 해줄게."

그녀의 손이 다시 그의 몸 위에서 움직이기 시작했다.

"우리의 추측이 맞다면 클링조르는 제3제국 전체의 연구 지원을 승인하는 책임자였어. 원자탄 프로젝트나 포로들을 상대로 한 인체실험 같은 것들……. 오, 맙소사, 그래, 바로 그렇게!……. 그런데 안타깝게도 우린 별로 아는 게 없어. 그것 봐, 내가 지루할 거라고 했잖아? 링스 교수는 이 프로젝트의 안내자라고 할 수 있지."

"그 사람이?"

"그래, 링스 교수. 그는 이 나라의 과학계를 누구보다도 더 잘 알고 있어. 하이젠베르크와도 함께 일했대. 그는 아주 귀중한 정보들을 알려주었어. 그의 도움이 없었더라면 난 아직도 깜깜한 어둠 속에서 더듬거리고 있었을걸."

드디어 중위의 입에서 처음으로 제대로 된 말이 흘러나왔다.

"그를 만난 게 천만다행이지. 좀 쌀쌀맞은데다 신경질적인 게 흠이긴 하지만 그가 없었다면 난 아무것도 못했어. 우리는 아주 느리지만 확실하게 한 걸음씩 앞으로 나아가고 있어……. 오, 이레네!…… 그 사람에겐 우리 시대의 물리학 발전이란 게 반란의 역사에 불과하지. 그는 위대한 물리학자들을 잠재적 범죄자로 취급하거든. 그들 중 누가 클링조르가 될지는 아직 미지수야."

"지금은 누굴 추적하고 있어요?"

"내 스스로도 도저히 믿기 어렵지만, 우리의 수사망은 하이젠베르크 쪽으로 좁혀지고 있어."

베이컨은 거의 무아지경에 이르렀다. 어떤 사람들은 그것을 해탈이나 종교적 도취라고 부르고 어떤 사람들은 성적 오르가슴이라고 부른다. 그런데 그 순간 이레네의 손길이 또다시 멈췄다.

"또 왜 그래?"

"생각을 하고 있어요."

"생각을 한다고?"

"그래요. 당신 이야기는 아주 흥미로워요, 프랭크. 내가 도와줄 일도 있을 것 같은데, 어때요?"

"뭘 도와줘?"

"당신의 수수께끼 풀이 말이에요."

"당신이 어떻게?"

"날 믿어봐요. 여자의 직관을요."

그녀가 사랑스럽게 말했다.

"날 당신의 조수로 삼아줘요, 프랭크. 이제부터 새로 발견한 것들을 내게 모두 다 말해줘요. 당신에게 좋은 생각이 떠오르도록 도와줄게요."

"난 당신이 그런 것에는 흥미가 없을 줄 알았는데."

"그렇지 않아요, 프랭크. 그런 얘길 들으니까 너무 흥분돼요."

"날 흥분시키는 건 오직 당신뿐인데! 알았어, 그럼 그렇게 할게."

"고마워요."

손을 떼어낸 그녀는 얼굴을 그의 아랫도리로 가져갔다. 그녀의 입술이 조바심치는 남성에 닿았을 때, 그녀의 작품은 마침내 완성되었다.

전쟁 게임

1939년 9월, 베를린

『나의 투쟁』에서 히틀러는 독일은 세계를 지배하거나 아니면 흔적도 없이 사라질 거라고 썼다. 이것이 그가 가슴속에 간직한 철학이었다. 'Tertius non datur', 즉 세 번째 가능성은 존재하지 않았다. 패권이냐 멸망이냐, 오직 이 두 가지의 선택만이 있었다. 1939년에 그의 선택은 전쟁을 의미했다. 히틀러는 유대인 말살과 함께 소련 정복을 주목표로 삼고 있었다. 1939년에 그는 이미 공언했던 전략 중 하나를 착실하게 실행에 옮겼다. 8월 20일 그는 소련의 국가원수에게 전보를 쳤다. 신임 외무부장관에 취임한 명석하지만 괴팍한 요아힘 폰 리벤트로프의 소련 방문을 허락해달라는 요청이었다. 스탈린은 즉시 그 요청을 받아들였다. 히틀러에게 그것은 외교적 승리였을 뿐만 아니라 독일을 유럽의 패권자로 만드는 데 필요한 토대를 마련해준 쾌거였다. 히틀러의 계획은 간단했다. 영국과 프랑스가 놀란 눈으로 쳐다보며 기다리는 동안 소련과 함께 폴란드를 나누어가질 것이고, 이 목표를 달성한 뒤에는 즉각 동맹국을 공격해 스탈린을 제거할 생각이었다. 이렇게 동쪽에서 완전한 승리를 거두게 되면 다음 차례는 서쪽이었다.

8월 23일에 리벤트로프와 소련 외무부장관 몰로토프는 독소불가침

조약에 서명했다. 영국과 프랑스는 뒤통수를 맞은 기분이었다. 그러나 누구보다도 놀란 건 벌써 여러 해 동안 파시즘에 맞서 투쟁해왔던 공산주의자들이었다. 그들은 스탈린으로부터 하루아침에 신념을 버리고 적과 협력할 것을 요청받았다.

일주일 뒤인 9월 1일, 히틀러의 군대는 소련의 묵인하에 폴란드 국경을 침범했다. 소련 또한 독소조약에서 비밀리에 약속한 대로 폴란드 땅 일부를 자기 것으로 취했다. 총통이 예상한 대로 프랑스와 영국은 형식적으로 선전포고를 하는 것 외에 아무런 행동도 취하지 않았다. 2주 뒤에 폴란드는 완전히 점령되었을 뿐 아니라 나라의 이름까지도 잃게 되었다. 히틀러는 폴란드를 역사에서 아예 지워버리고 '총독령'이라고 불렀다.

폴란드 점령 이후, 전쟁은 전광석화처럼 빠르게 진행되었다. 덴마크와 노르웨이도 무너졌다. 이제 서유럽 공략을 생각할 시점이 되었다. 프랑스인들이 특유의 유머감각으로 '묘한 전쟁'이라고 불렀던 폭풍전야가 지나자 1940년 5월 10일, 히틀러는 마침내 프랑스를 공격했다. 탱크를 이끌고 아르덴 산맥을 넘는 하인츠 구데리안 장군의 과감한 작전으로, 독일은 그렇지 않았으면 몇 년을 끌었을지 모를 전쟁을 불과 몇 주 만에 끝내고 보무도 당당히 파리로 입성했다. 독일군의 프랑스 진격이 시작된 지 6주도 채 안 된 7월 22일, 프랑스인들은 휴전협정에 서명했다. 1919년 독일이 강제로 협정을 체결해야 했던 베르사유의 바로 그 기차의 객실 안에서(프랑스인들은 그때를 기념하여 기차를 베르사유에 보존해두고 있었다). 히틀러는 독일의 명예를 회복시켰다.

전쟁이 시작되자 하인리히는 곧 군에 소집되어 전선으로 나갔다. 그는 폴란드 점령지에서 근무하다가 다른 부대로 배치되어 파리의 승리 행진에 참가했다. 전쟁이 난 첫해에 그는 겨우 두 번 휴가를 받아 베를린에 있는 아내를 보러왔다. 이 짧은 방문기간을 제외하고(이때 나는 물론 그를 보지 않았다) 그는 언제나 집을 떠나 있었다. 나탈리아는 외로이 홀로 집을 지켰다.

언뜻 보기에는 상당히 독립적인 여자 같지만 실제로 그녀는 혼자 남겨져 어쩔 줄 몰라하는 어린 소녀 같았다. 그녀 자신이 헨젤마저 곁을 떠나버려 말 한마디 못하는 외로운 그레텔이라고 생각했다. 그녀는 점점 더 자주 마리안네를 찾아왔다. 나탈리아는 이 세상에 우리 둘밖에 없는 것처럼 우리 집에 오면 안식을 찾았다. 나는 그녀의 두려움을 없애주려고 함께 얘기를 나누려고 했지만, 끝에 가면 항상 울음을 터뜨리면서 아내의 품에 안겼다.

이렇게 우정과 배려와 가족적 신뢰로 가득 찬 장면 속에 전혀 생각지도 못한 열정이 꿈틀대고 있을 줄은 아무도 몰랐다. 누가 그것을 짐작이나 했겠는가? 눈물과 포옹과 호감 속에 차마 말할 수 없는 감정이 감춰져 있을 줄은, 나탈리아가 흘린 눈물의 이유가 남편의 부재 때문만이 아니라 말 못할 은밀한 고통 때문일 줄 누가 상상이나 했겠는가?

나는 꿈에도 생각지 못했다. 넷이 함께 붙어다니던 젊은 시절 우리의 성적 판타지가 종종 금기의 경계에서 아슬아슬 줄타기를 한 적도 있었다. 하지만 우리들은 오래전에 이미 진지하고 책임감 있는 어른으로, 당시 사회가 부여하는 예절과 도덕을 준수하는 어엿한 남자와 여자로 성장해 있었다. 나 또한 마리안네에 대한 과거의 열정은 비록 사라지고 없었지만 기본적으로 성실한 남편이라고 할 수 있었다. 단지 하루 이틀 밤의 단순한 탈선 때문에 나를 비난할 사람은 이 세상 어디에도 없을 것이다. 그런데 전쟁이 시작된 후부터 줄곧 감지되던 모순된 감정은 도대체 어디서 비롯된 것일까? 우리들에게 무슨 변화가 생긴 것일까? 무언가가 무너져버린 걸까? 갑자기 그때까지 살아오던 생활방식을 모두 내던지고 하루하루를 최후의 날처럼 아무런 수치심 없이 살아가도록 몰락해버린 것인가? 눈앞에 닥친 전쟁과 죽음의 위협이 모든 확신과 두려움의 사슬에서 우리를 해방시킨 것일까?

그것이 어떻게 시작되었는지는 자세히 모르겠다. 그 기억은 영원히 아물지 않는 상처처럼 아직도 나를 고통스럽게 만든다. 긴 세월이 흘렀건만 그 상처에서는 여전히 피가 흐른다. 정말 잘 모르겠다. 우리가 그런 감정을 외면했더라면, 계속해서 안 그런 척하며 살았더라면, 우리가 좀 더 강하고 확고했더라면, 그러면 아무 일도 일어나지 않았을까? 마리안네와 나탈리아와 나, 우리 셋은 모두 자기 욕망에 사로잡혀 전쟁의 현실로부터 동떨어진, 자기만의 법과 의무가 통용되는 고유한 세계를 구축했다. 어느 순간 우리에게는 다른 사람들이 뭐라 생각하든, 심지어는 우리 스스로가 뭐라 생각하든 상관없게 되었다. 우리는 오직 우리 자신의 충동만을 좇았다. 우리는 더 이상 예의바르고 성실한 사회적 존재가 아니었다. 우리는 서로 충돌하는 불가해한 힘이었고, 거친 미지의 땅에 내던져진 고삐 풀린 에너지였다. 우리는 욕망의 독재에, 절망적인 생존본능에, 공포에, 아무런 규칙과 약속도 모르는 원초적인 감정에 굴복했다. 우리는 오직 우리 자신의 영혼이 지시하는 대로 따랐다. 그때 우리는 그것이 사랑이라고, 진실한 사랑이라고 믿었다.

이 모든 게 시작된 것은 1940년 7월의 어느 오후였다. 별로 특별할 것 없는 덥고 건조한 여름날 오후였다. 나탈리아와 마리안네는 평소처럼 서재에 앉아 영원히 되풀이되는 주제인 전쟁, 두려움, 죽음 따위에 대해 이야기하고 있었다. 그 시간에 나는 내 방 책상에 앉아 몇 년 동안 매달려온 복잡한 계산과 씨름하고 있었다. 문득 나는 사방이 이상하리만치 조용한 것을 깨달았다. 집안에서 섬뜩한 적막감이 흐르고 있었다. 방바닥에 깃털이 떨어지는 소리까지 다 들릴 정도로 괴괴했다. 기분이 좋지 않았다. 이 갑작스런 고요가 왠지 불안했다.

나를 둘러싼 고요만큼이나 조용히 서재로 향했다. 여자들을 놀래줄 생각도 있었다. 발끝으로 살금살금 다가가 조용히 문을 열고 좁은 틈으로 들여다본 순간, 이런 경우 늘 그렇듯이, 내 자신이 먼저 놀라고 말았다. 처음에 나는 나탈리아가 또 울어서 마리안네가 그녀를 안고 부드럽게 달래주는 거라고 생각했다. 자세히 보기 전까지는. 두 사람은 소파에 기대앉아 두 손을 맞잡은 채 열렬히 키스를 하고 있었다.

잘못 본 게 아니었다. 두 사람의 입술과 혀와 가쁜 숨결이 모든 걸 다 말해주고 있었다. 나는 어떠한 사전 경고도 받지 못한 채 적나라한 진실과 대면했다. 머릿속이 텅 비어버린 느낌이었다. 어떻게 해야 하나? 아무 일도 없었던 것처럼 돌아서야 하나? 아니면 인기척을 내고 이 고통스런 상황을 예측할 수 없는 방향으로 몰고 가야 하나? 최악의 선택은 본의 아니게 목격하게 된 두 사람의 행동이 나를 몹시 흥분시켰다고 솔직하게 고백하는 것이었다. 그리고 그건 사실이었다. 내 몸 역시 그들의 것처럼 더 이상 이성에 복종하려 들지 않았다. 그들과 나 사이에 은밀한 일치감이 생겨났다. 그것은 사랑이나 우정, 책임보다 더 강력하게 우리를 묶어주었다. 나는 혼란과 두려움 속에서 그들이 알아채지 못하도록 조용히 뒤로 물러났다.

저녁 때 나탈리아는 평소처럼 내게 작별인사를 건넸다. 하지만 나는 이제 그녀를 전혀 다른 눈으로 바라보았다. 내 머릿속에서 그녀는 갑자기 성인이 되어버린 것 같았다. 소녀다운 앳됨을 벗어버린 성숙한 여성이었다. 과감하고 의연하게 금기를 깨고서 마침내 자기 행동과 감정의 주인이 된 여자.

"우리가 그녀에게 도움이 되는 것 같아서 기쁘군."

나는 전혀 비꼬려는 생각 없이 마리안네에게 조용히 말했다.

"적어도 우리가 언제나 자기 곁에 있어줄 거라는 건 의심하지 않겠지."

그러나 나는 그 순간부터 우리의 삶이 결코 예전과 같아질 수 없으리란 것을 예감했다.

_2권에 계속